테스 1

Tess of the D'Urbervilles

세계문학전집 205

테스 1

Tess of the D'Urbervilles

토머스 하디

정종화 옮김

민음사

차례

초판본 해제

이 소설은 대부분 약간의 수정을 거쳐 《그래픽》에 연재되었으나, 특별히 성인 독자를 대상으로 한 일부는 《포트나이틀리 리뷰》와 《내셔널 옵서버》에 단편적 스케치로 발표되었다. 소설의 몸체와 사지를 제 위치에 붙여 원래 이 년 전에 쓰여진 완전한 형태로 인쇄할 수 있게 된 데 대하여 이들 신문사와 잡지사 편집자에게 감사의 뜻을 전하고 싶다.

여기서 밝혀 두고 싶은 말은 이 작품이 사물의 참된 순서에 예술적 형태를 부여하려는 목표로 성실하게 쓰였다는 사실이다. 소설 속의 소견과 정감의 문제에 관해서 요즘 모든 사람이 생각하고 느끼는 바를 감히 입으로 표현하지 못하는 너무나 점잖은 독자에게는, 만약 "진실을 접했을 때 불쾌한 감정이 일어난다면, 그 진실을 감추는 것보다 차라리 불쾌감이 일어나도록 내버려 두는 것이 현명하다."는 성 제롬의 널리 알려진 문구를 기억하라고 말하고 싶다.

1891년 11월, T. H.

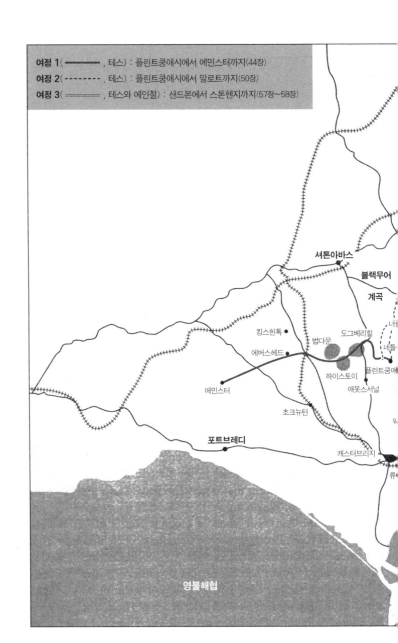

여정 1(———— , 테스) : 플린트쿰애시에서 에민스터까지(44장)
여정 2(- - - - - - - , 테스) : 플린트쿰애시에서 말로트까지(50장)
여정 3(════ , 테스와 에인절) : 샌드본에서 스톤헨지까지(57장~58장)

셔톤아바스

블랙무어
계곡

너

킹스힌톡   너틀

법다운   도그베리힐

에버스헤드

플린트쿰애

에민스터   하이스토이

애봇스서널

초크뉴턴   우

포트브레디   캐스터브리지

류

영불해협

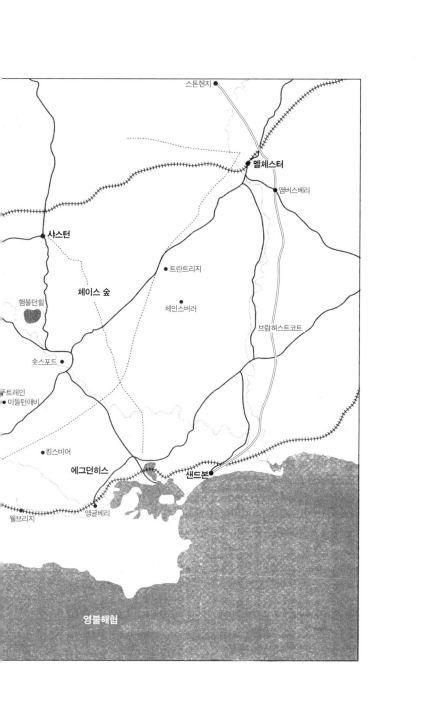

스톤헨지

멜체스터

앰버스베리

샤스턴

트란트리지

체이스 숲

체인스버러

햄블던힐

브람허스트코트

숏스포드

푸트레인

미들턴애비

킹스비어

에그던히스

샌드본

웰브리지

앵글베리

영불해협

일러두기

1. 이 책의 번역 대본은 *Tess of the D'Urbervilles: A Pure Woman* (Modern Library Classics)이다.
2. 모든 각주는 옮긴이의 것이다.
3. 고유명사의 한글 표기는 개정된 외래어 표기법에 따르는 것을 원칙으로 하되, 일부 예외를 두었다.

1부
처녀

1장

5월 하순 어느 날 저녁 한 중년 남자가 샤스턴에서 인근 블레이크모어(블랙무어라고도 부르는) 계곡에 있는 말로트 마을의 집으로 걸어가고 있었다. 두 다리는 비틀거렸으며 걸음걸이는 직선에서 왼쪽으로 약간 기울어진 편이었다. 그는 무슨 의견에 동의라도 하듯 가끔씩 고개를 힘 있게 흔들었다. 그러나 어떤 특별한 생각을 마음에 두고 그러는 것은 아니었다. 팔에는 빈 달걀 광주리가 걸려 있었다. 모자의 보풀은 헝클어졌고, 벗을 때 엄지손가락이 닿는 모자 테의 천은 많이 닳아 있었다. 그는 얼마 가지 않아 회색 말 위에 비스듬히 앉아 알 수 없는 노래를 흥얼거리며 오는 연로한 신부(神父)를 만났다.

"안녕히 가십시오." 광주리를 든 사내가 인사를 했다.

"안녕히 가세요, 존 경(卿)." 신부가 대답했다.

행인은 한두 발짝 걸어가다가 발걸음을 멈추고 돌아섰다.

"죄송한데요, 지난 장날에도 이 시간쯤 이 길에서 우리가 만났지요. 내가 '안녕히 가십시오.'라고 인사를 했더니, 지금처럼 '안녕히 가세요, 존 경.'이라고 대답을 했어요."

"그랬지요."

"그 전에도 또 한 번 그런 적이 있어요. 거의 한 달쯤 전에요."

"그랬을 겁니다."

"그렇다면 이렇게 여러 차례 저를 '존 경'이라고 부르는 이유가 뭡니까? 저야 뻔한 행상인 잭 더비필드인데 말입니다."

신부가 한두 걸음 가까이 다가왔다.

"그러고 싶어서 그랬어요." 그가 말했다. 그러다 잠시 머뭇거리더니 말을 이었다. "군(郡) 역사를 새로 쓰기 위해 명문가의 족보를 뒤지다가 새로운 사실을 발견했기 때문이지요. 나는 스태그푸트레인에 사는 고사(故事) 수집가 트링검 신부입니다. 더비필드 씨는 정말로 자신이 유서 깊은 기사 가문 더버빌 가의 혈통 상 직계 자손이라는 사실을 모르는 건가요? 배틀 사원의 기록 문서*에도 기록되어 있듯이 정복자 윌리엄 대왕을 따라 노르망디에서 건너온 유명한 기사 페이건 더버빌 경의 후예라는 사실을요."

"처음 듣는 말인데요, 신부님!"

"흠, 사실이에요. 옆 얼굴을 좀 자세히 보게 잠시 턱을 들어 올려 보세요. 그래요, 저게 더버빌 가문의 코와 턱이지요, 약간 퇴화하긴 했지만. 그 댁 선조는 노르망디의 에스트레마빌라 공(公)이 글라모건 주를 정복할 때 공을 세운 기사 열두

---

* 배틀 사원은 1066년에 정복자 윌리엄 대왕이 헤이스팅스 전투에서 승리한 것을 기념하여 배틀에 세운 사원이며, 그 사원의 기록에는 노르망디에서 함께 건너온 기사들의 이름이 기재되어 있다.

명 중 한 명이지요. 그 댁 가문은 이 지방 곳곳에 장원을 소유하고 있었어요. 그들의 이름은 스티븐 왕* 시절에 재무성(財務省) 회계부**에도 등장해요. 존 왕***이 통치하던 시절에는 병원 기사단에 장원 하나를 기증할 만큼 재력이 있었고요. 또 에드워드 2세*** 시절에는 조상 중 한 사람인 브라이언이 대 공의회에 참석하기 위해 웨스트민스터 의회에 소명을 받은 적도 있어요. 올리버 크롬웰***** 시절에는 가운이 조금 기울었으나 심한 것은 아니었고. 찰스 2세****** 통치 시절에는 왕실에 대한 충성을 높이 사 로얄 오크 기사장*******도 받았어요. 그 집안에는 여러 명의 존 경이 여러 세대에 걸쳐 배출되었지요. 준(準) 남작처럼 기사 작위가 세습되었다면 옛날에는 사실상 기사 칭호가 아버지에서 아들로 전수되었지만 댁도 지금쯤은 존 경일 겁니다."

"그럴 리가요!"

"간단히 말해" 하고 신부가 회초리로 자신의 다리를 철석 내려치며 결심에 찬 듯 결론을 말했다. "영국 내에 그만한 집안은 또 없을 겁니다."

"어리벙벙하네요." 더비필드가 말했다. "저는 이 교구에서

---

* 재위 1135년~1154년.
** 영국 정부의 재무성이 매년 거둬들인 세금의 수입을 기록해 둔 장부.
*** 재위 1199년~1216년.
**** 재위 1307년~1327년.
***** 1599년~1658년. 공화국 체제를 선포하여 1653년~1658년까지 호민관으로 영국을 통치했다.
****** 재위 1660년~1685년.
******* 워스터 전투 이후 찰스 2세가 오크 나무에 숨었던 고사를 빌려 작가가 만들어 낸 허구의 작위.

가장 비천하고, 매년 살아 보겠다고 전전긍긍 버둥거리는 인간인데 말이에요. 트링검 신부님, 저에 관한 이런 소식이 언제부터 알려졌나요?" 더버필드가 말했다.

신부는 자신의 생각으로는 지금 이 사실을 아는 사람이 전혀 없고 밖으로 알려지지도 않았다고 설명했다. 더버빌 가문의 흥망사를 캐던 중 지난 봄 어느 날 더버필드라는 성이 마차에 새겨진 것을 보고 그의 선친과 조부에 대해 조사하게 되었고, 그러다가 모든 것이 확실해졌다고 말했다.

"처음에는 아무 짝에도 소용없는 이런 소식을 당신에게 알려서 마음을 흐트려 놓고 싶지 않았어요." 그가 말했다. "그러나 때로는 충동적 감정이 이성적 판단보다 더 강할 때가 있어요. 난 당신이 그동안 이런 사실을 조금은 알고 있을지도 모른다고 생각했지요."

"사실은 한두 번 들은 적이 있어요. 블랙무어로 들어오기 전에 우리 집 형편이 좋았던 때가 있었거든요. 그러나 저는 그런 이야기에 별로 신경을 쓰지 않았어요. 그냥 지금은 말이 한 마리밖에 없지만 그때는 집에 말이 두 마리 정도 있었던 것쯤으로 생각했지요. 집에는 아주 오래된 은 숟가락이 있고, 또 각인한 옛날 도장도 있어요. 그러나 숟가락과 도장이 뭡니까? 이 고매한 더버빌 가문과 제가 그동안 내내 같은 혈육이었다니요. 저의 증조부께 어떤 비밀이 있었는데 자신이 어디서 왔는지를 말하지 않으려고 했다는 소문을 들었어요. 신부님, 외람된 질문이지만, 지금 우리는 어디서 연기를 피우고 있죠? 더버빌 가문이 어디에 살고 있느냐는 말입니다."

"어디에 근거를 두고 사는 것이 아니에요. 그 댁 가문은 없어진 거지요. 지방의 명문가로서는 말이에요."

"그것 참 안됐네요."

"바로 잘못된 족보에서 무사(無嗣)라고 부르는 경우지요. 즉 후사(後嗣)가 몰락한 겁니다. 다 땅속으로 들어간 거지요."

"그럼 우리 조상은 어디에 누워 있죠?"

"킹스비어 서브 그린힐 교회에 있어요. 거기 지하 무덤에 줄 줄이 누워 있지요. 퍼벡 지방에서 나온 대리석 덮개에 조상(彫像)이 새겨진 관 속에요."

"우리 조상의 저택과 장원은 어디 있나요?"

"그런 건 없어요."

"땅도 없나요?"

"없어요. 한때는 굉장히 많았지만. 이미 말한 대로 집안이 여러 갈래로 나누어져 있었어요. 우리 군에는 킹스비어에 장원이 있었고, 셔톤에도 있었고, 밀폰드에도 있었고, 럴스테드에도 있었고, 또 웰브리지에도 있었지요."

"그걸 다시 찾을 수는 없나요?"

"아, 그건 잘 모르겠어요."

"제가 그 문제에 대해서 할 일은 없나요, 신부님?" 더비필드가 잠시 말을 멈췄다가 물었다.

"없어요. 아무것도요. '오호라, 두 용사가 엎드려졌도다.'*라는 생각으로 자신을 위로하는 것 외에는. 그 댁 가문의 역사는 지방 사학자나 족보학자에게 관심의 대상일 뿐, 그 이상 아무것도 아니지요. 이 군의 주민 중에 거의 비슷한 수준으로 명

---

* 「사무엘 하」 1장 19절.

성을 날리던 집안이 또 몇 있어요. 자, 안녕히 가세요."

"트링검 신부님, 이런 사실을 알려 주었으니 말을 돌려 저랑 같이 맥주나 한 쿼트* 하시는 건 어떠세요? 퓨어 드롭 주점에 가면 아주 잘 빚은 생맥주가 있어요. 롤리버스 주점만큼 좋지는 않지만요."

"아니에요, 더비필드 씨. 오늘 저녁은 안 되겠어요. 댁은 벌써 많이 마셨고요." 신부는 이렇게 말하고 가던 길을 재촉했다. 그는 이 이상한 사실을 더비필드에게 알려 준 것이 잘한 일인지 아닌지 마음에 걸렸다.

신부가 가고 난 뒤 더비필드는 몇 걸음 더 걷다가 깊은 생각에 잠겼다. 그는 광주리를 앞에 놓으면서 잔디가 깔린 길가 제방에 풀썩 앉았다. 몇 분 뒤 멀리서 한 청년이 나타났다. 그는 더비필드가 좀 전에 왔던 방향에서 걸어오고 있었다. 더비필드는 그를 보자 손을 들어 올렸다. 청년이 걸음을 재촉해 가까이 왔다.

"얘야, 그 광주리를 주워 들어라! 심부름을 하나 해 다오."

윗가지처럼 마른 젊은 친구가 이맛살을 찌푸렸다. "존 더비필드, 당신이 누구야? 나한테 이래라 저래라 명령을 하고 나를 얘라고 부르다니. 내가 당신 이름을 알듯이 당신도 내 이름을 알면서 말야."

"내가 누군지 알아? 아느냐고! 그건 비밀이지, 그건 비밀이라고! 자, 내 말을 잘 듣고 너에게 위임하는 전갈을 잘 전하도록 해. 프레드, 너한테는 내가 귀족 가문 출신이라는 비밀을

---

* 야드파운드법에 의한 부피 단위로 1쿼트는 영국에서 약 1.11리터.

말해 주지. 바로 오늘 오후에 그 사실을 알게 되었다." 더비필드는 그렇게 말하면서 앉은 자세에서 데이지 꽃이 만발한 제방 위로 비스듬히 누우면서 사치스럽게 다리를 뻗었다.

젊은이는 더비필드 앞에 선 채 그를 머리끝에서 발끝까지 훑어보았다.

"존 더버빌 경, 그게 나야." 사내는 누운 채 계속 말했다. "기사가 준남작이라면 말이지. 아마 그럴 거야. 나에 관한 모든 것이 역사에 쓰여 있어. 얘야, 넌 킹스비어 서브 그린힐이라는 곳을 들어 본 적 있니?"

"그래요. 그린힐 장에 가 본 적이 있어요."

"음, 그 도시의 교회 아래 누워 있다고."

"그곳은 도시가 아니에요. 적어도 내가 갔을 때는 아니었어요. 그곳은 시골 내가 물씬거리는 촌스러운 곳이었어요."

"얘야, 그런 건 상관없어. 지금은 그게 문제가 아니니까. 그 교구의 교회 아래에 내 선조들이 잠들어 있어. 수백 명이 쇠사슬과 보석이 달린 갑옷을 입고 몇 톤씩이나 무게가 나가는 거대한 납 관 속에 말이야. 남부 웨섹스에서 우리 집안만큼 훌륭하고 고귀한 혈통을 지닌 가문이 없다고."

"정말 그래요?"

"그 광주리를 들고 말로트 마을로 들어가서 퓨어 드롭 주점에 들러 날 집으로 태워 갈 말과 마차를 즉시 여기로 대령하라고 전해. 그리고 마차 바닥에 럼주 한 노긴*짜리 작은 병을 넣어 보내라는 말도 잊지 말고. 계산은 내 앞으로 달아 두라

---

* 약 0.12리터.

고 해. 그러고 나서 그 광주리를 우리 집으로 가져가 집사람에게 하던 빨래를 그만두라고 해. 빨래를 끝낼 필요가 없다고 전하란 말이야. 그리고 내가 집으로 올 때까지 기다리라고 말해. 알려 줄 소식이 있으니까."

젊은이가 어정쩡한 태도로 서 있자 더비필드가 주머니에 손을 넣어 1실링짜리 동전을 꺼냈다. 그에게 어쩌다 생긴 귀한 돈이었다.

"이거, 심부름하는 수고비야."

그것은 젊은이의 상황 판단에 변화를 일으켰다. "네, 존 경. 감사합니다. 다른 심부름은 없나요, 존 경?"

"집에 가거든 저녁 식사를 준비하라고 말해. 구할 수 있으면 양 내장 튀김을 하고, 구할 수 없으면 돼지고기 소시지를 하라고 해. 그것도 없으면, 흠, 돼지 곱창도 괜찮지."

"알겠습니다, 존 경."

젊은이가 광주리를 들었다. 그가 출발을 하려는데 취주악단이 연주하는 음악 소리가 마을 쪽에서 들려왔다. "저게 뭐야?" 더비필드가 말했다. "나 때문에 그러는 건 아니겠지?"

"여자들 친선 클럽 놀이지요, 존 경. 그 댁 따님도 거기 회원일걸요."

"그렇구먼. 큰일을 생각하느라고 깜빡하고 있었네. 그래, 말로트 마을로 걸어가 마차를 보내라고. 나중에 마차를 타고 친선 모임을 둘러볼 수도 있겠네."

젊은이가 그곳을 떠났다. 더비필드는 저녁 햇살을 받으며 잔디와 데이지 꽃 위에 누워 마차를 기다렸다. 그러나 오랫동안 아무도 그의 앞을 지나가는 인기척이 없었다. 사람 소리라고는

푸른 산 언저리까지 퍼져 나가는 취주악단의 희미한 음악 소
리뿐이었다.

2장

말로트 마을은 앞에서 말한 아름다운 블레이크모어(블랙무
어라고도 부르는) 계곡에서 물결치듯 굽이치는 낮은 산 동북부
에 있었다. 사방이 야산으로 빙 둘러싸여 바깥세상으로부터
격리된 곳인 데다 런던에서는 기차로 네 시간 거리에 있기 때
문이기도 했지만 일 년 내내 관광객이나 풍경화를 그리는 화가
가 찾아오는 일은 드물었다.

이 계곡의 전경은 여름의 가뭄 기간을 빼고는 주변을 둘러
싸고 있는 야산 꼭대기에서 가장 잘 볼 수 있었다. 날씨가 험
한 날 안내하는 사람 없이 이 계곡의 후미진 곳으로 들어갔다
가는 좁고 꼬불꼬불한 진창 길에서 심한 고생을 하는 것이 예
사였다.

들판이 말라 갈색으로 변한 적이 없고 샘의 수원이 고갈된
적이 없는, 이 비옥하고 바깥세상과 잘 격리된 지대에는 햄블
던힐, 벌배로, 네틀쿰타우트, 도그베리, 하이스토이, 법다운 같

은 산들이 뻗어 있으며, 가파른 백악층 산등성이가 남쪽으로 경계를 이루고 있었다. 해안선에서 32킬로미터가량 석회질 구릉과 밀밭을 지나 북쪽으로 걸어온 여행객은 갑자기 깎아지른 벼랑 가장자리 끝에 서게 되며, 발 아래에서 지도처럼 펼쳐진 시골 풍경이 지금까지 지나온 어떤 지역과도 아주 다른 모습을 하고 있는 사실을 반가운 마음으로 바라보고는 놀란다. 그의 뒤로는 낮은 산들이 펼쳐져 있었다. 들판은 아주 넓어서 일대가 사유지가 아닐지도 모른다는 인상을 주었다. 그 들판 위로 햇볕이 눈부시게 쏟아져 내렸다. 마을의 골목길은 하얗게 뻗어 있고, 나지막하게 솟은 울타리는 잘 손질되어 있었으며, 대기는 무색투명했다. 이 계곡에서는 세상이 더 작고 더 정교하게 만들어진 느낌이 들었다. 들판은 작은 목초지 같아 여행객이 서 있는 언덕에서 내려다보면 죽 늘어선 산울타리가 초원의 연한 녹색 위에 펼쳐진 진한 녹색의 그물처럼 보였다. 대기는 언덕 아래로 나른하게 깔려 있었으며, 공기의 색깔은 담청색에 가까워 화가들이 중경(中景)이라고 부르는 색조를 띠었다. 지평선은 군청색이었다. 경작할 수 있는 땅은 많지 않고 한정되어 있었다. 예외가 없지는 않았지만 초원과 나무가 풍요롭고 넓게 펼쳐져 있었으며, 작은 야산과 계곡이 큰 산과 큰 계곡에 둘러싸여 있었다. 바로 이곳이 블랙무어 계곡이었다.

이 지역은 지형학적으로뿐만 아니라 역사적으로도 흥미로운 곳이었다. 이 계곡이 옛날에는 '흰 수사슴 숲'으로 알려져 있었는데, 헨리 3세*가 사냥을 하다가 살려 준 아름다운 흰 수

---

* 재위 1216년~1272년.

사슴을 토머스 드 라 린드라는 사람이 죽이는 바람에 그 대가로 무거운 벌금을 냈다는 이상한 설화에서 유래한 이름이었다. 그 무렵에도 그랬지만 비교적 최근까지도 이 지방은 나무가 울창하게 우거져 있었다. 그 흔적은 언덕 비탈에 아직도 남아 있는 오래된 오크 나무와 여기저기 서 있는 목재 덤불과, 줄기가 오목하게 파진 고목들이 목초지 이곳저곳에 그늘을 드리우고 있는 데서 발견된다.

숲은 사라지고 없지만 그 숲의 그늘에서 행해지던 옛 관습의 일부는 남아 있었다. 그러나 이렇게 남아 있는 관행도 모습이 바뀐 채로 명맥을 이어가고 있었다. 예컨대 클럽 축제나 '클럽 걷기'라는 이름으로 알려진 그날 오후의 오월제 춤 같은 것이었다.

말로트 마을 젊은이들에게 축제는 흥미로운 행사였지만, 그 진짜 흥미로운 내용을 실제 참가하는 사람들이 지키는 것은 아니었다. 행사의 특색은 매년 축제일에 걸어서 행진을 하고 춤을 추던 옛 관습을 지키는 데 있는 것이 아니라, 이제는 참가하는 사람들이 모두 여자라는 데 있었다. 남성 클럽에서는 이런 축제가 점점 사라져 갔지만 아주 드물지는 않았다. 그러나 여성 클럽은 연약한 여자들의 타고난 수줍음이나 남자들의 조롱 때문에 지금은 옛날의 영화와 극치가 사라지고 없었다. 말로트의 클럽만이 유독 농신제(農神祭)를 지켰다. 클럽은 이익을 얻기 위한 모임이 아니라 신에 봉헌하는 여사제 집단과 같은 성격을 띤 채 수백 년을 걸었으며, 아직도 그 걷기는 여전히 계속되었다.

모임에 참가한 사람들은 모두 흰옷을 입었다. 이것은 구력*에서 내려온 관습으로, 즐거움과 오월제가 동의어이던 시대의 유물이었다. 세상을 멀리 내다보는 습관이 사람의 감정을 단조롭게도 똑같은 것으로 축소하던 시절 이전부터 보전되어 오던 옛 풍습이었다. 모인 사람들은 먼저 둘씩 짝을 지어 교구를 행진했다. 햇볕이 초록색 울타리와 담쟁이 덩굴이 얽힌 집 앞을 배경으로 이들의 얼굴을 비추면서 이상과 현실이 다소 상충하는 모습을 드러냈다. 행렬에 참가한 사람들 모두 흰옷을 입었으나 어느 한 사람도 똑같은 하얀색 옷을 입은 것은 아니었다. 어떤 사람은 순백색 옷을, 어떤 사람은 푸르스레한 흰옷을 입고 있었다. 또 나이 든 사람들이 입은 옷은 (몇 해 동안 입지 않고 개어 넣어 두었기 때문에) 시체처럼 창백한 색을 띠었으며 조지 왕조 시대**의 스타일이었다.

모두 흰옷을 입은 것 외에 모든 부인네와 처녀는 오른손에 껍질을 벗긴 버들가지를, 왼손에 흰 꽃다발 한 묶음을 들고 있었다. 버들가지의 껍질을 벗기고 흰 꽃다발을 드는 것은 모두 각자 알아서 결정한 것이었다.

그 속에는 중년 여성들과 심지어는 연로한 여자들도 몇몇 있었다. 철사처럼 뻗쳐 있는 은빛 머리칼과 주름진 얼굴에는 시간과 인고의 흔적이 새겨져 있었다. 그들의 모습은 이처럼 즐거운 분위기에서 거의 기괴하고 비참한 대조를 이루었다. 사

---

* 14세기부터 1754년까지 영국에서는 율리아누스 황제 시절의 달력을 사용하였다. 이 달력에 의하면 신년이 신력의 3월 25일에 시작되었다.
** 이 소설은 1880년대를 배경으로 하는데, 조지 왕조는 이보다 한 세기 전으로, 대략 1714년부터 1830년에 해당한다.

실 젊은 층보다는 "나는 아무 낙이 없다."*라고 말할 나이에 가까운 불안해하고 경험 많은 사람들로부터 얻고 들을 것이 더 많을 수도 있다. 그러나 여기서는 이들 연장자들은 그냥 두고 조끼 아래서 빠르고 따뜻하게 생명이 약동하는 사람들에게로 가 보자.

사실 행렬에는 젊은 처녀들이 대부분이었다. 그들의 치렁치렁 늘어뜨린 머리채는 햇볕을 받아 금색, 까만색, 갈색으로 빛났다. 어떤 처녀는 눈이 아름다웠으며, 어떤 사람은 코가, 또 어떤 처녀는 입과 몸매가 예뻤다. 그러나 이 모두를 다 갖춘 사람은 드물었다. 사람들이 지켜보는 앞에서 입술을 어떻게 다물어야 하는지 머리를 어떻게 들고 있어야 하는지를 몰라 몸 둘 바를 모르는 모습이 역력했다. 사람들의 눈이 지켜보는 상황에 익숙하지 않은 순수한 시골 처녀들이었다.

하늘의 태양이 내리쬐는 햇살로 그들의 몸이 따뜻해졌다. 그러나 그들의 안에도 그들의 영혼을 따뜻하게 하는 작은 태양이 있었다. 그것은 꿈이기도 하고, 사랑이기도 하고, 취향이기도 하고, 또 멀리 있는 희망이기도 했다. 모든 희망이 다 그러하듯 희망은 비록 무(無)로 사라질 수도 있지만 사람들 마음속에 여전히 살아 있었다. 그래서 그들은 모두 즐거워했으며, 많은 사람들이 유쾌한 기분에 젖어 있었다.

행렬이 교구를 한 바퀴 돌아 퓨어 드롭 주점을 지났다. 그들은 큰길을 지나 목초지로 들어가는 출입문을 지나고 있었다. 그때 일행 중 한 사람이 외쳤다.

---

* 「전도서」 12장 1절.

"저 꼴 좀 봐! 테스 더비필드, 저기 마차 탄 사람, 네 아버지야, 얘!"

행렬 속의 젊은 처녀 하나가 고개를 돌려 놀라 외치는 곳을 바라보았다. 품위 있고 잘생긴 처녀였다. 얼굴이 다른 사람들보다 더 잘생겼다고는 할 수 없었지만 움직이는 작약빛 입술과 크고 순결한 눈은 그녀의 피부색과 전체 모습을 더욱 두드러지게 하였다. 그녀는 머리에 빨간 리본을 달고 있었다. 흰옷을 입은 일행 중에서 그녀만 눈에 띄게 그런 장식을 달고 있었다. 그녀가 고개를 돌리는 동안 더비필드는 건장한 곱슬머리 여자가 겉옷 소매를 팔꿈치까지 걷어 올린 채 몰고 있는 퓨어 드롭 주점의 이륜 마차를 타고 길을 달려왔다. 그녀는 퓨어 드롭 주점에서 일하는 천성이 쾌활한 잡역부로 때때로 마부와 마차꾼을 겸하기도 했다. 더비필드는 만족한 듯 눈을 지긋이 감고 마차에 등을 기댄 채 머리 위로 손을 흔들고는 서창(敍唱) 조의 노래를 느릿느릿 흥얼거렸다.

"킹스비어에 커다란 지하 가족 묘지가 있어요. 거기에 기사 작위를 받은 조상들이 납으로 만든 관 속에 누워 있어요!"

테스라고 불리는 처녀를 빼고 행렬에 참가한 사람들 모두 킬킬거렸다. 아버지가 그들의 눈에 바보스럽게 보인다는 생각에 그녀 마음속에는 서서히 열기가 차 올라왔다.

"아버지가 지치셔서 그런 거야." 그녀가 급하게 변명을 했다. "그래서 집까지 타고 가시는 거야. 우리 집 말이 오늘 쉬어야 하니까."

"순진하기도 하구나, 테스." 그녀의 친구들이 말했다. "장이 끝나고 한잔했지 뭐야. 호호!"

"우리 아버지를 두고 놀리면 너하고는 한 걸음도 같이 걷지 않을 테니 알아서 해!" 그녀의 뺨에 떠오른 홍조가 얼굴과 목으로 퍼져나갔다. 금세 그녀의 눈이 젖어 왔다. 그녀는 시선을 땅으로 떨어뜨렸다. 그녀의 마음을 아프게 했다는 것을 깨달은 일행은 더 이상 아무 말도 하지 않았다. 행렬에는 다시 질서가 돌아왔다. 테스는 자존심 때문에 고개를 들어 아버지가 뜻한 바가 무엇인지를 알아보지 않았다. 그녀는 녹지에서 무도회가 열리는 마을 공유지까지 걸어갔다. 그곳에 도착했을 때는 마음을 누그러뜨리고 버들가지로 옆에 선 처녀를 때리기도 하고 말도 평소처럼 했다.

이 무렵 테스 더비필드는 세파에 물들지 않은, 오직 감성만이 넘치는 그릇과 같았다. 마을 학교를 다녔지만 말씨에는 지방 사투리가 어느 정도 남아 있었다. 이 지방 사투리는 어떤 발음보다 '어르'의 억양을 더 강하게 구사하는 게 특색이었다. 이러한 억양이 자연스럽게 배어 있는 그녀의 진한 붉은색 입은 위로 살짝 올라와 있었으나 아직 입 모양이 확실한 모습으로 자리잡은 것은 아니었다. 그녀가 말을 끝내고 입을 다물 때면 아랫입술이 윗입술의 가운데를 위로 밀어올리는 습관이 있었다.

그녀 모습에는 아직도 어린 시절의 흔적이 남아 있었다. 오늘처럼 그녀가 행진할 때는 활달한 걸음걸이로 아름다운 여인의 모습을 드러냈으나 이따금 그녀의 뺨에는 열두 살짜리 소녀의 모습이 떠오르기도 했다. 그녀의 눈에는 아홉 살짜리 소녀의 눈빛이 반짝거렸으며, 그녀 입 언저리 곡선에는 이따금 다섯 살짜리 아이의 모습이 나타나기도 했다.

그러나 이러한 사실을 아는 사람은 많지 않았으며, 이 점을 생각해 보는 사람은 더욱 적었다. 몇몇 사람은(주로 그녀를 처음 보는 나그네는) 우연히 그녀를 지나치다가 한참이나 그녀의 모습을 바라보고는 그녀의 싱싱한 인상에 순간적으로나마 매혹되고 그녀와 다시 만날 수 있을지 궁금해했다. 그러나 거의 대부분의 사람들에게 그녀는 멋있고 그림처럼 예쁜 시골 처녀였을 뿐 그 이상은 아니었다.

여자 마부가 끄는 마차를 의기양양하게 타고 지나간 더비필드는 더 이상 모습을 드러내지 않았다. 행렬은 계획한 장소에 도착했고, 무도회가 시작되었다. 그들 가운데는 남자가 없었기 때문에 처음에는 여자들끼리 짝을 이뤄 춤을 추었다. 그러나 하루 일과가 끝날 시간이 가까워 오자 마을에 사는 남자들이 나타났으며, 일 없는 유한층과 행인들도 나타나 무도장을 빙 둘러서서 함께 춤출 파트너를 눈으로 점찍고 있었다.

이 구경꾼들 사이에 상류층 젊은이 세 명이 서 있었다. 그들은 등에 작은 배낭을 메고 손에는 단단한 지팡이를 든 채였다. 얼굴이 서로 닮은 점이나 위에서 아래로 내려오는 나이 순서로 보아 세 사람은 형제인 듯했는데 그들은 실제로 형제간이었다. 맏형은 흰 타이를 매고 허리가 올라간 조끼를 입고, 정규 보좌신부가 쓰는 챙이 짧은 모자를 쓰고 있었다. 둘째 형은 보통 대학생이었다. 셋째이며 가장 나이가 어린 사람은 꼬집어 눈에 띌 만한 게 없었다. 그의 눈빛과 옷차림에서 아직 속박되거나 갇힌 티가 없어 직업의 틀 속에 들어가지 않았음을 알 수 있었다. 그는 무엇인가 임시로 배우고 있는 견습생 같아 보였으며, 모든 것이 가능할 듯한 인상을 주었다.

세 형제는 우연히 알게 된 사람들에게 성신강림절 휴가에 블랙무어 골짜기를 걸어서 여행하는 중이며, 샤스턴 시 남서쪽에서 북동쪽으로 방향을 잡아 이동하고 있다고 했다.

그들은 큰길가에 있는, 목초지로 들어가는 출입문에 몸을 기대었다. 그리고 왜 무도회가 열렸으며 왜 여자들이 흰옷을 입고 있는지를 물었다. 두 형들은 그곳에 오래 머무를 생각이 없는 것이 분명했다. 그러나 셋째 동생에게는 남자 파트너 없이 여자들끼리 춤을 추는 광경이 재미있어 보였다. 그는 그곳을 빨리 떠날 마음이 없었다. 그는 배낭 끈을 풀어 지팡이와 함께 울타리 위에 얹어 두고는 목초지 출입문을 열었다.

"왜 그래, 에인절?" 맏형이 물었다.

"저 사람들하고 한번 흔들고 싶어서요. 우리 셋이 다 한 번만 추는 건 어때요? 일이 분만이요. 시간 걸리지 않겠죠?"

"아니, 안 돼. 어리석은 짓이야!" 맏형이 말했다. "시골 계집애들하고 사람들 앞에서 춤을 추다니. 누가 보면 뭐라고 하겠니! 가자. 어물거리다간 스타워카슬에 도착하기도 전에 어두워질 거야. 스타워카슬 전에는 잘 곳이 없어. 게다가 우리는 자기 전에 『불가지론에의 반론』을 한 장(章)이라도 더 읽어야 해. 일부러 책을 가지고 왔어."

"좋아요. 형과 카스버트 형을 오 분 내로 따라갈게요. 나 때문에 기다리지 마세요. 펠릭스 형, 약속해요."

두 형들은 뒤따라 올 동생의 짐을 덜어 주려고 그의 배낭을 메고 그를 남겨 둔 채 먼저 떠났다. 동생은 목초지로 들어갔다.

"이것, 굉장히 유감이네요." 잠시 춤이 멈추자 그는 가까이 있는 두세 명의 처녀들에게 정중하게 말했다. "아가씨들, 파트너는 다 어디 있어요?"

"아직 일이 안 끝났어요." 그중 가장 용감한 처녀가 대꾸했다. "금세 올 거예요. 그때까지 파트너가 되어 줄래요?"

"그러죠. 하지만 그쪽은 너무 많은데 한 사람만 가지고 어떻게 할래요?"

"그래도 아무도 없는 것보다 낫지요. 허리에 손을 얹고 껴안지도 못하고 그냥 같은 여자끼리 마주 보고 스텝을 밟는 건 재미없어요. 자, 파트너를 고르세요."

"쉬, 너무 앞서 가지 마!" 수줍음을 타는 처녀 하나가 쏘아붙였다.

이렇게 청을 받은 청년이 주위를 둘러보고는 누구를 고를지 마음속으로 따져 보았다. 그러나 모두 낯선 사람이라 쉽게 선택할 수가 없었다. 그는 가장 먼저 눈에 띄는 사람을 택했다. 그에게 말을 걸고 마음속으로 자신을 선택하기를 바랐던 그 처녀가 아니었다. 그가 택한 파트너는 테스 더비필드도 아니었다. 족보와, 조상의 유골과, 묘비명의 기록과, 더버빌 혈통이 아직 테스의 삶의 투쟁에서는 아무 도움이 되지 못하였다. 촌스럽기 짝이 없는 시골 처녀들 사이에서 춤출 파트너를 골라잡는 데에도 소용없었다. 빅토리아 시대의 재력이 따르지 않는 노르망디 귀족 혈통이란 이런 것이었다.

춤을 춘 처녀의 이름이 무엇이었는지는 알려지지 않았다. 그러나 그녀는 그날 저녁 남자 파트너를 가장 먼저 차지하는 행운을 얻어 모두의 선망의 대상이 되었다. 이것이 선례가 되어 그 전까지 목초지로 선뜻 들어가지 않던 마을 청년들이 재빨리 무도장으로 들어섰다. 처녀들은 금세 시골 청년들과 짝을 이루었고, 마침내 가장 수수하게 생긴 여자도 남자 파트너의 역을 하지 않아도 되었다.

교회 시계탑에서 종소리가 울렸다. 갑자기 청년이 가야 한다고 했다. 시간 가는 줄을 깜박 잊고 있었다며 자신의 일행을 뒤따라가야 한다고 했다. 무도장에서 빠져나오다가 그의 시선이 테스 더비필드의 모습에 머물렀다. 사실 그녀의 커다란 눈은 그가 자신을 선택하지 않은 데 대해 희미한 원망의 빛을 띠고 있었다. 그 또한 그녀가 뒤쪽에 있어서 보지 못한 데 대해 섭섭한 마음을 떨칠 수 없었다. 그런 마음을 가슴에 담은 채 그는 목초지를 떠났다.

시간이 너무 지체되어 청년은 서쪽으로 난 오솔길을 날아가듯 달리기 시작했다. 그는 금세 분지를 지나 오르막길로 들어섰다. 아직 형들의 모습이 보이지 않았지만 숨을 고르느라 잠시 멈춰 서면서 뒤를 돌아보았다. 초록색 공유지 안에 있는 처녀들의 하얀 모습이 보였다. 그들은 그가 처녀들과 함께 있을 때 그랬던 것처럼 빙빙 돌며 원무를 추고 있었다. 그들은 벌써 그를 까맣게 잊은 듯했다.

한 사람을 빼고는 모두 그런 것 같았다. 이 하얀 모습의 처녀는 일행과 떨어져 혼자 울타리 옆에 서 있었다. 그녀가 서 있는 위치로 보아 그는 함께 춤을 추지 않았던 예쁜 소녀라는 것을 알 수 있었다. 사소한 일이지만, 그는 자신이 미처 보지 못했기 때문에 그녀가 마음으로 작은 상처를 입었다는 사실을 본능적으로 느꼈다. 그녀에게 춤을 추자고 했더라면 하는 마음이 간절하게 솟구쳤다. 그녀의 이름이라도 물어볼걸 하는 마음도 일었다. 그녀는 너무 겸손했고 표정이 너무 강렬했다. 얇은 하얀 가운을 입은 그녀가 너무 연약해 보여 자신이 어리석게 행동했다는 마음을 지울 수가 없었다.

그러나 이제 어쩔 수 없는 일이었다. 그는 몸을 돌렸고 빨리 걸으려고 몸을 구부렸다. 그리고 마음속에서 그 일을 지워 버리려 했다.

3장

테스는 그 일을 머릿속에서 그렇게 쉽게 지워 버리지 않았다. 춤출 파트너는 많았지만 그녀는 한동안 춤을 추고 싶은 마음이 일지 않았다. 그들은 모두 처음 보는 그 나그네만큼 멋있게 말을 하지 않았다. 그녀가 잠시나마 떠올랐던 슬픈 마음을 떨쳐 버리고 춤을 추자는 파트너에게 응하기로 한 것은 햇볕이 언덕 위에서 사라져 가는 젊은 나그네를 삼켜 버린 뒤였다.

그녀는 친구들과 어두워질 때까지 남아 무도회에 열심히 어울렸다. 아직 사랑의 감정에 젖지 않아 음악에 박자를 맞추는 재미로만 춤을 추었다. 청혼을 받고 마음을 허락한 처녀들이 경험하는 '부드러운 고통, 쓰라린 달콤함, 기분 좋은 고통, 참을 만한 슬픔'을 보고도 그녀는 그런 입장을 잘 알 수 없었다. 청년들이 템포가 빠른 지그 무곡을 추기 위해 그녀에게 파트너를 신청하고 저희들끼리 싸우는 것은 그녀에게 재미있는 구경거리였을 뿐 그 이상은 아니었다. 싸움이 심해지면 그녀는 그냥 야단을 칠 뿐이었다.

그녀는 좀 더 늦게까지 머무를 수도 있었다. 그러나 아버지의 이상한 모습이나 행동이 마음에 걸려 걱정되었고 또 아버지가 어떻게 되었는지 궁금해 춤추는 사람들 틈에서 빠져나와 집이 있는 마을을 향해 걸어갔다.

집까지는 아직 몇십 미터 더 남아 있는데 귓가에 지금 막 떠나온 무도회에서 다른 음악이 들려왔다. 그녀가 잘 아는 곡조였다. 너무나 귀에 익은 곡이었다. 그것은 집 안에서 일정하게 무엇을 쾅쾅 두드리는 소리로, 돌로 된 바닥 위에서 요람이 심하게 부딪치는 소리였다. 그 율동에 맞춰 빠른 박자의 갈로파드 무곡조로 노래하는 여자의 목소리가 들렸다. 「얼룩빼기 암소」로 잘 알려진 단가(短歌)였다.

저어기 푸른 수풀 속에 암소가 누우워 있는 걸 보았지.
내 사랑, 이리로 와요! 어딘지 말해 줄게!

요람 흔들기와 노래가 동시에 잠시 그치더니 가장 높은 고음으로 외치는 소리가 노래를 대신했다.

"너의 반짝거리는 눈에 하느님의 축복이 있으라! 너의 아름다운 뺨에도! 그리고 너의 앵두 같은 입에도! 또 큐피드 사타구니에도! 너의 축복받은 몸 모든 곳에도!"

이런 기도가 끝나고 요람 흔들리는 소리와 노래가 다시 시작되었으며 「얼룩빼기 암소」가 뒤따랐다. 테스가 집 문을 열고 매트 위에 서서 집 안을 둘러보았을 때도 이 장면에는 변화가 없었다.

노랫소리가 들리는데도 집 안의 말할 수 없는 황량함이 소녀의 가슴을 짓눌렀다. 들판의 즐거운 축제 분위기, 하얀 가운, 꽃다발, 버드나무 가지, 나그네에게 느꼈던 부드러운 감정의 섬광에서, 촛불 하나로 밝힌 황색의 암울한 풍경으로 무서우리만큼 갑자기 바뀌었다. 그 순간 그녀는 너무나도 다른 두 세계에 대조적 충격을 느꼈다. 그리고 그 충격에서 깨어나면서 밖에서 노는 일에 몰두하는 대신 진작 집으로 돌아와 어머니를 도우며 집안일을 했어야 한다는 냉엄한 자책감을 느꼈다.

어머니는 테스가 집을 나갔을 때와 똑같이 아이들 사이에서 월요일마다 매달리는 빨래 통에서 부산스럽게 일을 하고 있었다. 언제나 그랬듯이 빨래는 주말에 밀리기 일쑤였다. 어머니가 직접 자기 손으로 짜서 다림질을 한, 그녀 등에 걸쳐 있는 새하얀 드레스가 하루 전날 그 빨래 통에서 나왔으며 테스는 이 사실에 무서운 죄책감을 느꼈다 그녀는 젖은 풀 위에서 그 옷의 스커트 언저리를 생각 없이 파랗게 물들여 놓았던 것이다.

늘 하는 대로 더비필드 부인은 한 발로는 빨래 통의 중심을 잡고 또 다른 한 발로는 앞에서 말한 대로 어린아이를 흔드는 데 신경 쓰고 있었다. 요람은 오랜 세월 동안 그 많은 아이들의 무게에 눌리면서 판석(板石) 마루 위에서 힘든 일을 견뎌 냈기 때문에 바닥이 거의 말끔히 닳아 버렸으며, 더비필드 부인은 자신의 노래에 흥이 올라 하루 종일 비눗물 속에서 고생하고서도 남은 탄력을 다 넣어 요람을 밟았다. 아기의 간이 침대가 한 번 흔들릴 때마다 심한 충격이 따랐고, 아기는 그 안에서 베틀의 북처럼 한쪽에서 다른 한쪽으로 밀려다녔다.

똑딱, 똑딱, 요람은 계속 흔들렸다. 촛불이 길게 뻗어 올라가면서 위아래로 춤을 추기 시작했다. 더비필드 부인이 내내 딸을 보는 사이 그녀의 팔꿈치에서 물방울이 뚝뚝 떨어졌으며, 노래는 멈추지 않았다. 아기가 새로 태어나 그녀의 짐이 무거워졌으나 조온 더비필드는 여전히 노래를 열정적으로 사랑하였다. 바깥세상에서 블랙무어 계곡으로 흘러 들어오는 노래를 테스의 어머니는 일주일 안에 다 익혀서 불렀다.

아직도 그녀의 모습에는 젊은 시절의 싱싱함과 아름다움의 흔적이 은은히 남아 있었다. 테스가 자랑할 수 있는 개인적인 매력은 주로 어머니의 선물임을 보여 주고 있었으며, 기사 가문이나 역사적인 것은 아니었다.

"엄마, 내가 요람을 흔들게요." 딸이 부드럽게 말했다. "아님, 외출복 벗고 빨래 짜는 걸 도와줄까요? 난 벌써 다 끝낸 줄 알았지."

어머니는 집안일을 자기에게만 오래 맡겨 두었다고 테스를 원망한 적이 없었다. 사실 조온은 그 문제로 한 번도 딸을 야단친 일이 없었다. 잠깐 쉬고 싶어서 테스가 도와주었으면 싶을 때도 그냥 그 일을 다음으로 미룰 뿐이었다. 그녀는 오늘 저녁에 다른 때보다 더 명랑한 기분에 젖어 있었다. 어머니의 얼굴에는 꿈을 꾸는 것 같기도 하고, 무언가에 몰두한 것 같기도 하며, 기분이 고양된 듯한 표정이 서려 있었다. 이 점을 테스는 이해할 수 없었다.

"돌아와서 반갑구나." 노래의 마지막 가락이 끝나자 어머니는 이렇게 말했다. "가서 아버지를 데려와야 해. 그러나 그보다도 무슨 일이 있었는지 너한테 알려 주어야지. 알게 되면 얘야, 너도 자랑스럽게 생각할 거다."(더비필드 부인은 습관적으로 그 지방 사투리를 썼다. 반면 국민학교* 6학년 과정을 런던에서 훈련 받은 선생님 밑에서 공부한 딸은 두 종류의 말을 구사하였다. 집에서는 거의 사투리를 쓰고 밖에서나 점잖은 사람 앞에서는 보통 영어를 썼다.)

"내가 나간 사이에 일어난 일인가요?"

"그래!"

"오후에 아버지가 마차를 타고 벌인 광대 짓 말이죠? 왜 그랬대요? 창피해서 땅속으로 들어가 숨고 싶었어요!"

"소동이 났던 게 모두 그 때문이지! 우리가 전국에서 가장 훌륭한 귀족 집안이래. 올리버 그럼블** 시대를 훨씬 더 거슬러 올라가 이교도 터키 사람들 시대로 말이야. 묘비석과 지하 묘지와 문장(紋章)과 문패와, 그 밖에도 엄청난 것들이 있다. 성자 찰스 시대에 우리는 로얄 오크의 기사가 되었다는 거야. 우리 성도 더버빌이고…… 이것만으로도 대단한 것 아니니? 그 때문에 네 아버지가 마차를 타고 집으로 돌아온 거란다. 사람들이 술 때문이라고 생각한 것은 잘못이고."

"그렇다니 반갑네요. 엄마, 그렇지만 그런 게 우리한테 무슨 소용이 있어요?"

"있고말고, 좋은 일이 찾아올 거야. 우리가 여기 있다는 사실이 알려지면 우리와 신분이 같은 사람들이 수없이 마차를 타고 찾아올 거야. 네 아버지는 샤스턴에서 집으로 돌아오다가 그 소식을 듣고는 집안 족보에 대해 얘기해 주었어."

---

* 가난한 집 아이들을 위해 1881년 세운 초등 교육기관.
** 크롬웰을 조온이 잘못 발음한 것.

"아버지는 지금 어디 있어요?" 테스가 갑자기 물었다.

어머니는 대답 대신 엉뚱한 이야기를 했다. "아버지가 오늘 샤스턴에 있는 의사를 만나러 갔다. 폐병은 아닌 모양이더라. 의사 말이 심장 주변에 지방이 끼었대. 이렇게 말이야." 조온 더비필드가 물에 불은 엄지 손가락과 집게 손가락을 구부려 C 자 모양을 만들었다. 그리고 다른 집게 손가락으로 그 C 자를 가리켰다. "'현재로는' 의사가 네 아버지에게 이렇게 말했단다. '선생 심장이 저기 아주 동그랗게 막혀 있어요. 저기도 아주 동그랗게. 이 공간은 열려 있어요.' 의사 선생님이 이렇게 말한 모양이야. '이 공간이 닫히면, 그러면.'" 더비필드 부인이 손가락으로 원을 동그랗게 그리며 말했다. "선생은 그림자처럼 사라지게 돼요, 더비필드 씨.' 의사가 말했단다. '선생은 십 년을 버틸 수도 있어요. 열 달이나 열흘 만에 갈 수도 있고요.'"

테스가 놀란 표정을 지었다. 이렇게 갑자기 좋은 소식이 알려졌는데도 아버지가 구름 뒤로 영원히 갈지 모르다니!

"그런데 아버지는 어디 있어요?" 그녀가 다시 물었다.

그녀의 어머니가 못마땅한 표정을 지었다. "애, 그렇게 화내지 마라! 가엾은 양반, 신부님이 알려 준 소식으로 자신이 지체 높은 신분이라는 것을 알고는 몹시 흥분해 삼십 분 전에 롤리버스 술집에 갔어. 벌통을 싣고 내일 길을 떠나야 하기 때문에 기운을 내야겠다고 말이야. 가문과는 상관없이 벌통들을 배달해야 하거든. 갈 길이 멀기 때문에 오늘 밤 자정이 조금 지나면 떠나야 한단다.

"기운을 낸다고요!" 테스가 화난 목소리로 외쳤다. 눈에 눈물이 고였다. "기가 막혀서! 기운을 내려고 술집에 가다니! 엄마도 아빠가 가도록 내버려 두었죠!"

테스의 질책과 노기가 방을 가득 채웠다. 그녀의 화난 표정이 가구와, 촛불과, 구석에서 놀고 있는 아이들과, 어머니의 얼굴에까지 퍼졌다.

"아니." 어머니가 짜증난 목소리로 말했다. "난 그러라고 하지 않았다. 네가 집으로 돌아와 아이들을 보고 있으면 내가 나가서 아버지를 데려올 참이었다."

"내가 갈게요."

"오, 아니야, 테스. 애야, 네가 가서는 아무 소용이 없단다."

테스는 더 이상 고집 부리지 않았다. 어머니의 반대가 무엇을 뜻하는지 알기 때문이었다. 더비필드 부인의 저고리와 모자가 의도된 외출을 위해 계획적으로 그녀 곁에 있는 의자에 벌써 걸쳐져 있었다. 그러면서 그녀는 필요 이상으로 넋두리를 늘어놓았다.

"『완본 운수통감』을 바깥채에 좀 내다 놓아라."

조온이 서둘러 손을 닦고 옷매무새를 다듬었다.

『완본 운수통감』은 낡고 두꺼운 책이었다. 팔꿈치 곁에 놓여 있는 그 책은 하도 주머니에 넣고 다녀 모서리가 글자 찍힌 곳까지 닳아 있었다. 테스가 그 책을 주워 들었고, 어머니는 집을 나갔다.

술집을 찾아가서 무능한 남편을 데려오는 일은 아이를 기르는 진창과 혼돈 속에서도 아직 그녀에게 남아 있는 즐거움 중 하나였다. 롤리버스 술집에서 남편을 찾아내, 거기서 남편 곁에 한두 시간 앉아 있는 동안 아이들 생각과 걱정을 잊는 것이 무척 행복했다. 그럴 때는 서산의 햇빛처럼 후광 같은 것이 그녀의 인생을 비췄다. 골칫거리와 그 밖의 다른 현실적인 문제가 형이상학적 불가지론 같은 모습을 띠어, 조용한 사고를 요구하는 단순한 정신적 현상으로 나타났으며, 육체와 정신을 마모하여 압박해 들어오는 구체성을 띠지는 않았다. 바로 눈앞에 보이지 않는 어린아이들은 영리하고 소유하고 싶은 부속물로만 보였다. 일상생활에서 일어나는 사건들은 익살스럽고 재미있는 면이 없지 않았다. 그의 결점에 눈을 감고 그를 오직 이상적인 애인으로 생각하면서, 연애 기간 동안 함께 있었던 그 장소에서 지금은 결혼한 남편과 함께 있으면 그녀는 그때 느끼던 감정을 조금은 새롭게 느낄 수도 있었다.

어린 동생들과 집에 혼자 남은 테스는 먼저 점치는 책을 들고 바깥채로 가서 초가지붕의 이엉 속에 쑤셔 넣었다. 어머니는 이 때 묻은 책에 대하여 일종의 미신적 공포감을 갖고 있어 밤에 집 안에 두는 것을 금지하였다. 그녀는 필요할 때만 집 안으로 책을 가지고 들어왔다. 미신과 설화와 지방 사투리와 구전되는 민요 같은, 빠른 속도로 사라져 가는 고물(古物)들을 껴안고 있는 어머니와, 초등 과정의 교육을 받고 교육 개정법*에 따라 표준 지식을 얻게 된 딸 사이에는 보통 알려진 대로 200년의 간격이 있었다. 두 사람이 함께 있으면 자코비안 시대**와 빅토리아 시대***가 나란히 있는 것 같았다.

마당에 난 길을 따라 돌아오다가 테스는 오늘 같은 날 어

---

* 1862년에 제정된 법으로 정부가 교사에게 지불하는 임금이 학생들의 국가고사 합격률과 연계되도록 한 것.
** 제임스 1세 시대로 1603년~1625년.
*** 빅토리아 여왕 시대로 1835년~1901년.

머니가 『완본 운수통감』에서 무엇을 확인하려 했는지 곰곰이 생각해 보았다. 이날 알게 된 조상의 계보와 관계된 것이라고 짐작할 수 있었으나, 그것이 전적으로 자기 자신에 관한 것이 었다는 사실은 생각하지 못했다. 그러나 그녀는 어머니가 왜 점치는 책을 보았는지에 대한 생각을 떨쳐 버리고, 아홉 살짜리 남동생 에이브라함과 '라이자 루'라고 불리는 열두 살 반짜리 여동생 엘라이자 루이사를 데리고 낮에 말린 리넨에 물 뿌리는 일을 시작했다. 나이 어린 동생들은 벌써 자리에 들어 있었다. 테스와 바로 아래 동생은 네 살 터울인데, 그 사이에 동생이 둘이나 더 있었으나 갓난아이 때 죽어, 어린 동생들과 혼자 남을 때면 테스가 어머니를 대신했다. 에이브라함 아래로 여동생 호프와 모데스티가 있었고, 그 아래로 세 살짜리 남동생이 있었으며 막 돌을 넘긴 아기 동생이 또 하나 더 있었다.

이 어린아이들 모두 더비필드라는 배를 탄 승객들이었다. 그들은 기쁨과 필요한 것과 건강과, 심지어 그들의 존재 자체를 두 어른 더비필드의 판단에 의지하고 있었다. 더비필드 집안의 선장들이 배를 난국과 재난과 기아와 질병과 타락과 죽음을 향해 항해해 간다면, 갑판 아래 갇혀 있는 작은 포로들은 그들과 같이 그쪽으로 갈 수밖에 없었다. 여섯 명의 무력한 아이들은 어떤 특정한 조건 아래서 살기를 원하는지에 대해 상담받은 일이 없었다. 더구나 무능한 더비필드 집안에 갇혀 어려운 조건을 감수하는 삶을 원하는지를 누구도 그들에게 물어본 적이 없었다. 최근 그 노래가 명쾌하고 순수한 만큼이나 철학도 심오하고 믿을 만하다고 알려진 시인이 '자연의 성스러운 계획'*을 읊었을 때 어디에 근거를 두고 그런 말을 할 수 있었는지 어떤 사람들은 그 시인에게 물어보고 싶을 것이다.

밤이 더 깊어지고 있었다. 그러나 아버지나 어머니는 돌아오지 않았다. 테스는 문밖을 내다보고 머릿속으로 말로트 마을을 지나가는 자신을 그려보았다. 마을은 이제 눈을 감고 있었다. 사방에서 촛불과 램프 불이 하나씩 꺼지고 있었다. 그녀는 머릿속으로 촛불을 끄는 쇠꼬챙이와 불을 끄기 위해 뻗은 손을 그려볼 수 있었다.

어머니가 사람을 데리러 간 것은 또 한 사람이 어머니를 데리러 가야 한다는 것을 의미했다. 건강이 별로 좋지 않은 사람이 새벽 1시 선에 길을 떠나기로 했다면 조상의 유서 깊은 혈통을 축하하며 이렇게 늦은 시간에 술집에 있어서는 안 된다고 테스는 생각했다.

"에이브라함." 테스가 동생을 불렀다. "모자를 쓰고 — 무섭지 않지? — 롤리버스 주점에 가서 아버지와 어머니가 어떻게 되었나 좀 알아봐."

소년이 앉아 있던 자리에서 재빨리 일어나 문을 열었다. 밤이 금세 그를 삼켜 버렸다. 다시 삼십 분이 지났다. 그러나 아버지도 어머니도 아이도 돌아오지 않았다. 에이브라함도 아버지, 어머니와 마찬가지로 술집의 올가미에 걸린 모양이었다.

"내가 직접 가 봐야 되겠구나." 테스가 중얼거렸다.

라이자 루가 자리에 들었다. 테스는 동생들의 자리를 다 둘러본 다음, 빨리 걸을 수가 없는 어둡고 꾸불꾸불한 골목길로

---

* 윌리엄 워즈워스의 「이른 봄에 쓴 시」 22행.

나섰다. 이 길은 땅 몇 미터가 엄청난 값을 지니기 전, 바늘 하나만 달린 시계가 하루의 시간을 충분히 알려 주던 시절에 만들어진 것이었다.

4장

롤리버스 주점은 길게 뻗어 인가가 드문드문 서 있는 마을의 이쪽 끝에서는 하나밖에 없는 술집이었다. 그러나 주류 판매 허가증은 손님이 술을 사서 주점 밖에서만 마시도록 되어 있어, 법적으로는 누구도 주점 안에서 술을 마실 수 없었다. 손님들에게 허가된 공개적 허용량은, 선반처럼 철사로 술집 정원 울타리의 말뚝에 매어 놓은, 넓이 약 15센티미터, 길이 약 2미터의 작은 나무 판자에 한정되어 있었다. 지나가는 손님 서른 명이 이 나무 판자 위에 자신들의 잔을 올려놓고 길가에 선채 술을 마셨으며, 찌꺼기를 먼지가 풀럭거리는 땅바닥에 쏟아 폴리네시아 군도의 지도를 만들었다. 그들에게는 주점 안에 쉴 자리가 있었으면 하는 마음이 가득했다.

이것은 낯선 손님의 경우였다. 이 마을 손님들도 똑같이 그런 아쉬움을 느꼈지만 그들에게는 뜻이 있는 곳에 길이 있었다.

술집 안주인 롤리버 부인이 얼마전 버린 커다란 모직 숄로 창문에 무겁게 커튼을 친 넓은 2층 침실에는 열두 명쯤 되는 사람들이 오늘 저녁 명정(酩酊)의 기쁨을 찾아 모여 있었다. 이들은 모두 말로트 마을 이쪽에 사는 주민들로 이 피신처에 자주 찾아오는 손님들이었다. 인가가 드문 마을의 저쪽 끝에 자리잡은 퓨어 드롭 술집은, 집 안에서 술을 마실 수 있도록 법적으로 허가받은 곳이지만, 사실상 거리가 멀어 마을 이쪽 끝에 사는 주민들은 쉽게 가기 어려웠다. 뿐만 아니라 좀 더 심각한 문제는 주류의 질인데, 넓은 집에서 그 집 주인과 함께 술을 마시는 것보다 집 꼭대기 한쪽 구석에서 주인 롤리버와 함께 술을 마시는 것이 훨씬 나았다.

방 안에는 허름한 사주(四柱)식 침대의 삼 면에 몇 사람이 앉을 수 있는 공간이 있었다. 두 사람은 장롱 위에 올라가 앉을 수 있었고, 한 사람은 조각을 새긴 오크 나무 궤짝 위에 자리 잡을 수 있었다. 두 사람은 세면대 위에 앉고 또 한 사람은 실내용 변기 위에 앉았다. 이렇게 모두 편하게 앉을 수 있었다. 여러 사람들이 정신적 환희를 즐기면서 영혼을 육체 밖으로 확장시키고, 각자의 개성을 방 안 가득 따뜻하게 뿜어내는 시간이었다. 이런 순간에는 실내와 가구가 점점 격조를 띠는 것 같고, 점점 호화로워 보였다. 창문에 걸려 있는 숄이 벽걸이 융단처럼 화사했으며, 장롱의 놋쇠 손잡이는 금으로 만든 노커* 같았다. 조각이 새겨진 침대 기둥은 솔로몬 왕의 사원에 서 있는 장대한 지주(支柱)와 흡사했다.

테스를 집에 두고 이곳으로 급히 달려온 더비필드 부인은

---

* 문을 두드리는 손잡이.

술집의 현관문을 열고 깜깜한 아래층 방을 지나갔다. 그리고 빗장의 구조에 아주 익숙한 솜씨로 층계에 달린 문을 열었다. 그녀는 구불거리며 돌아 올라가는 층계를 천천히 걸어 올라갔다. 마지막 계단 위에 올라서자 방 안 불빛에 비친 그녀의 얼굴이 침실에 모여 앉은 사람들의 시선과 마주쳤다.

"개인적으로 아는 친구들이어서 클럽 걷기를 계속하는 마음으로 내가 한턱 쏘려고 집으로 초대했지요." 주인 여자가 발걸음 소리를 듣고 계단을 내려다보면서 어린아이가 교리문답을 반복하듯 재잘거렸다. "더비필드 부인이구먼. 맙소사. 간 떨어지는 줄 알았어요. 관리 나리가 오는 줄 알았지요."

더비필드 부인은 방 구석에 앉아 있는 사람들과 눈인사를 나누고 남편이 앉아 있는 쪽으로 몸을 돌렸다. 남편은 정신 나간 사람처럼 낮은 목소리로 혼자 노래를 흥얼거리고 있었다. "난 여기저기 있는 누구보다 훌륭한 사람! 킹스비어 서브 그린힐에 커다란 가족 묘지가 있지. 웨섹스 지방 그 누구보다 훌륭한 조상의 유골이 있지!"

"그것하고 관계해서 당신한테 알려 줄 일이 생각났어요, 대단한 계획이죠!" 신이 난 아내가 속삭였다. "여보, 나 안 보여요?" 그리고 그녀는 유리창 밖을 내다보듯 그녀를 물끄러미 쳐다보면서 노래를 계속하고 있는 남편을 팔꿈치로 찔렀다.

"쉬! 그렇게 큰 소리로 노래하지 말아요." 술집 여주인이 주의를 주었다. "관청 나리가 지나가는 날에는 우리 집 면허를 몰수할 거예요."

"집에 무슨 일이 있는지 저 사람이 말했겠죠?" 더비필드 부인이 말했다.

"그래요, 조금은요. 그렇게 되면 돈이 붙어 오나요?"

"아, 그건 비밀이죠." 조온 더비필드가 점잔을 빼며 대답했다. "그러나 사륜마차를 타지는 못할망정 마차 주인의 인척이 되는 건 나쁠 게 없어요." 그녀가 이번에는 다른 사람들이 들으라고 높였던 목소리를 낮춰 낮은 소리로 남편에게 하던 말을 계속했다. "당신이 가지고 온 소식을 듣고 생각해 봤는데 체이스 숲 끝자락에 있는 트란트리지에 더버빌 성을 가진 아주 돈이 많은 여자가 있대요."

"아니, 그게 무슨 소리야?" 존 경이 물었다.

그녀가 같은 말을 반복했다. "그 부인이 우리와 친척간인 것 같아요." 그녀가 말했다. "그래서 테스를 보내 우리가 친척이라고 알렸으면 하고요."

"지금 당신 말을 들으니 말인데 그런 성을 가진 여자가 있지." 더비필드가 말했다. "트링검 신부가 그것까지는 생각 못했구먼. 그렇지만 우리에 비하면 아무것도 아닐 거야. 우리 쪽에서 떨어져 나간 작은 집 계열일 거야. 노르만 왕 시대 이후 한참 뒤에 생긴 집안이겠지."

두 사람이 이 문제를 가지고 열심히 이야기하고 있는 동안 작은 에이브라함이 들어와 그들에게 집으로 가자고 말을 꺼낼 틈을 기다리고 있었지만 그런 사실을 누구도 눈치채지 못했다.

"그 부인이 부자래요. 딸애를 모른 척하지는 않을 거예요." 더비필드 부인이 계속했다. "좋은 일이지요. 두 집안이 서로 터놓고 지내는 거 말이에요."

"그래요. 우리 모두 친척간이라고 알려야지요!" 침대 아래쪽에 있던 에이브라함이 밝은 소리로 말했다. "테스가 그 집에 가서 살게 되면 우리 모두 찾아가 그 부인을 만나야죠. 우리는 테스의 마차를 타고, 또 까만 옷을 입고요!"

"얘야, 여길 어떻게 왔니? 쓸데 없는 소리를 하고 있구나! 아빠와 엄마가 올 때까지 계단에서 놀고 있어라. 어쨌든 테스는 우리 인척을 찾아가야 돼요. 그 부인이 테스를 마음에 들어할 거예요. 테스는 돼요. 그리고 귀족 신사 양반이 개와 결혼하기 십상이고요. 한마디로 말해 나는 다 알아요."

"어떻게?"

"『완본 운수통감』에서 그 아이 운수를 봤어요. 바로 그런 괘가 나오더라고요. 오늘 얼마나 예뻤는지 당신이 봤어야 하는데. 피부가 꼭 공작부인처럼 부드러웠어요."

"개는 친척을 찾아가는 것에 대해 뭐라고 그럽디까?"

"아직 물어보지 않았어요. 개는 아직 그런 친척 부인이 있는지도 몰라요. 그러나 그건 분명 그 아이에게 대단한 결혼 자리를 안겨 줄 거예요. 그렇다면 개도 친척 찾아가는 걸 마다하지는 않을 거고요."

"테스는 괴짜요."

"그러나 마음은 유순해요. 나한테 맡게 돼요."

두 사람의 대화는 두 사람만이 아는 이야기였다. 하지만 보통 사람들보다는 더 중대한 이야기를 하고 있고, 예쁜 큰딸의 장래를 상의하고 있다는 것을 눈치챌 만큼, 무슨 말을 하는지 주변 사람들의 귀에 들렸다.

"오늘 다른 아이들과 함께 교구를 돌고 있는 것을 보고 테스는 아주 예쁜 처녀 티가 난다고 나 혼자 중얼거렸지요." 나이 든 술꾼 하나가 낮은 소리로 말했다. "그러나 조온 더비필드는 테스가 마루에서 녹색 엿기름을 묻히지 않도록 조심해야 할 거야.*"이 말은 특별한 뜻을 지닌 그 지방 특유의 표현이었으나 그 말에 아무도 대꾸하지 않았다.

대화는 잡다한 내용으로 흘렀다. 아래층 방을 지나오는 발걸음 소리가 들렸다.

"개인적으로 아는 친구들이어서 클럽 걷기 뒤풀이를 하는 마음으로 내가 한턱 쏘려고 모두를 초청했지요." 술집 여주인이 빠른 말씨로 외부 침입자에 대비해 준비해 둔 상투적인 말을 다시 반복했다. 그러나 방으로 새로 들어온 사람이 테스라는 사실을 금세 알게 되었다.

알코올 냄새가 가득한 그곳은 어머니의 눈에도 테스의 어린 모습과는 슬프게 어울리지 않았다. 알코올 냄새가 떠도는 방은 주름진 중년들에게나 어울리는 곳이었다. 테스의 검은 눈에 어린 원망의 빛을 보고 아버지와 어머니는 자리에서 일어나 마시던 맥주를 급히 들이켜고는 그녀 뒤를 따라 층계를 내려왔다. 롤리버 부인이 주의를 주는 소리가 그들 뒤에서 들렸다.

"모두 조용히 돌아가 주세요. 부탁이에요. 잘못하다가는 주류 판매 허가증을 빼앗겨요. 그리고 소환장이 날아오고. 또 무슨 일이 더 있을지 모르고요. 안녕히들 가세요."

그들은 함께 집으로 갔다. 테스가 아버지를 한쪽 팔로 부축하고 더비필드 부인이 다른 쪽 팔을 잡았다. 사실 아버지는 술을 조금밖에 마시지 않았다. 습관적으로 술을 마시는 술꾼이 술을 마신 다음 일요일 오후 교회의 제단으로 가거나 무릎을

---

* 지방 특유의 은유적인 표현으로 '임신하다.'라는 뜻이라고 원작자 자신이 밝힌 바 있다.

꿇고 예배를 올리는 데 조금도 지장이 없는 양의 4분의 1도 마시지 않았다. 그러나 존 경의 몸이 약해지면서 많은 문제가 이런 식으로 생겨났다. 그는 공기가 차가운 바깥으로 나오면서 몸을 제대로 가누지 못하고 휘청거렸다. 세 사람이 한순간에는 런던으로 행진하듯 하더니 다음 순간에는 바스*로 행진하듯 걸어갔다. 이 광경은 밤 외출에서 돌아오는 가족들에게서 흔히 볼 수 있듯이 우스꽝스러웠다. 그러나 대부분의 희극적 광경이 그러하듯 실제로는 그렇게 우습지만도 않았다. 두 여자는 힘들게 걸어가다가 다시 발길을 되돌리는 걸음거리를 그 원인을 제공한 더비필드와 에이브라함에게서, 심지어는 자신들로부터도, 용감하게 감추려고 애썼다. 그들은 이런 식으로 걸어 드디어 집 문 앞까지 왔다. 가장은 집이 가까워 오자 지금 살고 있는 집이 작은 것을 보고 없는 용기라도 내려는 듯 갑자기 좀 전에 부르던 노래를 목청을 돋워 다시 부르기 시작했다.

"내겐 킹스비어에 지하 가족 묘지가 있다네."

"조용히 재키, 그렇게 바보처럼 굴지 말아요." 그의 아내가 말했다. "옛날에 당신 집안만 명문 집안이었던 건 아니에요. 앤크텔 가(家)나 호시 가나, 트링검 집안도 당신 집안처럼 몰락했어요. 당신 집안이 더 대단한 집안이기는 했지만요. 그건 사실이지요. 고맙게도 우리 집안은 그런 집안이 아니지만, 그렇다고 하나도 부끄러울 것 없어요."

"너무 그렇게 단정하지 말아요. 당신 품성으로 보아 당신 집안은 우리 집안보다 더 심하게 몰락했다고 난 믿어. 한때는 왕

---

* 이 소설의 배경이 되는 웨섹스에서 런던은 동쪽, 바스는 서쪽에 위치해 있다.

과 왕비들이 연달아 나온 집안 말이오."

테스가 화제를 바꿔 그 순간 그녀의 마음속에서 훨씬 더 중
요한 문제라고 생각되는 것은 조상의 혈통이 아니라고 말했다.

"아버지가 내일 아침 그렇게 일찍 일어나 벌통 나르러 길을
못 떠날 것 같네요."

"내가? 한두 시간 뒤에는 괜찮을 거야." 더비필드가 말했다.

가족이 모두 잠자리에 든 것은 11시가 되어서였다. 토요일
장이 시작되기 전에 캐스터브리지의 소매상들에게 벌통을 갖
다 주려면 늦어도 다음 날 아침 2시에는 출발해야 했다. 캐스
터브리지까지 가는 길은 험한 데다 거리가 30에서 50킬로미터
는 되었으며 거기다 말과 마차는 가장 느린 수단이었다. 새벽
1시 반에 더비필드 부인이 테스와 남동생, 여동생들이 모두 다
자는 큰방으로 들어왔다.

"불쌍한 양반, 갈 수가 없겠다." 어머니가 테스에게 말했다.
그녀의 손이 문고리를 만지는 순간 테스는 벌써 큰 눈을 뜨고
있었다.

테스는 꿈과 어머니가 한 말 사이에서 넋을 잃은 채 멍하니
자리에서 벌떡 일어났다.

"하지만 누군가는 가야 해요." 그녀가 말했다. "벌써 벌통을
옮기기에는 철이 늦었어요. 곧 금년에 분봉하는 시기도 끝나
요. 다음 주 장날까지 벌통을 그냥 내버려두면 사려는 사람이
없어 결국 우리가 다 떠맡아야 해요."

더비필드 부인은 이런 긴급한 상황에 대처할 능력이 없어 보
였다. "혹시 어디 젊은 친구가 갈 수 없을까? 어제 너하고 춤을

추자고 열을 올리던 사람 중에 하나가 어떨까?" 그녀가 넌지시 암시를 던졌다.

"아니요. 그런 짓은 절대 하지 않아요." 테스가 단호하게 말했다. "사람들에게 우리 집안 사정을 알리는 짓이에요. 창피한 일이에요. 에이브라함이 같이 가 준다면 내가 갈게요."

어머니가 해결책에 동의하였다. 같은 방 한쪽 구석에서 깊은 잠에 빠져 있던 에이브러함을 깨워, 아직도 꿈나라를 헤매는 아이에게 옷을 입혔다. 테스도 급히 옷을 입었다. 두 사람이 램프 등에 불을 켜고 마구간으로 나갔다. 비실거리는 마차에는 벌써 짐이 실려 있었다. 테스는 마차보다는 조금 덜 낡은 말 프린스를 밖으로 데리고 나왔다.

불쌍한 동물은 이상하다는 듯이 고개를 돌려 밤과 램프 등과 두 사람을 쳐다보았다. 모든 생물이 안식처로 들어가 쉬고 있을 시간에 자신만 불려 나와 일을 하러 나가야 한다는 사실을 믿지 못하는 것 같았다. 두 사람은 타다 남은 초 토막 여러 개를 램프 속에 넣고 짐 옆구리에 매달았다. 그리고 앞으로 말을 몰았다. 언덕 길을 올라가는 처음 얼마 동안 둘은 말 곁에서 걸었다. 기운 없는 말의 짐을 덜어 주기 위해서였다. 할 수 있는 데까지 명랑하게 가려고, 아침이 오려면 아직 멀었지만, 등불 속에서 버터 바른 빵을 먹고 짐짓 아침이 온 것처럼 이야기를 나누었다. 정신이 좀 든 에이브라함은(잠을 깨기 전까지 그는 혼수상태에 빠져 있는 듯했다.) 하늘을 배경으로 나타난 여러 가지 검은 물체가 만들어 낸 이상한 모양들에 대해 이야기를 시작했다. 이 나무는 굴에서 튀어나온 성난 호랑이 같고, 저 나무는 거인의 머리를 닮았다고 했다.

두꺼운 갈색 지붕 아래 말없이 잠들어 있는 작은 도시 스타 워카슬을 지나고 지대가 약간 높은 곳에 다다랐다. 그들 왼쪽 으로 좀 더 높게, 남부 웨섹스에서는 가장 높은 것으로 알려진 벌배로 또는 빌배로라 불리는 구릉이 솟아 있고 진흙 참호에 빙 둘러싸여 있었다. 이 부근부터는 긴 길이 멀리까지 거의 평 평하게 뻗어 있었다. 두 사람은 마차 앞에 올라 앉았다. 에이브 라함이 생각에 잠긴 듯 말했다.

"테스 누나!" 에이브라함이 잠시 침묵 끝에 입을 열었다.

"응, 에이브라함."

"우리가 신사 계급으로 올라간 게 기쁘지 않아?"

"특별히 기쁠 건 없어."

"누나가 신사와 결혼할 일이 기쁘지 않아?"

"뭐라고?" 얼굴을 쳐들면서 테스가 물었다.

"부자 친척이 누나가 신사와 결혼하도록 도와줄 거란 거 말 이야."

"내가? 부자 친척? 우리에게는 그런 친척이 없단다. 어쩌다 그런 생각을 하게 되었니?"

"아버지를 찾으러 갔을 때 롤리버스 주점에서 아버지와 어머 니가 그런 얘기 하는 걸 들었어. 트란트리지에 우리 집안인데 돈 많은 부인이 산다고 그랬어. 엄마 말로는 그 부인을 찾아가 친척이라고 말하면 누나를 신사와 결혼하도록 해 준다던데."

테스가 갑자기 조용해졌다. 그녀는 생각에 잠긴 듯 침묵에 빠져들었다. 에이브라함은 계속 지껄였다. 그는 누군가 자신의 말을 들어 주기를 바라는 것이 아니라 그냥 말을 하는 게 좋 아 재잘대는 것이었다. 누나가 말없이 생각에 잠긴 것은 상관

없었다. 그는 벌통에 몸을 기대고 하늘을 향해 얼굴을 쳐들고는 별들에 관해 그의 생각을 말했다. 별들은 머리 위 까만 허공에서 차가운 맥박을 고동치고 있었으며, 두 개의 작은 인생과는 조용히 거리를 둔 채 멀리 떨어져 그 거리를 지키고 있었다. 그는 별들이 얼마나 멀리 떨어져 있으며 하느님은 그 별들의 반대쪽에 있는지 물었다. 그러다가 어린아이다운 재잘거림은 우주 창조의 경의보다 더 마음에 깊은 인상을 남긴 문제로 돌아왔다. 테스가 신사와 결혼하면 별들을 네틀쿰타우트만큼이나 가까이 볼 수 있는 커다란 망원경을 살 돈을 갖게 되는지를 물었다.

온 가족의 머리를 꽉 채우고 있는 이야기가 다시 되풀이되자 테스는 화가 났다.

"그런 건 이제 잊어버려!"

"테스, 별에는 그 나름대로 세상이 있다고 했어?"

"응."

"우리가 사는 세상처럼?"

"잘 모르겠지만 그럴 것 같아. 별들은 때때로 우리 집 조생(早生) 사과나무에 달리는 사과처럼 보여. 대부분의 사과는 멋있고 싱싱한데 진딧물이 붙은 벌레 먹은 병든 사과도 몇 개 있지."

"우리는 어느 쪽에 사는 거야? 멋있는 쪽이야, 진딧물이 붙은 쪽이야?"

"진딧물이 붙은 쪽이지."

"싱싱한 별이 훨씬 더 많은데 우리가 싱싱한 쪽에 자리를 잡지 않은 건 운이 나쁜 거야!"

"그래."

"테스, 정말로 그런 거야?" 그녀가 말해 준 진기한 이야기를 다시 되씹어 보고는 매우 감동한 얼굴로 그녀를 쳐다보면서 말했다. "우리가 싱싱한 별에 살았다면 어떻게 되었을까?"

"그랬다면 아빠가 기침을 하지 않았을 거고, 걸음걸이가 지금처럼 구부러지지도 않았을 거야. 또 이번 길을 못 떠날 만큼 취하지도 않았겠지. 엄마가 항상 빨래를 하고 또 하면서 끝내지 못하는 일도 없을 거고."

"또 누나는 부잣집 부인으로 태어나 신사와 결혼을 해서 부자가 되는 일이 없겠지?"

"오, 에이비, 그만해, 그런 소리, 그만해!"

에이브라함은 저 혼자의 생각에 젖어들자마자 금세 졸음에 빠져들었다. 테스는 말을 다루는 데에 익숙하지 않았다. 그러나 잠시 동안은 마차를 혼자 떠맡을 수 있다고 생각하고 에이브라함이 원하면 잠을 자도록 내버려 두기로 했다. 그녀는 아이가 떨어지지 않도록 벌통 앞에 자리를 편안하게 만들어 주고, 말고삐를 직접 잡고 마차를 몰았다.

프린스는 예기치 않은 동작을 할 만큼 힘이 넘치는 말이 아니어서 크게 신경 쓰지 않아도 되었다. 테스는 정신을 빼앗는 동행이 없자 등을 벌통에 기댄 채 좀 전보다 더 깊은 생각에 잠겼다. 그녀 어깨를 지나가는 나무와 울타리의 말없는 행렬이 현실 바깥에나 존재하는 기상천외한 환상적 풍경과 연결되어, 이따금씩 흔들리는 바람이 공간으로는 우주와 인접하고, 시간으로는 영겁의 역사와 닿아 있는 거대하고 애절한 혼령의 한숨으로 다가왔다.

자신의 생활에서 일어난 일들을 하나씩 짚어 보면서, 그녀는 아버지의 자존심에서 오는 허세와 어머니의 환상 속에서 자신을 기다리는 신사 신분의 구애자를 눈으로 보는 것 같았다. 그 구애자가 이맛살을 찌푸리고 자신의 가난과 수의에 쌓인 기사 계급의 조상들을 비웃는 모습을 보았다. 모든 것이 점점 환상 속으로 빠져들어 시간이 어떻게 지나는지조차 잊게 되었다. 갑작스러운 충격으로 자리에 앉은 그녀의 몸이 흔들렸다. 테스가 잠에서 깨어났다. 그녀 또한 깊은 잠에 곯아떨어졌던 것이다.

그녀가 정신을 잃은 지점으로부터 꽤 먼 거리에 마차가 멈춰 있었다. 한 번도 들어보지 못한 둔탁한 신음 소리가 앞쪽에서 들려왔다. 누군가가 "거기 누구 없소?"라고 외치는 소리도 들렸다.

마차에 걸려 있던 등불은 꺼져 있었다. 그러나 또 하나의 등불이 그녀의 얼굴을 환히 비췄다. 등불은 그녀의 불보다 훨씬 밝았다. 어떤 무서운 일이 일어난 것이 분명했다. 마구(馬具)가 길을 막고 있는 물체와 얽혀 있었다.

깜짝 놀라 마차에서 뛰어내린 테스는 이내 무서운 사실을 알게 되었다. 신음 소리는 아버지의 말 프린스가 내는 소리였다. 새벽 우편 마차가 소리 나지 않는 바퀴 두 개를 달고 늘 하는 대로 이 좁은 길을 화살처럼 달려오다가 테스의 느리고 불 꺼진 마차와 충돌한 것이었다. 우편마차 앞에 튀어나와 있던 뾰족한 막대가 대검(大劍)처럼 불쌍한 프린스의 가슴을 꿰뚫고 들어간 것이었다. 막대에 찔린 구멍에서 생명이 약동하는 피가 냇물처럼 솟아나 길 위로 콸콸 쏟아졌다.

절망감에 빠진 테스가 앞으로 달려가 손으로 그 구멍을 막았다. 선홍색 핏방울이 얼굴에서 스커트까지 튀었다. 그녀는 어쩔 줄 몰라 그 광경을 바라보기만 했다. 프린스는 견딜 수 있을 때까지 움직이지 않고 단단히 서 있었다. 그러다 말은 갑자기 퇴적물처럼 펄썩 주저앉았다.

그제서야 우편 마차꾼이 테스에게 다가와 프린스의 뜨거운 몸체를 마차에서 끌어내고 마구를 풀기 시작했다. 말은 이미 죽어 있었다. 당장은 그 이상 아무것도 할 일이 없다고 판단한 그는 자신의 말이 있는 곳으로 돌아갔다. 그의 말은 다친 곳이 없었다.

"아가씨가 길 반대 쪽으로 들어와 있었어요." 우편 마차꾼이 말했다. "나는 우편 행랑을 싣고 가던 길이라 지금 길을 가야 해요. 아가씨는 여기서 짐을 지키면서 기다려요. 가능한 한 빨리 도와줄 사람을 보낼게요. 날이 밝아지고 있으니 무서워할 건 없어요."

그는 말에 올라 가던 길을 떠났다. 테스는 길에 선 채로 기다렸다. 대기가 희부옇게 변하고, 울타리 속에서 잠을 자던 새들이 몸을 털고 일어나 재잘거리기 시작했다. 길이 하얗게 그 모습을 드러냈다. 테스의 모습은 그 길보다 더 하얗게 보였다. 테스 앞에 쏟아져 있는 커다란 피 웅덩이는 응고되어 무지갯빛을 띠기 시작했다. 해가 떠오르자 응고된 피에서 오색영롱한 빛깔이 반사되었다. 프린스는 눈을 반쯤 감은 채 조용하고 빳빳하게 누워 있었다. 가슴에 뚫린 구멍은 말에게 생명력을 불러넣었던 모든 것이 거기서 나왔다고는 믿어지지 않을 만큼 작아 보였다.

"이것, 모두 내가 한 짓이야. 모두 내가 한 짓이야!" 소녀가 이 광경을 바라보며 외쳤다. "변명의 여지가 없어. 무슨 소리도 할 여지가 없어. 엄마와 아빠는 이제 뭘 먹고 살지? 에이비, 에이비!" 사고가 일어난 동안 내내 깊이 자고 있던 아이를 그녀가 흔들어 깨웠다. "꿀통을 가져갈 수 없게 되었어. 프린스가 죽었어!"

에이브라함이 모든 것을 파악하자 그의 얼굴에 쉰 살 먹은 사람의 주름살이 떠올랐다.

"아니, 춤추고 웃고 한 것이 어제인데!" 그녀가 혼자 중얼거렸다. "내가 그런 바보였다니!"

"이게 전부 우리가 싱싱한 별에 살지 않고 벌레 먹은 별에 있기 때문이야. 그렇지, 테스?" 에이브라함이 눈물을 흘리면서 중얼거렸다.

둘은 침묵 속에서 기다렸다. 시간이 끝없이 길게 느껴졌다. 드디어 소리가 들리고 물체가 하나 가까이 오는 것이 보였다. 우편 마차꾼이 약속한 대로 사람을 보낸 것이었다. 스타워카슬 근처에 사는 농부가 사람을 시켜 튼튼한 승마용 말을 보낸 것이었다. 그 말은 프린스 대신 벌통을 실은 마차에 매어져 캐스터브리지로 갔다.

그날 저녁 짐을 비운 마차는 다시 사고가 난 장소에 나타났다. 프린스는 아침부터 길가 도랑에 던져져 있었다. 길 가운데 고여 있던 피의 웅덩이는 아직도 자국이 선명했으나 지나가는 마차 바퀴에 흔적이 많이 지워져 있었다. 프린스는 자기가 끌던 마차에 실렸다. 발굽이 하늘을 향해 치켜 올려지고, 편자가 석양의 햇빛을 받아 반짝거리면서, 말은 말로트까지 13킬로미터에서 15킬로미터나 되는 거리를 되돌아갔다.

테스는 먼저 집으로 돌아갔다. 나쁜 소식을 어떻게 알려야 할지 생각이 나지 않았다. 그러나 부모님의 얼굴 표정에서 말이 죽은 사실을 벌써 알고 있는 것을 읽을 수 있었다. 테스는 자신의 입을 통해 소식을 알려야 하는 고통을 덜 수 있었다. 그런데도 자신의 잘못으로 사고가 일어났다는 자책감이 계속 쌓여 마음이 편치 않았다.

이 불행한 일은 집안 형편이 너무 어려웠기 때문에, 열심히 노력해서 사는 집안보다 그 충격이 오히려 덜했다. 물론 이러한 사건은 후자에게는 그냥 불편할 뿐이지만 전자에게는 파멸을 뜻했다. 딸의 장래에 대해 좀 더 야심이 큰 부모라면 응당 쏟아 부을 불 같은 분노가 더비필드 부부의 얼굴에는 보이지 않았다. 오히려 테스만이 자신을 심하게 책망하고 있었다.

죽은 말을 사 가는 무두장이가 말이 너무 노쇠했다는 이유로 프린스의 시체를 단 몇 실링에 사겠다고 하자 더비필드는 그제야 벌컥 화를 내었다.

"안 돼." 그가 냉정히 말했다. "말의 늙은 몽둥이를 팔지 않아. 더버빌 집안이 이 나라에서 기사로 떨치고 살던 때는 우리가 타던 군마를 고양이 먹이로 팔지는 않았어. 그런 돈 필요 없다! 프린스는 살아생전에 나에게 충실히 봉사했는데 이제 와서 헤어지다니."

다음 날 그는 가족을 먹여살리려 몇 달씩 곡식을 가꿀 때보다 더 열심히 마당에 프린스의 묘를 팠다. 구덩이가 준비되자 더비필드와 그의 아내가 말에 밧줄을 감아 마당에 난 길 위로 시체를 끌어 갔다. 아이들이 장례 행렬의 뒤를 따랐다. 에이브라함과 라이자 루는 훌쩍거리며 울었고, 호프와 모데스티는 그들의 슬픔을 큰 목소리로 쏟아내 울음소리가 담에서 메아리쳐 되돌아왔다. 프린스가 구덩이 안으로 굴러떨어질 때는 온 가족이 묘 주변에 빙 둘러섰다. 식구를 먹여살리던 말이 떠난 것이었다. 이제 어떻게 할 것인가?

"천당으로 갔겠지요?" 에이브라함이 훌쩍거리다가 물었다.

더비필드가 삽질을 해 흙을 덮었다. 테스를 제외하고 아이들 모두 다시 울음을 터트렸다. 그녀는 스스로를 살인자로 생각하듯 얼굴에는 눈물이 말라 있고 얼굴색은 창백했다.

5장

주로 말에 의지해 살아가던 떠돌이 장사꾼은 그때부터 지리 멸렬 상태에 빠졌다. 적빈(赤貧)은 아니었으나 궁핍이 눈앞에 닥쳐왔다. 더비필드는 이 지방에서 게으른 인간 축에 속했다. 어떨 때는 기운을 내서 일을 하기도 했지만 정작 일을 해야 하는 시간에는 그러지 않았다. 날품팔이의 규칙적인 노동에 익숙하지 않은 그는 노동력이 필요한 시간과 그가 일하고 싶은 시간이 맞아떨어지더라도 특별히 끈기를 발휘하는 사람이 아니었다.

부모를 이런 곤경에 빠트린 장본인인 테스는 그들이 이런 처지에서 벗어나려면 자신이 무슨 일을 해야 할지 말없이 생각해 보았다. 그러는 사이 어머니가 그녀에게 계획을 털어놓았다.

"고갯길이 있으면 내리막길이 있게 마련이다." 어머니의 말이었다. "너의 귀족 혈통이 이렇게 필요한 순간에 드러나 천만다행이다. 친구를 찾아보자. 체이스 숲 근처에 더버빌 부인이라는 돈이 굉장히 많은 여자가 사는데 우리 친척이 틀림없어. 네가 그 여자를 찾아가 친척이라는 것을 알리고, 우리가 어려울 때 좀 도와 달라고 부탁해 보면 어떠냐?"

"그러고 싶지 않아요." 테스가 말했다. "그런 부인이 있고 우리를 친절하게 대해 주면 그걸로 충분해요. 우리를 도와 달라고 할 수는 없어요."

"얘야, 너라면 그 여자의 환심을 사서 우리한테 무엇이든 다 해 주게끔 할 수 있을 텐데. 그보다 더한 일도 해 줄 수 있지. 내가 들은 게 있어 그런단다."

자신이 집안에 해를 끼쳤다는 생각 때문에 중압감을 느끼고 있던 테스는 평소 같으면 어머니 뜻을 따르지 않았겠지만 이번만은 마음을 달리 먹었다. 그러나 그녀가 이해할 수 없는 것은 어머니가 왜 이렇게 확실하지 않은 일에 목을 매느냐 하는 것이었다. 어머니는 더버빌 부인이 엄청난 덕성과 자비로운 마음을 지니고 있다는 사실을 수소문해서 알아보았는지도 모르는 일이었다. 그러나 테스의 자존심으로는 가난한 친척 역할이 마음에 들지 않았다.

"일자리를 알아볼게요." 그녀가 나지막한 목소리로 말했다.

"더비필드, 이건 당신이 해결할 문제야." 그의 아내가 뒷자리에 앉아 있는 남편 쪽으로 몸을 돌렸다. "당신이 쟤보고 꼭 가야 한다고 하면 쟤는 갈 거예요."

"난 우리 아이들이 모르는 친척을 찾아가 도와 달라고 간청하는 게 싫소." 더비필드가 중얼거렸다. "난 혈통이 가장 고귀한 집안의 가장이야. 신분에 맞게 행동해야 하오."

어머니의 계획에 반대하는 아버지의 이유는 모르는 친척을 찾아가지 않으려는 자신의 이유보다 더 나빴다. "엄마, 내가 말을 죽였으니" 하고 그녀가 탄식 어린 목소리로 말했다. "내가 뭔가 해야겠지요. 그 모르는 친척을 찾아가 만나 볼게요. 그러나 도와 달라고 부탁하는 건 나에게 맡겨 두세요. 그리고 내 결혼 문제로 거기를 찾아가지는 않겠어요. 그건 어리석은 짓이에요."

"테스, 그 말 잘했다." 아버지가 설교하는 투로 말했다.

"내가 그런 생각을 하고 있다고 누가 그랬니?" 조온이 되물었다.

"엄마 마음속에 있는 것 아니에요? 어쨌든 가 볼게요."

다음 날 일찍 자리에서 일어난 테스는 샤스턴이라고 부르는 언덕이 가파른 도시까지 걸어가, 거기서 한 주에 두 번 샤스턴에서 트란트리지 근처를 지나 체이스버러까지 동쪽으로 가는 짐마차를 타기로 했다. 트란트리지는 누구인지 잘 모르는, 신비에 싸인 더버빌 부인의 저택이 있는 교구였다.

이 잊을 수 없는 아침, 테스가 가는 길은 그녀가 태어나고 지금까지 그녀의 삶이 펼쳐진 계곡의 북동쪽 언덕을 가로질러 있었다. 블랙무어 계곡은 그녀에게 세상의 전부였으며 그곳 주민이 곧 인류 전체였다. 그녀가 경의로운 마음으로 세상을 보던 어린 시절에는 말로트 마을의 집 앞 대문과 목장의 회전문에서 긴 계곡을 내다보았다. 그때 신비롭게 보이던 것은 지금도 똑같이 신비스러웠다. 그녀는 매일 자신의 방 창문에서 탑과 마을과 흐릿하게 뿌연 저택들을 내다보았다. 특히 언덕 위에 장엄하게 서 있는 샤스턴 시를 바라보았으며, 저녁 햇빛을 받아 램프처럼 반짝이는 창을 쳐다보았다. 그녀는 그 도시에 아직 가 본 적이 없었다. 가까이에서 본 것은 계곡의 미세한 한 부분과 그 주변뿐이었다. 더구나 그녀는 그때까지 한 번도 계곡 밖으로 멀리 나간 적이 없었다. 그녀 주변을 둘러싸고 있는 산의 윤곽은 친척의 얼굴만큼이나 친숙했다. 그러나 그녀가 판단할 수 있는 세계 너머에 있는 것은 한두 해 전 그녀가 졸업할 때 우등을 한 마을 학교에서 배운 것으로 알 뿐이었다.

학창 시절에는 나이도 같은 여자 아이들에게서 많은 사랑을 받았다. 그녀는 같은 학년인 마을 단짝 세 명과 항상 어울려 다녔다. 셋은 늘 학교에서 집까지 나란히 걸어왔다. 그들 가운데 다리가 길고 가는 테스는 색이 바래서 딱히 뭐라고 말할 수 없는 다른 색으로 변해 버린 모직 원피스 위에 정교하게 짜여진 분홍색 망사 무늬가 날염된 앞치마를 입었다. 그리고 나물과 진귀한 광물질 보물을 찾느라 길과 강둑에서 다리를 구부리곤 하여, 무릎 언저리에 작은 사다리처럼 구멍이 뚫린 꼭 끼는 양말을 신고 있었다. 흙빛 머리칼은 불 위에 매단 냄비걸이처럼 대롱거렸다. 셋 중에 바깥 쪽에 선 아이들은 테스의 허리에 손을 얹었으며, 테스는 두 팔을 그들의 어깨 위에 올리고 걸었다.

나이가 들고 상황이 어떤지를 알게 되면서, 여동생과 남동생 들을 돌보고 먹이는 일이 말할 수 없는 고생인데도 어머니가 생각 없이 너무 많이 낳아 그녀에게 떠맡기는 것을 보고, 테스는 자신이 맬서스*의 인구론자가 되는 것을 느꼈다. 어머니의 지능지수는 행복한 어린아이에 지나지 않았다. 조온 더비

---

* 1766년~1834년. 빈곤이 인구 증가와 관계 있다고 주장하였다.

필드는 단지 동생들의 수에 또 하나 덧붙은 사람이며, 신의 섭리에 매달려야 하는 가족 중에서도 가장 손위도 아니었다.

그러나 테스는 작은 동생들을 진심으로 친절하게 대했다. 학교를 그만두자마자 그녀는 이웃 농장에서 건초를 만들고 추수하는 일을 하면서 품삯을 받아 집안 살림에 보탰다. 아버지에게 젖소 몇 마리가 있을 때 젖을 짜고 버터 만드는 법을 배워 두어, 가능하면 그녀는 그런 일을 더 좋아했다. 테스는 손가락 놀림이 재빨라 그런 일을 썩 잘 해냈다.

하루하루가 지날수록 그녀의 어깨 위에 가족을 돌보는 짐이 더 무겁게 지워지는 것 같았다. 더비필드 집안 대표로 더버빌 저택을 찾아가는 일도 응당 그녀의 몫이었다. 이번에 더비필드 가는 그들의 가장 자랑스러운 점을 그녀를 통해 보여 줄 수밖에 없었다.

그녀는 트란트리지 교차로에서 짐마차에서 내렸다. 그리고 체이스로 알려진 지역을 향해 걸어서 언덕을 오르기 시작했다. 체이스 변두리에 더버빌 부인의 저택인 '슬롭스'가 있다고 들었기 때문이었다. 그것은 농장과 목장과 불평투성이의 농부들이 있고 농장주가 그들로부터 어떻게 해서든지 자신과 가족을 위해 수입을 짜내는, 보통의 장원이 아니었다. 슬롭스는 그런 영지와는 많이 달랐다. 그것은 순수하고 단순하게 시골 생활의 즐거움을 만끽하기 위해 지은 저택으로, 주거에 필요한 땅과 주인이 직접 관여하고 마름이 관리를 맡은 작은 취미 농장 외에는 1에이커*의 골칫거리 땅도 딸려 있지 않았다.

---

* 야드파운드법에 의한 넓이 단위로 1에이커는 약 4,047제곱미터.

먼저 처마까지 상록수 가지가 울창하게 뻗어 있는 진홍색 벽돌로 된 경비실 건물이 눈에 들어왔다. 테스는 그 경비실이 장원의 저택이라고 생각했다. 그러나 조금 놀란 마음으로 곁문을 지나 본채로 뻗은 마차 길이 꺾어지는 지점까지 가자 집의 전경이 눈앞에 나타났다. 최근 세운 그 건물은 막 지은 새 집 같았으며, 경비실 건물의 상록수와 두드러진 대조를 이루는 진한 적색과 똑같이 붉은색이었다. 주변의 부드러운 색깔을 배경으로 제라늄 꽃처럼 솟아 있는 본채의 한쪽 구석 뒤로 체이스 숲의 부드러운 담청색 풍경이 펼쳐져 있었다. 체이스 숲은 진정 고색창연한 산림지대이며, 드루이드 신봉자들의 겨우살이가 오래된 오크 나무에서 발견되는 곳으로, 영국 안에서 몇 안 되는 태고의 삼림지대였다. 사람의 손으로 심지 않은 어마어마하게 큰 주목(朱木)이 활을 만들기 위해 가지를 자르던 그 당시 그대로 자라고 있었다. 이 고색창연한 숲의 모든 풍경이 슬롭스에서 보이기는 했으나 영지의 경계 바로 밖에 있었다.

이 아늑한 장원의 모든 것이 밝고 풍요로워 보이고 잘 손질되어 있었다. 여러 에이커나 되는 온실들은 경사지를 따라 발치의 관목 숲까지 펼쳐져 있었다. 모든 것이 돈처럼 보였다. 조폐창에서 찍어 낸 가장 최신 동전처럼 보이는 것이었다. 오스트리아산 소나무와 상록 오크 나무로 반쯤 가려지고 온갖 최신식 기구를 갖춘 마구간은 교구 성당의 작은 분관(分館)처럼 위엄 있게 보였다. 넓은 잔디 위에는 장식 천막이 세워져 있고 문이 그녀 쪽을 향해 나 있었다.

순진한 테스 더비필드는 길게 뻗은 자갈길 끝 자락에서 반쯤 놀란 자세로 서서 주변을 둘러보았다. 그녀 자신도 모르게 거기까지 걸어간 것이었다. 모든 것이 그녀가 생각했던 것과는 달랐다.

"우리 집안은 오래된 가문인 줄 알았는데, 여기 있는 모든 것이 새 것이네!" 그녀가 순진하게 중얼거렸다. 어머니의 계획에 쉽게 빠져들어 '친척 찾기'를 할 게 아니라 집 가까운 곳에서 도움을 얻었어야 한다고 그녀는 후회했다.

이 영지의 모든 것을 소유하고 있는 더버빌 가는 처음에 스톡 더버빌이라는 성을 썼다. 전국 여러 곳 중에서도 이렇게 복고풍에 젖은 지방을 택해 정착할 만큼 남다른 면이 있었다. 비틀걸음을 걷는 존 더비필드가 이 고장이나 근방에서는 유일하게 남아 있는 옛 더버빌 가문의 진짜 직계 후손이라고 한 트링검 신부의 말은 사실이었다. 그러나 신부는 그가 잘 알고 있는 사실, 즉 신부 자신이 더버빌 가 사람이 아니듯이 스톡 더버빌 가는 진짜 더버빌 가의 후손이 아니라는 점을 덧붙여 말해 주었어야 했다. 그러나 이 집안도 쇄신이 필요한 집안의 성을 빌려 접목해도 좋을 만큼 매우 좋은 혈통을 지닌 것은 사실이었다.

고인이 된 사이먼 스톡 노인은 생전에 북부 지방에서 정직한 상인으로 재산을 모으자(일설에는 고리대금을 했다는 이야기도 있지만) 그가 돈을 번 곳과는 멀리 떨어진 영국 남부에서 지방 유지로 정착하기로 결심했다. 그러기 위해서는 과거 날렵한 장사꾼이었던 자신을 쉽게 알아볼 수 없고, 단조롭고 딱딱한 것보다는 훨씬 덜 평범한 성으로 개명할 필요가 있었다. 그가 정착하기로 한 영국의 특정 지역에 속하는 가문 중에 후손이 끊어졌거나 반쯤 사라지고 퇴색하여 몰락한 집안의 역사를 다루는 저서를 대영박물관에서 한 시간 동안 뒤져 더버빌이 다른 어느 성 못지않게 듣고 보기에 좋다는 결론을 내렸다. 그리하여 자신과 후사들의 성에 영원히 더버빌이 부착되었다. 그러나 그는 그렇게 하면서도 허황된 짓은 하지 않았다. 새로운 이름에 가문의 역사를 만들어 붙이면서도 집안의 혼사와 귀족적 연관성을 합리적으로 기록했으며 엄격하게 겸허한 사회적 위상 이상의 칭호는 하나도 쓰지 않았다.

가엾은 테스와 부모는 이러한 상상력이 동원된 창작의 역사를 알지 못했으며 황당하게도 성과 성을 합쳐 붙일 수 있는지도 몰랐다. 다른 사람이 주는 혜택은 행운의 선물이지만 가족에게 주어지는 성은 타고나는 것이라고 생각했다.

테스는 수영하는 사람이 물에 뛰어들기 직전에 잠시 망설이는 것처럼 그 자리에서 물러나야 할지 그냥 밀고 나가야 할지 몰라 머뭇거리며 서 있었다. 그때 천막의 까만 삼각형 문에서 사람이 나왔다. 키가 큰 청년으로 담배를 피우고 있었다.

얼굴은 거무튀튀했고 두툼한 입술은 붉고 부드러웠으나 윤곽이 흉했다. 그 위로 까만 콧수염이 잘 다듬어져 있었으며 콧수염의 양쪽 끝은 꼬여서 위로 뻗어 있었다. 그러나 나이는 스물셋이나 스물넷을 넘지 않아 보였다. 그의 몸 전체에 야만적인 분위기가 깔려 있었으나 신사다운 얼굴과 눈동자가 뱅뱅 도는 대담한 눈에는 남다른 힘이 들어 있었다.

"흠, 예쁜 아가씨, 뭘 도와줄까요?" 앞으로 걸어 나오면서 그가 말했다. 그는 그녀가 당황해서 서 있는 것을 알아차렸다. "나한테 신경 쓰지 말아요. 내가 더버빌이요. 나를 만나러 왔어요?

아님 우리 어머니를 만나러 왔어요?"

더버빌 가문의 이름을 대표하는 집안 사람이 직접 나타난 것을 보고 더버빌 저택과 장원이 생각보다 다른 것만큼이나 더버빌 가의 인물이 상상한 것과는 판이한 것을 알 수 있었다. 온갖 추억이 아로새겨져 긴 세월 동안 그녀 가문의 역사와 영국의 역사를 상형문자로 대표하는 연로하고 위엄 있는 얼굴과 더버빌 집안의 모든 신체적 특징이 승화되어 있는 모습을 테스는 머릿속으로 상상했었다. 그녀는 눈앞에 나타난 사람과 마주 서서 더 이상 물러날 길이 없음을 알고는 이렇게 말했다.

"어머님을 만나러 왔는데요."

"만나기 어렵겠는데요. 몸이 불편하세요." 가짜 가문의 현재 주인이 말했다. 바로 그가 최근 작고한 노신사의 외아들 알렉이었다. "찾아온 목적이 무엇인지, 내가 대답을 하면 안 됩니까? 무슨 용건으로 어머니를 만나려는 거요?"

"용건은 아니고요. 그건…… 뭐라고 말하기가 어렵네요."

"구경 왔어요?"

"아, 아니에요. 글쎄 말씀을 드리면 좀……."

그 순간 테스는 자신의 심부름이 우스꽝스럽다는 생각이 너무 강하게 일었다. 그래서 남자에 대한 두려움과 불안한 마음으로 그 자리에 서 있는데도 그녀의 장밋빛 입술이 곡선을 그리면서 희미한 미소를 지었다. 그것은 거무튀튀한 알렉의 환심을 샀다.

"너무 바보 같아서요." 그녀가 말을 더듬거렸다. "말을 못하겠어요."

"괜찮아요. 난 바보 같은 짓을 좋아하거든요. 아가씨, 한 번 더 말해 보세요." 그가 친절한 목소리로 말했다.

"어머니가 가 보라고 해서요." 테스가 말을 이었다. "사실 저도 그렇게 할 마음이었고요. 하지만 이럴 줄은 몰랐어요. 제가 온 용건은 저희 집이 선생님 집과 같은 집안이라는 것을 알리기 위해서예요."

"하, 가난한 친척?"

"네."

"스톡 쪽인가?"

"아니요. 더버빌 쪽이에요."

"그래, 그래. 더버빌 쪽."

"우리 성은 세월이 지나면서 더비필드로 변하고 말았어요. 그러나 우리가 더버빌이라는 증거는 여럿 있어요. 고사 수집가들도 우리가 더버빌 집안이라고 믿어요. 그리고…… 그리고…… 집에 오래된 문장(紋章)도 있고요. 방패 위에 앞발을 치켜든 사자가 있고 그 위에 성이 그려져 있어요. 또 아주 오래된 은 숟가락이 있는데 끝이 작은 국자처럼 오목하게 파여 있고 같은 성이 거기에도 그려져 있어요. 너무 낡아서 어머니는 그걸 완두 수프 젓는 데만 쓰죠."

"은색 성은 방패 위에 새겨진 우리 집 문장이 확실해요." 그가 부드럽게 말했다. "우리 문장도 앞발을 든 사자지요."

"그래서 어머니가 우리 집안끼리 서로 알아 두는 게 좋겠다고 했어요. 우린 사고로 말을 잃었어요. 우리 집은 우리 가문에서 가장 오래된 집안이에요."

"어머니가 매우 친절하시군요. 나로서는 그 어머니의 조치를 유감스럽게 생각하지 않아요." 이렇게 말을 하면서 알렉은 테스를 바라보았다. 그의 눈길을 느끼고 테스는 얼굴을 붉혔다. "그러니까, 예쁜 아가씨, 친선 방문 차 찾아왔다, 이거구만, 친척으로?"

"그런 셈이지요." 테스는 다시 불안한 표정으로 말을 더듬거렸다.

"좋아요……. 나쁠 것 없지요. 어디 살아요? 무슨 일을 하죠?"

그녀가 집안 이야기를 간단하게 말했다. 알렉이 몇 가지 더 묻자 그녀는 자신이 타고 왔던, 같은 마차로 돌아갈 예정이라고 말했다.

"마차가 트란트리지 교차로를 지나 다시 여기로 돌아오기까지 한참이나 걸려요. 우리 영지를 걸으면서 그때까지 시간을 보내는 게 어때요, 예쁜 친척 아가씨?"

테스는 방문 시간을 가능한 한 짧게 줄이고 싶었다. 그러나 청년은 자신의 계획을 고집했다. 그녀는 그를 따르기로 하였다. 그는 그녀를 잔디밭과 화단과 온실로 데리고 갔다. 그다음에는 과수원과 유리 하우스로 안내하여 딸기를 좋아하느냐고 물었다.

"네." 테스가 대답했다. "딸기가 익으면요."

"여기는 벌써 익었어요." 더버빌이 몸을 구부려 딸기를 따서 테스에게 주었다. 그는 곧 '영국 여왕'이라는 특히 좋은 품종을 골라 몸을 일으키더니 줄기째로 손에 들어서 그녀의 입술에 대었다.

"아니에요, 아니에요!" 그녀는 자신의 손가락으로 그의 손을 막으며 빠르게 말했다. "내 손으로 먹을게요."

"말도 안 돼요!" 그가 고집을 부렸다. 조금 거북한 기분으로 그녀는 입을 벌려 딸기를 받아먹었다.

두 사람은 딱히 하는 일 없이 한동안 시간을 보냈다. 테스는 기분이 나쁘지 않은 마음 반, 또 원하지 않은 마음 반으로 더버빌이 주는 것을 모두 받아먹었다. 그녀가 더 이상 딸기를 먹을 수 없자 그는 딸기를 그녀의 작은 바구니에 담아 주었다. 그다음 둘은 길을 돌아서 장미 나무가 있는 곳으로 갔다. 그가 장미꽃을 따 주면서 그녀의 가슴에 꽂으라고 했다. 그녀는 꿈꾸는 사람처럼 그가 하라는 대로 했다. 장미꽃을 더 이상 꽂을 수 없자 그는 직접 장미 봉오리 한두 개를 그녀의 모자에 꽂아 주었다. 그러고는 그녀의 바구니에 장미를 가득 담았다. 드디어 그는 시계를 들여다보고는 이렇게 말했다. "이제 뭘 좀 먹고 나면 갈 시간이 되겠어요. 샤스턴으로 가는 마차를 타려면요. 이리 와요. 먹을 게 뭐가 있나 찾아볼게요."

스톡 더버빌은 잔디가 깔린 정원으로 그녀를 데리고 가서 천막 안으로 안내했다. 그리고 그녀를 거기 두고 사라졌다가 가볍게 먹을 수 있는 점심 바구니를 하나 들고 다시 나타나 그녀 앞에 놓았다. 젊은 신사는 두 사람이 즐겁게 보내는 곳에 하인이 나타나 방해하는 것을 원하지 않는 것이 분명했다.

"담배 좀 피워도 되겠지요?" 그가 물었다.

"아, 네, 괜찮아요."

사람을 의식하지 않고 예쁘게 음식을 씹는 그녀의 모습을 그는 천막 안에 실타래 모양으로 자욱하게 퍼져 가는 담배 연기 사이로 바라보았다. 가슴 위에 꽂힌 장미를 순진하게 내려다보는 테스는 그 마약 같은 푸른 연기 뒤에 그녀 일생의 비극적인 재난이 서려 있음을, 그녀의 젊은 인생의 스펙트럼에서 핏빛 붉은 광선이 될 사람이 도사리고 있음을 예측하지 못했다. 테스는 지금 그녀 자신에게 불리할 수도 있는 면을 지니고 있었다. 바로 이 점 때문에 알렉은 그녀에게서 눈을 뗄 수 없었다. 그것은 테스가 실제 나이보다 더 성숙해 보이게 하는 몸 전체의 풍만한 윤곽과 성숙하게 자란 키였다. 그녀는 어머니의 몸매를 빼닮은 편이었지만 어머니의 성격을 닮지는 않았다. 이 점은 이따금 그녀의 마음을 괴롭혔다. 그녀의 친구들은 그 점에 대하여 시간이 지나면 치유될 성격의 결함이라고 말했다.

그녀는 금세 점심을 끝냈다. "이제 집으로 가야겠어요." 자리에서 일어나면서 그녀가 말했다.

"뭐라고 불러요?" 그가 물었다. 그는 저택 밖까지 자갈길을 따라 그녀를 배웅하였다.

"말로트에서는 테스 더비필드라고 해요."

"가족이 말을 잃어버렸다고 했어요?"

"내가 죽였어요!" 프린스의 죽음을 자세히 이야기하는 동안 그녀의 눈에 눈물이 고였다. "그 문제에 관해 아버지를 어떻게 도와야 할지 모르겠어요!"

"내가 도울 길이 없나 생각해 볼게요. 일자리는 우리 어머니가 마련해야 할 거고. 그러나 테스, '더버빌'에 관한 바보 같은 소리는 하지 않기에요. '더비필드' 만으로 충분해요, 알겠어요? 완전히 다른 성이니까요."

"그건 나도 바라지 않아요." 그녀가 약간 위엄 어린 목소리로 말했다.

한순간, 단 한순간, 경비실이 나타나기 전 키가 큰 철쭉 나무와 침엽수 사이의 진입로가 꺾어지는 지점에서 그가 얼굴을 그녀 앞으로 내밀었다. 마치…… 그러나 아니었다. 그는 마음을 바꿔 그녀를 그냥 가게 내버려 두었다.

이렇게 하여 일은 시작되었다. 그녀가 이 만남의 의미를 깨달았다면 그녀는 왜 그날 다른 남자가 아닌 잘못된 남자의 눈에 띄어 그가 탐하는 대상이 되는 운명에 빠지게 되었는지를 물었을 것이다. 왜 그가 모든 점에서 꼭 맞는 남자, 바람직한 남자, 인간적으로 거의 완벽하게 꼭 맞는 남자, 바람직한 남자가 아니었는지를 그녀는 물어볼 수도 있었을 것이다. 그러나 그녀가 만난 사람 가운데 이 유형에 거의 가까운 사람이 있었지만 그에게는 그녀가 이미 반쯤 잊힌, 지나간 인상에 지나지 않았다.

제대로 계획한 일이 잘못 진행되는 상황에서는, 부름이 올 사람을 데려오지 못하고, 사랑하는 사람이 사랑하는 시간과 일치하는 일이 거의 없다. 보는 것이 곧 행복한 일로 이어지는 순간에 자연이 "보라!"고 인간에게 말하고 인간이 "어디?"라고 외쳤을 때 "여기."라고 답하는 일이 드물다. 그러다 숨바꼭질은 지루하고 지치는 게임이 된다. 인간 발전의 절정과 정점에서 이런 모순이 보다 훌륭한 통찰력에 의해, 그리고 우리를 지금 덜 커덩거리며 끌고 가는 것보다 더 짜임새 있게 운영하는 사회적 기구의 상호작용에 의해 시정될 수 있을지 우리는 생각해 본다. 그러나 완전한 해결 방법은 예측할 수도 없고 가능하지도 않다. 지금은 수백만의 경우와 마찬가지로 서로 마주 대하고 있는 사람들이 완전한 순간에 만나는 완전한 총체의 두 동강 난 반쪽이 아니었다. 사라진 반쪽은 나중 제시간이 올 때를 기다리며 둔감한 상태에서 혼자 지상을 돌아다니는 것이다. 이러한 혼돈의 기다림 속에서 근심과 실망과 충격과 재난과 스쳐 가는 운명이 일어난다.

더버빌은 천막으로 돌아와 생각에 잠겨 의자에 걸터앉았다. 그의 얼굴에는 기쁜 빛이 떠올라 있었다. 그는 크게 웃음을 터트렸다.

"흥, 제기랄! 우습기 짝이 없는 아이야! 하하하! 고것 아주 예쁘게 생겼어!"

6장

테스는 언덕길을 내려가 트란트리지 교차로로 갔다. 그리고 멍한 기분으로 체이스버러에서 샤스턴으로 돌아오는 짐마차를 기다렸다. 마차를 타자 안에 타고 있던 사람들이 뭐라고 말을 걸었고 또 그녀가 뭐라고 대답을 하였으나 무슨 말을 했는지는 기억하지 못했다. 마차가 출발했으나 그녀는 외부를 보는 눈은 감고 내면을 보는 눈만 뜨고 있었다.

마차 안의 한 승객이 테스가 처음 탔을 때 말을 건 사람보다 더 직선적으로 그녀에게 말을 걸었다. "아니 꽃을 한아름 달았네! 이른 6월에 이런 장미가 어디 있어!"

그제서야 테스는 사람들이 놀란 눈으로 구경거리를 보듯 자신을 보고 있다는 사실을 깨달았다. 가슴에 단 장미, 모자에 달린 장미, 바구니 가득 담은 장미와 딸기! 그녀는 얼굴을 붉히면서 당황한 목소리로 장미꽃을 누가 선물로 주었다고 말했다. 사람들이 보지 않는 틈을 타 그녀는 특별히 사람들의 이목을 끄는 모자의 장미를 가만히 떼내 바구니에 넣고 손수건으로 그 바구니를 덮었다. 그녀는 다시 생각에 잠겼다. 고개를 숙이다 가슴에 달린 장미 가시가 그만 그녀의 턱을 찔렀다. 블랙무어 계곡의 모든 사람들과 같이 테스는 환상과 예시적인 미신에 깊이 빠져 있었다. 그녀는 이것이 나쁜 징조라고 생각하였다. 그것은 그녀가 경험한 첫 번째 흉조였다.

마차는 샤스턴까지만 갔다. 산마루에 위치한 도시에서 계곡으로 내려가 말로트까지 가려면 5, 6킬로미터쯤 언덕길을 걸어 내려가야만 했다. 마차에서 내려 너무 피곤하면 알고 지내는 이 도시 어떤 농가의 아주머니 집에서 하룻밤을 묵고 오라고 어머니가 일러 준 말이 있었다. 테스는 그 말을 따랐다. 언덕길을 내려 그녀가 집으로 돌아온 것은 그 다음 날 오후였다.

테스는 집으로 들어서면서 어머니의 의기양양한 태도를 보고 자신이 집을 비운 사이에 무슨 일이 일어났다는 것을 짐작할 수 있었다.

"아, 그래, 다 알고 있다. 내가 너한테 괜찮을 거라고 말하지 않았니. 그게 사실로 되었다!"

"내가 없는 사이에? 뭐가요?" 테스가 조금 지쳐서 말했다.

어머니가 장난기 섞인 표정으로 딸을 아래위로 훑어보았다. 어머니는 계속 익살스럽게 이야기를 늘어놓았다. "그래 네가 그 사람들 마음을 사로잡았구나!"

"엄마가 어떻게 알아요?"

"편지를 받았지."

테스는 그제서야 그사이 편지가 올 수 있는 시간이 있었음을 알았다.

"그쪽 말로는 ─ 더버빌 부인 말로는 ─ 그 부인이 취미 삼아 갖고 있는 작은 양계장을 네가 돌봐 줬으면 하더라. 그건 네가 너무 큰 기대를 하지 않게 해서 데려가려고 꾸며 낸 말이겠지. 부인이 널 친척으로 받아들이겠다는 거야. 그 말의 뜻이 그거지 뭐냐."

"그런데 나는 그 부인을 만나지 않았어요."

"누군가는 만났겠지?"

"아들을 만났어요."

"그래, 아들은 친척이라고 했느냐?"

"날 친척이라고 부르던데요."

"아, 그럴 줄 알았다! 여보, 그 사람이 우리 애를 친척이라고 불렀대요!" 조온이 남편을 향해 외쳤다. "그러니까, 물론 그 아들이 어머니한테 네 이야기를 한 거다. 어머니는 널 그 집에 오라고 한 거고."

"그렇지만 내가 닭 돌보는 일을 잘 해낼지 모르겠어요." 테스가 자신 없는 듯 말했다.

"네가 아니라면 누가 잘할 수 있겠니. 너는 닭 치는 일을 하는 사람들 속에서 태어났고, 그 일을 하면서 자랐단다. 태어날 때부터 그 일을 하는 사람이 배워서 하는 사람보다 더 잘하는 게 당연하다. 거기다, 그건 네가 신세 진다는 생각을 하지 않도록 하기 위해 맡기는 구실에 불과한 거다."

"가야 된다는 마음이 내키지 않아요." 테스가 생각에 잠겨 말했다. "그 편지 누가 썼어요? 보여 줄래요?"

"더버빌 부인이 썼지. 편지 여기 있다."

편지는 삼인칭으로 쓰여 있었다. 더비필드 부인 앞으로 간단히 쓴 편지로, 딸이 양계장 운영을 도와주면 더버빌 부인에게 도움이 되겠으며, 테스가 오면 편안한 방을 마련해 주고, 사람이 마음에 들면 보수는 넉넉히 줄 것이라는 내용이었다.

"아, 그게 전부네요." 테스가 말했다.

"팔을 벌려 키스를 하고, 모든 걸 다 한꺼번에 보여 주기를 바랄 수야 없는 것 아니니."

테스는 창밖을 내다보았다.

"난 여기 남아 아버지하고 엄마하고 같이 있었으면 좋겠어요." 그녀가 말했다.

"왜?"

"엄마, 이유는 말하지 않을게요. 사실은 나도 이유를 잘 모르겠어요."

일주일 뒤 어느 저녁에 그녀는 가까운 이웃에서 간단한 일자리를 찾아보았지만 아무것도 구하지 못하고 집으로 돌아왔다. 그녀는 여름 내내 일을 해서 말 한 마리를 살 돈을 벌어보자는 생각을 하고 있었다. 집 현관을 들어서기도 전에 동생 하나가 방에서 껑충거리며 나오면서 입을 열었다. "그 신사 아저씨가 왔다 갔어!"

테스의 어머니가 서둘러 나서서 설명했다. 그녀의 얼굴 가득 미소가 솟아올랐다. 더버빌 부인의 아들이 우연히 말로트 쪽으로 말을 타고 왔다가 그 말을 탄 채로 찾아왔다는 것이었다. 그는 지금까지 노부인의 양계장 일을 맡아 오던 일꾼이 믿지 못할 짓을 하다가 탄로가 났노라며, 테스가 그 양계장을 관리하러 올 수 있는지 최종적인 대답을 어머니를 대신해서 듣고 싶다고 했다는 것이었다. "더버빌 씨 말로는 인상 그대로라면 네가 착한 사람임에 틀림없다고 하더라. 그 사람은 네가 네 몸무게만큼이나 무거운 금덩어리의 가치를 가진 사람이라는 것을 알 수 있었다고 하더라. 사실대로 말해서 그 사람이 너한 테 관심이 대단하더라."

자신의 생각으로는 자기가 아주 보잘것없는 사람인데, 낯선 사람이 자기를 그렇게 높이 평가한다는 사실에 테스는 잠시나마 기분이 좋았다.

"그렇게 생각한다니 고맙네요." 그녀가 중얼거렸다. "거기 가서 사는 것이 어떨지 확신이 서면 언제든지 갈게요."

"그 사람 대단히 잘생겼더라."

"난 그렇게 생각하지 않아요." 테스가 싸늘하게 말했다.

"음, 잘생겼건 아니건 이건 너에게 주어진 기회야. 그 사람 멋있는 다이아몬드 반지를 끼었던 게 분명해."

"그래." 창가의 벤치에 앉아 있던 꼬마 에이브라함이 신이 나서 외쳤다. "나는 그 다이아몬드 봤어요! 손을 올려 콧수염을 만질 때 다이아몬드가 번쩍번쩍했어요. 어머니, 왜 우리 돈 많은 친척은 자꾸 손을 치켜들어 콧수염을 만질까요?"

"쟤 말 좀 들어 봐라!" 더비필드 부인이 존경스러운 마음을 이런 식으로 외쳤다.

"다이아몬드를 보여 주려고 그런 거겠지." 존 경이 의자에 앉아 꿈꾸는 듯한 목소리로 말했다.

"생각해 볼게요." 방을 나가면서 테스가 말했다.

"그래요, 쟤가 곧장 우리 가문 청년의 마음을 사로잡았어요." 아내가 남편에게 말했다. "이걸 못 잡으면 바보지."

"난 애들이 집을 떠나는 게 마음에 걸려." 행상인이 말했다.

"내가 가문의 어른인데 지들이 나한테 와야지."

"여보 재를 가게 해요." 한심하고 어리석은 그의 아내가 그를 달랬다. "그 사람 우리 애한테 홀딱 반했어요. 척보면 몰라요? 재를 친척이라고 불렀다잖아요. 그 사람 우리 애하고 결혼할 거예요. 십중팔구 맞아요. 그래서 우리 애를 숙녀로 만들거예요. 그러면 재는 우리 조상들처럼 되는 거예요."

존 더비필드에게는 힘이나 건강보다 자만심이 더 많았다. 그의 아내의 상상이 그를 기쁘게 했다.

"글쎄, 아마 그게 젊은 더버빌 씨가 뜻하는 것일 수 있겠지." 그가 아내의 말을 인정했다. "그 사람도 오래된 가문과 접목을 해서 저들의 혈통을 끌어올리려고 진지하게 생각했겠지. 테스는 장난꾸러기야. 걔가 그 집을 찾아갔다가 정말로 이런 결과를 가져왔구먼!"

한편 테스는 생각에 잠겨 마당에서 구즈베리 나무 아래와 프린스의 무덤 위를 걷고 있었다. 그녀가 집 안으로 들어오자 어머니가 테스에게 그녀가 가서 덕이 될 수 있는 이점을 계속 설명했다. "그래, 어떻게 하겠니?" 하고 물었다.

"더버빌 부인을 만나 봤어야 하는데." 테스가 말했다.

"그냥 결정해 버려라. 가면 곧 만날 텐데."

의자에 앉아 있던 아버지가 기침을 했다.

"뭐라고 말을 해야 할지 모르겠네요!" 테스가 어정쩡한 마음으로 대답했다. "엄마와 아버지가 결정하세요. 내가 말을 죽였으니, 말을 새로 사려면 내가 뭔가 해야 하겠지요. 하지만 난 더버빌 씨가 거기 있는 게 마음에 걸려요."

아이들은 테스가 부자 친척(그들은 더버빌 가를 부자 친척으로 생각하고 있었다.)의 환심을 샀다는 사실을 말이 죽은 후에 집으로 가져올 고통 해소제의 일종으로 여기고 있었다. 아이들은 테스가 친척집으로 가는 것을 망설인다고 소리 내어 울기 시작했다. 그녀가 주저하는 것을 두고 애원하고 원망했다.

"테스는 안 가아아고 수욱녀가 안 된대요. 안 한대요. 안 된대요. 아안 한다고 말해요!" 그들은 입을 네모나게 하고는 소리 내어 울었다. "우리는 근사한 말을 새로 얻을 수도 없게 되고 장날에 선물 살 금화도 못 가지게 되었어! 테스는 좋은 옷을 입어도 이이젠 예쁘지 않아!"

테스 어머니도 함께 맞장구를 쳤다. 집안일을 끝없이 미루어 실제보다 더 힘들게 보이게 해 자신이 하고 싶은 말의 무게를 더했다. 유독 그녀 아버지만 중립적인 입장을 지켰다.

"갈게요." 마침내 테스가 말했다.

그녀 어머니는 테스가 승낙하자 결혼의 환영이 솟아오르는 것을 지울 수가 없었다. "그래야지! 이렇게 예쁜 처녀에게는 이번이 아주 좋은 기회야!"

테스는 지르퉁한 미소를 머금었다.

"돈을 벌 기회가 되었으면 좋겠어요. 다른 기회는 없어요. 제발 바보같이 교회에 관한 이야기는 하지 마세요."

더비필드 부인은 약속하지 않았다. 찾아온 손님이 했던 말을 들은 뒤 말조심을 할 만큼 자랑스러워하지 않아야 할 이유를 알 수 없었다.

이렇게 하여 준비가 진행되었다. 어린 처녀는 편지를 써서 오라는 날 가도록 준비를 하겠다고 동의하였다. 곧 회답이 왔다. 더버빌 부인은 그녀의 결정을 환영하며 그녀와 그녀의 짐을 실어 올 수 있게 모레 짐마차를 블랙무어 계곡의 정상 부분까지 보내겠으니 그때 맞춰 떠날 준비를 하라고 했다. 이상하게도 더버빌 부인의 글씨가 남자 필체처럼 보였다.

"짐마차?" 조온 더비필드가 의심스러운 투로 중얼거렸다. "친척이 탈 만한 마차를 보내야지."

가기로 마음을 정하고 나자 테스의 마음은 안정되고 막연하던 심정이 사라졌다. 별로 힘들지 않은 일을 해서 아버지에게 말 한 마리를 새로 사 줄 수 있다는 생각에 자신감이 생겨 차분하게 일을 할 수 있었다. 그녀는 원래 학교에서 가르치는 선생님이 되고 싶은 마음을 갖고 있었다. 그러나 운명은 다른 일을 하도록 정해 둔 것 같았다. 정신적으로 어머니보다 훨씬 원숙한 그녀는 더비필드 부인이 결혼을 바란다는 것을 잠시도 심각하게 받아들인 적이 없었다. 천성이 경박한 그녀는 테스가 태어난 해부터 딸에게 어울리는 배필을 찾고 있었다.

7장

떠나기로 한 날 아침 테스는 동이 트기 전에 이미 잠에서 깨어 있었다. 어둠이 사라지기 직전, 숲은 아직도 고요하기만 했다. 그러나 새 한 마리가 맑은 목소리로 자신만은 적어도 정확한 시간을 안다고 예언하듯 지저귀고 있었다. 한편으로 다른 새들은 그가 틀렸다고 확신하듯 침묵을 지켰다. 테스는 짐을 챙기면서 아침 식사 시간까지 2층에 있었다. 아래층으로 내려왔을 때는 주중에 입는 평상복을 입고 있었으며 일요일에 입는 외출복은 잘 개어 가져갈 짐 상자 속에 넣어 두었다.

그녀의 어머니가 타일렀다. "친척을 만나러 가는데 그보다는 곱게 입어야지?"

"일하러 가는 거예요!" 테스가 대답했다.

"응, 그러기는 하다만." 더비필드 부인이 말했다. 그러나 그녀는 독백처럼 중얼거렸다. "처음에는 조금 예쁘게 꾸며 보는 것도 좋겠지. 겉으로는 너의 가장 좋은 면을 보여 주는 것이 현명해."

"좋아요. 엄마 말이 맞겠죠." 테스가 체념하듯 조용히 말했다. 그러고는 어머니의 기분을 맞춰 주려고 자신을 조온 더비필드의 손에 전적으로 내맡기면서 이렇게 말했다. "엄마, 나 여기 있으니 엄마 마음대로 하세요."

더비필드 부인은 테스가 고분고분 따르자 너무 기뻤다. 그녀는 먼저 커다란 대야에 물을 떠 와 딸의 머리를 깨끗이 씻어 주었다. 머리를 말리고 빗질을 하고 나니 다른 어느 때보다 두 배는 더 예뻐 보였다. 그녀는 보통 때와 달리 넓은 핑크색 리본을 딸의 머리에 달아 주었다. 그리고 테스는 클럽 걷기 모임에서 입었던 흰 드레스를 입었다. 우아하고 넉넉한 옷은 큼직하게 빗어 올린 머리와 잘 어울려 한창 피어나는 그녀의 모습이 실제 나이보다 더 풍만한 인상을 주었으며 아직 어린 소녀인데도 성숙한 여인처럼 보이게 했다.

"양말 뒤꿈치에 구멍이 났어요." 테스가 말했다.

"양말에 난 구멍은 신경 쓰지 말아라. 입이 달리지는 않았으니까! 내가 처녀였을 적에는 모자만 예쁘면 그만이지, 양말 뒤꿈치를 보는 건 귀신밖에 없더라."

딸의 모습을 자랑스럽게 생각하는 어머니는 자만심으로 가득 차 예술가가 화가(畫架)에서 몇 걸음 떨어져 작품을 전체적으로 감상하는 것과 같은 자세를 취했다.

"네 모습을 직접 좀 봐라!" 그녀가 외쳤다. "어제보다 훨씬 더 예뻐졌다."

집에 있는 거울은 기껏해야 테스의 작은 한 부분만 비출 만큼 작았기 때문에 더비필드 부인이 까만 외투를 창문 밖에 걸어 창을 통해 몸의 윤곽을 볼 수 있도록 했다. 그것은 농가 주민들이 치장할 때 늘 하는 방법이었다. 더비필드 부인은 아래층 낮은 방에 앉아 있는 남편에게로 갔다.

"더비필드 씨, 내 생각인데" 하고 그녀가 의기양양해서 말했다. "그 사람이 우리 아이를 좋아하지 않을 수 없을 거예요. 당신이 어떻게 하든 상관없지만 절대 그 남자가 테스를 좋아한다는 이야기는 입밖에도 내지 마세요. 테스에게 주어진 이번 기회에 대해서도 말하지 말고요. 걔는 이상한 아이라 그런 말을 했다가는 오히려 그 남자를 싫어할지 모르고 아니면 지금이라도 안 가겠다고 버틸지 몰라요. 모든 게 다 잘되면 그 스태그푸트레인에 사는 신부님한테 이야기해 준 데 대해 고마움을 표시해야 해요. 고마운 사람이지."

그러나 옷을 챙겨 입히는 처음의 흥분이 가라앉고 딸이 떠나야 할 순간이 가까워 오자 조온 더비필드의 마음속에 불길한 예감이 떠올랐다. 그녀는 계곡에서 시작되어 바깥세상을 향해 가파르게 오르는 첫 번째 오르막길까지 딸과 함께 걸어가겠노라고 했다. 오르막길 꼭대기에서 테스는 스톡 더버빌 집안이 보낸 짐마차와 만나게 되어 있었다. 그녀의 짐은 시간에 맞추기 위해서 젊은 청년이 끄는 외바퀴 손수레에 실어 그 꼭대기로 먼저 보냈다.

어머니가 모자를 쓰는 것을 보자 아이들이 따라가겠다고 떠들어 댔다.

"언니가 신사 친척하고 결혼을 하고 좋은 옷을 입을 텐데, 나도 같이 갈래요."

"얘들아" 하고 테스가 얼굴을 붉히면서 몸을 홱 돌렸다. "그런 소리 하면 안 돼! 엄마, 어쩌면 저런 생각을 재들 머리에다 심어 놨어요?"

"얘들아, 언니는 우리 부자 친척 집에 일하러 가는 거다. 새 말을 살 돈을 벌러 가는 거야." 더비필드 부인이 타이르듯 말했다.

"아버지, 갈게요." 테스가 목멘 소리로 인사를 했다.

"잘 가거라, 내 딸아." 존 경이 딸이 떠난다고 아침에 약간 과음을 하여 꾸벅꾸벅 졸다가 깨면서 가슴에 묻었던 얼굴을 쳐들고 작별인사를 했다. "아무쪼록 젊은 친구가 같은 혈통의 너처럼 예쁜 친척을 좋아하기를 바란다. 테스, 가서 그 친구에게 전해라. 우리 집안이 전날의 영화에서 완전히 몰락했으니 작위를 팔겠다고, 그래 작위를 팔겠다고 말이다. 부당하지 않은 값에 판다고 말이다."

"1000파운드 이하로는 안 돼!" 더버빌 남작 부인이 외쳤다.

"그 친구보고 전해라 1000파운드면 되겠다고. 흠. 생각해 보니 그보다는 조금 덜 받아도 되겠다. 나처럼 촌스러운 사람보다 그 친구에게 더 잘 어울리겠지. 100파운드만 주면 주겠다고 그래라. 아니, 푼돈 가지고 고집하지는 않겠다. 그 친구에게 50파운드만 주면 작위를 가질 수 있다고 해라. 아니 20파운드면 된다고 그래라! 그래, 20파운드 그게 최저 가격이다. 제길, 가문의 명예는 가문의 명예지. 그 이하로는 한 푼도 깎을 수 없다!"

테스는 눈물이 가득 차고 목이 메어 가슴속에서 솟아오르는 감정을 입 밖으로 표현할 수 없었다. 그녀는 재빨리 몸을 돌려 밖으로 나갔다.

테스와 여동생들과 어머니는 다 같이 걷기 시작했다. 동생들이 테스 양쪽에서 그녀의 손을 잡았다. 아이들은 생각에 잠긴 표정으로, 마치 막 훌륭한 일을 하려는 사람을 바라보듯, 테스를 이따금씩 쳐다보았다. 어머니는 막내를 데리고 그 뒤를 걸었다. 그들의 모습은 겉으로는 순수하고 뒤로는 소박한 허영에 둘러싸인 정직한 아름다움을 표현한 한 폭의 그림 같았다. 그들은 오르막길이 시작되는 곳까지 걸었다. 그 오르막길 꼭대기에서 트란트리지에서 보내 온 짐마차를 만나게 되어 있었다. 그곳으로 정한 것은 말이 마지막 고개를 오르는 수고를 덜어 주기 위해서였다. 첫 번째 보이는 야산 뒤로 멀리 샤스톤 시의 벼랑 위 집들이 산마루 지평선 위에 솟아 있었다. 고갯마루와 만나는 산 위의 길에는 먼저 보낸 젊은 청년이 테스의 전 재산을 담은 손수레의 손잡이 위에 앉아 있는 모습이 보일 뿐 아무도 없었다.

"여기서 좀 기다려라. 짐마차가 곧 올 게다." 더비필드 부인이 말했다. "그래 저기 보이네!"

마차가 가장 가까이 있는 야산 앞쪽을 돌아 갑자기 나타나더니 손수레 앞에 있는 젊은이 앞에 멈춰 섰다. 어머니와 아이들은 그 이상 가지 않기로 결심했다. 테스는 그들에게 급히 작별을 하고는 고갯길을 오르기 시작했다.

어머니와 아이들은 테스의 하얀 모습이 그녀의 짐 상자가 벌써 실려 있는 마차 가까이 가는 것을 보았다. 그러나 그녀가 그 마차 앞에 닿기도 전에 다른 마차 하나가 산마루 나무 뒤에서 갑자기 튀어나오더니 길모퉁이를 돌고 짐마차를 지나 테스 곁에 섰다. 테스는 아주 놀란 기색이었다.

테스 어머니는 처음으로 두 번째 마차가 첫 번째 마차처럼 초라한 것이 아니라, 깨끗하게 칠을 하고 고급 장비를 단 이륜 승용 마차임을 알게 되었다. 말을 몰고 온 사람은 스물서넛 된 청년으로 이 사이에 시가를 물고 있었다. 그는 멋쟁이 모자를 쓰고, 갈색 재킷과 같은 빛깔의 바지를 입었으며, 흰 넥타이를 매고 있었다. 깃이 선 칼라를 달고 갈색 승마용 장갑을 꼈는데, 그가 바로 한두 주 전 테스에 대해 대답을 들으려고 조온을 찾아왔던 미남이고 말 타기를 즐기는 젊은 멋쟁이 청년이었다.

더비필드 부인이 어린아이처럼 손뼉을 쳤다. 그녀는 시선을 내리깔더니 다시 위를 쳐다보았다. 그녀는 이 광경의 의미를 잘못 보고 있는 것인가?

"저 신사 친척 아저씨가 언니를 귀부인으로 만들어 주는 거예요?" 막내가 물었다.

모슬린 옷을 입은 테스는 마음을 정하지 못한 채 마차 곁에 가만히 서 있었으며, 마차 주인이 그녀에게 무어라고 말을 하고 있었다. 언뜻 보기에 그녀가 주저하듯 망설이는 것은 사실 그 이상의 의미를 띠고 있었다. 그것은 불안한 예감이었다. 그녀는 초라한 짐마차가 더 좋은 것 같았다. 청년이 마차에서 내려 테스에게 그 마차에 오르라고 간청하는 눈치였다. 그녀는 가족들이 있는 언덕 아래쪽으로 얼굴을 돌려 그들을 내려다보았다. 무언가 그녀의 결심을 재촉한 것 같았다. 그녀가 프린스를 죽였다는 생각이었으리라. 그녀가 갑자기 마차에 올라탔고 청년이 그녀 곁에 타자마자 급히 말에 채찍질을 하였다. 한순간에 그들은 상자를 실은 느린 짐마차를 지나 산모퉁이 뒤로 사라졌다.

테스의 모습이 곧 시야에서 사라져 버렸다. 드라마로서 사건의 흥미는 거기서 끝났다. 작은 아이들의 눈에 눈물이 고였다. 가장 어린 아이가 말했다. "불쌍하고 불쌍한 테스가 귀부인이 되기 위해 가지 않으면 좋겠어!" 아이는 입술 양끝을 끌어내리면서 울음을 터트렸다. 그의 말은 전염이 되어 다음 아이가 똑같이 울기 시작했으며 그다음 아이도 따라 했다. 마침내 세 아이가 다 함께 엉엉 울어 댔다.

집으로 가려고 돌아서는 조온 더비필드의 눈에도 눈물이 고여 있었다. 마을로 돌아오자 그녀는 마음속으로 일이 잘되기만을 바랐다. 그러나 그날 밤 잠자리에 들었을 때 그녀는 한숨을 감출 수가 없었다. 남편이 무슨 일이냐고 물었다.

"아, 꼭 뭔지는 잘 모르겠어요." 그녀가 대답했다. "테스를 보내지 않는 것이 더 나았을지도 모른다는 생각이 들어요."

"왜 진작 그런 생각을 못했소?"

"글쎄, 그게 걔한테는 기회이기는 한데……. 그런 일이 또 다시 생기면 그 신사 양반이 정말로 마음씨 고운 사람이고 또 친척으로 테스를 잘 돌볼 사람인지 알아볼 때까지 보내지 않겠어요."

"그래요. 진작 그렇게 했어야지." 존 경이 경멸하듯 콧소리로 말했다.

조온 더비필드는 항상 다른 곳에서 위안을 찾아 내는 버릇이 있었다. "흠, 훌륭한 가문의 진품이니까, 카드만 잘 쓴다면 그 사람과 일이 잘되겠지. 그 사람은 결혼부터 하지 않으면 나중에라도 할 거야. 그 사람이 테스에게 홀딱 빠져 있다는 건 누가 봐도 알 수 있으니까."

"테스의 카드가 뭐요? 더버빌 혈통 말이오?"

"아니지. 바보처럼. 개 얼굴 말이지요. 그건 내 얼굴이기도 하지만."

8장

알렉 더버빌은 테스 곁에 자리를 잡고 첫 번째 야산의 능선을 따라 재빨리 달리기 시작했다. 마차를 몰면서 그는 테스에게 연신 칭찬의 말을 아끼지 않았다. 테스의 짐을 실은 마차는 한참 뒤로 떨어졌다. 계속 오르막길이어서 사방으로 엄청나게 넓은 풍경이 펼쳐져 있었다. 뒤로는 그녀가 태어난 초록색 계곡이 있었고, 앞에는 처음으로 잠시 가 본 트란트리지 길 외에 아는 것이라고는 없는 미지의 회색 빛 땅이 펼쳐져 있었다. 그들은 한참을 달려 갑자기 아래로 내려가는 급경사 지점 근처에 이르렀다. 거기서부터 내리막길이 거의 1.6킬로미터나 똑바로 길게 뻗어 있었다.

테스 더비필드는 천성적으로 용기 있는 사람이었으나 아버지의 말을 죽인 이후 마차만 타면 극도로 무서웠다. 마차의 움직임이 조금이라도 이상하면 놀란 마음을 누를 수 없었다. 마부가 말을 약간 마구잡이로 모는 것을 보고 그녀는 마음이 불안해졌다.

"내려갈 때는 말을 좀 천천히 몰겠죠?" 그녀가 짐짓 태연한 척하면서 물었다.

더버빌이 고개를 돌려 그녀를 바라보았다. 그는 크고 하얀 가운데 앞니 끝으로 시가를 물고는 천천히 입술에 미소를 떠올렸다.

"아니, 테스." 시가를 한 두어 모금 빤 다음 그가 대답했다. "용감하고 당당한 처녀가 그런 말을 하다니. 나는 항상 내리막 길을 전속력으로 달리지. 기분을 북돋우는 데 그만한 게 없거든."

"지금은 그럴 필요가 없겠지요?"

"아." 머리를 저으면서 그가 말했다. "여기서 두 가지 문제를 생각해야 돼요. 나 하나만의 문제가 아니거든. 팁을 생각해 줘야 돼. 대단히 이상한 성질을 가진 말이라서."

"누구요?"

"아니, 여기 이 말 말이야. 조금 전에 아주 사납게 날 쳐다보는 것 같았는데, 보지 못했어?"

"겁주려고 하지 마세요." 테스가 경직된 목소리로 말했다.

"아, 그러려는 게 아니야. 이 말을 다룰 줄 아는 사람이 이 세상에 있다면 그건 바로 나야. 아무나 다룰 수 있는 게 아니지. 말을 다룰 수 있는 힘을 가진 사람이 있다면, 그게 바로 나야."

"왜 그런 말을 가지고 있어요?"

"아, 물어볼 만하지! 운명이라고 생각해요. 팁이 사람을 하나 죽였어요. 그리고 내가 이 말을 산 직후 나도 죽을 뻔했지.

그러다 이번에는 내가 그 말을 죽일 뻔했어요. 사실이요. 그런데 이 말은 아직도 성깔이 대단하단 말이야. 성깔이 아주 대단하다고요. 어떨 때는 말 뒤에 있는 것이 조금도 안전하지 않다니까."

그들은 내리막길을 내려가기 시작했다. 말의 의지인지 사람의 의지인지는 분명치 않으나(후자인 것 같았지만) 말이 겁 없이 달리는 품이 그러기를 기대하고 있다는 사실을 말 자신이 알고 있어 뒤에 탄 사람은 신호를 보낼 필요도 없는 듯했다.

아래로, 아래로 그들은 달려 내려갔다. 바퀴가 팽이 도는 소리를 냈고, 마차가 좌우로 흔들렸다. 굴대가 달리는 방향에서 약간 비스듬히 기울어졌고, 말이 두 사람 앞에서 파도 치듯 올라갔다 내려갔다 했다. 어떤 때는 바퀴가 땅에서 떨어져 몇 미터 공중에 뜬 채로 굴러가는 것 같았다. 어떤 때는 돌멩이가 튕겨져 나가 뱅뱅 돌아 길가 울타리 너머로 날아갔다. 또 말굽에서 터져 나오는 부싯돌 불꽃이 햇빛보다 더 눈부셨다. 곧은 길 앞쪽은 앞으로 나아가면서 넓어졌고, 길 양쪽의 둑은 쪼개지는 막대기처럼 갈라져 어깨 곁을 스칠 듯 지나갔다.

바람이 테스의 하얀 모슬린 옷을 꿰뚫고 속살까지 스며들었고, 깨끗이 감은 머리칼이 뒤로 휘날렸다. 테스는 겁에 질린 모습을 보이지 않으려고 마음먹었으나 고삐 잡은 더버빌의 팔을 꼭 잡았다.

"팔을 잡지 말아요! 그러다간 우리 두 사람 다 마차 밖으로 내동댕이쳐질 거야! 내 허리를 안아요!"

그녀는 그의 허리를 잡았다. 그들은 내리막길 아래쪽에 다다랐다. "바보 같은 짓이었지만 무사히 내려왔군요. 하느님께 감사해야지!" 쏘아붙이는 그녀의 얼굴이 달아올라 있었다.

"테스, 바보같이! 한 성질 하시는구면!"

"그건 사실이니깐!"

"위험에서 벗어났다고 그렇게 무정하게 팔을 풀다니."

사실 그녀는 자신이 무슨 짓을 하고 있는지 생각하지 않고 그에게 매달렸었다. 그가 남자인지 여자인지, 막대기인지 돌인 지를 생각하지 않고 무의식적으로 그를 잡았던 것이다. 그녀는 냉정을 되찾으면서 아무 대답 없이 가만히 앉아 있었다. 그러 는 사이 그들은 또 한 번 내리막길이 시작되는 지점에 도달했 다. "자, 또 한 번 더." 더버빌이 이렇게 말했다.

"안 돼요, 안 돼요." 테스가 말했다. "제발 좀 점잖게 구세요."

"하지만 이 지방에서 가장 높은 곳에 올라왔으면 내려가기 도 해야지." 그가 대꾸하고 고삐를 풀었다. 그들은 또다시 달리 기 시작했다. 마차가 흔들리는 동안 더버빌이 테스 쪽으로 얼 굴을 돌리고 장난기 섞인 목소리로 말했다. "자, 이제 예쁜이 아까 했던 것처럼 다시 내 허리를 감아요."

"천만에요!" 테스가 그를 잡지 않고 버티면서 결심에 찬 목 소리로 말했다.

"그 홀리 열매 같은 입술에 잠깐만 키스하게 해 줘, 테스. 아 니면 그 상기된 뺨에라도. 그럼, 맹세코 그만둘게. 꼭 그만둘게."

놀란 테스는 아무 말도 하지 못하고 앉은 자리에서 더 뒤로 물러났다. 그러자 알렉은 말을 더 심하게 몰면서 그녀를 더욱 더 세게 흔들었다.

"다른 걸로 안 되나요?" 그녀가 절망에 찬 큰 눈으로 그를 쳐다보았다. 그녀의 눈은 길들지 않은 동물의 눈 같았다. 어머니가 테스를 예쁘게 차려 입힌 것이 유감스러운 결과를 빚은 것이 분명했다.

"어떤 것도 안 돼, 테스." 그가 대답했다.

"아, 잘 모르겠어. 좋아요. 상관없어요!" 그녀가 비참하게 숨을 내뿜었다.

고삐를 당겨 마차가 천천히 움직이자 알렉이 원하던 키스를 테스의 입술에 하려 했다. 바로 그 순간 그녀는 자신이 겸허하게 양보한 사실을 잊은 채 몸을 옆으로 돌렸다. 두 팔로 고삐를 잡고 있어 그는 그녀의 잽싼 몸짓을 막을 수가 없었다.

"좋았어, 염병할! 우리 두 사람 모가지를 다 부러뜨려 놓고 말 거야!" 변덕스럽게 열정적인 테스의 동행이 욕설을 쏟아 놓았다. "어떻게 그런 식으로 약속을 깰 수 있나? 이 어린 마녀 같으니라고, 그럴 수 있느냐고?"

"좋아요. 그렇게 결심했으니 움직이지 않고 가만히 있을게요. 그러나 친척으로서 나를 친절하게 대해 주고 또 나를 보호해 주리라 믿었어요."

"친척 좋아하시네! 자!"

"그렇지만 누구도 나에게 키스하기를 원하지 않아요." 그녀가 애원했다. 그녀의 얼굴에 커다란 눈물 방울이 굴러 떨어지기 시작했다. 울지 않으려고 안간힘을 쓰면서 입 모서리가 떨렸다. "이럴 줄 알았으면 오지 않았을 텐데!"

그는 무자비했다. 그녀는 가만히 앉아 있었다. 더버빌이 승리의 키스를 하였다. 그가 키스를 끝내자마자 테스는 수치심으로 얼굴이 빨개졌다. 그녀는 손수건을 꺼내 자신의 뺨에서 그의 입술이 닿았던 부위를 문질러 닦았다. 그녀는 무의식적으로 그렇게 하였으나 그의 열기를 더 자극하는 결과만 불러왔다.

"시골 아이치고는 굉장히 예민하군!" 젊은 청년이 말했다.

테스는 아무런 대꾸를 하지 않았다. 뺨을 본능적으로 닦아 그가 모욕감을 느꼈다는 사실을 모르는 그녀는 자연히 그의 말뜻을 이해하지 못하였다. 사실 물리적으로는 그녀가 그렇게 함으로써 이미 그 키스를 지워 버린 것이나 다름없었다. 그가 기분이 상했다는 것을 막연히 느끼면서 앞을 뚫어져라 바라보는 동안 그들의 마차는 멜베리다운과 윈그린을 지났다. 그러다 갑자기 내리막길이 또 하나 있는 것을 보고 그녀는 깜짝 놀랐다.

"후회하게 될 거야!" 그는 다시 채찍을 날렸다. 그의 목소리에는 아직도 기분이 상한 흔적이 남아 있었다. "그러나 다시 키스하게 해 주면, 그리고 손수건으로 닦지 않는다면 문제는 다르지."

그녀는 한숨을 쉬었다. "좋아요!" 그녀가 말했다. "아, 모자를 찾아올게요!"

고지대에서 달리는 마차의 속도가 느리지 않아 바로 그 순간 그녀의 모자가 길 위로 날아갔다. 더버빌이 마차를 세우고 자신이 가서 모자를 주워 오겠다고 했다. 그러나 테스가 마차 반대쪽에서 먼저 내렸다.

테스가 길을 되돌아가 모자를 주워 들었다.

"모자를 벗으니까 훨씬 더 예쁘네. 진짜요. 벗을 수 있으면 벗어 버려요." 알렉이 마차 뒤로 그녀를 바라보며 말했다. "이제 다시 타요! 왜 그러고 있어?"

테스는 모자를 제자리에 얹고 끈을 매었다. 그러나 앞으로 걸어오지 않았다. "안 타요." 그녀의 눈에 반항하는 빛이 역력했다. 붉은 입술과 상아빛 이를 드러내면서 그녀가 말했다. "알고는 다시 타지 않아요."

"뭐라고? 내 곁에 타지 않겠다고?"

"안 타요. 걷겠어요."

"트란트리지까지는 8, 9킬로미터 더 가야 한다고."

"20킬로미터가 넘어도 상관없어요. 그리고 짐마차가 뒤에서 오고 있잖아요?"

"교활한 계집애! 일부러 그 모자를 날렸지? 틀림없어!"

그녀의 의도적 침묵이 그의 추측을 확인시켜 주었다.

더버빌은 그녀에게 저주와 욕설을 퍼부었다. 속임수를 썼다고 온갖 욕을 쏟아 부었다. 그는 갑자기 말을 돌려 마차와 울타리 사이에 테스를 몰아넣으려고 그녀 쪽으로 달려왔다. 그러나 그녀를 다치게 하지 않고는 그렇게 할 수 없었다.

"그런 나쁜 욕을 하다니, 부끄러운 줄 아세요!" 테스는 마차를 피해 울타리 위에 뛰어올라 기를 내어 소리를 질렀다. "난 당신이 싫어! 당신을 증오하고 미워해요. 어머니한테 돌아갈 거예요. 돌아가요."

그녀의 모습을 보고 더버빌은 화를 멈추고 크게 웃었다.

"그래, 그러니까 아가씨가 더 좋아지네." 그가 말했다. "자, 화해해요. 다시는 싫다는 거 안 할게. 맹세해요."

그러나 그 말을 듣고도 테스는 다시 말을 타지 않았다. 그리고 마차는 걷고 있는 그녀 곁을 계속 따라왔다. 이런 식으로 그들은 트란트리지 마을을 향해 천천히 나아갔다. 더버빌은 자신이 잘못하여 그녀가 터벅거리며 걸어가는 모습을 보고는 이따금 강한 분통을 터트렸다. 그는 그녀가 이제 자신을 실제로 믿고 안심해도 좋다고 생각하고 있었다. 그러나 그녀는 그 순간 그를 믿지 못했다. 그녀는 집으로 돌아가는 것이 더 현명한 일인지 고민하는 듯 생각에 잠겨 앞으로 걸어갔다. 그러나 이미 그녀는 마음을 정하고 있었다. 특별히 큰 이유가 따로 없는 한 이제 와서 그 결심을 포기한다는 것은 우유부단하다 못해 어린애 같은 짓이었다. 이런 감상적인 이유 때문에 가족을 다시 살릴 기회를 모두 포기할 수 있을까? 어떻게 고개를 들고 부모님 얼굴을 대하며, 다른 마차에 실려 있는 자신의 물건 상자는 또 어떻게 찾을 수 있을 것인가?

몇 분 뒤 슬롭스의 굴뚝이 눈앞에 나타났다. 오른쪽으로 아늑하게 후미진 곳에 테스의 행선지인 양계장과 집이 있었다.

9장

테스가 관리인, 사료 공급 책임자, 간병인, 수의사, 그리고 친구의 역할을 맡게 된 양계장은 한때 정원으로 쓰였으나 지금은 사람들이 마구 밟고 다녀 모래 광장이 되어 버린 공유지에 세워진, 이엉을 얹은 낡은 농가 안에 있었다. 집에는 온통 담쟁이 덩굴이 덮여 있고 겨우살이 나뭇가지 위로 굴뚝이 허물어진 탑 모양으로 솟아 있었다. 집 아래층은 온통 닭들이 차지하고 있었고, 지금은 교회 마당의 동쪽과 서쪽에 묻혀 있는 건물등기 소유권자*들이 집주인이 아니라 마치 자신들이 건물 주인인 양 걸어 다니고 있었다. 법에 따라 초가집의 재산권이 이양되자마자 스톡 더버빌 부인이 무심하게 그 집을 계사(鷄舍)로 만들었고 전 주인의 후손들은 그것을 가문에 대한 모독이라고 생각했다. 그들은 그 집에 대해 엄청난 애정을 품고 있

---

* 장원의 영지 안에 있는 건물 임대인으로 소유권이 영주의 임의와 관습에 의해 결정된다.

었으며, 선조들은 거금을 그 집에 투자하였고, 또 더버빌 가문이 이사를 와서 그곳을 증축하기 전에는 여러 세대에 걸쳐 그들이 주인으로 살았던 것이다. "할아버지 시대에는 기독교인이 살아도 좋은 훌륭한 집이었는데."라고 그들은 말했다.

수십 명의 영아들이 젖을 달라고 울어 대던 방에는 갓 부화된 병아리들이 모이 쪼는 소리로 시끄러웠다. 조용한 농장 주인들의 등을 받혀 주던 의자가 놓여 있던 자리에는 닭장 속의 산만한 암탉들이 가득했다. 굴뚝이 있는 구석 쪽과 한때는 뜨거운 불이 이글거리던 벽난로에는 이제 거꾸로 엎어 놓은 벌통들이 포개져 있었고, 그 속에서 암탉이 알을 낳았다. 대대로 가장들이 정성스럽게 삽질을 해서 가꾸었던 집 밖의 밭은 장닭 떼가 마구 파헤쳐 황폐해져 버렸다.

농가가 서 있는 정원은 담으로 둘러 싸여 있었으며, 문을 통해 안으로 들어갈 수 있었다.

다음 날 아침 테스는 전문적으로 양계를 하는 집안의 딸답게 익숙한 솜씨로 양계장의 물건을 옮겨 놓고 정리를 했다. 그렇게 한 시간 가량 보냈는데 담에 난 문이 열렸다. 그리고 흰 모자를 쓰고 앞치마를 두른 하녀가 나타났다. 장원의 본채에서 온 것이었다.

"더버빌 부인이 평소처럼 닭을 가져오라고 그래요." 이렇게 말한 다음 테스가 말뜻을 잘 알아듣지 못하는 것을 눈치채고 다시 설명을 덧붙였다. "주인 아주머니는 나이를 잡수시고, 앞을 못 보셔요."

"장님!" 테스가 말했다.

그 소식을 듣고 스친 불길한 예감이 확실하게 어떤 것인지 생각할 시간도 없이 하녀가 시키는 대로 테스는 함부르크종 중 가장 잘생긴 놈 두 마리를 안았다. 그리고 똑같이 두 마리를 집어 든 하녀 뒤를 따라 근처에 있는 본채로 들어갔다. 저택은 호화롭고 웅장하였다. 그러나 집 안의 방 주인 중 누군가가 말 못하는 날짐승을 사랑하고 있음을 보여 주는 흔적이 건물 이쪽에서 사방에 나타나 있었다. 정문이 보이는 쪽에서 깃털이 날아다니고 잔디 위에 닭장들이 놓여 있었다.

1층 거실에는 햇빛을 등진 채 장원의 소유주이자 주인인 여자가 안락의자에 앉아 있었다. 예순을 채 넘기지 않았거나, 어쩌면 예순에 훨씬 못 미치는 백발의 여자가 머리에 커다란 모자를 쓰고 있었다. 그녀는 오랫동안 시력을 잃었거나 장님으로 태어난 사람 특유의 정지된 표정이 아니라, 차츰차츰 서서히 시력이 나빠져 그 시력을 되찾으려고 무척 애를 썼다가 할 수 없이 포기한 사람에게서 흔히 보이는 생동감 있는 얼굴을 하고 있었다. 테스가 양쪽 팔에 닭을 한 마리씩 안고 부인 앞으로 걸어갔다.

"아, 네가 내 닭을 돌봐 주러 온 젊은 아가씨냐?" 발소리가 새로운 것을 알아채고 더버빌 부인이 물었다. "닭한테 잘해 주기를 바란다. 우리 집 토지 관리인 말이 네가 아주 적격이라고 하더구나. 그래, 닭은 어디 있느냐? 아, 이 녀석이 스트러트로구나! 그런데 이 녀석이 오늘은 별로 기운이 없네. 그렇지? 아마 낯선 사람이 만지니까 그런 모양이구나. 피나도 그렇고. 그래, 두 녀석이 조금 놀란 모양이다. 이 녀석들, 그런 거냐? 그렇지만 두 녀석 다 너한테 금세 익숙해질 거다."

노부인이 말을 하는 동안에 테스와 하녀는 그녀의 손짓에 따라 닭을 한 마리씩 그녀의 무릎 위에 놓아 주었다. 부인은 닭을 머리에서 꼬리까지 만져 보고, 부리와 볏과, 장닭의 갈기와 날개와 발톱을 검사하였다. 그녀는 손을 대는 순간 어느 닭인지를 알아냈고, 깃털이 상했는지 더러워졌는지도 알아냈다. 그녀는 닭의 모이 주머니를 만져 보고 무엇을 먹었는지, 또 모이를 적게 먹었는지 많이 먹었는지를 알았다. 그녀의 얼굴에는 그녀 마음속을 스쳐 가는 불만들이 무언극처럼 선명하게 나타났다.

두 처녀가 가져온 닭은 닭장으로 되돌아갔다. 좋아하는 수탉과 암탉을 모두 — 함부르크종, 밴텀종, 코친종, 브라마종, 도킹종, 그리고 그 당시 유행하던 다른 종의 닭들을 — 노부인에게 가져와 검사를 맡을 때까지 이러한 절차는 반복되었다. 그녀는 닭을 새로 가져와 무릎에 놓으면 거의 틀리지 않고 무슨 종류인지 알아맞혔다.

이 모든 것을 보고 테스는 견진성사를 떠올렸다. 더버빌 부인이 주교이고, 닭 떼는 젊은 신도들이며, 자신과 하녀는 그들을 데리고 온 교구의 본당 신부와 보좌신부 같은 것이었다. 행사가 끝날 무렵 더버빌 부인의 얼굴이 온통 일그러지면서 파도처럼 주름이 일더니 갑자기 테스에게 물었다. "휘파람을 불 줄 아나?"

"휘파람요, 부인?"

"그래, 휘파람으로 노래를 할 줄 아느냐고."

대부분의 시골 처녀들처럼 테스도 휘파람을 불 줄 알았다. 그러나 그녀의 휘파람 솜씨는 점잖은 사람들 앞에서 불 수 있다고 할 만한 실력은 아니었다. 그녀는 침착한 목소리로 별로 잘 불지는 못하지만 불기는 분다고 대답했다.

"그러면 매일 연습을 해라. 휘파람을 아주 잘 불던 아이를 데리고 있었는데 그 애가 가고 없다. 피리새들에게 휘파람을 불어 주기를 바란다. 내가 앞을 못 보기 때문에 새들이 노래하는 걸 듣고 싶고, 그래서 새들이 노래하도록 그렇게 가르치는 거다. 엘리자베스, 새장이 어디 있는지 가르쳐 줘라. 당장 내일부터 시작해라. 그렇지 않으면 찍찍이 소리로 다시 돌아갈 거다. 벌써 며칠째 새들이 그냥 놀고 있다."

"더버빌 씨가 오늘 아침에 휘파람을 불어 주었는데요."

"그 녀석이? 피!"

노부인의 얼굴에 못마땅한 표정이 역력한 주름살이 퍼졌다. 그녀는 더 이상 아무 말도 하지 않았다.

테스가 머릿속으로 생각했던 친척과의 면접은 이렇게 끝났다. 닭들은 모두 닭장으로 돌아갔다. 더버빌 부인의 태도를 보고도 테스는 별로 놀라지 않았다. 저택의 규모를 보고 그 이상 바랄 것이 없다고 생각했기 때문이었다. 그러나 노부인이 소위 말하는 친척 관계에 대해서는 한마디도 들은 것이 없다는 사실을 테스는 전혀 모르고 있었다. 그녀는 장님 부인과 그 아들 사이에 별다른 애정이 없다는 것은 짐작할 수 있었다. 그러나 이 점에서도 그녀의 추측은 틀렸다. 더버빌 부인이 자식을 싫어하면서도 사랑하지 않을 수 없고, 그래서 씁쓸하지만 좋아해야 하는 최초의 어머니가 아니었기 때문이었다.

일단 그곳에 자리를 잡자 비록 전날 불쾌하게 출발했지만 아침이 오고 해가 뜨면서 테스는 새로운 곳에서 느끼는 자유와 신기함에 마음이 끌렸다. 그녀는 자리를 지킬 기회를 확실하게 마련하기 위해서라도 생각지도 않은 방향이기는 하지만 자신의 능력을 시험해 보는 데에 호기심이 일었다. 담으로 뺑 둘러싸인 정원 안에 혼자 남자 테스는 닭장 위에 올라 앉아 오랫동안 하지 않았던 것을 연습해 보려고 심각한 자세로 입을 위로 오므렸다. 옛날 실력은 이미 녹슬어 입술에서는 빈 바람 새는 소리가 날 뿐 뚜렷한 곡조는 나오지 않았다.

테스는 계속 휘파람을 불고 또 불어 보았지만 소용없었다. 그렇게 자연스럽게 나오던 기술이 어쩌다 속절없이 사라져 버렸는지 이상했다. 한창 그러는 사이 그녀는 집과 정원의 담을 덮은 담쟁이덩굴 사이로 무언가 움직이는 것에 주의를 기울였다. 그리고 담장 꼭대기에서 땅으로 사람이 뛰어내리는 모습이 보였다. 전날 그녀의 숙소로 정해진 정원사의 집 문앞까지 데려다 주고 가 버린 후로 한 번도 보지 못한 알렉 더버빌이었다.

"정말이지" 하고 그가 외쳤다. "자연이나 예술 속에서나 그렇게 아름다운 모습이 없었어, 친척 테스.(친척이라는 말에 희미하게 냉소가 섞여 있었다.) 담 저쪽에서 지켜보고 있었지. 동상 위에 앉은 안타까움의 화신처럼 말이야. 휘파람 부는 모양으로 그 예쁘고 빨간 입술을 내밀고 휘휘하다가는 혼자서 욕을 하더군. 곡조가 나오지 않는다고 말이야. 안 되니까 아주 화가 났어!"

"화가 났을지는 모르지만 욕은 하지 않았어요."

"아, 알겠어, 왜 그러고 있는지를. 요 성가신 것들! 어머니가 새들에게 음악 교육을 계속하라고 그러시지? 어머니는 자기 생각밖에 안 한다니까! 지겨운 수탉 암탉을 돌보는 것만으로도 한 여자가 해야 할 일로는 충분한데. 나 같으면 딱 잘라 못 한다고 거절하겠어.”

“하지만 나에게 특별히 그 일을 하라고 했어요. 내일 아침까지 준비하래요.”

“그래요? 그럼 내가 좀 가르쳐 줄게요.”

“아, 아니에요. 그럴 필요 없어요.” 문으로 가면서 테스가 말했다.

“어리석은 소리. 누가 만진대? 봐요, 나는 철망 이쪽에 서고, 테스는 저쪽에 서고. 아주 안전하지 않아? 자 여기를 봐요. 입술을 너무 세게 오므렸어. 그렇게 그래요.”

그는 입술을 오므리고 가사에 맞게 ‘돌려요, 아 그 입술을 돌려요.’라는 노래 한 줄을 휘파람으로 불렀다. 그러나 테스는 가사의 뜻을 이해하지 못했다.

“자, 한번 해 봐요.” 더버빌이 말했다.

그녀는 냉랭하게 보이려고 하였다. 그녀의 얼굴에 조각 같은 냉엄한 표정이 떠올랐다. 그러나 그는 계속 고집을 부렸다. 마침내 그녀는 그를 쫓아 버리려고 시키는 대로 입술 모양을 만들고는 곡조 한 가닥을 또렷하게 불어 보려고 했다. 그녀의 입에서 쓸쓸한 웃음이 터져 나왔다. 그녀는 그런 상황에서 웃었다는 사실에 화가 나 얼굴을 붉혔다.

그가 그녀를 부추겼다. “한 번 더!”

테스는 아주 진지해졌다. 이번에는 고통스러울 정도로 진지해진 것이다. 그녀는 있는 힘을 다해 휘파람 소리를 내려고 애를 썼다. 그리고 마침내 생각지도 않게 진짜 휘파람 소리가 입에서 터져 나왔다. 그녀는 드디어 성공했다는 기쁨에 다른 생각을 잊고 말았다. 그녀는 눈을 동그랗게 뜨고 그가 보는 앞에서 저도 모르게 미소를 지었다.

"바로 그거야! 자 이제 시작할 수 있는 길을 열었으니 잘될 거야. 거 봐요, 내가 가까이 가지 않겠다고 했지. 누구도 인간으로서 느껴 보지 못한 강렬한 유혹을 느끼지만 약속은 지킬게요. 테스, 우리 어머니가 괴상한 사람이라고 생각해요?"

"난 어머니를 아직 잘 몰라요."

"금세 그런 사람이라는 걸 알게 될 거요. 피리새들한테 휘파람을 불도록 연습시키라고 하는 것만 봐도 괴상한 사람이 틀림없지. 지금 난 우리 어머니 눈밖에 났어요. 하지만 테스는 어머니의 닭과 새들을 잘 돌봐 주면 사랑받을 거요. 자 그럼 난 가요. 이 집에서 어려운 일이 생기거나 도움이 필요하면 토지 관리인한테 가지 말고 나한테 와요."

테스가 일자리를 구해 일을 시작한 것은 이런 관리 체제 내에서였다. 그다음에 이어진 나날의 일과는 첫날의 경험을 거의 그대로 반복하는 것이었다. 알렉 더버빌이 장난스러운 대화로 테스의 마음속에 조심스럽게 친밀감을 심어 주고 또 둘만 있을 때는 농담 투로 친척이라고 부르곤 하면서 테스에게 접근해 오는 것에 그녀가 익숙해지면서 처음 그에게 느꼈던 경계심을 많이 누그러뜨리게 되었다. 그러나 그렇다고 해서 그녀에게 새롭고, 보다 부드러운 부끄러움을 일으키는 어떤 감정이 생겨난 것은 아니었다. 그러면서도 단순한 동료보다 그와 타협할 수밖에 없었다. 그것은 그녀가 어쩔 수 없이 그의 어머니에 의지해야 한다는 점과 그 부인이 상대적으로 무력하기 때문에 그에게 의지하지 않을 수 없는 상황이었기 때문이다.

더버빌 부인의 방에서 피리새들에게 휘파람을 부는 것이 일단 휘파람 부는 기술을 다시 익히고 나서부터는 그렇게 번거로운 일이 아니라는 것을 테스는 곧 알게 되었다. 그녀는 노래하는 새에게 아주 잘 어울리는 곡조들을 음악을 좋아하는 어머니로부터 많이 익혀 두었기 때문이었다. 마당에서 연습할 때보다 매일 아침 새장 옆에서 휘파람을 부는 것이 훨씬 더 뿌듯했다. 알렉이 곁에 있어도 긴장하지 않고 테스는 입을 추켜올려 입술을 새장 쇠창살 가까이 대어서 열심히 귀를 기울이는 새들에게 편안하고 품위 있는 자세로 휘파람을 불었다.

더버빌 부인은 지주가 네 개 달린 커다란 침대에서 잠을 잤다. 침대에는 무거운 다마스크 비단 커튼이 드리워져 있었다. 피리새도 같은 방에 있었다. 새들은 정해진 시간에 방에서 자유롭게 날아다니면서 가구와 가구 덮는 천 위에 작고 흰 얼룩을 떨어트리곤 하였다. 한번은 테스가 새장이 나란히 놓인 창가에서 늘 하던 대로 새들에게 노래를 가르치고 있었다. 침대 뒤에서 바스락거리는 소리가 들린 것 같았다. 마침 노부인은 방에 없었다. 몸을 돌린 테스는 커튼 끝자락에서 긴 장화의 앞부분을 본 것 같았다. 그 순간부터 그녀의 휘파람 소리의 흐름이 너무 흐트러져 그 소리를 듣고 있던 사람이, 만약 그 자리에 누군가 있었다면, 자신의 존재를 의심하고 있다는 사실을 짐작할 수 있을 정도였다. 이후부터 그녀는 매일 아침 커튼을 샅샅이 뒤졌지만 커튼 뒤에는 아무도 없었다. 알렉 더버빌은 이런 식으로 숨어 있다가 테스를 놀라게 하는 짓궂은 장난이 도움이 되지 않는다는 것을 분명히 알게 된 것이다.

10장

어느 마을이든 그 마을 특유의 괴벽과 정체성과 도덕적 규약이 있게 마련이다. 트란트리지와 그 인근에 사는 일부 젊은 여자들의 경박한 처신은 널리 알려져 있었다. 그리고 그것은 슬롭스와 근처 마을을 통괄하는 주인의 정신을 대변하는 것일 수도 있었다. 이 고장에는 좀 더 고질적인 결점이 있었는데 그것은 바로 술을 많이 마시는 버릇이었다. 농장에서 나누는 중요한 대화는 저축의 무용론에 관한 것이었다. 작업복을 입은 수학자들은 쟁기나 괭이에 몸을 기대고, 일생 동안 벌어들인 임금에서 얼마를 떼어 내 저축하는 돈보다는 교회에서 주는 구호금이 노년에 접어든 사람에게는 더 충분하다는 사실을 증명하기 위해 아주 정밀한 계산을 해 보는 것이다.

이 철학자들에게 가장 큰 기쁨은 매주 토요일 저녁 일이 끝난 뒤 체이스버러로 나가는 것이었다. 약 3킬로미터에서 5킬로미터 가량 떨어진 퇴락한 도시로 장이 서는 곳이었다. 그들은 다음 날 이른 새벽에 집으로 돌아와 일요일 내내 잠을 잤는데, 전에는 개별적으로 운영하던 주점을 통합해서 독점한 주인이 맥주라고 파는 이상한 합성주를 마신 뒤 소화불량으로 누워 있어야 했다.

테스는 오랫동안 이 주말 순례에 참가하지 않았다. 그러나 테스보다 나이가 특별히 더 많지 않은 부인네들의 압력에 못 이겨 테스도 마침내 그들과 어울리기로 했다. 스물한 살의 농장 일꾼들이 받는 임금이 마흔 살 일꾼이 받는 급료와 같아서 이 지방에서는 결혼을 일찍 하였다. 그 외출에서 얻은 첫 번째 경험은 기대했던 것보다 훨씬 더 재미있었다. 한 주일 내내 양계장에서 단조로운 일에 매달린 터라 같이 가는 사람들의 명랑한 태도가 그녀 마음에 들었다. 테스는 그다음에도 또 다음에도 계속 체이스버러로 나갔다. 우아하고 재미있는 품성에다 여성으로서 막 성숙기의 문턱에 접어든 테스의 모습을 보고 체이스버러 시내 거리의 남자들은 은밀한 눈짓을 보냈다. 어떨 때는 혼자 시내까지 나갔으나 저녁 무렵에는 항상 동료들을 찾았다. 집으로 돌아오는 길에 일행들의 보호를 받기 위해서였다.

이러기를 한두 달쯤 지난 9월 어느 토요일. 마침 그날은 축제와 정기 장날이 겹치는 날이었다. 이런 이유로 트란트리지에서 온 장꾼들은 술집에서 이중의 기쁨을 즐기려 들었다. 테스는 하는 일 때문에 집에서 늦게 출발했다. 그녀의 동료들은 그녀보다 훨씬 전에 시내에 나가 있었다. 청명한 9월 저녁, 해가 지기 직전, 머리칼같이 가는 누런 햇살이 푸른 그림자와 시간을 다투고 있었다. 공중에서 춤을 추는 날개 달린 곤충들을 제외하고는 구형화된 형체가 주변에서 보이지 않는데도 대기 자체가 하나의 풍경을 이루고 있었다. 햇빛이 낮게 깔린 박명

(薄明) 속에서 테스는 천천히 걸어갔다.

테스는 페어*와 정기 장날이 겹치는 날인 걸 알지 못하고 시내로 나왔다. 날은 이미 어둑어둑해지고 있었다. 몇 가지 안 되는 물건을 금세 사고는 늘 하던 대로 트란트리지 사람들을 찾아나섰다.

처음에는 그들을 찾을 수가 없었다. 마을 사람들 대부분이 자기들 농장과 거래하는, 건초 묶음과 이탄을 파는 상인의 집으로 가서, 거기서 열리고 있는 소규모 지그 무도회를 하고 있다는 말을 들었다. 상인은 시내에서 조금 떨어진 교외에 살고 있었다. 그 집으로 가는 길을 찾다가 테스는 길거리 모퉁이에 서 있는 더버빌을 보았다.

"아니 우리 예쁜이 이렇게 늦게 여기는 어쩐 일?" 그가 물었다.

그녀는 집으로 함께 갈 일행을 기다린다고 말했다.

"또 만나요." 테스가 뒷골목으로 들어가는 길로 접어드는데 그가 그녀의 어깨 너머로 외쳤다.

건초 상인 집으로 다가가자, 집 뒤 건물에서 바이올린으로 켜는 릴 무곡이 새어나왔다. 그러나 정작 춤을 추는 소리는 나지 않았다. 이 지방에서는 춤을 추면서 내는 발소리가 음악 소리를 압도하는 일이 대부분인데, 예외적인 일이었다. 집 대문이 열려 있어 뒤쪽에 있는 정원이 밤의 그림자가 허락하는 한 그 모습을 드러내고 있었다. 문을 두드려도 아무도 나오지 않자 테스는 집 안으로 들어가 음악이 흘러 나오는 바깥채로 가려고 좁은 길로 들어섰다.

---

* 정기 장날에 여러 가지 놀이 시설이 설치되고 여흥이 제공되는 특별한 장.

바깥채는 창고로 쓰기 위해 세운 창문이 없는 건물이었다. 열린 문에서 노란 빛이 어둠을 뚫고 안개처럼 흘러나왔다. 테스는 처음에 그것이 불빛을 반사하는 연기라고 생각했다. 그러나 가까이 가서 보니 바깥채 안에 켜 둔 촛불에 비친 먼지 구름이었다. 먼지를 뚫고 나오는 희미한 빛은 문의 윤곽을 정원의 넓은 밤으로 투영하고 있었다.

테스가 가까이 가서 안을 들여다보았다. 얼굴을 알아볼 수 없는 사람들의 형체가 춤 곡조에 맞춰 아래위로 뛰고 있었다. 그런데도 발소리가 나지 않는 이유는 신발에 덧신을 신었기 때문이었다. 그 덧신이란 토탄(土炭)과 그 밖에 다른 물건들을 쌓아 둔 창고의 찌꺼기 가루가 신발의 표피에 엉겨 붙은 것이었다. 춤추는 사람들의 거친 발놀림이 뿌연 성운(星雲)을 만들었으며, 그녀가 본 것은 바로 이 성무(星霧) 같은 먼지였다. 토탄과 곰팡내 나는 건초 부스러기가 공중에 떠돌다가 춤추는 사람들의 땀과 열기에 섞여, 식물과 인간이 엉킨 꽃가루를 만들었다. 그 속에서 악사들은 악기 소리를 낮추어 음악을 연주하고 있고, 이와 대조적으로 스텝을 밟는 사람들의 기분은 한층 고조되어 있었다. 춤추는 사람들은 춤을 추다가 기침을 했고, 기침을 하고는 웃었다. 짝을 지어 음악의 물결을 타는 사람들은 얼굴을 알아볼 수 없었다. 그들의 율동은 오직 높은 불빛의 움직임으로만 알 수 있었다. 누가 누구인지 알아볼 수 없는 흐릿한 모습이 사티로스*가 님프**를 포옹하는 광경을 연상

---

* 반인 반수의 숲속의 신. 당나귀 귀와 꼬리를 가지고 있으며, 술과 여자를 좋아하는 것으로 전해진다.
** 아름다운 처녀의 모습을 한 자연의 정령.

시켰다. 수많은 목양신들이 시링크스 여정(女情)들을 쫓는 것 같았고, 로티스* 여정이 프리아포스**를 피해 달아나다가 끝내는 잡히고 마는 광경을 만들고 있었다.

사람들이 짝을 이뤄 간간이 바람을 쐬러 문 앞에 나타났다. 그럴 때는 흐린 불빛이 그들의 얼굴을 가리지 않아 반신반인 (半神半人)들은 자신의 이웃에 사는 평범한 사람들로 변했다. 트란트리지 마을 주민들이 짧은 두서너 시간 사이에 그렇게 정신없이 변할 수 있는 것일까?

군중 가운데 몇몇 실레누스***가 벽 가까이 있는 의자와 건초 더미에 앉아 있다가 그중 한 사람이 테스를 보았다.

"아가씨들은 '루스의 꽃' 집에 가서 춤추는 것을 점잖지 못하다고 생각해요." 그가 설명했다. "자기들이 좋아하는 남자를 여러 사람들 앞에서 노출하는 것을 싫어하는 거지요. 그뿐인가, 그 집은 뼈마디에 기름이 좀 돌 만하면 문을 닫을 때도 있어요. 그래서 우린 밖에서 술을 사서 여기로 오죠."

"언제 이 중에 누가 집으로 가나요?" 테스가 근심에 찬 목소리로 물었다.

"금세 가요. 금방이요. 마지막 춤만 남았어요."

테스는 기다렸다. 춤이 끝나고 일행 중 일부가 출발할 듯했다. 그러나 또 다른 일부는 그럴 마음이 없었다. 춤 한 곡이 다시 시작되었다. 테스는 이번만 하고는 분명 끝나겠지 생각했다. 그러나 그 춤은 다음 춤으로 이어졌다. 그녀는 조바심이 나고

---

* 정력의 신에게 쫓기다가 잡히는 순간 연꽃으로 변한 바다 신의 딸.
** 로마 신화에 나오는 남근의 신.
*** 목양신 판의 아들.

불안했다. 하지만 오래 기다린 김에 좀 더 기다릴 수밖에 없었다. 장이 섰기 때문에 나쁜 마음을 품은 사람들이 돌아다닐 수도 있었다. 그녀는 예측할 수 있는 위험은 무섭지 않으나 알 수 없는 위험이 두려웠다. 말로트 마을 근처에 있다면 무서운 마음이 덜했을 것이다.

"마음 편히 먹으세요, 착한 아가씨!" 얼굴이 땀에 젖은 청년이 기침을 하다가 다정하게 타일렀다. 모자를 머리 뒤로 활짝 밀어 넘기는 바람에 모자 챙이 성인의 후광처럼 걸렸다. "왜 서둘러요? 내일은 고맙게도 일요일이에요. 교회 가는 시간에 푹 자면 돼요. 자, 나하고 한판 도는 건 어때요?"

테스는 춤추는 것을 싫어하지는 않았다. 그러나 그곳에서 추고 싶지는 않았다. 춤 동작은 점점 더 정열적으로 고조되고 있었다. 불빛에 반사된 먼지 기둥 뒤에서 악사들이 이따금 바이올린의 브리지 반대 쪽에서 현을 켜기도 하고 또 활등으로 연주를 하여 변형된 곡을 연주했다. 그러나 그것은 별로 중요하지 않았다. 사람들은 숨이 차서 헐떡거리면서 계속 돌고 또 돌았다.

그들은 이미 선택한 사람에 집착하듯 파트너를 바꾸지 않았다. 파트너를 바꾼다는 것은 두 사람 중 한 사람이 만족스러운 선택을 하지 못했다는 것을 뜻했다. 그러나 모든 쌍이 알맞은 짝을 이룬 것 같았다. 그다음은 황홀함과 꿈이 시작되어 감정이 세상의 전부가 되는 단계였다. 그러나 이럴 때 춤을 추고 싶으면서도 춤을 추지 못하게 하는 것은 외부의 우발적 방해였다.

갑자기 바닥에서 둔탁하게 부딪치는 소리가 났다. 춤을 추던 한 쌍이 넘어져 서로 엉켜 나자빠진 것이었다. 그쪽으로 춤을 추고 나오던 다음 쌍이 방해물 앞에서 미처 멈추지 못하고 그 위로 쓰러졌다. 사람들이 삥 둘러서 있고, 넘어진 사람들 언저리에서 먼지 구름이 솟아올랐다. 그 속에서 팔과 다리가 엉켜 허우적거리는 것이 보였다.

"당신, 집에 가서 봐요, 그냥 안 둘 테니까!" 사람들이 넘어져 있는 무더기 속에서 여자 목소리가 터져 나왔다. 춤 솜씨가 서툴러 사고를 일으킨 남자의 불행한 파트너가 내지른 목소리였다. 최근에 결혼한 그의 아내였다. 트란트리지에서는 결혼한 사람 사이에 애정이 남아 있는 한 이런 모임에 오는 것이 이상한 일이 아니었다. 노년 생활에서도 따뜻한 이해심이 살아 있는 한 두 사람이 독신으로 살아가지 않기 위해 이런 모임에 나오는 일이 드물지 않았다.

테스의 등 뒤쪽 정원의 어둠 속에서 커다란 웃음소리가 났고, 그 웃음소리는 방 안에서 나는 킬킬거리는 웃음소리와 뒤섞였다. 고개를 뒤로 돌린 테스는 시가 끝에서 타는 빨간 불빛을 보았다. 알렉 더버빌이 혼자 서 있었다. 그는 테스에게 오라고 손짓을 했다. 그녀가 마지못해 그에게로 걸어갔다.

"그런데, 우리 예쁜이, 여기서 뭘 하고 있나요?"

그녀는 하루 종일 일을 하고 또 장터까지 걸어오느라 매우 지쳐 있었다. 그녀는 알렉을 만나 그에게 자신의 사정을 털어놓았다. 밤길이 낯설어 집으로 돌아가는 일행을 기다린다고 이야기했다. "저 사람들 여기를 떠날 것 같지 않아요. 더 이상 기다리지 않을까 봐요."

"기다리지 말아요. 난 오늘은 승마용 말을 타고 왔어요. '루스의 꽃'으로 와요. 이륜마차를 빌려 집까지 태워 줄게."

테스는 그의 호의가 고마웠다. 그러나 그에 대한 불신을 지울 수가 없어, 일꾼들이 좀 늦기는 하겠지만 그들과 함께 가겠다고 마음을 정했다. 그녀는 그의 뜻은 고맙지만 폐를 끼치지 않겠다고 말했다. "기다린다고 말했어요. 그 사람들이 나를 찾을 거예요."

"좋아요. 독불장군 아가씨. 좋을 대로 하시지. 그럼 난 서두를 필요가 없네. 원 저런, 저 소란 떠는 것 좀 봐!"

알렉은 불빛 속으로 자신을 드러내지 않았다. 그러나 무도장에 있던 몇 사람이 그를 보았다. 그가 나타나는 바람에 사람들은 잠시 춤을 멈추고 시간이 늦은 것을 알게 되었다. 알렉이 시가를 다시 불을 붙여 물고 그 자리를 떠나자 트란트리지 마을 사람들은 다른 농장에서 온 사람들과 떨어져 집으로 돌아 갈 채비를 하였다. 그들은 짐 꾸러미와 바구니를 챙겼다. 그들은 삼십 분 뒤 교회 시계가 11시 15분을 치자 모두 어울려 골목을 빠져나와 집으로 가는 언덕을 느릿느릿 오르기 시작했다.

5킬로미터나 걸어야 되는 물기 마른 하얀 길은 오늘따라 달빛을 받아 더욱 하얗게 보였다.

테스는 사람들과 어울려 이 사람 저 사람과 함께 걸어가면서 술을 많이 마신 사람들이 신선한 밤공기 때문에 비틀거리며 뱀처럼 꾸불꾸불 걷는다는 사실을 알게 되었다. 조심성 없는 여자들은 걸음을 바로 걷지 못하고 흐느적거렸다. 최근까지 더버빌의 연인이었으며 스페이드의 여왕이라는 별명이 붙은, 살색이 검은 여전사(女戰士) 카 다치, 다이아몬드의 여왕이라고 불리는 카의 여동생 낸시, 무도장에서 넘어졌던 젊은 새댁이 그랬다. 너그럽지 못하고 매혹을 느끼지 않는 사람에게는 그들이 세속적이고 뚱뚱해 보일 수도 있으나, 그들 자신에게는 그렇지 않았다. 그들은 지금 나름의 심오한 생각에 잠겨 무엇에 떠받혀 하늘을 나는 듯한 기분으로 걸어가고 있었다. 그들 자신과 주변의 자연이 유기적으로 어우러져 그 유기체의 모든 부분이 조화롭고 즐겁게 서로 고리를 맺고 있었다. 그들은 머리 위의 달과 별만큼 장엄하고, 또 별과 달은 자신들만큼 열정적이었다.

그러나 테스는 아버지의 집에 있으면서 이런 고통을 경험한 적이 있기 때문에 술 취한 사람들의 모습을 보고 달빛 아래서 걸어가는 기쁨이 사라지는 것을 느꼈다. 그러면서도 앞에서 말한 이유 때문에 그녀는 일행과 어울려 함께 갈 수밖에 없었다.

넓은 큰길에서는 흩어져 각자 길을 갔다. 그러나 그들은 곧 들판에 나 있는 출입문을 지나가야 했다. 맨 앞에 선 사람이 문을 열지 못하고 애를 쓰자 일행이 모여들었다.

앞장을 선 사람은 스페이드의 여왕 카였다. 그녀는 어머니가 사 오라는 반찬거리와 자신이 필요한 옷감과 그 밖에 일 주일 동안 써야 할 물건들을 담은 고리버들 바구니를 들고 있었다. 바구니가 워낙 크고 무거워서 그녀는 운반하기 편하도록 그 바구니를 머리에 얹었다. 두 팔을 허리에 얹고 걷는 그녀의 머리 위에서 바구니가 위태롭게 평형을 이루면서 뒤뚱거렸다.

"카 다치, 너 등에서 흘러내리는 게 뭐냐?" 일행 중 한 사람이 갑자기 소리쳤다.

모두 카를 바라보았다. 그녀는 무늬를 염색한 가벼운 면직

물 드레스를 입었는데, 머리 뒤부터 허리 아래까지 중국 사람들의 변발처럼 길게 밧줄 같은 것이 늘어져 있었다.

"머리가 내려왔군." 한 사람이 말했다.

아니었다. 그것은 머리카락이 아니었다. 그녀의 바구니에서 무언가 흘러내려 까만 줄기를 만든 것이었다. 그것은 차갑고 조용한 달빛 속에서 미끈미끈한 뱀처럼 번들거렸다.

"당밀(糖蜜)이야." 눈썰미 좋은 아낙네가 말했다.

당밀이 틀림없었다. 카의 할머니가 단것을 좋아했는데 꿀은 집에 있는 벌통에서 얼마든지 얻을 수 있었지만 할머니는 늘 집에 없는 당밀 타령을 하였다. 그래서 카는 할머니에게 당밀을 선물해 깜짝 놀래 주려고 했던 것이다. 가무스레한 처녀가 급히 바구니를 내려놓고 살펴보니 당밀이 든 그릇이 바구니 안에서 터져 있었다.

괴상한 꼴을 하고 있는 카의 등을 보고 사람들이 큰 소리로 웃었다. 검은 여왕은 화가 났다. 그녀는 가장 먼저 눈에 보이는 수단을 동원해 비웃는 사람들의 도움 없이 혼자 그 흉한 모습을 지워 버리려고 하였다. 화가 난 그녀는 자신과 일행이 건너가려던 들판으로 달려가 풀밭 위에 뒤로 납작하게 드러누웠다. 그리고 풀 위에서 평평하게 몸을 굴리고 또 팔꿈치로 몸을 끌어당겨 드레스에 묻은 당밀 얼룩을 힘 닿는 대로 깨끗이 닦아 냈다.

웃음소리가 더 요란해졌다. 사람들은 출입문과 말뚝에 기대거나, 지팡이에 기대어 카가 벌이는 광경을 보면서 몸에 경련이 일어나 힘이 빠질 때까지 웃어 댔다. 지금까지 조용히 있던 우리의 여주인공도 이 요란한 순간에는 다른 사람들과 함께 어울려 따라 웃지 않을 수 없었다.

그러나 그것은 여러 가지 의미에서 불행을 자초하는 시발점이 되었다. 다른 노무자들의 웃음소리 속에서 테스의 맑고 진한 웃음소리를 듣는 순간 검은 여왕은 그동안 오래 참아 온 질투심이 미칠 듯이 끓어오르는 것을 느꼈다. 그녀는 발딱 일어나 미워하는 대상을 뚫어지게 쳐다보았다.

"네 년이 감히 날 보고 비웃어, 이 계집애야!" 카가 소리를 쳤다.

"정말 웃지 않을 수 없었어. 다른 사람들도 웃었는데." 테스가 미안해하며 말했다. 그러나 솟아나는 웃음은 감출 수 없었다.

"이 계집애, 네 년이 최고라고 생각하는 거야? 그렇지? 요새 그 사람의 사랑을 받는다고 제일이라 그거지. 그러나, 마님, 잠시 기다려, 잠시만 기다려! 너 같은 것 둘 보태도 나만 한가! 이것 봐! 여길 보라고!"

검은 여왕이 드레스 윗부분을 벗기 시작하자 테스는 깜짝 놀랐다. 그녀가 그러는 것은 창피한 상황에서 벗어나고 싶은 이유가 컸다. 그녀는 통통한 목과 어깨와 팔을 드러냈다. 달빛에 비친 그 모습은 욕정에 사로잡힌 시골 처녀의 흠잡을 데 없는 토실토실한 살결이어서 프락시텔레스*의 작품처럼 환하게 빛나고 아름다웠다. 그녀는 주먹을 쥐고 테스와 마주 섰다.

"정말로, 난 안 싸워!" 테스가 점잖게 말했다. "너희들이 이런 줄 알았으면 처음부터 이런 잡것들하고는 같이 오지도 않

---

* BC 4세기의 그리스 조각가.

았을 거야!"

모두를 싸잡아 퍼붓자 다른 사람들도 테스에게 욕설을 퍼부었다. 카가 더버빌과의 관계를 의심하자 자신도 그와 그런 관계를 맺었던 다이아몬드의 여왕이 카와 한편이 되어 공동의 적을 향해 포문을 열었다. 다른 여자 몇도 함께 욕설을 퍼부었다. 그들은 적의를 드러낼 만큼 어리석지는 않았으나 그날 밤의 우쭐한 기분이 모두 한패가 되게 만들었던 것이다. 테스가 부당하게 위협당하고 있음을 알고 여자들의 애인과 남편 들이 테스 편을 들면서 싸움을 말리려고 했으나, 오히려 싸움을 부채질하는 결과만 불러왔다.

테스는 화가 나고 창피스러웠다. 그녀는 혼자 외롭게 집으로 돌아가야 한다든가 밤이 늦었다던가 하는 문제를 이제 개의치 않았다. 오직 빨리 이 무리에서 벗어날 생각뿐이었다. 이들 중에 성품이 좀 착한 사람들은 내일이면 자신들이 화낸 것을 후회할 거라는 사실을 테스는 잘 알고 있었다. 그들은 모두 들판에 있었다. 테스가 혼자 빠져나가기 위해 뒤로 물러서는데 길을 가리고 있는 울타리를 돌아 말을 탄 사람 하나가 조용히 나타났다. 알렉 더버빌은 사람들을 빙 둘러 보았다.

"당신네들, 왜 싸움질들인가?"

누구도 설명하려 드는 사람이 없었다. 사실은 그에게는 설명할 필요가 없었다. 좀 떨어진 곳에서 그들의 소리를 다 듣고 있던 그는 조심스레 말을 몰아 가까이 왔고 그러면서 필요한 만큼 상황을 알게 되었던 것이다.

테스는 출입문 근처에서 다른 일행들과 떨어져 서 있었다. 더버빌이 그녀 쪽으로 고개를 숙였다. "내 뒤로 올라 타요." 그가 속삭였다. "금세 이 울부짖는 고양이 새끼들을 빠져 나갈 수 있을 거요."

상황이 너무 급박해서 그녀는 그 자리에서 기절이라도 할 것 같았다. 그전에 여러 차례 그랬듯이 다른 때 같으면 그의 도움과 동행을 거절했을 것이다. 지금은 혼자라는 위기감 때문에 달리 행동할 수 없었다. 적개심에 가득 찬 인간들에 대한 공포와 분노가 발만 한 번 굴려 뛰면 승리할 수 있는 특수한 순간에 말에 오르라는 소리를 듣자, 그녀는 본능적으로 들판의 출입문을 넘어 그의 발등에 발끝을 얹고는 말 안장 뒤로 기어올랐다. 싸움질을 할 분위기에 빠져 있던 술꾼들이 미쳐 무슨 일이 일어나는지 깨닫기도 전에 두 사람은 먼 잿빛 어둠 속으로 사라져 갔다.

스페이드의 여왕은 드레스 위쪽에 묻은 얼룩도 잊어버린 채 다이아몬드의 여왕과 걸음을 제대로 걷지 못하는 젊은 신부 곁에 서 있었다. 그들의 시선은 길 위에서 말 발굽 소리가 정적 속으로 사라지는 곳에 고정되어 있었다.

"뭘 그렇게 보고 있는 거야?" 상황을 지켜보지 못한 사내가 물었다.

"호 호 호!" 가무잡잡한 살색의 카가 웃었다.

"히 히 히." 술에 취한 신부가 사랑하는 남편의 팔에 기대 몸을 바로 세우면서 웃었다.

"흐 흐 흐." 카의 어머니가 콧수염을 만지면서 웃었다. 그리고 간결하게 한마디를 내뱉었다. "프라이팬이 뜨거우니까 불 속으로 뛰어들었어!"

과음을 해도 취기가 오래가지 않는 이들 자연의 아이들은 들판에 난 길을 향해 걷기 시작했다. 그들이 앞으로 걸어가는 동안 각자의 머리 그림자 언저리에는 반투명의 우윳빛 원이 따라가고 있었다. 달빛이 이슬 젖은 풀 위에 반사되어 동그랗게 반투명의 우윳빛 원을 그리고 있는 것이었다. 걸어가는 사람은 자기 자신의 후광밖에 볼 수 없었다. 걸음이 아무리 흉하게 비틀거려도 후광은 그들의 머리 그림자를 떠나지 않고 계속 따라다니면서 그 그림자를 아름답게 만들었다. 그러다 마침내 비틀거리는 걸음걸이가 빛의 고유한 일부인 것처럼 보이고 숨을 쉴 때 나오는 입김이 밤 안개처럼 보였다. 이 풍경의 정령과 달빛의 정령과 자연의 정령이 술의 정령과 섞여 조화롭게 어우러지고 있었다.

11장

　　두 사람은 한동안 말없이 말이 가는 대로 뚜벅뚜벅 실려 갔
다. 알렉에게 매달려 있으면서 테스는 아직도 승리감에 젖어
숨을 헐떡거렸지만 한편으로는 그에 대한 의구심을 떨칠 수
없었다. 말은 그가 가끔 타는 사나운 말이 아니어서 우선은
안심이 되었다. 그러나 그녀가 앉은 자리는 알렉의 허리를 꼭
잡고 있는데도 위태롭게 흔들렸다. 그녀가 그에게 말을 더 천
천히 몰라고 사정을 했고 그는 그녀 말을 따랐다.

　　"말끔히 따돌린 거지, 안 그래요, 테스?" 잠시 후 알렉이 말
했다.

　　"그런 것 같네요!" 테스가 말했다. "대단히 감사하다고 해야
겠군요."

　　"감사하다고 생각해요?"

　　그녀는 대답을 하지 않았다.

　　"테스, 왜 내가 자기에게 키스하는 걸 싫어하지?"

"글쎄, 사랑하지 않으니까요."

"확실해요?"

"난 가끔 그쪽에게 화가 나요."

"나도 그럴 거라고 생각했지." 그러나 알렉은 테스의 솔직한 고백에 싫은 내색을 하지 않았다. 그녀가 그에게 냉담한 것보다는 그 편이 낫다는 것을 알았기 때문이다. "내가 화를 돋웠을 때 왜 말하지 않았어요?"

"이유를 알면서 그래요. 난 여기서 무엇 하나 내 뜻대로 못하니까요."

"좋아한다고 추근거려 자주 화가 났겠네?"

"가끔 그랬어요."

"몇 번이나?"

"잘 알면서 그래요. 너무나 자주요."

"내가 그럴 때마다 매번?"

그녀는 아무 말도 하지 않았다. 말은 꽤 먼 거리를 뚜벅뚜벅 걸어갔다. 저녁 내내 분지에 떠 있던 투명한 안개가 사방으로 퍼져 두 사람을 둘러싸기 시작했다. 안개가 달빛을 공중에 매다는 것 같아 공기가 맑을 때보다 더 멀리 퍼져 갔다. 이런 이유 때문인지, 정신이 몽롱한 때문인지, 아니면 졸음 때문인지 그들이 오래전에 큰길에서 트란트리지로 빠져나가는 지점을 지났으며, 말을 모는 사람이 트란트리지로 가고 있지 않다는 사실을 그녀는 미처 알지 못했다.

그녀는 말로 표현할 수 없을 만큼 피곤했다. 그녀는 그 주 내내 아침 5시에 일어나 하루도 빠지지 않고 온종일 서 있어야 했으며, 그날 저녁에는 체이스버러까지 거의 5킬로미터나 걸어야 했을 뿐 아니라, 아무것도 먹지도 마시지도 못하고 마을 사람들이 출발할 때까지 초조한 마음으로 세 시간이나 기다려야 했다. 그녀는 집으로 가는 길을 약 2킬로미터나 걸어왔으며, 도중에 싸움까지 하는 흥분을 겪어야 했다. 말은 천천히 움직여 시간은 새벽 1시가 다 되고 있었다. 그사이 그녀는 꼭 한 번 쏟아지는 잠을 이기지 못하고 망각의 순간에 빠져들면서 머리를 조용히 그에게 기댔다.

더버빌은 말을 멈췄다. 발을 등자(鐙子)등에서 빼고는 안장 위에서 몸을 옆으로 돌렸다. 그러고는 그녀가 떨어지지 않게 팔을 뻗어 그녀의 허리를 감았다.

그녀는 즉시 방어 자세를 취했다. 그녀는 갑자기 보복하고 싶은 충동이 일어 그를 살짝 밀어냈다. 불안정한 자세로 앉아 있던 그는 거의 균형을 잃고 하마터면 길 위에 굴러 떨어질 뻔했다. 그가 타는 말 중에서 그 말은 힘은 셌으나 가장 조용한 편이어서 사고를 면할 수 있었다.

"이거 너무 불친절한 짓 아냐?" 그가 말했다. "해코지를 하려는 게 아니었는데, 떨어지지 않도록 하자는 것이었어."

그녀는 의심스러워하면서 잠시 생각에 잠겼다. 그의 말이 사실일 수도 있다는 생각이 떠올라 그녀는 태도를 누그러뜨렸다. 그리고 미안한 듯한 목소리로 말했다. "용서하세요."

"나에 대한 믿음을 조금이라도 보여 주지 않는 한 용서할 수 없어. 기가 막혀서!" 그가 버럭 소리를 질렀다. "당신 같은 애송이가 날 밀치다니, 도대체 나는 뭐야? 거의 석 달이나 내 기분을 무시하고, 날 피하고, 창피를 주었어. 이제 못 봐줘!"

"내일 집으로 가겠어요."

"아니, 내일 못 가! 한 번 더 묻는데 내가 팔로 테스를 안을 수 있도록 내버려 두어서 날 믿는다는 표적을 보여 줄 수 있어? 자, 이건 우리 둘만 아는 일이오. 아무도 없어요. 우리는 서로를 잘 알아. 자기를 사랑하고, 자기가 세상에서 가장 예쁘다고 생각하는 걸 알면서 그래. 자기가 세상에서 가장 예쁜 여자인 건 사실이고. 자기를 애인으로 대해도 되겠지?"

그녀는 말 안장 위에서 불편하게 몸을 비틀며 화난 숨결을 가쁘게 내뿜어 반대의 뜻을 표시했다. 그녀가 멀리 앞쪽을 쳐다보며 중얼거렸다. "모르겠어요. 내가 어떻게 그러라든가 안 된다든가라고 말할 수 있어요? 사정이……."

그가 원하는 대로 테스를 그의 팔에 안음으로써 사태는 해결되었다. 그녀는 더 이상 반대하지 않았다. 그들은 천천히 앞으로 나아갔다. 테스는 그러다가 지나치게 많은 시간을 보내면서 가고 있다는 것을 깨달았다. 걸어 가더라도 그리 멀지 않은 길에서 보통 때보다 훨씬 더 많은 시간을 보내고 있으며, 그들이 가는 길이 딱딱한 큰길이 아니라 그냥 산길이라는 것을 알게 되었다.

"아니, 우리 지금 어디 있는 거예요?" 그녀가 놀란 소리로 외쳤다.

"숲을 지나고 있어."

"숲? 무슨 숲이죠? 큰길에서 많이 떨어진 거 맞죠?"

"체이스 숲의 일부요. 영국에서 가장 오래된 숲이지. 밤이 아주 좋은데 조금 더 천천히 가면 어떨까?"

"어쩌면 그렇게 믿을 수 없게 행동해요!" 테스는 말에서 떨어질 위험을 무릅쓰고 그의 손가락을 하나씩 당겨 풀어 팔을 밀쳐 냈다. 그러고는 짐짓 부드럽게 장난기 섞인 투로, 그러나 진심으로 절망적인 목소리로 말했다. "막 믿어 보려던 참이었어요. 아까 밀친 건 잘못했다고 생각하고 기분 나쁘지 않게 하려고 했는데. 내려 주세요. 집까지 걸어갈게요."

"날씨가 맑아도 걸어갈 수는 없어. 사실 우리는 지금 트란트리지에서 꽤 멀리 떨어져 있거든. 이렇게 안개가 짙어지고 있으니 나무 사이를 헤매면서 몇 시간을 보낼 수도 있어."

"그런 건 신경 끄세요." 그녀가 달래듯 말했다. "내려 주세요. 부탁이에요. 여기가 어딘지 나는 상관하지 않아요. 그냥 내려만 주세요. 부탁이에요!"

"그럼, 좋아요. 내려 줄게요. 대신 조건이 하나 있어요. 이런 외딴 곳으로 내가 데려 왔으니, 테스가 뭐라고 생각하든 상관없이 난 테스가 안전하게 집으로 돌아가는 데 책임이 있어요. 누구의 도움 없이 트란트리지로 돌아갈 수는 없는 일이오. 사실대로 말한다면 안개가 이토록 모든 것을 가리고 있어서 나 자신도 지금 우리가 어디 있는지 모르겠어요. 내가 숲을 빠져나가 큰길이나 집을 찾아 정확히 우리가 어디쯤 있는지 확인하고 올 동안 여기 말 곁에서 기다리고 있겠다고 약속해요. 그럼 두말없이 내려 주겠어요. 내가 돌아와 방향을 가르쳐 주겠어요. 그때도 꼭 걸어가야겠다면 마음대로 해요. 혹시 말을 같이 타고 가겠다면 그것도 좋고."

그녀는 그의 제안을 받아들였다. 그녀가 길가 쪽으로 내리기 전에 그는 테스에게 재빠르게 서투른 키스를 하고 그도 반대쪽으로 뛰어내렸다.

"말을 잡고 있어야겠네요." 그녀가 말했다.

"오, 아니오. 그럴 필요는 없어요." 급하게 숨을 몰아쉬는 말을 손으로 두들겨 주면서 알렉이 대답했다. 오늘 밤에는 이것으로 충분해요."

그는 말 머리를 숲 쪽으로 돌려 나뭇가지에 말을 매었다. 테스를 위해서는 수북하게 쌓인 낙엽 더미에 침상 같은 쉼터를 만들어 주었다. "자, 여기 앉아요." 그가 말했다. "아직 잎사귀는 젖지 않았어요. 말은 그냥 지켜보기만 하면 돼요. 그걸로 충분할 거요."

그가 몇 걸음 가다가 다시 돌아와 말했다. "그런데, 테스. 아버지한테 오늘 말 한 마리가 생겼소. 누가 아버지에게 말을 선사한 거요."

"누가요? 당신이군요!"

더버빌이 고개를 끄덕였다.

"고마워요!" 그녀가 외쳤다. 그러나 그 순간 그에게 고맙다는 말을 하지 않을 수 없는 상황이 어색해서 그녀는 마음이 쓰라렸다.

"그리고 아이들은 장난감을 받았소."

"걔들에게 뭘 보낸 줄은 전혀 몰랐어요!" 그녀가 마음속으로 무척 고마워하면서 중얼거렸다. "그러지 않았더라면 싶네요. 그래요, 그러지 않았더라면 하는 마음이에요."

"왜?"

"마음에 걸려서요."

"예쁜 테스, 날 조금도 사랑하지 않아요?"

"고마워요." 그녀는 어쩔 수 없이 사실을 말하지 않을 수 없었다. "그러나 사랑하지는 않아요." 이런 선물 공세를 한 것이 자신에 대한 그의 정열 때문이라는 생각이 들자 갑자기 슬퍼졌다. 눈물 한 방울이 천천히 솟아오르더니 또 한 방울이 따라 솟아났다. 그러고 그녀는 엉엉 울기 시작했다.

"울지 말아요, 테스, 사랑하는 테스! 여기 앉아 내가 올 때까지 기다려요." 그녀는 시키는 대로 그가 긁어 모은 잎사귀 위에 앉아 몸을 가볍게 떨었다. "추워요?" 그가 물었다.

"그렇게 춥지는 않아요. 그냥 조금."

그는 손가락으로 그녀를 만졌다. 손가락이 솜털을 누른 듯 쑥 들어갔다. "바람에 날아갈 모슬린 옷만 입었네. 왜 그랬어요?"

"여름 옷 중에 가장 좋은 옷이에요. 집을 떠날 때는 날씨가 아주 따뜻했어요. 말을 탈 줄은 몰랐어요. 밤이 될 줄도 몰랐고요."

"9월에는 밤이 추워요. 그럼 이렇게 하지." 그는 입고 있던 가벼운 외투를 벗어 부드럽게 테스를 감싸 주고 말했다. "그래요, 이제 따뜻할 거요." 그가 말을 이었다. "자, 예쁜이, 여기서 쉬고 있어요. 금세 돌아올게요."

그는 그녀가 입고 있는 외투의 어깨 언저리 단추를 잠근 다음 거미줄 같은 안개 속으로 걸어갔다. 짙은 안개는 이제 나무와 나무 사이를 장막처럼 가리고 있었다. 그가 가까이 있는 언덕을 올라가는 동안 그녀는 나뭇가지가 바스락거리는 소리를 들었으나 그의 움직임은 차츰 새가 뛰는 소리보다 적게 들렸다가 마침내는 그 소리마저 사라져 버렸다. 달이 지면서 희부연 빛이 더욱 흐려졌다. 테스가 낙엽 위에서 깊은 생각에 잠겨 있는 동안 그녀의 모습이 어둠 속에서 서서히 사라져 갔다.

그동안 알렉 더버빌은 그들이 정말 체이스 숲 어디쯤 있는지 확인하려고 언덕을 계속 밀고 올라갔다. 그녀와 더 오래 함께 있고, 길가의 어떤 물체보다 더 달빛 비친 그녀의 모습에 눈길을 쏟기 위해 닥치는 대로 모퉁이를 돌다 사실 거의 한 시간이 넘게 되는대로 말을 마구 몰았다. 지친 말이 조금이라도 쉴 수 있게 하려고 그는 서둘러 이정표를 찾지 않았다. 언덕 너머 인근 골짜기로 내려가자 큰길 가의 울타리가 나타났고, 그 울타리의 윤곽을 알아보고는 그들이 어디쯤 있는지 알 수 있었다. 더버빌은 거기서 돌아섰다. 이제 달은 완전히 지고 없었다. 아침이 멀지 않았으나 안개까지 끼어 체이스 숲은 진한 어둠 속에 싸여 있었다. 그는 나뭇가지에 부딪치지 않기 위해 두 손을 앞으로 내밀고 걸어야 했다. 처음에는 그가 출발한 정확한 지점에 도달할 수 없을 것처럼 보였다. 언덕을 올라갔다가 내려오고 또 빙빙 돌다가 마침내 그는 가까운 곳 어디서 희미하게 말이 움직이는 소리를 들었다. 그리고 뜻밖에 그의 외투 소매가 발에 걸리는 것을 느꼈다.

"테스!" 더버빌이 불렀다.

아무 대답이 없었다. 어둠이 너무 짙어 그는 아무것도 볼 수 없었다. 그의 발치에 있는 뿌옇게 흐린 물체가 낙엽 위에 두고 갔던 하얀 모슬린의 형체임을 짐작할 수 있을 뿐이었다. 그밖에 모든 것은 암흑이었다. 더버빌이 몸을 숙였다. 규칙적으로 부드럽게 내쉬는 숨소리가 들렸다. 그는 무릎을 꿇고 몸을 더 숙였다. 그녀의 숨결이 그의 얼굴에 따뜻하게 와 닿았다. 곧 그의 뺨이 그녀의 뺨에 닿았다. 그녀는 깊이 잠들어 있었으며 속눈썹에는 눈물이 맺혀 있었다.

어둠과 침묵이 사방에 깔려 있었다. 머리 위에는 체이스 숲의 원시림 주목(朱木)과 오크 나무가 솟아 있고, 이 나무에서 보금자리를 잡은 새들이 마지막 새벽잠을 자고 있었으며, 그들 주변에서는 토끼들이 조용조용 뛰고 있었다. 그러나 테스의 수호천사는 어디 있었고, 그녀의 소박한 신앙의 섭리는 어디 있었느냐고 누군가는 물으리라. 아마도 빈정대기 좋아하는 티시베* 사람이 말하는 다른 신처럼 하느님은 이야기를 하고 있었거나, 쫓고 있었거나, 길을 가고 있었거나, 아니면 잠을 자고 있어 깨워서는 안 될 일이었는지도 모른다.

어째서 비단만큼이나 섬세하고 사실상 눈처럼 티없는 이 아름다운 여자의 살결에 운명처럼 추한 무늬가 박히게 되었는가? 어째서 늘 조잡한 사람이 이렇게 아름다운 사람을 차지하고, 엉뚱한 남자가 자기 짝이 아닌 여자를 소유하며, 엉뚱한 여자가 남의 남자를 갖는지에 대해서는 수천 년의 역사를 지닌 분석철학도 우리의 질서 의식에 맞는 설명을 하지 못하고 있다. 현재의 재난 속에 보복의 가능성이 숨어 있을 수도 있음을 우리는 사실상 인정해야 할지 모른다. 그렇다면 그것은 갑옷으로 무장한 테스 더버빌의 선조가 싸움에서 우쭐한 기분으로 요란스럽게 집으로 돌아오다가 시골 처녀들에게 이보다 더 무자비한 짓을 했음이 분명하다. 그러나 아버지의 죄가 자식들에게 전해 내려온다는 이야기가 신들에게는 해당될 수 있는 도덕률일지 모르나** 보통 사람들은 외면하는 생각이다. 따라서 그러한 설명은 이 일에 대한 해답이 될 수 없다.

---

* 「엘리야, 열왕기 상」 18장 27절 참조.
** 「출애굽기」 20장 5절 참조.

테스가 사는 시골의 이웃들은 자기들끼리 운명에 대해 "그건 그렇게 되기로 되어 있었어."라는 말을 하곤 한다. 애석한 점은 바로 여기 있었다. 이제부터 헤아릴 수 없이 큰 사회적 틈이 우리 여주인공의 인성에 자리잡아, 트란트리지의 양계장에서 삶의 기회를 시험해 보기 위해 어머니 집 문 밖을 나왔던 전날의 자신과는 전혀 다른 사람이 되었다.

2부
처녀, 그 이후

12장

    바구니는 무겁고 꾸러미는 큼직했다. 그러나 그녀는 물건의 무게에는 별로 개의치 않은 듯 힘든 짐을 들고 걸어갔다. 그녀는 이따금 기계적으로 목장 출입문이나 기둥 곁에서 걸음을 멈추고 잠시 쉬었다. 그러다 다시 짐을 자신의 통통한 팔에 얹고 가던 길을 갔다.

    늦은 10월 어느 일요일 아침, 그녀가 트란트리지에 온지 넉 달 만이었으며, 말을 타고 체이스 숲에 갔던 밤으로부터 몇 주일이 지난 다음이었다. 시간은 동이 튼 지 얼마 지나지 않은 이른 아침이었다. 그녀 등 뒤의 수평선에서 떠오르는 누런 햇빛이 그녀가 마주 보고 있는 산등성이를 희미하게 밝히고 있었다. 이 산등성이는 그녀가 그동안 외지 사람으로 살았던 골짜기를 둘러싸고 있어 생가가 있는 집으로 가려면 반드시 넘어야 할 고개였다. 이쪽에서 오르는 고갯길은 경사가 완만해서 토양과 경치가 블랙무어 골짜기와는 많이 달랐다. 뺑뺑 둘러 가는 철도가 산등성이를 경계로 나누어져 있는 양쪽 사람들을 하나로 연결해 주었으나 그래도 양쪽 사람들의 성격과 억양이 어딘가 조금은 달랐다. 이런 이유 때문에 그녀가 머물던 트란트리지의 집은 32킬로미터가 조금 모자라는 거리였지만 고향 마을이 아주 먼 것처럼 느껴졌다. 고향의 농부들은 북쪽과 서쪽으로 다니면서 장사를 했고, 북쪽과 서쪽으로 여행을 했으며, 남자와 여자의 만남과 결혼도 그쪽에서 이루어졌다. 그러나 이쪽에 사는 사람들은 그들의 정력과 관심을 동쪽과 남쪽으로 쏟았다.

고갯길은 6월의 그날 더버빌이 그녀를 태우고 난폭하게 말을 몰던 바로 그 고원지대였다. 테스는 남은 길을 멈추지 않고 올라가 고갯마루 끝 비탈진 땅 가장자리에서 지금은 반쯤 안개에 가려 있는 낯익은 저쪽의 푸른 세계를 바라보았다. 이곳에서는 그 푸른 세계가 항상 아름답게 보였으나 오늘따라 풍경이 더할 나위 없이 수려해 보였다. 그 세계를 마지막으로 본 이후 그녀는 감미로운 새들이 노래하는 곳에는 뱀이 도사리고 있다는 사실을 알게 되었으며, 그 교훈 덕택에 그녀의 인생관이 완전히 바뀌게 되었다. 사실 고향에 살 때 순진했던 처녀는 이제 딴사람이 되어 있었다. 그녀는 머리를 숙인 채 생각에 잠겨 있다가 몸을 돌려 뒤를 돌아보았다. 그녀는 차마 고개를 들어 고향 마을을 바라볼 수 없었다.

테스가 막 힘들게 올라온 길고 하얗게 뻗은 길에 이륜마차가 보이고 그 곁에 한 남자가 걸어오고 있었다. 그는 그녀의 눈길을 끌기 위해 손을 흔들었다.

그녀는 아무 생각 없이 손짓하는 대로 그를 기다렸다. 몇 분

이내에 사람과 말이 그녀 곁에 와서 섰다.

"왜 이렇게 몰래 빠져나와야 하는 거요?" 더버빌이 숨을 헐떡거리며 그녀를 꾸짖었다. "사람들이 전부 자고 있는 일요일 아침에! 우연히라도 알게 되었으니 망정이지. 따라잡으려고 정신없이 말을 몰았소. 말을 좀 봐요! 왜 이런 식으로 가야만 하는 거요? 가는 걸 막을 사람이 아무도 없는 줄 잘 알면서 말이오. 걸어서 이 고생을 하면서 이 무거운 짐을 들고 올 필요가 없는데. 미친 사람처럼 따라온 건, 돌아가지 않겠다면 남은 길이라도 마차로 데려다 주려는 거요."

"돌아가지 않아요." 그녀가 말했다.

"돌아오지 않을 줄 알았어요. 그럴 거라고 생각했지! 그럼, 짐을 실어요. 그리고 마차를 탑시다. 내가 도와줄게요."

그녀가 바구니와 짐 꾸러미를 덤덤하게 이륜마차 안에 얹고 자신도 올라탔다. 둘은 나란히 자리에 앉았다. 이제 그녀는 그가 두렵지 않았다. 이렇게 과감해진 그녀의 자신감에 사실은 슬픔이 자리잡고 있었다.

더버빌이 시가를 기계적으로 붙여 물었다. 길가에 흔히 있는 것들에 대해 감정 없이 대화를 나누다 끊었다 하면서 두 사람은 마차를 타고 갔다. 이른 여름 그 길에서 반대 방향으로 마차를 달리면서 그녀에게 키스하려고 했던 일을 그는 까맣게 잊고 있었다. 그러나 그녀는 그 일을 잊지 않았다. 꼭두각시처럼 자리에 앉아 그녀는 그가 하는 말에 단음절로 대답만 하였다. 그렇게 5, 6킬로미터를 달리자 나무 숲이 나타났다. 말로트 마을은 그 너머에 있었다. 그녀의 굳은 얼굴에 감정이 솟아올라 눈물이 한두 방울 흘러내렸다.

"왜 우는 거요?" 그가 냉정한 목소리로 물었다.

"내가 저기에서 태어났다는 생각을 했어요." 테스가 낮은 소리로 중얼거렸다.

"글쎄, 우리는 어디에선가 태어나야 하겠지."

"태어나지 말았어야 하는데, 저기서나 다른 데서나."

"피! 그래, 트란트리지로 오고 싶지 않았으면 왜 왔던 거요?"

그녀는 대답을 하지 않았다.

"내가 좋아서 온 게 아닌 건 확실하고."

"그건 사실이에요. 그쪽이 좋아서 갔거나, 그쪽을 언제 진심으로 사랑했더라면, 만약 아직도 거기를 사랑한다면, 난 이토록 이런 약점을 가진 나 자신을 싫어하고 미워하지 않을 거예요! ······내 눈이 잠시 당신 때문에 흐려졌어요. 그것뿐이에요."

그는 어깨를 움찔하였다. 그녀가 하던 말을 계속했다.

"내가 그쪽의 의도를 깨달았을 때는 이미 너무 늦었어요."

"여자들이란 죄 그런 소리를 하지."

"그런 말을 어떻게 나한테 해요!" 그녀가 갑자기 그에게로 몸을 돌리면서 외쳤다. 그녀 안에 잠재해 있던 오기가 치솟아 오르면서(그는 이것을 나중에 더 보게 되지만) 눈에서 빛이 났다. "맙소사, 한 대 쳐서 마차 밖으로 떨어트릴 수도 있어요. 모든 여자들이 하는 말을 어떤 여자는 민감하게 느낄 수도 있다는 생각을 해 봤어요?"

"좋아요." 그가 웃으면서 말했다. "기분을 다치게 해서 미안해요. 내가 잘못했어요. 그 점 인정해요." 그가 말하는 동안 약간 쓰라린 투로 바뀌었다. "하지만 내 얼굴에 언제까지나 그 문제를 집어 던지지 말았으면 좋겠어요. 난 마지막 한 푼까지

빚을 갚을 마음의 준비를 하고 있어요. 들판이나 목장에서 다시 일을 하지 않아도 되는 건 테스도 알고 있지 않소? 마치 버는 돈으로 리본 하나도 못 사는 듯이 지금처럼 둔하고 수수하게 입는 대신, 최고로 좋은 옷을 살 수 있다는 것도 테스는 알 텐데?"

그녀의 너그럽고 충동적인 본성에는 대체로 냉소 같은 것이 들어 있지 않지만 이 말에는 그녀의 입술이 비웃는 듯이 위로 약간 올라갔다. "난 더 이상 당신한테서 아무것도 받지 않아요. 안 받겠어요. 받을 수가 없어요. 그런 식으로 사는 건 당신의 꼭두각시가 되는 거예요. 난 그러고 싶지 않아요."

"진짜 원조 더버빌이라는 사실은 차지하더라도, 태도만 봐서는 공주님인 줄 알겠어요, 하하! 그럼, 귀여운 테스, 난 더 이상 할 말이 없어요. 난 나쁜 놈인 것 같소. 아주 나쁜 놈 말이오. 따지고 보면 난 나쁜 놈으로 태어났고, 나쁜 놈으로 살았고, 결국 나쁜 놈으로 죽을 거예요. 그러나 내 길 잃은 영혼에 맹세코 테스, 자기에게는 나쁜 인간이 되지 않겠어요. 혹시 어떤 상황이 생겨서 — 무슨 말인지 알겠어요? 조금이라도 필요한 것이 있으면, 조금이라도 어려운 일이 생기면 말이에요. 그때는 그냥 편지 한 줄만 날려요. 원하는 건 무엇이든 다 보내주겠어요. 난 트란트리지에 없을지 몰라요. 얼마 동안 런던에 가 있을 계획이니까. 난 그 노파를 참을 수가 없어요. 그러나 편지는 내가 받아 볼 수 있을 거요."

테스는 더 이상은 말을 타고 마을로 들어가고 싶지 않다고 했다. 그들은 나무숲 아래에 마차를 멈췄다. 더버빌이 마차에서 내려 테스를 안아 내려 주고는 다시 그녀의 물건을 들어내 그녀 곁에 내려놓았다. 그녀가 고개를 약간 숙였다. 그녀의 시선이 그의 시선에 잠시 머물렀다. 그러나 그녀는 곧 떠나기 위해 몸을 돌려 짐을 들었다.

알렉 더버빌이 입에서 시가를 빼어 내고는 그녀 쪽으로 몸을 구부렸다.

"자기, 그렇게 뒤돌아 가는 건 아니겠지? 자!"

"원한다면." 그녀가 무관심한 투로 말했다. "날 이렇게 잘도 길들여 놨네요!

그녀가 몸을 돌려 얼굴을 그에게로 쳐들고는 그가 반은 건성으로 반은 아직도 열정이 다 식지 않은 듯 그녀의 뺨에 키스를 하는 동안 그녀는 대리석 돌기둥처럼 가만히 있었다. 키스를 하는 동안 그녀는 그가 무슨 짓을 하는지 거의 의식하지 못하는 듯 그녀의 눈은 길에서 가장 멀리 서 있는 나무들을 멍하니 바라보았다.

"이번에는 저쪽에. 옛정을 생각해서."

화가나 미용사가 시키는 대로 하듯 그녀는 이번에는 똑같이 수동적으로 머리를 반대쪽으로 돌렸다. 그의 입술이 근처 들판에 나 있는 버섯 껍질처럼 촉촉하고 매끄럽게 싸늘한 그녀의 뺨에 와 닿았다.

"입을 벌려 키스해 주지는 않는다니까. 자기는 한 번도 스스로 원해서 하지 않아. 날 영원히 사랑하지 않을 것 같아."

"그렇다고 내가 종종 말했어요. 사실이에요. 난 정말로, 그리고 진심으로 그쪽을 사랑하지 않아요. 앞으로도 절대 사랑할 수 없을 거예요." 그녀가 쓸쓸하게 말했다. "아마도 이런 경우에는 무엇보다도 거짓말 한마디가 나에게는 가장 좋은 처방이겠지요. 그러나 나에게 얼마 안 되지만 그래도 자존심은 남아 있어 그런 거짓말은 못하겠어요. 당신을 사랑한다면 그게 당신에게 알려줄 수 있는 가장 좋은 소식이겠지요. 그러나 난 당신을 사랑하지 않아요."

그 순간 마치 그의 가슴이나 양심이나 체면이 짓눌리는 듯 그는 힘들게 숨을 내뿜었다.

"흠, 테스, 자기가 우울해하는 건 어울리지 않아요. 이제 난 자기에게 기분 좋은 소리를 해야 할 이유가 없어요. 자기는 그렇게 슬픈 표정을 지을 필요가 없다고 솔직히 이야기할 수 있어요. 자기는 이 지방에서 훌륭한 가문이나 평범한 가문의 어떤 여자와 견줘도 아름다움만은 지지 않을 사람이오. 이 말은 현실적인 인간으로 그리고 자기가 잘되기를 바라는 사람으로서 하는 소리요. 자기가 현명한 사람이라면 자기는 그 아름다움이 시들기 전에 세상 사람들 앞에서 스스로를 지금보다 더 뽐낼 거예요…… 그런데도 테스, 나한테 돌아올 수 없어요? 정말로 난 자기가 가도록 내버려 두고 싶지 않아요!"

"절대로, 절대로 아니에요! 난 알자말자, 진작 알았어야 할 사실을 마음으로 정했어요. 돌아가지 않아요."

"그럼 잘 가요, 내 넉 달 동안의 친척. 잘 가요!"

그가 가볍게 마차 위에 올라타 고삐를 손에 쥐고는 빨간 열매가 높게 달린 울타리 길 사이로 사라졌다.

테스는 그가 사라진 쪽을 쳐다보지 않고 천천히 꾸불꾸불한 오솔길을 따라 돌아갔다. 아직도 시간은 일렀다. 태양의 아래 부위가 산 위로 막 솟아오르는 순간이어서 햇볕이 온화하지 않았으나 대지 위에 퍼지고 있었다. 햇살이 아직은 살갗에 닿기보다는 눈으로 볼 수 있을 뿐이었다. 근방에는 사람 하나 보이지 않았다. 슬픈 10월과 그보다 더 슬픈 그녀만이 그 오솔길에 있을 뿐이었다.

그녀가 걸어가는데 등 뒤에서 발걸음 소리가 들렸다. 남자 발소리였다. 걸음이 너무 빨라 그가 가까이 왔다는 사실을 그녀가 미처 깨닫기도 전에 바로 뒤에 다가와서는 "안녕하세요." 라고 인사했다. 그는 기능공인 것 같았는데 붉은 페인트가 들어 있는 양철통을 들고 있었다. 그는 사무적인 투로 그녀의 짐을 들어 줄까 물었다. 그녀가 그렇게 해도 좋다고 하면서 그의 곁에서 걸었다.

"이런 안식일 아침에 일찍 일어났네요." 그가 유쾌한 목소리로 말했다.

"네." 테스가 말했다.

"사람들은 한 주일의 일을 끝내고 지금은 쉬는 시간이지요."

그녀는 이 말에도 동의했다.

"나는 주중보다 오늘 같은 날 더 참된 일을 하지요."

"그러세요?"

"주중에는 인간의 영광을 위해 일하고 일요일에는 하느님의 영광을 위해 일해요. 그게 다른 일보다 더 참된 일이지요, 안 그래요? 이 디딤대에 할 일이 좀 있어요." 그는 이렇게 말하면서 길에서 목장으로 들어가는 출입구로 몸을 돌렸다. "잠깐만 기다리겠어요?" 그는 이렇게 덧붙였다. "오래 걸리지 않을 겁니다."

그가 그녀의 바구니를 들고 있었기 때문에 그녀는 달리 방법이 없었다. 그녀는 그를 지켜보면서 기다렸다. 그는 그녀의 짐과 양철 페인트 통을 내려놓고 통 속에 들어 있는 붓을 흔들어서는 디딤대의 판자 세 개 중 가운데 판자에 네모난 글씨를 쓰기 시작했다. 그는 읽는 사람의 마음속에서 그 글의 의미가 깊이 전달되도록 글자 하나하나에 구두점을 찍었다.

저희, 멸망은, 잠들지, 아니하느니라.
「베드로 후서」 2장 3절

평화로운 풍경과 푸르스름하게 엷어지는 색채와 지평선 위의 푸른 공기와 이끼 긴 디딤대의 판자를 배경으로 이들 빨간색 글자들이 마치 노려보듯 빛났다. 대기가 쩡쩡 울리도록 그 글자가 큰 목소리로 외치는 것 같았다. 흉하게 훼손된 구절, 과거에는 인류에 많은 봉사를 했던 교리가 겪는 이 마지막 괴상한 양상을 보고 어떤 사람들은 "아아, 가엾은 신학."이라고 외칠 수도 있으리라. 그러나 이 구절이 테스에게는 자신을 비난하는 듯한 공포감으로 와 닿았다. 마치 그 남자가 그녀의 최근 역사를 잘 안다고 말하는 것 같았다. 그러면서도 그는 그녀를 전혀 모르는 낯선 사람이었다.

글을 다 쓰고 그는 그녀의 바구니를 집어 들었다. 그녀는 기계적으로 그의 곁에 서서 걷기 시작했다.

"그 글을 믿으세요?" 그녀는 낮은 소리로 물었다.

"그 글을 믿느냐고요? 내가 내 존재를 믿느냐고 물어 보세요."

"그렇지만." 그녀가 떨리는 목소리로 말했다. "일부러 죄를 지은 것이 아니라면요?"

그는 머리를 저었다.

"그런 중요한 문제는 머리칼을 둘로 쪼개는 것처럼 답하기 어렵지요." 그가 대답했다. "나는 지난여름 수백 킬로미터를 걸어 다니면서 이 글을 이 지방 곳곳에 있는 벽과 문과 디딤대에 썼습니다. 이 글을 실천하는 문제는 읽는 사람의 양심에 맡깁니다."

"그 글은 무서워요!" 테스가 말했다. "사람을 짓밟아 죽이는 것 같아요!"

"바로 그런 뜻으로 쓰인 겁니다!" 그가 직업적인 목소리로 말했다. "가장 무서운 글을 읽어 봐야 돼요. 그런 글은 빈민가와 항구에 가서 쓰죠. 읽으면 사람들이 몸을 뒤틀게 돼요. 농촌 지방을 위해 아주 좋은 구절이기도 하지요. 아, 저기 저 빈 헛간 옆 벽에 자리가 좀 있네요. 저기에 하나 써야 되겠어요. 아가씨처럼 위험하게 젊은 여자들이 좋아할 만한 걸로요. 아가씨, 기다려 줄래요?"

"아니요." 그녀가 말했다. 테스는 바구니를 들고 무겁게 걸음을 옮겼다. 조금 가다가 그녀는 고개를 돌렸다. 낡은 회색 벽은 이제껏 한 번도 해 보지 않은 임무를 수행하는 것이 고통스러운 듯 첫 번째 것과 비슷한 붉은 글자를 이상하고 색다르게 광고하기 시작했다. 그가 반쯤 쓰기 시작한 글을 읽고 그 뜻이 무엇인지를 깨닫는 순간 테스의 얼굴이 확 달아올랐다.

   너희, 하지, 말지어다, 간 ─

그 명랑한 친구는 그녀가 보고 있다는 사실을 알고는 붓을 멈추고 큰 소리로 외쳤다.

"이 글귀에 대해 설명을 듣고 싶다면, 아가씨가 지금 가고 있는 교구에서 오늘 대단히 성실하고 훌륭한 사람이 자선 설교를 하게 되어 있어요. 에민스터의 클레어 신부님이지요. 나는 지금은 그분의 종파에 속하지는 않지만, 인간적으로 훌륭한 분입니다. 그분이면 내가 아는 어떤 신부님보다 잘 설명해 줄 겁니다. 내가 이 일을 시작한 것도 그분 때문이지요."

그러나 테스는 아무 대꾸도 하지 않았다. 눈을 길에다 고정시킨 채 가슴이 두근거리는 것을 느끼면서 가던 길을 다시 걸어갔다. "푸, 나는 하느님이 이런 말씀을 했다고는 믿지 않아!" 얼굴에 떠올랐던 홍조가 사라지자 그녀가 경멸에 찬 목소리로 중얼거렸다.

눈앞에 갑자기 아버지 집 굴뚝에서 깃털 같은 연기가 솟아오르는 광경이 나타나자 가슴이 아팠다. 집에 도착하자 집 안 광경이 그녀의 마음을 더욱 고통스럽게 했다. 그때 막 아래층으로 내려온 어머니는 아침 식사를 준비하느라 껍질 벗긴 오크 가지를 지피면서 화롯가에 서 있다가 몸을 돌려 딸을 맞았다. 어린 동생들은 아직 2층에 있었다. 일요일 아침에는 삼십 분은 잠자리에 더 있어도 좋다고 생각하는 아버지도 아직 2층에서 내려오지 않았다.

"그래, 사랑하는 테스야!" 놀란 어머니가 껑충 뛰어나와 딸에게 키스를 하였다. "어떻게 지냈니? 내 코 앞에 올 때까지 널 보지 못했구나. 결혼하려고 집으로 왔니?"

"엄마, 그래서 온 게 아니에요."

"그럼 휴가로 왔니?"

"그래요, 휴가예요. 긴 휴가요." 테스가 말했다.

"뭐라고? 친척이 좋은 선물을 할 거 아니니?"

"그 사람은 친척이 아니에요. 그리고 결혼도 하지 않을 거고 요."

어머니가 딸을 뚫어지게 바라보았다.

"얘, 다 털어놓고 이야기해 봐라." 그녀가 말했다.

그제서야 테스는 어머니에게로 다가가 목에 얼굴을 묻고 그 동안 있었던 이야기를 다 해 주었다.

"그러고도 그 사람이 너하고 결혼하도록 만들지 못했단 말 이냐?" 어머니가 같은 말을 반복했다. "너만 빼고 어떤 여자도 결국에는 결혼을 하게 했을 거다."

"아마 그랬겠죠, 나만 빼고는요."

"그랬더라면 그런 이야기를 선물로 집에 가져왔을 텐데. 선 물이 있다면 말이다." 더비필드 부인은 화가 나서 금세 눈물을 쏟을 것 같은 표정으로 말했다. "너하고 그 사람에 대해 숱한 이야기가 여기까지 들려왔는데, 이렇게 끝나리라고 누가 생각 했겠느냐? 너만 생각하지 말고 가족을 위해 좋은 일을 할 생 각을 못했느냐? 좀 봐라, 난 종처럼 일하고, 병든 불쌍한 아버 지는 기름받이 냄비처럼 심장이 막혀 있지 않니? 난 뭔가가 일 어나기를 바랐다. 넉 달 전 그날 너하고 그 사람이 한 쌍을 이 루어 나란히 마차를 타고 가는 모습이 얼마나 보기 좋던지. 그 사람이 우리한테 보내 준 걸 좀 봐라. 그게 모두 친척이니까 그랬으리라고 생각했지. 그 사람이 친척이 아니라면 널 사랑해 서 그런 거겠구나. 그런데도 넌 그 사람하고 결혼하지 않았구 나!"

알렉 더버빌이 그녀와 결혼할 마음이 생기도록 만들다니! 그가 그녀와 결혼을 하다니! 결혼에 대해서 그는 한마디도 입을 뗀 적이 없었다. 만약 그랬다면 어쩌자는 것인가? 사회적인 구원을 위해 그가 충동적으로 구혼했다면 그가 그녀에게 어떤 대답을 강요했을지 그녀는 말할 수 없다. 그러나 어리석은 어머니는 그 남자에 대해 그녀가 지금 어떤 감정을 느끼는지 알지 못했다. 이런 상황에서 그녀의 마음은 정상적이지 않았을지 모른다. 불길한 것일지도 모르고 설명할 수 없는 것일지도 몰랐다. 그러나 이것은 엄연한 현실이었다. 스스로 말했듯이 그녀는 이런 이유 때문에 자신을 미워했다. 그녀는 그를 완전히 좋아한 적이 없었으며 지금은 그를 조금도 좋아하지 않았다. 그녀는 그를 두려워했고, 그 앞에서 움츠려 들었으며, 자신이 어찌지 못하는 상황을 날렵하게 이용하는데도 아무런 저항을 하지 못했다. 그러다 잠시 동안 그녀는 그의 열성적인 태도에 판단이 흐려졌으며, 혼돈스러운 마음으로 얼마 동안 그에게 항복했던 것이다. 그다음 갑자기 그를 경멸하고 싫어하게 되었고, 그래서 그로부터 도망을 친 것이었다. 그게 전부였다. 그를 증오하는 것은 아니었다. 그러나 그는 그녀에게 '티끌과 재'* 같은 존재였다. 그녀는 자신의 가문을 위해서라도 그와는 결혼하고 싶지 않았다.

"그 사람 아내가 될 마음이 없었으면 조심했어야지!"

"오, 엄마! 엄마!" 마치 가슴이 터지기나 할 듯 어머니 쪽으로 몸을 힘차게 돌리면서 괴로움을 이기지 못하여 딸이 울부

---

* 「욥기」 42장 6절 참조.

짖었다. "내가 어떻게 알았겠어요? 넉 달 전 이 집을 나섰을 때 난 어린아이였어요. 남자들이 위험하다고 왜 말해 주지 않았어요? 왜 경고해 주지 않았어요? 지체 높은 집 숙녀들은 이런 속임수를 알려 주는 소설을 읽기 때문에 자신들을 어떻게 지킬지 알아요. 그러나 나는 그런 식으로 배울 기회가 없었어요. 엄마가 날 도와주지도 않았고요."

어머니가 마음을 누그러뜨리고 말했다. "그 사람이 널 좋아하고 그래서 어떤 결과가 빚어질 거라는 걸 미리 말하면 네가 그 사람 앞에게 콧대를 세우게 되고, 그러다 기회를 놓칠지도 몰라서 그랬다." 그녀가 앞치마로 눈물을 닦으면서 중얼거렸다. "이젠 여기서 최선을 다해야지. 결국 자연의 길이고 하느님 뜻이다."

13장

테스가 가짜 친척 집에서 돌아왔다는 소문이 퍼졌다. 소문이라는 말이 사방 1.6제곱킬로미터의 공간에 널리 알려지는 것을 소문이라고 해도 된다면 테스의 소식은 소문으로 마을에 퍼진 것이었다. 그날 오후 말로트 마을 처녀 몇이 테스를 찾아왔다. 테스의 학교 동창이나 친구들이었다. 엄청나게 훌륭한 결혼에 성공한(그들은 그렇게 상상했다.) 사람을 방문하는 사람으로서 격에 맞게 풀을 먹여 곱게 다림질한 외출복을 입고 왔다. 그들은 방 안에 빙 둘러앉아 호기심 가득한 얼굴로 테스를 바라보았다. 테스와 사랑에 빠진 사람이 그녀와 아주 먼, 먼 친척인 더버빌 씨이며, 그는 평범한 지방 출신 신사가 아니고 위험을 모르는 한량이며 무자비하게 냉정한 연인이라는 평판이 트란트리지 인근 주변을 넘어 밖으로 퍼졌기 때문에 두렵게 보이는 테스의 처지가 더욱 매력적으로 그들의 상상력을 자극했다.

테스에 대한 그들의 관심은 대단했다. 그녀가 잠시 등을 돌린 사이 젊은 처녀들이 이렇게 속삭였다. "정말 예쁘다. 저 드레스 잘 어울리네. 굉장히 비싸게 주고 샀을 거야. 저게 그 사람이 선물한 거래."

구석에 있는 찬장에서 차 그릇을 꺼내던 테스는 이 말을 듣지 못했다. 그 소리를 들었더라면 그녀는 곧 친구들에게 사실을 바른대로 말해 주었을 것이다. 그들의 이야기를 들은 사람은 어머니였다. 조온의 소박한 허영심은 비록 근사한 결혼에 대한 희망은 깨어졌지만 멋진 연애를 한다는 소문만으로도 흡족했다. 딸에 대한 평판을 다칠 수도 있었으나 순간적인 승리감으로 어머니의 기분은 좋았다. 이 문제가 결혼으로 끝날 희망이 아주 없는 것도 아니었다. 그녀는 찾아온 손님들의 부러워하는 마음에 보답하는 뜻으로 저녁 식사를 하고 가라고 잡았다.

친구들의 수다와 웃음과 기분좋게 넌지시 던지는 이야기와 그리고 무엇보다도 그들의 선망의 눈빛이 테스의 기분을 북돋웠다. 시간이 저물어지면서 친구들의 흥분은 테스에게 옮겨가 그녀는 거의 유쾌한 마음으로 돌아갔다. 대리석 같은 딱딱한 표정이 얼굴에서 사라지고 걸음걸이도 전날처럼 활달했으며 싱싱한 아름다움이 환히 피어올랐다.

마음속에 여러 가지 생각들이 자리잡고 있었지만 잠시나마 그녀는 일종의 우월감을 느끼며 마치 연애 문제에서는 자신의 경험이 부러울 수도 있다는 투로 친구들의 질문에 대답했다. 그러나 그녀는 로버트 사우스*가 말하는 "자신의 파멸과 사랑

---

* 영국의 설교자. 1634년~1716년.

에 빠지는 것"과는 거리가 멀었다. 이러한 우월감은 번개가 지나가듯 찰나적인 일에 지나지 않았다. 금세 냉정한 이성을 되찾고 그렇게 충동적으로 일어나는 자신의 약한 마음을 꾸짖었다. 순간적으로 그녀의 흉한 자만심은 자신을 죄인으로 만들고 다시 무기력한 침묵으로 되돌아가게 했다.

다음 날 새벽, 일요일은 지나가고 월요일이 왔다는 절망감을 안고 그녀는 자신의 낡은 침대에서 혼자 눈을 떴다. 외출복은 넣어 두었고, 함께 웃던 친구들도 모두 가고 없었다. 순진한 어린아이들이 그녀 주변에서 부드럽게 숨결을 몰아쉬고 있었다. 집으로 돌아왔다는 들뜬 기분과 그에 따른 관심이 사라지고, 그 대신 누구의 도움도 없고 이해심도 없이 밟고 가야 할 긴 자갈길이 눈앞에 보였다. 우울감이 무섭게 내려눌러 차라리 무덤 속에 자신을 묻어 버릴 수도 있다는 생각이 들었다.

몇 주일이 지나면서 테스는 일요일 아침 교회에 나갈 수 있을 만큼 안정을 찾았다. 그녀는 성가와 옛 시편 듣기를 좋아하고 아침 찬미가를 따라 부르기를 즐겼다. 민요를 애창하는 어머니로부터 음악에 대한 타고난 사랑을 물려받아 가장 단순한 곡조도 어떤 때는 가슴속 깊은 곳까지 심금을 울렸다.

누구도 알지 못하는 자신만의 이유 때문에, 또 젊은 청년들의 은근한 접근을 피하고 싶은 이유 때문에 그녀는 성가가 시작되기 전에 집을 떠나, 교회의 낡은 집기들이 쌓여 있는 틈에 관(棺)이 거꾸로 세워져 있는 계랑(階廊) 아래쪽, 주로 노인들이 자리를 잡는 뒷자리에 앉았다.

둘씩 셋씩 어울려 교구 신도들이 교회 안으로 들어와 테스

앞쪽에 자리를 잡았다. 그들은 기도를 한 것은 아니지만 잠시 기도하는 자세로 이마를 숙이고 있다가 머리를 들고 주변을 둘러보았다. 성가가 시작되었다. 마침 그녀가 좋아하는 곡으로, 익숙한 랭던*의 이중창 성가였다. 그녀는 그 성가의 곡목을 알고 싶었으나 알 길이 없었다. 그녀는 생각하는 것을 정확히 말로 표현하지는 못했지만 어떻게 작곡가의 힘이 이렇게 신기하고 하느님 같을 수 있을까 하는 생각에 빠졌다. 처음에는 혼자만 느꼈던 것을 무덤 속에서 이렇게 감정을 이끌어 내어 그의 이름을 들어 본 적이 없고 그의 성격이 어떤지를 알 길이 없는 처녀에게 전달할 수 있는지 궁금했다.

예배가 진행되는 동안 사람들은 고개를 뒤로 돌렸다가 다시 뒤를 돌아보았다. 그리고 테스를 보고는 저들끼리 소곤대기 시작했다. 그녀는 그들이 무엇을 두고 소곤거리는지 짐작할 수 있었다. 그녀는 가슴이 아팠다. 다시는 교회에 올 수 없다고 생각했다.

몇몇 동생들과 나눠 쓰는 침실이 그전 어느 때보다 그녀의 피난처가 되었다. 여기 몇 제곱미터의 초가지붕 아래서 그녀는 바람이 불고, 눈이 내리고, 비가 오고, 눈부시게 아름다운 저녁 노을이 지고, 보름달로 이어지는 모습을 지켜보았다. 그녀는 너무 철저히 집 안에만 박혀 있어 마침내 마을 사람들은 그녀가 떠난 줄로 생각하게 되었다.

이 무렵 그녀가 산보하는 시간은 어둠이 깔린 다음이었다.

이런 시간에 숲으로 들어가면 그녀는 조금도 외로움을 느

---

* 리처드 랭던. 1730년~1803년. 영국의 작곡가이며 오르간 주자.

끼지 않았다. 빛과 어둠이 너무나 고르게 평형을 이루어, 낮의 압박과 밤의 긴장이 서로 중화되고 그래서 절대적 정신의 자유가 허용되는 정확한 저녁 순간을 그녀는 간발의 차이로 알고 있었다. 살아 있다는 불운이 최소한의 차원으로 축소되는 순간이 바로 이런 시각이었다. 그녀에게 어둠은 무서움의 대상이 아니었다. 그녀의 머릿속에 있는 오직 한 가지 생각은 인간을―집단으로 뭉치면 그렇게 무서우면서도 하나의 단위 속에서는 그렇게 보잘것없고 불쌍하기까지 한, 세상이라 불리는 냉랭한 집합체를―어떻게 피하는가 하는 것 같았다.

이 고독한 언덕과 골짜기에서 그녀의 조용한 발걸음은 그녀가 움직여 가는 자연과 하나가 되었다. 몸을 구부려 가만가만 걸어가는 그녀의 모습은 그녀가 들어와 있는 풍경의 중요한 일부가 되었다. 때로는 그녀의 기이한 환상이 자기 주변을 둘러싼 자연현상을 강렬하게 만들어 그 현상 자체가 바로 그녀 이야기의 일부인 것처럼 보이기도 했다. 달리 말해서 그 현상이 오히려 그녀의 이야기가 되었다. 세상이란 심리적 현상에 지나지 않는 것이어서 그렇게 보이면 바로 그것이 실체이기 때문이었다. 겨울 나뭇가지에 단단히 싸인 싹과 나무껍질 사이로 신음 소리를 내며 한밤중에 부는 산들바람과 돌풍은 신랄한 비난의 소리였다. 비가 내리는 날은, 어린 시절의 하느님이라고 분명히 분류할 수 없고 그렇다고 달리 이해할 수도 없는, 막연한 윤리적 존재가 마음속으로 그녀의 나약함을 돌이킬 수 없이 슬퍼하는 표시였다.

그러나 그녀가 머릿속에서 만든 인물들이 인습에 근거해 그녀가 적대적인 망령과 목소리에 둘러싸여 있다고 생각하는 것은, 테스의 유감스럽고 잘못된 상상의 창조물에 지나지 않았으며 그녀가 이유없이 두려워하는 도덕이라는 도깨비 떼 이상은 아니었다. 현실 세계와 조화를 이루지 못한 것은 이런 창조물이었으며 결코 테스 자신은 아니었다. 울타리에서 잠을 자는 새들 곁을 걷고, 달빛이 교교하게 비친 토끼굴 위에서 뛰노는 토끼 떼를 지켜보고, 꿩들이 휘어지게 내려앉은 나뭇가지 아래 서서, 그녀는 자신을 순수의 세계에 침입한 원죄의 표본이라고 생각했다. 그러나 테스는 아무런 차이가 없는 곳에서 계속 차이를 만들어 붙이고 있었다. 자신을 적대적 입장에 두고 있었으나 실제로 그녀는 조화 속에 있었다. 그녀는 사람들이 받아들인 사회법을 어긴 것이었으나, 그것은 자신이 변칙적인 인간이라고 생각하는 환경에서는 알려지지 않은 법이었다.

14장

8월의 어느 안개 자욱한 새벽, 동이 틀 무렵이었다. 진한 밤 안개가 따뜻한 햇살을 받아 계곡과 숲속에서 뭉게뭉게 양털 모양으로 잘려지고 작아졌다가 한참 뒤에 증발되어 사라졌다.

안개 때문에 태양은 호기심에 찬 감각적인 사람 모습을 하고 거기에 걸맞은 남성대명사를 붙여 달라고 요구하는 것 같았다. 그 태양의 모습은 그곳에 사람이 없는 상황과 어울려 고대의 태양숭배가 무엇이었는지를 순식간에 설명해 주었고, 지상에 그보다 더 건전한 종교가 한 번도 있었던 적이 없다는 느낌을 주었다. 빛을 쏟아 내는 이 물체는 황금빛 머리칼에 미소 짓는 표정을 하고 있으며 부드러운 눈을 가진 하느님 같은 존재로 젊은이의 힘과 열정으로 지상을 내려다보고 있었다. 대지는 그를 향한 관심으로 넘쳐 있었다.

그 빛은 잠시 뒤 농가의 덧문에 난 틈새를 통해 집 안으로 들어가 불에 빨갛게 달군 부지깽이 같은 줄무늬를 찬장과 장롱과 그 밖의 가구 위에 그려놓고, 아직 자리에서 일어나지 않은 농부들을 깨웠다.

이날 아침 붉게 물든 물체 중에 가장 눈부시게 붉은 것은 말로트 마을 곁 누런 밀밭 언저리에 솟은 페인트칠이 되어 있는 널따란 나무판자 두어 개였다. 그 바로 아래에 두 개가 더 있는데, 자동 수확기에 달린 회전하는 네 개의 몰타 십자 팔이었다. 그것은 오늘 작업을 하기 위해 전날 들판으로 가져다 놓은 것이었다. 페인트를 진한 칠한 나무판자는 햇빛을 받아 그 색이 더욱 강렬해 보였는데 액화(液火) 속에 넣었다가 꺼낸 것 같았다.

들판은 벌써 '열려 있었다.' 일일이 손으로 밀을 잘라 내고 말과 기계가 지나갈 수 있도록 약 1미터 넓이의 길을 들판에 사방으로 내 두었다.

남정네와 젊은 청년들로 이루어진 한 패와 여자들만으로 어울린 한 패가 들판에 '열려 있는' 길로 내려왔다. 동쪽 울타리 꼭대기의 그림자가 서쪽 울타리의 중간 부분에 닿아 사람들의 머리는 아침 햇살을 받고 그들의 발은 아직 새벽에 머물러 있는 시각이었다. 그들은 가장 가까운 출입문에 세워진 돌 기둥 사잇길에서 사라졌다.

곧 안쪽에서 베짱이가 짝짓기를 하듯 똑딱똑딱 소리가 들렸다. 수확기가 움직이기 시작한 것이었다. 말 세 마리와 앞에서 말한 길고 덜커덕거리는 기계가 출입문 위로 보였다. 기계를 앞으로 끄는 세 마리 말 중 하나 위에 기사가 앉아 있었고 기계 위에는 조수가 타고 있었다. 들판 한쪽 끝을 따라 수확기의 팔이 천천히 돌면서 말과 기계가 움직여 가더니 언덕 아래로 내려가 시야에서 사라졌다. 수확기는 금세 들판 반대쪽에서 같은 속도로 다시 나타났다. 앞에 선 말이 그루터기 너머로 올라오면서 그 이마에 붙어 있는 놋쇠로 만든 별이 햇볕을 받아 반짝거리며 다시 시야에 들어오고, 그다음에는 기계의 팔이 선명하게 나타났으며, 또 그다음에는 수확기 전체가 보였다.

들판을 둘러 있는 그루터기의 좁은 길이 말과 기계가 한 바퀴 돌 때마다 넓어졌고, 아침 시간이 지나면서 아직 자르지 않은 밀밭의 면적이 점점 줄어들었다. 집토끼, 산토끼, 뱀, 쥐, 생쥐 들이 피난을 일시적인 것으로 여기며 나중에 그들을 기다리는 운명이 무엇인지를 알지 못하고, 요새로 후퇴하듯 밀밭 안으로 일단 숨어 들어갔다. 은신처가 점점 무섭게 줄어들다가 친구와 적이 다 함께 뒤엉키고, 겨우 마지막 몇 미터 넓이에 서 있던 밀이 정확한 수확기의 이빨 아래에서 모두 쓸어지면, 추수하는 사람들이 던지는 막대기와 돌에 맞아 예외 없이 모두 죽음을 맞을 운명을 모르고 있었다.

수확기는 밀대를 잘라 내어 작은 더미 들을 만들었고, 더미는 한 단으로 묶일 수 있는 양이었다. 뒤에서 재빠른 일꾼들이 밀 더미 위에서 손을 놀려 단을 묶었다. 일꾼들은 주로 여자들이었다. 그러나 더러는 남자도 섞여 있었다. 남자들은 염색한 면직물로 만든 셔츠를 입고, 가죽 혁대를 허리에 둘러 뒤에 달린 단추가 무용지물이 된 바지를 입었는데, 단추는 농부가 몸을 움직일 때마다 등 뒤쪽 허리에 박힌 한 쌍의 눈처럼 햇볕 속에서 환히 반짝거렸다.

밀 다발을 묶는 일꾼 중에 여자들이 가장 흥미를 끌었다.

그들이 평소처럼 야외 활동에서 그 자연 속에 놓인 객체일 뿐 아니라 그 일부이며 그 자체가 됨으로써 매력적으로 보이기 때문이었다. 남자 일꾼은 들에서 일하는 하나의 객체일 뿐이었으나, 여자 일꾼은 들판의 한 부분이 되었으며 자신의 여백을 버리고 주변의 정수를 빨아들여 그 주변과 동화되었다.

여자들은 ── 여자들이기보다 처녀들은(대부분 젊었기 때문에) ── 장식으로 올을 단 면직물 모자를 썼는데, 거기엔 햇볕을 차단하기 위해 너풀거리는 천을 차양처럼 커다랗게 달아 놓았다. 그들은 또 그루터기에 손이 다치지 않도록 장갑을 끼고 있었다. 어떤 사람은 연한 분홍빛 재킷을 입었고, 어떤 사람은 소매가 꼭 끼는 크림색 가운을 입었으며, 또 어떤 사람은 수확기의 팔처럼 빨간 속치마를 입고 있었다. 나이 든 사람들은 올이 거친 갈색 작업복을 입었는데, 이것은 오랜 역사를 지닌 복장으로 들일을 하는 여인네들에게 가장 잘 어울렸지만 젊은 층이 기피하는 옷이었다. 오늘 아침에는 사람들의 시선이 무심결에 분홍빛 면직 재킷을 입은 처녀에게 쏠렸다. 그녀가 일행 중에 몸이 가장 예쁘게 뻗었으면서 굴곡이 져 있었기 때문이었다. 그러나 그녀는 모자를 눈썹까지 내려 써서, 밀집을 엮는 동안 얼굴을 조금도 드러내지 않았다. 다만 모자에 달린 천 아래로 흘러 내려온 짙은 갈색 머리칼의 한 두 개 꼬여진 올로 그녀의 얼굴색을 짐작해 볼 수 있을 뿐이었다. 그녀가 우연히 사람들의 관심을 끈 한 가지 이유는, 다른 처녀들이 가끔씩 주변을 둘러보는 데 반해 그녀는 전혀 사람들의 이목을 끌려고 하지 않기 때문이었다.

그녀는 시계 같은 단조로운 솜씨로 밀단을 묶어 나갔다. 단을 묶으면 이삭을 한 줌 뜯어내고 왼손 바닥으로 그 끝을 탁탁 쳐서 단을 가지런히 만들었다. 그러고는 몸을 구부려 앞으로 나아가며 두 손으로 밀대를 무릎에 붙여서 끌어 모으고는, 장갑 낀 왼손을 밀단 아래에 넣어 반대쪽에 있는 오른쪽 손을 잡아 애인을 포옹하듯 밀단을 껴안았다. 그녀는 양쪽 끈을 한데 모아 밀단 위에 무릎을 구부리고 그 끈을 묶었다. 가끔 바람 때문에 치마가 나풀거리면 옷을 여몄다. 그녀 팔의 맨살이 장갑의 담황색 가죽 부분과 가운의 소매 사이에서 드러나 있었다. 시간이 지나가면서 드러난 부드러운 살이 그루터기에 쩔려 여기저기 상처가 나고 피가 흘렀다.

중간중간 그녀는 몸을 일으켜 잠시 휴식을 취하고 흐트러진 앞치마를 여몄으며 때로는 모자를 바로 쓰기도 했다. 그럴 때 예쁜 젊은 여자의 타원형 얼굴과, 깊고 검은 눈과, 떨어지지 않으려고 애원하며 매달리듯 길고 무겁게 달려 있는 머리채가 보였다. 시골에서 자란 처녀들보다 그녀의 뺨은 더 창백했으며, 치아는 더 가지런했고, 붉은 입술은 보통 사람들보다 더 엷었다.

이 사람이 테스 더비필드였다. 그녀는 같은 사람이었지만 또 같은 사람이 아닌 여인으로 변해 있었다. 그녀는 실제로 살고 있는 이곳이 낯선 곳이 아니면서도 나그네로 살고 이방인으로 살아가야 하는 처지였다. 그녀는 긴 기간 동안 은둔 생활을 하던 끝에 고향에서 밭일을 하기로 마음을 정했다. 농업 사회에서 일 년 중 가장 바쁜 계절이 되자 들에서 추수하는 것만큼 보수가 좋은 일이 없었던 것이다.

다른 여자들의 움직임도 테스의 움직임과 별 다르지 않았다. 여자들은 4인조의 무곡 카드리유를 추는 무희들처럼 각자 밀단을 묶어 한곳에 모았다. 그리고 각자 묶은 밀단을 먼저 쌓아 둔 단에 기대 세웠는데 열 개나 열두 개의 단이 모이면 한 동, 또는 이 지방에서 부르는 대로 한 '더미'를 만들었다.

그들은 아침 식사를 하러 집으로 갔다가 다시 돌아왔으며, 그러고는 전처럼 작업을 계속했다. 그녀를 유심히 지켜보았다면 11시가 가까워 오자 테스가 단 묶는 일을 중단하지는 않았으나 생각에 잠긴 채 이따금 언덕 마루 쪽을 바라보는 모습을 볼 수 있었다. 거의 11시가 되었을 때 여섯 살에서 열네 살 사이의 아이들의 머리가 언덕 그루터기 볼록한 꼭지 너머로 나타났다.

테스의 얼굴에 홍조가 조금 떠올랐다. 그러나 하던 일은 멈추지 않았다.

찾아온 아이들 중에서 가장 나이 많은 여자 아이는 삼각형 숄을 걸쳤는데 한쪽 끝이 그루터기에서 끌렸다. 팔에는 처음에는 인형으로 보였으나 실제로는 긴 옷을 입은 갓난 아기를 안고 있었다. 다른 아이 하나는 점심 바구니를 들고 있었다. 일꾼들이 하던 일을 멈추고 그들의 식사를 손에 든 채 땅에 앉아 낟가리에 등을 기대었다. 점심 식사가 시작되었다. 남자들은 돌로 된 단지를 맘껏 기울이고 잔을 돌렸다.

테스 더비필드는 마지막으로 하던 일을 멈춘 일꾼 중 하나였다. 그녀는 얼굴을 동료 일꾼들과 반대쪽으로 돌리고 낟가리 맨 끝에 앉았다. 테스가 자리를 잡자 토끼 가죽으로 만든 모자를 쓰고 빨간 손수건을 허리띠에 쑤셔 넣은 남자가 맥주를 담은 잔을 낟가리 위로 내밀어 테스에게 술을 권했다. 그러나 그녀는 잔을 받지 않았다. 점심 상이 펴지자 그녀는 동생 중에서 맨 위인 라이자 루를 불러 그녀에게서 아기를 받았다. 라이자 루는 기쁜 마음으로 짐을 건네주고 옆의 밀 더미로 가서 장난을 하고 노는 다른 아이들과 어울렸다. 테스는 이상하게도 남의 이목을 피하는 듯하면서도 과감한 몸짓으로 작업복을 풀고 아기에게 젖을 먹이기 시작했다.

근처에 앉아 있던 사려깊은 남자들은 얼굴을 들판 반대 방향으로 돌렸고, 몇 사람은 담배를 피우기 시작했다. 술이 다 없어졌다는 사실을 잊은 채 한 방울도 나오지 않는 술 단지를 아쉬운 듯 두들기는 사람도 있었다. 테스를 제외한 여자들이 모두 신나게 이야기를 시작하고 헝클어진 머리채를 매만졌다.

아기가 젖을 다 먹자 젊은 어머니는 아기를 무릎 위에 똑바로 세웠다. 그러고는 먼 곳을 바라보며 증오심에 가까운 우울한 무관심으로 아기를 어르기 시작했다. 그러다 갑자기 아기에게 키스를 퍼부었다. 마치 키스를 끝낼 수 없는 것처럼 수십 번씩 키스를 반복했다. 키스에는 이상하게 열정과 경멸이 동시에 섞여 있었다. 아기가 강렬한 키스에 놀라 울기 시작했다.

"저기 저 아이를 미워하는 것처럼 굴지만 사실은 좋아하는 거라고. 저하고 아이가 교회 묘지에 묻혔어야 한다지만 그것도 사실이 아니고." 빨간 속치마를 입은 여자가 말했다.

"그런 말도 곧 하지 않게 될 거야." 노란 가죽 장갑을 낀 여자가 대꾸했다. "시간이 가면 저런 일에도 익숙해진다는 건 놀라운 일이야!"

"저렇게까지 되기에는 그냥 말로 꼬드기는 것만으로 되는 일은 아닐 것 같아. 작년 어느 날 밤 체이스 숲에서 누군가 흐

느끼는 소리를 들었다는 사람이 있어요. 그때 사람들이 그 현장에 나타났으면 문제가 달라졌을 텐데."

"그래 봐야 그게 그거지 뭐. 그 많은 사람들 중에서 하필 저 아이에게 그런 일이 일어난 건 정말 가엾은 일이야. 문제는 항상 그런 일은 얼굴이 가장 예쁜 아이에게 생긴다는 거지. 얼굴이 박색이어야 교회처럼 안전하다니까. 제니, 안 그래?" 박색이란 말이 썩 잘못되지 않은 일행을 보고 말했다.

사실 한없이 가엾은 일이었다. 꽃 같은 입, 크고 부드러운 눈, 까맣지도 푸르지도 않고 회색도 아니며 보랏빛도 아닌 눈동자를 지닌 테스의 앉아 있는 모습을 보고 있노라면 그녀의 적이라도 달리 생각할 수 없었다. 그녀의 홍채를 들여다보면 이 색조를 모두 합친 또 다른 백 개의 색채가 더 섞여 있어, 깊이를 알 수 없는 눈동자 언저리에는 색조 뒤에 또 색조가 숨어 있고, 빛깔 너머 빛깔이 있었다. 그러면서도 그녀는 가문에서 물려받은 조금 조심스럽지 못한 면을 제외하고는 보통의 여자였다.

이번 주 여러 달 만에 처음으로 큰 결심을 하고 들로 나온 것은 테스 자신에게도 놀라운 일이었다. 경험 없는 그녀가 혼자서 상상할 수 있는 참회의 온갖 장치가 발동되어 자신의 고동치는 심장을 지치게 하고 소진한 끝에 마침내 평범한 상식이 그녀에게 길을 밝혀 주었다. 그녀는 다시 한 번 자신이 유용한 일을 할 수 있다는 것과, 그래서 어떤 대가를 치르더라도 혼자 독립하는 감미로움을 맛보겠다고 생각했다. 과거는 과거일 뿐이며, 그 과거가 어떤 것이었든 간에 이제 자신과는 멀리 떨어져 있었다. 결과가 어떤 것이었든 시간이 그것을 덮어 주리라. 몇 해가 지나면 그들 모두는 전에 존재하지 않았던 것처럼 풀 아래 묻히고 잊힐 것이었다. 수목은 전처럼 푸를 것이며, 새들이 노래하고 태양은 어느 때와 다름없이 빛날 것이다. 눈에 익은 주변은 그녀의 비탄 때문에 어두워진 일이 없었고 그녀의 고통 때문에 병든 일이 없었다.

머리를 깊이 숙이게 만든 것, 세상이 관심을 갖고 자신의 상황을 지켜보고 있다는 생각은 환영(幻影)에 근거를 두고 있음을 그녀는 깨닫게 되었으리라. 그녀는 다른 사람들이 아닌 오직 자기 자신에게만 하나의 개체이며, 경험이며, 정열이며, 감각의 구조일 뿐이었다. 테스 자신을 제외한 모든 사람에게 그녀는 하나의 스쳐 가는 생각에 불과했다. 친구들에게까지 그녀는 자주 스쳐 가는 하나의 생각에 지나지 않았다. 그녀가 밤 내내 그리고 진종일 비참해하면 사람들은 '아, 쟤가 자신을 비참하게 만드는구나.' 정도로 생각할 뿐이었다. 만약 그녀가 즐거워하고, 모든 걱정을 털어 버리고, 대낮과 꽃과 아기에게서 기쁨을 찾는다면, 그들 눈에 그녀는 이렇게 보일 것이다. '아, 잘 견뎌 내는구나.' 더구나 무인도에 혼자 있었다면 그녀는 자신에게 일어난 일 때문에 비참해했을 것인가? 크게 그렇다고 할 수 없을 것이다. 그녀가 막 태어나서, 이름 없는 아이의 어머니라는 사실 외에는 인생에 대한 경험이 전혀 없이, 배우자 없는 어머니라는 사실을 알게 되었다면, 그러한 상황이 그녀를 절망으로 빠트릴 것인가? 그렇지 않을 것이다. 그녀는 그런 상황을 조용히 받아들일 것이며, 거기서 기쁨을 발견할 것이다. 그녀가 느끼는 비참함은 대부분 인습적인 것으로 그녀 내면에서 느끼는 것이 아니었다.

테스의 생각과 무관하게 무엇인지 모를 기운이 그녀로 하여
금 옛날처럼 옷을 단정하게 입고 들로 나가게 했다. 이 무렵은
마침 추수할 일꾼들이 많이 필요한 시기였다. 그녀는 품위 있
게 처신하고 아기를 안고 있을 때도 사람들을 조용한 눈으로
똑바로 쳐다보았다.

추수하는 사람들이 곡물 더미에서 일어나 기지개를 켜고는
담배 파이프의 불을 껐다. 마구를 풀고 먹이를 먹던 말들은 다
시 주홍빛 기계에 매였다. 얼른 점심을 먹은 테스는 큰 여동생
을 불러 아기를 데려가라고 한 다음 옷매무새를 바로하고 가
죽 장갑을 다시 끼었다. 그러고는 다음 단을 묶기 위해 허리를
굽혀 먼저 쌓아 둔 더미에서 밀집을 한 움큼 뽑아 들었다.

오후와 저녁에도 아침에 하던 일이 계속되었다. 테스는 어
두워질 때까지 다른 추수꾼들과 같이 남아 있었다. 일꾼들은
모두 함께 가장 큰 마차를 타고 집으로 돌아갔다. 동쪽 하늘
에서 땅 위로 솟아오른 빛바랜 커다란 달이 그들과 길을 같이
했다. 달은 좀먹은 토스카나의 성자 상 뒤에 솟은 황금 잎사귀
의 낡은 후광과 같은 모습을 하고 있었다. 여자 일꾼들은 노래
를 부르며 테스에게 매우 동정적으로 대해 주었다. 그들은 테
스가 집 밖으로 나온 것을 반갑게 생각했으나, 즐거운 푸른 숲
으로 들어갔다가 거기서 나왔을 때는 몸에 이상이 생겼다는
발라드의 몇 구절을 심술궂게 부르는 것도 빼먹지 않았다. 인
생에는 모든 일에 균형을 맞추는 평형과 보상의 법칙이 있다.
그녀를 사회적 경고의 본보기로 만든 사건은 마을에서 많은
사람들에게 잠시 동안 가장 흥미로운 일이었다. 그들의 우호적
인 태도는 그녀가 자신만의 세계에서 벗어나는 계기가 되었고

그들의 발랄한 정신이 전염되어 그녀는 거의 명랑한 기분에 젖어 들었다.

그러나 그녀의 도덕적 슬픔이 사라지려는 순간 새로운 슬픔이 솟아났다. 그것은 사회법과 무관한 그녀의 천성에서 빚어진 슬픔이었다. 집으로 돌아왔을 때 아기가 그날 오후 갑자기 병이 났다는 소식을 듣고 그녀가 슬픔에 빠진 것이었다. 아기의 몸이 너무 허약하고 작아서 갑작스럽게 병이 날 수도 있었다. 그래도 그녀에게는 그 소식이 충격이었다.

아기가 태어난 것이 사회에 대한 범법이었다는 사실을 어린 소녀 엄마는 그만 잊고 말았다. 그녀의 영혼에서 우러난 욕구는 그러한 범법을 연장해서라도 아기의 목숨을 지키는 것이었다. 그러나 금세 분명해진 것은 육체의 감옥에 갇힌 그 작은 죄수를 해방할 시간이 그녀가 최악의 경우로 추측했던 것보다 훨씬 더 일찍 찾아오고 있다는 점이었다. 이 사실을 깨닫자 그녀는 아기를 잃게 된다는 불행을 넘어 처절한 수렁에 빠졌다. 아기가 아직 세례를 받지 못한 것이었다.

자신이 한 짓에 대해 화형을 받아야 한다면 마땅히 그 불의 벌을 받을 것이며 그것으로 모든 것이 끝나리라는 생각을 말없이 수용하는 마음이 테스에게는 이미 자리잡고 있었다. 마을의 모든 처녀들과 같이 그녀는 성서에 익숙했고, 오홀라 오홀리바* 의 이야기를 충실히 공부했으며, 거기에서 어떤 의미를 유추해야 하는지도 알고 있었다. 그러나 자신의 아기와 관련해 같은 문제가 제기되었을 때는 상황이 달랐다. 그녀의 사랑하는 아기

---

* 「에스겔」 23장 참조. 음란한 행실로 무서운 징벌을 받은 자매 매춘부.

가 죽어 가고 있으며 살아날 희망이 없는 것이다.

거의 잘 시간이 되었다. 그녀가 아래층으로 뛰어 내려가 교구 신부님을 데려 와도 좋겠느냐고 물었다. 마침 그 시간은 아버지가 롤리버스의 주점에서 한 주에 한 번 마시는 술 모임에서 돌아온 직후여서 오래된 명문가 전통에 대한 자부심이 최고조에 달한 순간이자, 테스가 그 가문의 명망에 끼친 오점을 민감하게 드러내는 순간이었다. 아버지는 교구 신부가 집에 발을 들여놓을 수 없다고 잘라 말했다. 테스 때문에 생긴 부끄러움을 다른 어느 때보다 더 감추어야 할 시점에 감히 집일을 시시콜콜 다 알게 한다는 것은 용납할 수 없었다. 그는 문을 잠그고 열쇠를 주머니에 넣어 버렸다.

집 안 전체가 잠자리에 들었다. 헤아릴 수 없는 슬픔에 젖은 테스도 잠자리에 들었다. 그녀는 계속 잠에서 깨었다. 한밤중이 되자 아기의 상태는 더 악화되었다. 아기는 분명 죽어 가고 있었다. 조용히 그리고 고통 없이, 그러나 확실히 죽어 가고 있었다.

비참함이 최고조에 이른 상태에서 그녀는 몸을 뒤틀었다. 시계가 엄숙하게 1시를 쳤다. 환상이 이성의 경계선 밖으로 나가 악의에 찬 가능성이 확고부동한 사실로 버티고 서는 순간이었다. 그녀는 아기가 세례를 받지 않았을 뿐만 아니라 합법적인 입지도 갖추지 못한 이중적인 운명 때문에 지옥의 가장 깊은 곳에 버려지는 상상을 했다. 또 빵 굽는 날 가마에 불을 지피면서 쓰는 것과 같은 삼지창에 마왕(魔王)이 아기를 끼워 던지는 모습도 떠올랐다. 여기에 그녀는 기독교 국가에서 때때로 젊은이들에게 가르치는 여러 가지 이상하고 야릇한 고문 사례를 덧붙였다. 이런 무서운 예감은 모두가 잠든 집 안의 고요한 정적 속에서 그녀의 상상력에 너무나 강하게 자극되어 그녀의 잠옷이 땀으로 축축하게 젖었고, 심장이 뛸 때마다 침대가 덜커덩거리며 흔들렸다.

아기의 호흡이 점점 가빠지면서 아기 엄마의 정신적 긴장도 고조되었다. 작은 아기를 입맞춤으로 뒤덮어도 소용없는 일이었다. 그녀는 그냥 자리에 누워 있을 수만 없어 열에 들떠 방안을 걸어다녔다.

"오, 자비로운 하느님, 불쌍히 여겨 주세요. 저의 가엾은 아기를 불쌍히 보아 주세요!" 그녀가 외쳤다. "저에게는 하느님 마음대로 노여움을 내리세요. 달갑게 받겠습니다. 그러나 아기만은 불쌍히 보아 주세요!"

그녀는 장롱에 몸을 기대고 오랫동안 종잡을 수 없는 탄원의 기도를 올렸다. 그러다 그녀가 갑자기 일어났다.

"아, 아기가 구원을 받을 수도 있어! 아마 그렇게 해도 똑같을 거야!"

이렇게 외친 목소리가 너무나 밝아 그녀의 얼굴이 주변을 둘러싼 어둠 속에서 환히 빛나는 것 같았다.

그녀는 촛불을 켜고 벽 아래 두 번째와 세 번째 침대로 가서 손아래 여동생들과 남동생들을 전부 깨웠다. 모두 한 방에서 기거하고 있었던 것이다. 세면대를 끌어내어 그 뒤로 들어갈 수 있게 했다. 그리고 항아리 물을 대야에 조금 붓고는, 아이들이 두 손을 가지런히 모으고 손가락을 수직으로 펴게 한 다음 세면대 언저리에 무릎을 꿇게 하였다. 아직 잠이 깨지 않은 채 그녀의 태도에 겁을 집어먹고 눈만 휘둥그렇게 뜬 아이들은 그녀가 시키는 대로 했다. 그녀는 침대에서 어린 아기 — 어린아이의 아기 — 를 꺼냈다. 사람이라고 보기에는 너무나 미숙해서 그 아기를 낳은 사람에게 어머니라고 부를 수 없을 정도였다. 테스는 아기를 팔에 안은 채 세면대 옆에 똑바로 섰다. 교구 신부 앞에서 교회 집사가 하듯이 바로 밑의 여동생이 기도하는 책을 펴 들었다. 이렇게 하여 소녀는 자신의 아이에게 세례를 하기 시작했다.

길고 하얀 잠옷을 입고, 땋아 늘인 검고 숱 많은 머리채가 등 뒤로 허리까지 길게 치렁치렁 내려간 그녀의 모습이 눈에 띄게 훤칠하고 장엄해 보였다. 희미한 촛불 빛이 햇빛 아래에서는 훤히 드러날 작은 흠집들을 — 그루터기에 찔린 팔뚝의 크고 작은 상처와 지쳐 있는 눈매를 — 친절하게 가려 주었다. 상기된 열성이 테스 자신을 파멸시킨 얼굴을 바꾸어 티끌 하나 없는 청순한 아름다움에 더해 거의 제왕 같은 위엄까지 풍겼다.

졸리고 충혈된 눈을 깜박거리며 무릎을 꿇고 있던 어린 동생들이 호기심을 죽이며 그녀가 준비를 마치기를 기다렸다. 늦은 시간이어서 졸음이 몰고 온 피곤함이 그들의 호기심을 활발하게 자극하지는 않았다.

그들 중에서 가장 큰 인상을 받은 아이가 입을 열었다.

"테스, 정말 세례를 할 작정이야?"

어린 처녀 어머니가 엄숙한 말투로 그렇다고 대답했다.

"이름을 뭐라고 할 거야?"

그녀는 그것을 미처 생각하지 못했다. 마침 세례 준비를 하는 동안 창세기의 한 구절*에서 이름이 떠올라 그녀는 이렇게 말했다.

"소로**야, 너를 성부와 성자, 성신의 이름으로 세례하노라." 그녀가 물을 뿌렸고 침묵이 따랐다.

"애들아, 아멘이라고 해."

작은 목소리들이 그녀가 시키는 대로 따라 하였다. "아멘."

테스가 계속했다.

"우리는 이 아이를 받아들이고……." 세례식은 계속되었다. "십자가의 징표를 너에게 그리노라."

그녀가 대야의 물에 손을 담갔다가 집게손가락으로 아기의 몸에다 커다란 십자가를 힘차게 그렸다. 그러고는 죄와 세상과 악마에 대항해 용감히 싸우며, 생명이 다할 때까지 충실한 군사와 종복임을 고하는 관행의 구절을 외웠다. 그녀는 주기도문도 격식대로 외웠으며, 아이들이 가늘게 모기만 한 소리로 서툴게 그녀를 따라했다. 마지막에는 교회 보조원의 우렁찬 목소리에 맞추듯 소리 높여 "아멘."을 외쳤고 그 소리는 곧 정적 속으로 빠져 들었다.

그러자 세례성사의 효능에 자신감이 넘친 아이들의 누나는 마음속 깊은 곳에서 우러난 감사의 기도를 올렸다. 말과 마음이 일치할 때 나오는 파이프 오르간의 디아파종 같은 그녀의 목소리는 대담하고 자신만만해져 그녀를 아는 사람이면 결코

---

* 「창세기」 35장 18절. "그가 죽기에 임하여 그 혼이 떠나려 할 때 아들의 이름을 벤오니라고 불렀으나"에서 얻은 암시의 '벤오니'는 '슬픔의 아들'을 의미한다.
** '슬픔'이라는 뜻.

잊을 수 없는 소리로 변해 있었다. 신앙의 희열은 그녀를 거의 신의 경지로 승화시켜 얼굴에는 환한 광채가 솟아났으며 양쪽 뺨 한가운데에는 홍조가 떠올랐다. 그녀의 눈동자에 거꾸로 비친 작은 촛불이 다이아몬드처럼 빛났다. 아이들은 점점 더 존경 어린 눈길로 그녀를 쳐다보았으며 그녀에게 질문을 하고 싶은 마음은 사라졌다. 이제 그녀는 아이들에게 누나로 보이지 않고, 크고 높게 우뚝 솟은 두려운 존재, 자신들과 아무런 공통점이 없는 신적인 존재로 보였다.

죄와 세상과 악마에 대항하는 가엾은 소로의 용감한 싸움은 한계에 다다를 수밖에 없었으나 그의 출생의 기원을 생각하면 다행한 일인지도 몰랐다. 푸르스름한 이른 새벽 하늘 아래서 하느님의 나약한 병사며 종복은 그의 마지막 숨을 거두었다. 아이들이 잠에서 깨었을 때 그들은 슬프게 울었다. 그리고 누나에게 예쁜 아기를 하나 더 낳으라고 간청했다.

세례 때부터 테스가 보여 준 침착한 태도는 아기를 잃은 순간까지 계속되었다. 대낮이 되자 아기의 영혼에 관해 그녀가 느꼈던 공포감은 조금 과장된 것임을 깨달. 확실한 근거에 의한 것인지 아닌지를 떠나서 그녀는 이제 불안한 마음을 느끼지 않았다. 만약 섭리의 뜻이 그녀의 이런 유사(類似) 의식을 인정하지 않는다면 그녀를 위해서나 아이를 위해서 자신도 비정규적인 방법에 의해 잃어버린 천국을 값진 것으로 생각하지 않겠다고 다짐했다.

누구도 원하지 않았던 소로, 예고 없이 끼어든 인간, 사회법을 존중하지 않은 염치없는 자연의 사생아, 영겁의 시간이 단지 며칠에 불과한 미아(迷兒), 여러 해와 세기라는 것이 있음을 모르는 아이는 갔다. 농가 안이 우주이며, 한 주일의 일기가 한 해의 기후이고, 또 갓난아기 시절이 인간의 존재 전부이며, 젖을 빠는 본능이 지식의 전체였던 아기는 간 것이다.

세례에 대해 많은 생각을 한 테스는 그것이 아기에게 기독교식 장례를 치러 줄 수 있을 만큼 교의(教義)적으로 충분한지 생각해 보았다. 이 문제에 관해서는 교구 신부님만이 해답을 줄 수 있었다. 그는 마침 새로 취임한 사람이어서 그녀가 누구인지 몰랐다. 그녀는 어둠이 내린 다음 그의 집으로 찾아가 문 옆에 섰다. 집 안으로 들어갈 용기가 나지 않았던 것이다. 막 돌아서다가, 외출했다 집으로 돌아오고 있는 신부를 우연히 만나지 않았더라면 계획은 수포로 돌아갈 뻔했다. 테스는 어둠 속에서 마음대로 말할 수 있을 것 같았다.

"신부님, 뭘 좀 물어보고 싶은데요."

그는 들을 준비가 되었다는 뜻을 전했다. 그녀가 아기가 아팠던 것과 즉흥적인 세례식에 관해 이야기했다. "그런데 신부님." 하고 그녀가 진지하게 물었다. "이렇게 말씀하실 수 있나요, 아기에게는 그렇게 해도 신부님이 세례를 준 것과 똑같다고요?"

그는 장사꾼으로서 해야 할 일을 자신의 손님들이 저들끼리 서툴게 망쳐 놓은 것을 알고서 자연스럽게 솟아나는 직업적 감정 때문에 아니라고 하고 싶은 마음이 강하게 일어나는 것을 느꼈다. 그러나 처녀의 위엄과 그녀 목소리에 감추어진 이상한 부드러움이 그의 보다 고상한 감정 — 기술적 신앙을 사실상 회의적 감정에 접목해 보려는 십 년 동안의 노력 끝에 그에게 남아 있는 고매한 충동 — 을 자극하였다. 인간과 성직자

의 감정이 그의 마음속에서 부딪쳐 갈등을 일으켰고, 승리는
인간 쪽으로 갔다.

"아가씨," 그가 말했다. "똑같아요."

"그럼 신부님이 아기에게 기독교식 장례를 치러 줄 수 있나
요?" 그녀가 빠른 목소리로 물었다.

신부는 진퇴양난의 궁지에 몰린 사실을 깨달았다. 사실 신
부는 아기가 아프다는 소문을 듣고 필요한 의식을 수행하기
위해 어둠이 내린 다음 양심적으로 테스의 집까지 갔던 것이
다. 그러나 집 안으로 들어올 수 없다는 거절이 테스로부터 나
온 것이 아니라 그녀의 아버지라는 사실을 그는 알 길이 없었
다. 때문에 그는 규칙을 어긴 세례식의 필요성에 대한 변명을
받아들일 수가 없었다.

"아, 그건 문제가 다르지요." 그가 말했다.

"다른 문제라고요? 왜요?" 테스가 조금 열기를 띤 목소리로
말했다.

"단 두 사람만의 문제라면 기꺼이 하지요. 그러나 난 해서는
안 될 입장이지요. 몇 가지 이유 때문에요."

"신부님, 꼭 한 번만 부탁을 들어주세요!"

"정말 안 됩니다."

"아, 신부님!" 그녀는 그의 손을 잡았다.

그가 머리를 흔들면서 손을 뺐다.

"그럼 신부님이 싫어요!" 그녀가 소리를 질렀다. "난 신부님
의 교회에 결코 다시는 가지 않겠어요."

"그렇게 경솔하게 말 하면 안 돼요."

"신부님이 하지 않아도 결국 마찬가지겠지요? 똑같은 것일

까요? 하느님의 이름으로 성자가 죄인을 대하듯이 말하지 말고 신부님 자신이 나 자신에게 대하듯 말해 주세요. 불쌍한 나한테요."

이런 문제에서 신부가 지켜야 할 엄격한 원칙을 어떻게 자신의 대답과 조화시켰는지 평신도의 입장에서는 알 길이 없다. 그것이 비록 허용될 수 있는 성격의 것은 아니었지만. 다소 마음이 흔들린 그는 이 경우에도 또 한 번 이렇게 대답했다.

"똑같을 겁니다."

그래서 아기는 낡은 부인용 숄로 덮은 작은 전나무 상자에 들어가 그날 밤 교회 마당으로 운구되었고, 교회 관리인에게 돈 1실링과 맥주 1파인트*를 주기로 하고 초롱불 아래에서 하느님의 땅 중에서도 쐐기풀만 자라게 내버려 둔 초라한 구석에 묻혔다. 그곳은 세례를 받지 못한 아기들과 소문난 주정뱅이와 자살한 사람들과 그 밖에 저주받을 것으로 추정되는 사람들이 묻힌 곳이었다. 볼품없는 환경에도 불구하고 테스는 나뭇가지 두 개를 노끈으로 묶어 작은 십자가를 만들고 거기에 꽃을 매달아 사람의 눈에 띄지 않게 묘지로 들어갈 수 있는 어느 날 저녁 무덤의 머리 쪽에 그 십자가를 세웠다. 그리고 발치에는 같은 꽃 한 다발을 시들지 않도록 물병에 담아 꽂아 두었다. 그러나 물병 밖에 '킬웰 마멀레이드'**라는 상표가 붙어 있는 것을 조금만 주의해서 보는 사람이면 놓치지 않았을 것이지만 그것이 무슨 상관이겠는가? 모성애가 넘치는 눈

---

* 야드파운드법에 의한 부피 단위로 1파인트는 영국에서 0.57리터.
** 마멀레이드는 오렌지 등으로 만든 잼. 이 잼의 상표가 킬웰인데, 이 킬웰은 '잘 죽인다.'라는 말과 음이 같다.

은 보다 차원 높은 환영을 보느라 그런 것을 보지 못한 것이
었다.

15장

"경험에 의해서." 로저 애스컴*은 말한다. "우리는 긴 방황 끝에 지름길을 찾는다."** 그러나 긴 방황이 우리의 다음 행로에 적합하지 않은 경우가 적지 않다. 그런 경우 우리의 경험은 무슨 소용이 있다는 것인가? 테스 더비필드의 경험이 바로 이런 종류의 무용한 경험에 해당된다. 테스는 결국 무엇을 해야 할지를 경험에서 배웠다. 그러나 이제 와서 누가 그녀의 교훈에서 얻은 것을 받아들일 것인가?

그녀가 더버빌 가로 가기 전에 자신과 세상 전반에 알려진 여러 가지 금언의 내용과 구절에 따라 살았더라면 그녀는 더버빌로부터 기만당하는 일이 없었을 것이다. 그러나 그 금언의 전체적 진리를 몸으로 느끼고 그것으로부터 도움을 받는다는

---

* 1515년~1668년. 케임브리지 대학교 고전문학 교수이자 엘리자베스 1세의 라틴어 비서였다.
** 애스컴의 저서 『학교 교사』에서 인용한 것이다.

것은 테스의 능력을, 그리고 다른 어떤 사람의 능력도 넘어서는 일이었다. 그리고 그녀는 많은 사람들이 성 아우구스티누스와 더불어 하느님에게 이렇게 풍자적으로 말했을 것이다. "당신께서 허락한 길보다 더 나은 진로를 말씀하셨습니다."

그녀는 한겨울 내내 닭털을 뽑고 칠면조와 거위에게 모이를 주고, 또 더버빌이 주었으나 매몰차게 던져 두었던 옷가지를 뜯어 동생들 옷을 만들면서 아버지 집에서 세월을 보냈다. 그에게 편지를 쓰고 도움을 요청할 마음은 조금도 없었다. 그러나 일을 열심히 하고 있어야 할 순간에 그녀는 종종 머리 뒤로 깍지를 끼고 생각에 잠기고는 했다.

그녀는 세월이 회전하면서 중요한 날짜가 돌아오는 것을 냉철하게 적어 두었다. 깜깜한 체이스 숲을 배경으로 트란트리지에서 그녀가 파멸되던 끔찍한 밤, 아기의 탄생과 죽음이 있었던 날들, 또 자신의 생일, 그리고 그녀가 관여하게 된 사건에 의해 특징 지어진 날들. 그녀는 어느 날 오후 거울에 비친 자신의 아름다운 모습을 들여다보다가 이러한 일들보다 훨씬 더 중요한 날이 또 하나 더 있다는 사실을 갑자기 깨달았다. 그것은 이 모든 아름다움이 사라지는, 그녀 자신이 죽는 날이었다. 그날은 그녀가 해마다 그 곁을 스쳐 지나도 한 해의 나날 속에 은밀하고 눈에 띄지 않게 숨어서 전혀 표시를 내거나 소리를 내지 않는 것이었다. 그런데도 그날은 한 해의 하루 안에 분명히 들어 있었다. 그것은 어느 날인가? 왜 그녀는 이러한 냉랭한 관계에서 해마다 그날과 마주쳤을 때 싸늘한 냉기를 느끼지 못하는 것인가? 그녀는 제러미 테일러*

---

* 17세기 영국의 주교. 『성스러운 삶』과 『성스러운 죽음』의 저자.

가 생각했던 대로, 그녀를 알았던 누군가가 미래의 어느 날 "오늘이 그날이지. 가엾은 테스가 죽은 날이지."라고 말할 것이며, 그런 말을 하는 그들이 마음속에 특별한 생각이 담겨 있지 않다는 것을 알고 있었다. 끝없는 시간 속에서 그녀에게 종말이 올 그날이 한 달과 한 주와 한 계절과 한 해 중 언제인가를 알지 못하고 있었다.

거의 단숨에 테스는 소박한 처녀에서 복잡한 여인으로 변화했다. 얼굴에 사려 깊은 분위기가 떠오르고 때때로 목소리에는 비극적 음색이 서렸다. 눈이 더 커지고 좀 더 강렬한 인상을 풍겨 사람들이 말하는 멋있는 사람이 되었다. 그녀의 모습은 아름답고 매력적이었으며, 그녀는 지난 한 두 해 사이의 소란스러웠던 일들로 결코 의기소침해지지 않은 여자의 기백을 지니고 있었다. 세상의 이목만 없었다면 그녀가 겪은 경험은 그냥 교양 교육쯤으로 치부될 수도 있었다.

그녀는 사람들을 멀리했기 때문에 널리 알려지지 않았던 그녀의 문제는 말로트 마을에서 거의 잊혀 갔다. 그러나 그녀에게 분명한 것은 돈 많은 더버빌 가와 자신의 집안이 '친척 관계'를 주장하려 했다가, 그리고 자신을 통해 좀 더 친밀한 관계를 맺으려 했다가 실패한 사실이 알려진 곳에서는 그녀의 마음이 진정으로 편할 수 없다는 사실이었다. 적어도 오랜 세월이 지나면서 자신의 마음속에 날카롭게 도사리고 있는 그 생각을 완전히 지워 버릴 때까지는 그곳에서 마음 편히 있을 수 없었다. 그러면서 그녀는 가슴속에서 희망 찬 인생의 맥박이 아직도 따뜻하게 뛰는 것을 느꼈다. 과거에 대한 기억을 떠올리지 않는 곳에서는 행복할 수 있으리라. 과거와 그에 관계

되는 모든 것에서 빠져나오려면 그 모든 것을 완전히 지워 버려야 하며, 그러기 위해서는 이곳을 떠나야 했다.

한번 잃고 나면 그다음에는 영원히 잃는다는 사실이 순결에 있어서도 진실인가? 그녀는 이 문제를 자신에게 물어보았다. 지나간 일을 덮어 버릴 수만 있다면 그것이 거짓이라는 사실을 증명할 수 있으리라. 모든 유기체에 스며 있는 회복력이 처녀성에도 적용되는 것은 분명했다.

그녀는 긴 시간 동안 기다리면서 새로 출발할 기회를 찾았다. 유달리 맑은 어느 봄날이 왔다. 봉우리에서 새싹이 돋아나는 소리가 들리는 것만 같았다. 그것은 야생동물의 마음을 흔드는 만큼 그녀의 마음을 흔들었으며 떠나야겠다는 열정을 자극했다. 마침내 이른 5월 어느 날 편지 한통이 왔다. 그녀는 전에 한 번도 만난 적이 없는 사람이었지만 오래전 그녀가 옛날 어머니 친구에게 일자리를 알아봐 달라고 부탁했던 사람에게서 편지가 온 것이다. 편지는 남쪽으로 수킬로미터나 떨어진 낙농장에서 젖 짜는 일에 익숙한 사람을 구하고 있으며 농장 주인이 여름 기간 동안 그녀를 기꺼이 고용하겠다는 내용이었다.

그곳은 그녀가 희망했던 만큼 멀리 떨어진 곳은 아니었지만 그녀의 움직임과 소문이 미치는 반경이 아주 좁았기 때문에 그 정도 거리면 충분했다. 활동 범위가 제한된 사람에게는 몇 킬로미터가 지리상의 경도와 위도에 해당되며, 교구는 주(州), 주는 한 지방과 나라를 의미했다.

한 가지 문제에 대해 그녀의 결심은 확고했다. 새로운 생활에서는 꿈속에서나 행동에서나 더버빌이라는 공중누각이 있어서는 안 된다는 점이었다. 그녀는 낙농장의 젖 짜는 사람 테스일 뿐 그 이상은 절대 아니었다. 이 점에 대해 그녀의 어머니도 테스가 어떻게 느끼는지, 비록 두 사람이 서로 이야기를 나누지는 않았지만 충분히 알고 있었기 때문에 조상들 중에 기사가 있었다는 이야기는 이제 입 밖에도 내지 않았다.

그러나 인간사에서 언제나 모순은 따르게 마련이어서 그녀가 새 직장에 흥미를 느낀 이유 중 하나는 우연하게도 그곳이 선조들의 본거지와 가까이 있다는 점이었다. 어머니 집안은 뼛속까지 블레이크모어 토박이였지만 아버지의 조상들은 블레이크모어 사람들이 아니었다. 그녀가 가는 농장은 톨보트헤이즈라는 곳으로 옛날 더버빌 가문의 영지가 있던 곳과 그리 멀리 떨어져 있지 않았으며, 그녀 조상의 귀부인들과 세도가 당당하던 그들의 남편들이 안치되어 있는 커다란 지하 가족 묘지와 가까운 곳에 있었다. 그녀는 그곳을 찾아가 바빌론 왕조처럼 더버빌 가문도 몰락했을 뿐 아니라 미천한 후손의 개인적 순수함도 조용히 사라진다는 생각을 해 보기로 마음먹었다. 그러면서 조상의 땅에 있으면 혹시 이상하게 좋은 일이 일어나지 않을까 하는 생각도 해 보았다. 나뭇가지의 수액처럼 그녀 속에서 이상한 기운이 저절로 솟아올랐다. 그것은 일시적으로 억눌렸다가 희망을 불러일으키며 새롭게 솟아오르는 청춘이기도 하고 또 스스로 즐거움을 갈구하는 억제할 수 없는 본능이기도 했다.

3부
새 출발

16장

사향초 향기가 대지에 가득하고 새가 알을 품는 5월 어느 아침, 그녀는 두 번째로 집을 떠났다. 트란트리지에서 돌아온 지 이삼 년이 지났으며, 그동안 테스 더버빌은 조용히 다시 일 어설 준비를 해 왔다.

나중에 부칠 짐을 챙겨 두고 그녀는 작은 도시 스타워카슬 을 향해 전세 마차를 탔다. 그녀가 첫 번째 갔던 곳과는 거의 반대쪽에 있는 목적지로 가기 위해 꼭 지나야 하는 도시였다. 마을과 가장 가까운 지점에 있는 야산 모퉁이를 돌면서 섭섭 한 마음으로 말로트와 아버지의 집을 돌아보았다. 그러나 마 음속으로는 멀리 떠나고 싶은 심정으로 조바심이 났다.

비록 그녀가 멀리 가고 없고 그녀의 미소가 그곳에서 사라 지지만 그녀 가족들이 살고 있는 집에서는 그들의 일상생활이 예전처럼 계속되고 그들의 의식 속에서 기쁨이 크게 줄어들 일도 없을 것이다. 며칠이 지나지 않아 아이들은 그녀가 떠난

빈 자리를 느끼지 않게 되고 여느 때와 다름없이 장난을 치고 놀 것이다. 테스는 어린 동생들을 두고 떠나는 것이 그들을 위해 최상의 방법이라고 생각했다. 그녀가 그냥 집에 남아 있다면 그녀의 교훈이 그들에게 이롭기보다는 그녀가 만든 본보기가 오히려 해를 끼칠 것이 확실했다.

그녀는 스타워카슬에서 멈추지 않고 그냥 지나 큰길 교차로까지 곧장 갔다. 거기서 그녀는 남서쪽으로 가는 우편 마차를 기다렸다. 철도가 있었지만 이 지방의 내륙 쪽을 돌아갈 뿐 곧바로 가는 것은 없었다. 기다리는 동안 그녀가 가는 방향 쪽으로 비슷하게 가는 짐마차를 탄 농부가 왔다. 전에 본 적이 없는 낯선 사람이었으며 자기 옆에 앉으라는 이유가 단지 그녀의 용모 때문이라는 것을 알면서도 그것을 무시하고 그의 곁에 자리를 잡았다. 그는 웨더베리까지 간다고 했다. 그를 따라 그곳까지 가면 마차를 갈아타고 캐스터브리지를 돌아가는 대신 목적지까지 남은 길을 걸어갈 수 있었다.

긴 여행이었으나 정오에 농부가 추천한 농가에서 특징 없는 식사를 한 것 외에 테스는 웨더베리에서 시간을 보내지 않았다. 그녀는 손에 바구니를 들고 히스 관목이 무성한 넓은 고원 지대를 향해 걷기 시작했다. 이 고원지대는 이쪽 지방과 저쪽 골짜기의 저지대 목초지를 갈라놓는 경계선이었다. 그녀에게 그날 여행의 목적지이며 종착지인 목장은 바로 그 저지대 목초지에 있었다.

테스는 이쪽 지방에 한 번도 와 본 적이 없었다. 그러나 주변 풍경에 친밀감을 느꼈다. 그녀 왼쪽으로 그리 멀지 않은 곳에 검은 점들이 보였다. 그것은 생각했던 대로 킹스비어 주변을 둘러싸고 있는 나무들이라는 것을 그녀는 물어서 확인했다.(이 킹스비어 교구의 교회 안에 그녀 조상들, 아무 짝에도 소용없는 조상들의 뼈가 묻혀 있는 것이었다.)

그녀는 이제 이들 조상들에 대해 존경심을 품지 않았다. 오히려 그녀를 일시나마 우쭐하게 했던 그들이 미웠다. 그녀가 가지고 있는 조상의 유품이라고는 오래된 인장과 순가락뿐이었다. "흥, 나에게는 아버지만큼 어머니의 피도 들어 있어!" 그녀가 말했다. "내 예쁜 모습은 전부 어머니한테 물려받은 거고 그 어머니는 목장의 젖 짜는 여자에 지나지 않았어."

중간에 가로놓인 에그던 구릉의 고지대와 저지대를 지나가는 길에 막상 들어서고 보니 실제 거리는 6, 7킬로미터밖에 안 되었지만 생각보다 힘이 들었다. 여러 번 길을 잘못 들어 여기저기를 헤맨 탓에 두 시간을 허비한 다음에야 '대 낙농장의 계곡'을 발견했다. 우유와 버터가 풍성하게 생산되는 곳으로, 그녀 고향보다 품질은 별 나을 것이 없지만 양은 훨씬 많이 생산되는 계곡을 내려다볼 수 있는 구릉의 정점에 이르렀다. 계곡에 뻗어 있는 푸른 들에는 바 또는 프룸이라고 불리는 강이 흘러 관개가 아주 잘 되어 있었다.

대 낙농장의 계곡은 비극적 경험을 맛본 트란트리지에서 머문 것을 제외하고는 지금까지 그녀가 유일하게 알고 있는 '작은 낙농장'의 블랙무어 계곡과는 근본적으로 달랐다. 여기서는 세상의 규모가 훨씬 넓고 컸다. 사유지 면적도 약 10에이커가 아니라 50에이커가 훨씬 넘었으며, 농장 규모도 훨씬 더 컸다. 이곳의 가축을 부족적 집단이라고 한다면, 저쪽의 가축 규모는 가족 집단이라고 할 수 있었다. 동쪽 끝에서 서쪽 끝까지 그녀의 눈 아래 흩어져 있는 젖소의 수는 전에 그녀가 한눈으로 본 어느 젖소의 수보다 많았다. 푸른 초원을 얼룩지게 할 만큼 빽빽하게 젖소들이 서 있는 광경은 반 알스루트나 살라에르트*의 화폭에 그려진 시민들의 수만큼이나 많았다. 붉고 어둑어둑한 갈색 암소의 숙성한 색깔은 저녁 햇빛을 빨아들였다가 그 햇빛이 흰 소에 비쳐 반사되면서 멀리 떨어져 있는 언덕 위의 그녀 눈에까지 눈부시게 비쳤다.

그녀 앞에 펼쳐진 조감도의 전망은 그녀가 너무나 잘 알고 있는 다른 풍경만큼 화사하게 아름답지는 않았다. 그러나 훨씬 더 밝았다. 고향의 계곡처럼 짙푸른 대기와 점토질의 토양과 강한 향기는 없었으나 공기는 맑고 상쾌하고 싱그러웠다. 이 지방의 이름난 낙농장의 초원과 젖소를 살찌우는 강은 블랙무어의 시냇물처럼 흐르지 않았다. 고향의 시냇물은 느리고 조용하게 흘렀으며, 종종 진흙탕이 되었다. 진흙의 하상으로 물이 흘러 조심성 없이 내를 건너는 사람은 바닥에 빠져 저도 모르게 사라질 수도 있었다. 프룸 강물은 성자 요한이 본 깨끗한 생명의 강물**처럼 맑았으며, 구름의 그림자처럼 빠르게 흘렀다. 조약돌이 깔린 강물의 여울목은 하루 종일 하늘을 향해 어린아이처럼 조잘거렸다. 고향에서는 수초가 백합이었으나 여기서는 미나리아재비 꽃이었다.

무겁던 공기가 가벼워진 탓인지 아니면 새로운 풍경 속에서 자신을 시샘하는 눈이 없기 때문인지 테스의 기분은 놀라우리만큼 들떴다. 부드러운 남풍을 마주하고 껑쭝껑쭝 걸어가는

---

* 17세기 플랑드르파 화가들.
** 「요한계시록」22장 1절 참조.

동안 희망이 그녀를 둘러싸고 있는 이상적 광구(光球) 안에서 햇볕과 뒤섞였다. 모든 바람 소리에서 즐거운 목소리가 들렸고 모든 새 소리에 기쁨이 숨어 있었다.

최근 그녀의 얼굴은 심경의 변화에 따라 자주 변했다. 명랑해지거나 엄숙해짐에 따라 얼굴이 예뻐지거나 평범한 모습으로 바뀌었다. 하루는 얼굴이 핑크빛이었고 티 하나 없이 깨끗했다가 다음 날은 창백해지고 비극적인 분위기를 띠었다. 얼굴이 핑크빛으로 변했을 때는 얼굴이 창백해졌을 때보다 그녀의 기분이 덜 고조되었으며, 그녀가 보다 완벽하게 아름다울 때는 기분이 덜 상기되었을 때였다. 그녀가 덜 아름다울 때 그녀의 기분은 더 강렬했다. 지금처럼 남풍과 마주하여 걸어가고 있을 때는 그녀의 얼굴이 가장 완벽하게 보였다.

가장 미천한 사람으로부터 가장 고상한 사람에 이르기까지 모든 인생에 골고루 퍼져 있는 감미로운 즐거움을 어딘가에서 찾으려는, 거역할 수 없는 보편적이며 자발적인 충동이 마침내 테스에게도 일어났다. 이제 겨우 스무 살의 젊은 여인으로 정신적으로나 감성적으로 아직 성장을 멈추지 않은 그녀에게 시간이 지나도 인상이 변하지 않는 사건은 없었다.

원기와 감사하는 마음과 희망이 점점 솟아올랐다. 그녀는 발라드 몇 곡을 불러 보았으나 모두 마음에 들지 않았다. 그러다 지혜의 나무에서 열매를 따먹기 전 일요일 아침에 자주 읽어 보곤 했던 성경의 시편을 생각해 내고 목청을 뽑았다. "오, 해와 달이여. 오, 별들이여. 땅 위의 푸른 사물들이여. 하늘의 새들이여. 야수와 가축이여. 사람의 아이들이여. 하느님을 축복하라, 하느님을 영원히 찬양하고 찬미하라."

그녀가 갑자기 노래를 멈추고 중얼거렸다. "그러나 난 아직 하느님을 잘 모르는데."

절반쯤 무의식적으로 나온 그 노래는 일신교를 배경으로 물신을 숭배하는 내용이었다. 바깥세상의 자연에 따르는 여러 형태와 힘을 주된 동반자로 삼는 여자들은 마음 깊은 곳에 훗날 같은 동족에게 가르치는 체계적인 종교보다 자신들의 먼 조상이 가지고 있었던 이교도적 환상을 더 많이 지니고 있었다. 그러나 테스는 적어도 자신의 감정에 가까운 표현을 어렸을 때부터 웅얼거리던 오랜 베네디치테 기도문에서 발견했으며, 그것으로 충분했다. 독립적인 생활의 수단을 향한 첫걸음과 같은 사소한 시작에 크게 만족하는 것은 더비필드 가의 기질이었다. 아버지는 전혀 그렇지 않았지만 테스는 정말 꼿꼿한 자세로 걷기를 바랐다. 그녀가 아버지를 닮은 것은 눈앞에 있는 작은 성공에 만족하고, 한때는 막강했던 더버빌 가처럼 지금은 무서운 역경에 빠진 집안을 조금이나마 사회적으로 일으키려는 힘든 노력 따위에 관심이 없다는 점이었다.

한동안 그녀를 압도했던 경험이 지나간 다음 테스의 나이에 걸맞은 힘과 어머니한테 물려받은 소진되지 않은 힘이 되살아났다. 사실 여자들은 대개 수모를 극복하고 다시 기운을 차려 흥미에 찬 눈으로 주변을 둘러본다. 생명이 있는 곳에 희망이 있다는 믿음은, 일부 친절한 이론가가 믿어 주기를 바라는 것과 달리, '배신당한 사람들'에게는 그렇게 전적으로 알려지지 않은 것이 아니었다.

테스 더비필드는 상쾌한 마음과 삶에 대한 열정에 넘쳐, 낙농장을 향해 에그던 구릉의 비탈길을 아래로아래로 걸어 내려갔다.

고향의 계곡과 이곳의 계곡 사이에 뚜렷한 차이는 이제 마지막 세세한 것까지 드러났다. 블랙무어 계곡의 비밀은 주변을 둘러싼 꼭대기에서 가장 잘 볼 수 있었다. 그러나 눈앞에 펼쳐진 이곳의 계곡을 바로 보려면 반드시 골짜기 가운데로 내려가야 했다. 테스가 계곡의 중앙부로 내려서자 눈이 닿는 데까지, 동쪽 끝에서 서쪽 끝까지 융단이 편편하게 깔린 듯한 초원이 뻗어 있었다.

강물은 높은 지대에서 조금씩 흙을 훔쳐 계곡으로 가져와 넓은 평야를 만들었다. 그러나 이제는 나이 먹고 지쳐서 물줄기가 가늘어진 강은 전날 훔쳐 온 토양 사이로 뱀처럼 꾸불거리며 흘러갔다.

테스는 어느 방향으로 가야 할지 확신이 서지 않아 산으로 뼁 둘러싸인 넓고 푸른 평원 위에서 긴 당구대 위의 파리처럼 가만히 멈춰 섰다. 그녀는 그 파리만큼이나 그녀를 둘러싼 자연 속에서 아무런 의미를 지니지 못했다. 조용한 평원에서 그녀가 나타나 유일하게 일으킨 파장이라고는 그녀가 가고 있는 길에서 멀리 떨어지지 않은 땅 위에 내려와 목을 꼿꼿하게 세운 채 그녀를 쳐다보고 있는 외로운 왜가리 한 마리를 놀라게 한 것뿐이었다.

갑자기 지지대 목초지 전체에서 길게 반복되는 소리가 들려왔다.

"와우! 와우! 와우!"

동쪽 맨 끝에서 서쪽 맨 끝까지 그 소리가 전염되듯 울려퍼졌고, 이따금 개 짖는 소리가 들렸다. 그것은 아름다운 테스가 계곡에 왔음을 알리는 소리가 아니라 오후 4시 30분 낙농장 일꾼들이 젖소를 몰고 들어와 젖을 짜는 시간을 알리는 신호였다.

가까이에서 멍하게 부르기를 기다리던 붉은색과 흰색 소들이 뒤에 있는 농장 건물을 향해 걸어갔다. 배 밑에 달린 커다란 젖 주머니가 걸음을 뗄 때마다 흔들렸다. 테스는 소 떼 뒤에서 천천히 걸어갔다. 소들이 열린 문을 지나 농장 마당으로 들어가자 그 뒤를 따라 들어갔다. 이엉을 얹은 헛간들이 길게 마당을 빙 둘러서 있었고, 경사진 지붕에는 푸른 이끼가 선명하게 덮여 있었다. 처마를 받치고 있는 나무 기둥들은 이제는 생각조차 할 수 없는 깊은 망각의 세계로 가 버린 젖소와 송아지들이 옆구리를 문질러 말갛게 반들거릴 만큼 닳아 있었다. 기둥 사이로 젖소들이 매여 있었다. 그 모양을 뒤에서 바라보는 변덕스러운 눈에는 두 개의 막대기 위에 원이 있고 그 중앙 아래쪽에 쇠꼬리 끝 자락이 시계추처럼 흔들리는 것이 들어왔다. 인내하며 줄 지어 서 있는 이 젖소들 뒤로 해가 내려와 그들의 그림자를 정확하게 내부 벽면으로 비췄다. 해는 이렇게 매일 저녁, 미천하고 순박한 동물들의 그림자를 왕궁의 벽에, 마치 궁중 미녀의 모습인 양 그림자 하나하나에 정성을 쏟아 조심스럽게 비췄다. 옛날 올림포스 산 위의 신들의 조각과 알렉산더 대왕과 카이사르와 파라오의 윤곽을 대리석 벽면에 비추듯이 바쁘게 비췄다.

축사에 있는 젖소들은 유순하지 않았다. 가만히 서 있는 것들은 마당 가운데에서 젖을 짜고 있었고 이들 얌전한 젖소들이 지금 마당에서 차례를 기다리고 있었다. 이 우량종은 이쪽 계곡 밖에서는 잘 볼 수 없는 젖소들로, 일 년 중 가장 좋은 계절에 물 공급이 좋은 목장에서 수분이 풍부한 먹이를 뜯어 먹었기 때문에 우유가 우량 품종이었다. 그러나 이 지방에 있는 젖소들이 모두 우량종인 것은 아니었다. 흰 점이 얼룩진 소들은 눈부시게 햇볕을 반사하고 있었다. 이들의 뿔에 매단 잘 닦은 놋쇠 덮개는 어딘가 군대 행진을 떠오르게 하며 반짝거렸다. 정맥이 노출된 젖소들의 커다란 젖통은 무겁게 모래 주머니처럼 매달려 있었고, 툭 튀어나온 젖꼭지는 집시의 항아리에 달린 발과 같았다. 젖소들이 제 차례를 기다리는 동안 젖이 젖통에서 새어 나와 방울방울 땅에 떨어졌다.

17장

젖소들이 목초지에서 마당으로 들어오면 젖 짜는 여자들과 남자 일꾼들이 집과 농장 막사에서 몰려나왔다. 여자들은 나막신을 신었는데, 날씨가 궂어서 그런 것이 아니라 마당에 깔아 둔 질척거리는 밀짚에 빠지지 않기 위해서였다. 처녀들은 세 발 달린 나무 걸상에 앉아 얼굴을 옆으로 돌리고 오른쪽 뺨은 젖소 옆구리에 붙이고 있었다. 그들은 생각에 잠긴 표정으로 테스가 들어오는 모습을 쳐다보았다. 남자들은 모자 차양을 이마까지 쿡 내려 쓴 채 땅을 보고 있어 그녀를 보지 못하였다.

그중 한 사람은 건장하게 생긴 중년의 사내로 길고 하얀 가슴 가리개를 입고 있었다. 옷은 다른 일꾼들보다 질이 좋고 깨끗했다. 가슴 가리개 안에 입은 양복저고리도 외출할 때 입어도 부끄럽지 않을 비싼 옷이었다. 그가 바로 테스가 찾아온 낙농장 주인이었다. 그는 한 주일에 엿새는 낙농장에서 젖을 짜고 버터를 만드는 일을 하고, 일곱 번째 날인 주일에는 번쩍이는 고급 양복을 입고 교회에서 자기들만의 가족석에 자리를 하는, 눈에 뜨이게 색다른 이중생활을 했다. 그래서 노래까지 생겨났다.

일주일 내내
젖 짜는 농부 딕,
일요일에는 리처드 크릭 씨.

테스가 멍하게 바라보며 서 있는 것을 보고 그가 그녀에게로 다가갔다.

낙농장의 젖 짜는 일꾼들은 젖을 짜는 시간에는 몹시 퉁명스러웠다. 그러나 크릭 씨는 새로 일손을 얻게 된 것을 기뻐했다. 매우 바쁜 시기였기 때문에 그녀를 따뜻하게 맞으며 어머니와 가족의 안부를 물었다. 그러나 이것은 형식적인 인사일 뿐이었다. 왜냐하면 실제로는 그가 테스에 관해 사무적인 편지를 받기 전까지 더비필드 부인이 있다는 것조차 몰랐기 때문이다.

"아, 그래요, 젊었을 때는 그쪽 고장을 아주 잘 알았지요." 그가 인사 말을 끝내는 듯이 잘라 말했다. "그동안 그쪽으로는 한 번도 가지 않았어요. 오래전에 작고했지만 이 근처에 살던 아흔 살 할머니가 블랙무어 계곡에 사는 사람 중에 아가씨와 같은 성을 가진 가족이 원래는 이쪽 지방에서 건너갔고 그 오래된 집안이 이제는 지상에서 아예 없어졌으며, 젊은 세대는 그런 걸 알지 못한다고 했어요. 그러나 난 그때 늙은 할머니의 두서없는 이야기에 귀를 기울이지 않았지요."

"아, 그래요. 쓸데없는 소리죠." 테스가 대꾸했다.

그다음 이야기는 사무적인 것이었다.

"젖을 깨끗이 짤 수 있겠지요, 아가씨? 일 년 중 이런 때 젖이 말라 버리면 곤란하거든요."

그녀가 그 점은 염려할 필요가 없다고 안심을 시키자 그는 테스를 아래위로 훑어보았다. 그녀가 그동안 집 안에만 있어 안색이 창백해 보였기 때문이다.

"정말 괜찮겠어요? 기운 센 사람들에게는 여기 일이 편한 편이지만, 그렇다고 온실에서 하는 일이 아니거든요."

그녀는 일을 견디어 낼 수 있다고 확신하게 말했다. 그는 그녀의 열성적이고 스스로 하려는 태도가 마음에 든 것 같았다.

"차나 음식을 좀 먹어야겠지요? 아직 아니라고요? 그럼 좋을 대로 하세요. 하지만 그렇게 먼 길을 왔는데 나 같으면 무척 목이 마를 텐데."

"지금 젖 짜는 일을 시작할게요. 손에 익혀야 하니깐요." 테스가 말했다.

그녀는 잠시 목을 축이기 위해 우유를 조금 마셨다. 우유가 음료수라고 생각하지 못했던 농장 주인 크릭은 그것을 보고 놀랐고, 그러는 그녀를 조금 깔보는 마음까지 들었다.

"그걸 마실 수 있으면 마음대로 하세요." 그가 무관심하게 말했다. 한 사람이 그녀가 입을 댄 우유 통을 들어 주었다. "난 수년 동안 그걸 입에도 대지 않았거든요. 그런 걸 입에 대다니. 창자에 들어가면 납 덩어리가 되어 있을 텐데. 저 소를 맡아 해 보세요." 그가 가장 가까운 곳에 서 있는 젖소를 향해 고갯짓을 하며 말했다. "젖을 짜기 어려운 녀석은 아니지요. 사람처럼 젖이 쉽게 나오는 놈도 있어요. 저 녀석이 어떤지는 금세 알게 되겠지요."

테스가 외출용 모자를 작업용 모자로 바꿔 쓰고, 젖소 아래에 있는 나무 걸상에 자리를 잡았다. 젖을 움켜쥔 주먹 사이로 우유가 쏟아져 나와 통 안으로 들어가는 것을 보자, 그녀는 정말로 미래를 향한 새로운 토대를 마련했다고 느꼈다. 그런 확신이 서자 표정이 침착해지고 맥박의 속도도 떨어졌다. 그녀는 그제서야 주변을 둘러볼 여유가 생겼다.

젖 짜는 사람들은 남자와 여자를 합쳐 작은 집단을 형성했는데, 남자들은 젖꼭지가 딱딱한 소를 맡았고, 여자들은 좀 더 순한 소를 다뤘다. 농장의 규모는 대단히 컸다. 크릭이 소유한 젖소는 모두 합쳐 거의 100마리나 되었다. 그중에 출타 중일 때를 빼고 낙농장 주인이 직접 손으로 젖을 짜는 소는 집에서 여섯 마리 내지 여덟 마리였는데, 젖 짜기가 가장 힘든 놈들이었다. 그는 일용직 노동자들을 대충 닥치는 대로 고용하기 때문에 그들에게 이들 젖소를 믿고 맡기지 않았다. 그들은 성의 없이 소젖을 끝까지 짜지 않을 염려가 있기 때문이었다. 여자들에게도 맡기지 않았던 이유는 손가락 힘이 모자라 깨끗이 짜지 못할 거라고 생각했기 때문이었다. 깨끗이 다 짜지 않으면 나중에 젖 나오는 양이 줄어들어 말라 버렸다. 젖을 충분히 짜지 못하는 것이 심각한 문제가 되는 것은 일시적인 손해를 입는다기보다 수요가 감소하면 공급이 감소하며 궁극적으로는 모든 것이 중단되기 때문이었다.

테스가 젖소 곁에 자리를 잡은 다음 농장 마당에는 아무

소리도 나지 않았다. 잠깐씩 젖소들을 향해 돌아서라거나 가만히 있으라고 소리를 치는 것 외에는 수많은 우유 통으로 우유가 분사되는 소리를 방해하는 것은 아무것도 없었다. 목장에서 유일하게 움직이는 것이라고는 위로 아래로 오르내리는 젖 짜는 사람들의 손놀림이었고 흔들리는 쇠꼬리였다. 계곡의 양쪽 비탈까지 뻗은 넓고 평평한 목초지에 둘러싸인 목장에서 사람들은 이렇게 일을 계속했다. 평지의 풍경은 오래전 기억에서 사라진 옛날 풍경으로 지금 그들이 만들어 내는 풍경과는 본질적으로 크게 달랐다.

"내 생각에는" 하고 농장주가 한 손으로 세 발 걸상을 들고 다른 한 손으로는 우유 통을 쥐고는 막 젖 짜기를 끝낸 젖소 곁에서 불쑥 일어나 옆에 있는 젖 짜기 힘든 소로 옮겨 가면서 말했다. "내 생각에는 소들이 오늘은 보통 때만큼 젖을 내지 않네요. 세상에, 윙커가 이런 식으로 우유를 내지 않으면 한여름에는 젖을 짜려고 애쓸 필요조차 없을 것 같은데!"

"그건 오늘 새로 사람이 와서 그래." 조너선 케일이 말했다. "전에도 이런 일이 있었지."

"그렇구먼. 그럴지도 모르겠네. 그 생각은 안 해 봤어."

"이럴 때는 젖이 뿔로 올라간다고 그러던데요." 젖 짜는 여자 하나가 말했다.

"글쎄, 뿔로 젖이 올라간다는 건" 하고 농장 주인 크릭이 마치 주술(呪術)조차 해부학적 가능성 앞에서는 설명할 수 없다는 듯 의심스러운 투로 말했다. "잘 모르겠는데. 분명히 난 잘 모르겠네요. 그러나 뿔 없는 젖소가 뿔 있는 젖소만큼 젖을 내지 않는다는 생각에는 동의할 수 없어요. 뿔 없는 젖소에 관한 수수께끼, 조녀선, 자네는 아나? 왜 뿔 없는 젖소가 한 해 동안 만들어 내는 우유의 양이 뿔 있는 젖소보다 적은지?"

"모르겠네요!" 여자가 말을 받았다. "왜 그렇죠?"

"수가 적어서 그렇지." 농장주가 말했다. "어쨌든 이 친구들이 오늘은 확실히 우유를 내놓지 않는데. 여러분, 한두 곡 뽑아야 되겠네요, 이럴 때는 그게 유일한 해결책이니까."

이 근처 농장에서는 젖소들이 젖을 보통 양만큼 내지 않는 기미가 보이면 소를 자극하는 방편으로 자주 노래를 불러 주었다. 젖 짜는 일꾼들이 모두 어울려 노래를 시작했다. 순전히 일 때문에 부르는 목소리로 저절로 크게 흥이 나서 부르는 것이 아님이 분명했다. 그들은 노래를 부르는 동안 상황이 나아진다고 믿었다. 밤에 자러 갈 때 지옥의 유황불을 보는 것이 무서워 잘 수가 없는 살인마에 관한 명쾌한 민요를 열네 곡이나 열다섯 곡쯤 불렀을 때 남자 노동자 하나가 말했다.

"허리를 구부리고 노래를 불렀더니 숨통이 다 막히네! 선생님은 하프를 가져왔어야죠. 바이올린이 제일이지만요."

이 말을 듣고 있던 테스는 농장 주인에게 한 말인 줄 알았다. 그러나 그녀의 추측은 틀렸다. "왜요?"라는 대답이 외양간에 있는 암갈색 젖소 배 밑에서 들려왔다. 대답을 한 사람은 테스가 미처 보지 못한 사람으로 젖소 뒤에서 젖을 짜던 남자였다.

"아, 그래. 바이올린만 한 건 없지." 농장 주인이 맞장구를 쳤다. "황소가 젖소보다 음악에 더 민감하다고 생각하지만 적어도 내 경험으로는 그래. 전에 멜스톡에 노인이 하나 있었지. 이름이 윌리엄 듀이였어. 거기서 운송업에 종사하던 집안 사람이었지. 조녀선, 그 사람 기억나나? 난 그 사람을 내 형제만큼이나 잘 알았어. 어느 달 밝은 밤 결혼식에서 바이올린을 켜 주고 집으로 돌아오고 있었어. 간단히 말해서 그는 40에이커 들판을 가로질러 오고 있었지. 저쪽에 있는 것 말이네. 황소 한 마리가 거기서 풀을 뜯고 있었어. 그 황소가 윌리엄 노인을 보고는 뿔을 땅으로 숙이며 그를 쫓아왔지. 윌리엄 노인은 있는 힘껏 뛰었어. 술을 많이 마신 것도 아닌데(결혼식이었고 또 혼주가 부자인 걸 생각해 보면 많이 마시지 않은 거지) 걸음아 나 살려라 하고 달렸지만 황소한테 잡혀 죽기 전에 울타리를 넘어 갈 수가 없는 거야. 그래서 떠오른 생각이 바이올린을 켜는 거 였어. 뛰면서 바이올린을 꺼내 지그 춤곡을 켜기 시작했어. 구 석으로 뒷걸음질을 하면서 몸을 황소 쪽으로 돌렸지. 황소의 기분이 누그러지더니 걸음을 멈춰 서면서 윌리엄 듀이 노인을 노려보는 거야. 그는 계속 바이올린을 켰어. 마침내 황소 얼굴 에 미소 같은 것이 떠올랐대. 그러나 윌리엄 노인이 악기를 멈 추고 몸을 돌려 울타리를 넘어 가려고만 하면 황소가 미소 를 걷고 그의 엉덩이를 향해 뿔을 내리는 거야. 윌리엄 노인 은 할 수 없이 몸을 돌려 곡을 계속 켜야 했지. 겨우 새벽 3시 인데 그 근처로 사람이 오려면 몇 시간은 더 있어야 하는 형 편이었어. 배는 고프고 몸은 지쳐서 뭘 어떻게 해야 할지 몰랐 던 거야. 4시까지 그렁저렁 연주를 끌기는 했지만 그 이상 할 수가 없었어. 그래서 혼자 중얼거렸지. 나하고 천당 사이에 이 것이 마지막 곡이다. 하느님 살려 주세요. 저는 죽은 몸입니다. 그는 크리스마스이브 한밤중에 소가 무릎을 꿇는 것을 기억해 냈어. 그날 밤이 크리스마스이브는 아니었지만 그 황소에게 속 임수를 써 보자는 생각이 떠올랐지. 그래서 크리스마스 캐럴을 연주하듯 예수 강림 찬송가를 켜기 시작했어. 세상에 이런 일이! 황소가 정말로 무릎을 꿇었어! 무식한 녀석이 바로 그 순간을 예수 강림의 밤, 강림의 시각으로 착각한 거야. 그 뿔 달린 친구가 무릎을 꿇자마자 윌리엄 노인이 몸을 돌려 다리 긴 사냥개처럼 줄행랑을 쳤지. 그리고 기도를 드리던 황소가 일어나 그를 쫓아오기 전에 울타리를 뛰어넘었어. 윌리엄 노인은 입버릇처럼 이렇게 말하곤 했어. 사람이 바보 같은 것은 많이 보았지만 그 황소가 경건한 기분에 빠져 그렇게 바보처럼 구는 건 전에 본 일이 없었다고. 크리스마스이브도 아니었는데 말이야. 그래, 윌리엄 듀이가 그의 이름이지. 바로 이 순간이라도 그가 멜스톡 교회 마당 어디에 누워 있는지 한 치도 틀리지 않고 정확히 말할 수 있어. 바로 두 번째 주목과 북쪽 회랑 사이에 있지."

"그것 참 흥미로운 이야기군요. 그 이야기를 들으니 신앙이 살아 움직이던 중세로 돌아간 것 같네요."

낙농장 마당에서는 생소한 그 목소리는 암갈색 젖소 뒤에 앉은 사람이 나지막이 웅얼거린 소리였다. 그러나 그 말뜻을 이해하지 못한 사람들은 아무런 대꾸도 하지 않았다. 다만 윌리엄 노인 이야기를 한 농장 주인이 자신의 이야기를 믿지 않는다고 생각하고는 이렇게 말했다.

"믿거나 말거나, 선생, 그건 실제 있었던 이야기입니다. 그 사람을 아주 잘 알았거든요."

"아, 그럼요. 난 그 이야기를 조금도 의심하지 않습니다." 암갈색 젖소 뒤에 앉은 사람이 말했다.

처음으로 테스는 농장 주인과 말을 하는 사람에게 주의를 기울였다. 그는 머리를 계속 젖소 옆구리에 파묻고 있어 보이는 것이라고는 그의 옷자락 한쪽 끝뿐이었다. 그녀는 어째서 농장 주인마저도 그를 '선생'이라고 부르는지 이해할 수 없었다. 그러나 누구도 그것을 설명하지 않았다. 그는 젖소 세 마리를 짤 때까지 일이 잘 안 되는 것처럼 이따금씩 소리를 지르는 것 외에는 그대로 젖소 밑에서 몸을 숙이고 있었다.

"부드럽게 하세요, 부드럽게 하세요." 농장 주인이 말했다. "그건 힘이 아니라 기술로 하는 거지요."

"그렇군요." 그 사람이 드디어 몸을 일으키고 팔을 폈다. "저 소는 다 끝낸 것 같군요. 손가락이 좀 아프지만."

테스는 그제야 그를 머리끝에서 발끝까지 살펴보았다. 그는 보통 입는 흰 가슴 가리개를 입고 우유 짤 때 두르는 가죽 각반을 차고 있었다. 그의 장화에는 마당에 깐 밀짚 지푸라기들이 달라 붙어 있었다. 그러나 이런 차림은 이 지방의 관례에 따라 입은 것이고, 그 작업복 아래로 교육을 받았고, 침착하고, 명민하고, 어딘지 슬프고, 다른 사람들과 다른 면이 드러났다.

그의 모습을 자세히 살펴보던 테스는 전에 그를 본 적이 있다는 사실을 깨닫고는 눈길을 멈췄다. 그동안 많은 변화를 겪은 테스는 그를 언제 만났는지 그 순간 곧바로 기억하지 못했다. 그러나 금세 그 사람은 말로트에서 클럽 무도회에 끼어들었던 여행객이라는 사실이 그녀의 뇌리를 스쳤다. 어디서 왔는지는 모르지만 자기가 아닌 다른 사람들과 잠시 춤을 추고는 아무 일도 없었다는 듯이 그녀를 뒤에 두고 동료들과 다시 길을 간 나그네였다.

자신에게 시련이 닥쳐오기 전에 일어났던 일이 되살아나면서 그에 따라 밀려든 홍수 같은 기억의 고리가 떠올라 순간 좌절감을 느꼈다. 그녀를 알아보고는 자신의 과거를 알아내지 않을까 하는 걱정이 뒤따랐다. 그러나 자기를 기억하는 기미가 보이지 않자 조바심이 사라졌다. 처음이자 단 한 번 만난 이후 살아 움직이는 듯하던 그의 얼굴은 좀 더 사색적으로 변해 있는 것을 차츰 알게 되었다. 젊은이의 얼굴에 어울리게 보기 좋은 턱수염과 콧수염이 자라 있었으며, 뺨 위쪽의 아주 엷은 다갈색 턱수염은 끝으로 뻗을수록 따뜻한 갈색으로 짙어졌다. 리넨으로 만든 착유(搾乳)용 가슴 가리개 밑으로 그는 까만 면벨벳 저고리와 코르덴 바지를 입고, 바지 위에는 각반을 둘렀으며, 풀을 빳빳하게 먹인 흰 셔츠를 입고 있었다. 착유용 작업복을 입지 않았더라면 그가 누구인지 아무도 몰랐을 것이다. 그는 기벽이 있는 지주나 신사 계급의 농부인지도 몰랐다. 테스는 그가 낙농장 일에서 초보자라는 것을 젖소 한 마리에 많은 시간을 보내는 것을 보고 금세 알 수 있었다.

젖 짜는 여자들은 새로 온 사람에 대해 저들끼리 이야기를 하고 있었다. "정말 예쁘게 생겼어!" 그들은 진심으로 따뜻하고 존경 어린 마음으로 칭찬했다. 그러나 또 한편으로는 이러한 칭찬은 듣는 사람이 알아서 판단하기를 바라는 마음도 반쯤은 섞여 있었다. 사실 엄밀히 말해 테스의 아름다움은 뭐라고 딱 꼬집어 말하기 힘든 것이어서 듣는 사람이 자의적으로 해석할 가능성이 많았다. 젖 짜는 일과가 끝나자 사람들은 뿔뿔이 흩어져 집 안으로 들어갔다. 집 안에서는 농장주 부인인 크릭 여사가 일일이 납으로 만든 우유통과 그 밖의 기구를 챙겼다. 그녀는 신분상으로 지체 높은 여인이라 목장에서 젖 짜는 일에는 나서지 않았으며, 젖 짜는 여자들이 날염포(捺染布)로 만든 옷을 입었기 때문에 자신은 더운 날씨에도 더운 모직 옷을 입었다.

테스가 나중에 알게 된 것은 대부분의 일꾼들이 일과 후 모두 집으로 돌아가고 실제 낙농장에서 숙식을 하는 사람은 자신을 빼고 두세 명밖에 안 된다는 점이었다. 크릭의 이야기에 논평을 했던 지체 높은 사람은 저녁 식사 시간에는 보이지 않았다. 그러나 그에 관해 아무것도 묻지 않았다. 그녀는 그날 저녁 시간을 침실에서 자기 자리를 정리하느라 다 보냈다. 젖 짜는 작업장 위에 있는 길이가 9미터나 되는 큰 방이었다. 같은 집에 기거하는 젖 짜는 처녀 셋의 침대도 한 방에 있었다. 한 사람 빼고 그들은 그녀보다 나이가 더 많았고 모두 건강미가 넘치는 젊은 처녀들이었다. 잠자리에 들 시간이 되었을 때 그녀는 너무 피곤해서 금세 잠에 빠졌다.

테스 옆 침대를 쓰는 처녀는 잠을 잘 이루지 못하고 신참인 그녀에게 집안의 여러 가지 이야기를 이것저것 자세하게 들려주려고 했다. 그녀가 속삭이는 이야기가 어둠과 섞여 들렸다. 잠이 쏟아지는 테스의 머릿속에서 그녀의 이야기가 어둠에서 솟아나 둥둥 떠도는 것 같았다.

"에인절 클레어 씨는 젖 짜는 일을 배우고, 하프를 켜는 사람이지만, 우리에게는 별로 말을 걸지 않아요. 그는 어느 교구 신부님의 아들인데 자기 생각에 빠져 여자에게 전혀 관심이 없어요. 그는 농장 주인의 학생인 셈인데, 농업에 관한 모든 것을 다 배우고 있어요. 그는 다른 농장에서 양 치는 기술을 배웠고 이제 여기서는 낙농업을 배우려고 해요······. 그래요, 출신이 대단한 신사 계층이지요. 그의 아버지는 여기서 꽤 떨어져 있는 에민스터 교구의 클레어 신부님이에요."

"아, 나도 그분 이름을 들었어요." 잠에서 깬 테스가 말했다. "대단히 열성적인 성직자라고 하던데, 그렇지 않아요?"

"그래요, 그분은 그래요. 사람들 말로는 웨섹스 지방 전체에서 가장 열성적이라고 그래요. 저(低) 교회파*의 마지막 신부님이래요. 이 인근은 모두 소위 말하는 고(高) 교회파**거든요. 우리 클레어 씨를 빼고는 그분 아들 모두 교구 신부가 되었대요."

왜 지금 여기 있는 클레어 씨는 다른 형제들처럼 교구 신부가 되지 않았는지를 물어보고 싶은 호기심이 이런 시간에는 테스에게 일어나지 않았다. 그녀는 서서히 다시 잠에 빠졌다. 옆 침대 아가씨의 이야기가 이웃 방에 있는 치즈 저장 다락에서 나오는 치즈 냄새와 아래층 치즈 짜는 기계에서 규칙적으로 떨어지는 유장(乳漿) 방울 떨어지는 소리에 섞여 들려왔다.

---

* 성공회가 가톨릭 교회로부터 독립하면서 복음주의를 주장하고 신자의 정신적 변화를 강조하는 종파.
** 성공회의 2대 종파 중 하나로 가톨릭적 전통을 답습하여 의식과 성례전을 중요시하는 종파.

18장

에인절 클레어의 모습은 과거로부터 뚜렷하고 분명하게 나타나지는 않는다. 그는 감사할 줄 아는 목소리와 멍한 시선으로 한 곳을 길게 응시하는 눈과 남자의 것이라고 하기에는 너무 작고 윤곽이 너무 섬세한 입술을 지닌 사람이었다. 그러나 그 입은 이따금 아랫입술을 갑자기 꼭 다물어 결단력이 없다고는 조금도 생각할 수 없었다. 그러면서도 그의 태도와 시선은 분명하지 않고, 어딘가에 몰두해 있으면서도 막연한 인상이어서, 자신의 장래에 관해 확고한 목표와 관심이 없는 사람으로 보였다. 그런데도 어렸을 때 사람들은 그를 두고 마음을 먹으면 무엇이든지 다 할 사람이라고 했다.

그는 셋째 아들로, 그의 아버지는 이 지방의 반대쪽 끝에서 가난하게 사는 신부였다. 그가 다른 농장을 둘러 톨보트헤이즈 낙농장에 온 것은 육 개월간 낙농업을 배우기 위해서였다. 그의 목적은 여러 가지 농업 과정을 익히는 실용적인 기술을 습득하는 것이었으며, 상황이 정해지는 대로 식민지로 가거나 영국에 남아 농장을 운영하는 것이었다.

그가 농업 전문가와 가축 사육자들의 세계로 뛰어든 것은 장래를 향한 하나의 단계였다. 그러나 그것은 자신이나 다른 사람이 애초에 기대했던 길이 아니었다.

첫째 부인이 딸만 하나 남겨 두고 죽은 후에 아버지 클레어 신부는 늦은 나이에 두 번째 장가를 들었다. 이 둘째 부인이 뜻밖에도 아들 셋을 낳았다. 막내 에인절과 아버지 사이에는 한 세대의 간격이 있었다. 세 아들 중에서 노년에 얻은 아들인 에인절만 대학에서 학위를 취득하지 않았지만 세 아들 중 유일하게 학문적 훈련을 감당해 낼 수 있는 재능을 어렸을 때 충분히 보여 주었다.

말로트의 축제에 에인절이 나타나기 이삼 년 전 어느 날이었다. 학교에서 돌아온 그는 집에서 공부를 하고 있었는데 그 지방의 책방에서 제임스 클레어 신부 앞으로 소포가 하나 배달되었다. 신부는 소포를 뜯었다가 그 속에 책 한 권이 들어 있는 것을 발견하고는 몇 쪽 읽어 보았다. 그러다 신부가 자리를 차고 일어나 그 책을 팔에 끼고는 곧장 책방으로 달려갔다.

"왜 이 책이 내 집에 배달되어 온 거죠?" 신부가 그 책을 내밀면서 다그치듯 물었다.

"신부님, 그 책은 주문한 건데요."

"내가 한 건 아니요. 다행히 내 집에 있는 식구들이 한 것도 아니고."

가게 주인이 주문 대장을 들여다보았다. "아, 신부님, 책이 잘못 발송되었네요." 그가 말했다. "에인절 클레어 씨가 주문을 한 거예요. 그분에게 보냈어야 하는 겁니다."

클레어 신부가 한 대 맞은 것처럼 움찔했다. 그는 얼굴이 핼쑥하고 풀이 죽어 집으로 돌아가 에인절을 서재로 불렀다.

"애야, 이 책을 좀 봐라." 그가 말했다. "이 책에 대해 뭘 아느냐?"

"제가 주문했어요." 에인절이 별 생각 없이 대답했다.

"왜?"

"읽으려고요."

"어떻게 이런 책을 읽을 생각을 했니?"

"어떻게라고요? 왜요, 그건 철학의 한 체계예요. 그보다 더 도덕적이거나 종교적인 책은 그동안 출판된 적이 없어요."

"그래 충분히 도덕적이다. 그것을 부정하지 않는다. 그러나 종교적이라! 너 같은 사람에게 종교적이라니! 복음을 설교할 성직자에게 종교적이라니!"

"아버지, 이 문제를 언급하셨으니" 하고 아들이 근심스러운 표정을 지으며 말했다. "이번에 꼭 집고 넘어가고 싶은 말씀이 있습니다. 저는 성직자가 되고 싶지 않습니다. 양심적으로 그럴 수가 없어요. 저는 부모님을 사랑하는 만큼 교회를 사랑합니다. 앞으로도 교회에 대해 가장 따뜻한 애정을 지니고 있을 겁니다. 교회의 역사만큼 깊이 존경할 만한 것도 없습니다. 그렇지만 솔직히 말씀드려 예수의 희생을 통해 인류의 구원이 이루어진다는 억지 교리에서 교회가 벗어나지 않는 한 저는 형들처럼 교회의 신부로 서품을 받고 싶지 않습니다."

성품이 직선적이고 단순한 신부는 자신의 피와 살에서 나온 아들이 이렇게 말하리라고는 전혀 생각조차 하지 못했다.

그는 힘이 빠지고, 정신이 아찔해지고, 온몸이 마비되는 것을 느꼈다. 에인절이 교회의 길로 가지 않는다면 그를 케임브리지로 보내는 것이 무슨 소용이 있단 말인가? 서품을 받지 않겠다면 이런 고정관념을 가진 사람에게는 대학에 진학하는 것이 서론만 있는 책에 지나지 않았다. 그는 종교적일 뿐만 아니라 신앙심이 깊은 사람으로, 진심으로 하느님을 믿는 신자였다. 교회 안팎의 신학 사기꾼들이 회피할 목적으로 쓰곤 하는 말로서 하느님을 믿는 신자가 아니라, 복음 전파와 신앙을 통한 구원을 믿는 복음주의 종파의 전통적이며 열렬한 의미에서의 신자였으며,

> 영원하고 거룩한 분이
> 18세기 전에
> 행한 진리를
> 진심으로 믿는*

사람이었다.

에인절의 아버지는 논쟁과 설득과 간청을 다 시도했다.

"아니에요, 아버지. 저는 다른 것은 다 그만두고라도 선서문이 요구하는 제4조**는 '문자 그대로, 그리고 문법적인 뜻'에서 배서할 수가 없어요. 그 때문에 지금으로서는 교구 신부가 될 수 없어요." 에인절이 단호히 말했다. "종교 문제에 관해 저는

---

* 로버트 브라우닝의 시 「부활절」 8연.
** 성공회에서 성직자가 되기 위해서는 39의 신조를 받아들여야 하는데, 그 중 제4조는 예수의 부활에 관한 것이다.

본능적으로 개혁 쪽으로 기울어져 있어요. 아버지가 좋아하시는 「히브리서」를 인용하면 '진동치 아니하는 것을 영존케 하기 위하여 진동할 것들, 곧 만든 것들의 변동될 것을 나타내심이라.'*이지요."

아버지가 너무 슬퍼하여 그 모습을 보던 에인절은 처참한 기분이 들었다.

"하느님의 영예와 영광을 위해 사용되지 않는다면 너의 어머니와 내가 너에게 대학 교육을 시키기 위해 아끼고 검약하는 것이 무슨 소용이 있겠느냐?" 아버지가 같은 말을 반복했다.

"왜요, 아버지, 인간의 영광과 영화를 위해 쓰일 수 있겠지요."

만약 에인절이 고집을 부렸더라면 그도 형들처럼 케임브리지에 진학할 수 있었을 것이다. 그러나 학문의 전당이 성직으로 가는 디딤돌이라는 클레어 신부의 견해는 집안의 전통이었다. 그러한 생각은 그의 마음속에 너무 깊게 뿌리 박혀 있었다. 민감한 아들에게는 고집을 부린다는 것이, 아버지가 암시한 대로 세 청년의 교육을 균등히 수행하려는 계획 때문에 절약을 강요당한 충실한 가장에게, 믿음을 저버리고 잘못을 저지르는 일로 생각되었다.

"케임브리지에 진학하지 않겠어요." 에인절이 결국 이렇게 선언했다. "지금 상황으로서는 거길 갈 권리가 없는 것 같아요."

이 결정적인 논쟁의 결과는 얼마 가지 않아 나타났다. 그는 닥치는 대로 책을 읽고, 일을 하고, 명상을 하면서 몇 해를 보

---

* 「히브리서」 12장 27절.

냈다. 그러면서 그는 사회적 형식이나 평판에 대하여 적잖게 초연한 태도를 보였다. 지위와 부에 수반되는 물질적 명망을 경멸했다. 그는 '유서 깊은 명문 집안'(작고한 지방 명사가 즐겨 쓰던 말을 빌리면)에도, 그 집안을 대표하는 인물이 훌륭한 새 결단을 실천하지 않은 한, 전혀 매력을 느끼지 못했다. 이런 근 엄한 생활과 반대되는 행동의 하나로 그는 세상이 어떤 것인 지도 보고 직업을 찾거나 사업을 해 볼 계획으로 잠시 런던에 나가 살았다. 거기서 그는 자신보다 훨씬 나이 많은 한 여인을 만나 정신을 잃고 거의 그녀의 함정에 빠질 뻔한 일을 겪었다. 다행히 그가 맛본 경험에 비해 크게 나쁘지 않은 시점에서 그 는 빠져나올 수 있었다.

고독한 시골 생활에 일찍부터 익숙해진 그에게는 현대 도시 생활에 대한 거의 비합리적인 기피증이 지울 수 없이 싹터 있 었다. 그러면서도 그는 정신적 소명을 따를 수 없는 상태에서 세속적인 생업으로 얻을 수 있는 성공마저 외면했다. 그러나 벌써 몇 년이나 귀중한 시간을 낭비한 그는 무엇이든지 해야 했다. 마침 아는 사람이 식민지에서 농부로 성공적인 인생을 시작하고 있어 에인절에게는 그것이 바른 길일 수도 있다는 생 각이 떠올랐다. 철저한 도제 기간을 거쳐 훌륭한 자격을 딴 다 음 식민지나 미국이나 영국이나 어디에서든 농장을 시작하는 것은, 물질적인 자산보다 더 값지게 여기는 지적인 자유를 희 생하지 않고도 독립할 수 있는 직업이었다.

그래서 우리는 에인절 클레어가 스물여섯의 나이에 젖소에 대해 배우는 연수생으로 톨보트헤이즈에 머물고 있는 것을 보 게 된 것이다. 근방에 편안하게 머물 수 있는 집이 없어 그는 낙농장 주인 집에서 하숙을 하고 있었다.

그가 기거하는 곳은 커다란 지붕 밑 방으로 낙농장 건물의 끝에서 끝까지 길게 뻗어 있었다. 방에 올라가려면 치즈 광에서 사다리를 이용해야 했다. 그가 농장에 와서 숙소로 삼을 때까지는 오랫동안 비어 있던 방이었다. 클레어는 이 방에서 충분한 공간을 차지할 수 있었다. 젖 짜는 일꾼들은 모두 잠자리에 든 다음에도 그가 방 안에서 걸어 다니는 소리가 들렸다. 방 한쪽 끝이 커튼으로 가려져 그 뒤에 침대가 있었고 다른 한쪽은 아늑한 거실로 꾸며져 있었다.

처음 농장에 왔을 때는 꼭대기 방에 기거하면서 독서에 몰두했다. 그리고 세일에서 산 낡은 하프를 연주하면서, 기분이 좋지 않을 때는 언젠가는 거리에서 그 악기를 켜서 먹고살아야 할지 모른다는 말도 했다. 그러던 그가 시간이 얼마 지나지 않아 아래층으로 내려왔고, 식당 겸 부엌으로 쓰는 방에서 농장 주인과 부인과 젖 짜는 처녀들과 다른 남자 일꾼들이 모두 함께 어울리는 활기찬 분위기에서, 함께 식사를 하면서 인간성을 현실에서 직접 읽는 것을 더 좋아하게 되었다. 젖 짜는 일꾼 중에 농장에 기거하는 사람은 거의 없었지만 몇몇은 농장 주인 부부와 함께 식사를 하였다. 클레어는 농장에 사는 기간이 길어질수록 농장 사람들과 어울리는 것을 피하지 않게 되었으며 오히려 그들과 공간을 함께 나누어 쓰는 것을 더 좋아하게 되었다.

사실 그는 그들과 어울리면서 진정으로 즐거워하는 자신을 보고 놀랐다. 농장 사람들에 대한 인습적인 생각 — 촌뜨기로 알려진 가엾은 멍청이에 대한 편견 — 이 이들과 함께 며칠 지내면서 완전히 사라져 버렸다. 그들과 가까이 있으면서 그는 촌뜨기를 보지 못하였다. 상반적인 사회에 처음 들어와 그들에 대한 이해가 부족했을 때에는 함께 어울리는 새 친구들이 조금 이상하게 보인 것도 사실이었다. 낙농장 주인 가족들과 같은 입장에서 한곳에 앉아 있는 것이 처음에는 체신없는 짓처럼 여겨졌으며 그들의 생각과 생활 양식과 환경이 뒤떨어지고 무의미하게 비쳐졌다. 그러나 하루하루 그들과 생활하는 동안 민감한 손님의 눈은 그들에게서 새로운 것을 보게 되었다. 객관적인 변화가 일어나지 않았는데도 단조로움 대신 다양함이 대치되었다. 낙농장 주인과 그의 식구들과 남자 노동자들과 젖짜는 여자들과 친숙해지면서 화학작용이 일어난 것처럼 그들이 다른 사람으로 보였다. "지능이 높을수록 다른 사람에게서 각자의 다른 점을 이해하게 된다. 평범한 사람은 사람 사이의 차이점을 보지 못한다."*라는 파스칼의 말이 떠올랐다. 그들이 전형적이고 변함 없는 촌뜨기라는 생각이 사라졌다. 이 전형적인 촌뜨기들은 여러 형태의 서로 다른 동료, 즉 다양한 생각을 지닌 인간, 다른 점이 헤아릴 수 없이 많은 인간으로 변형되었다. 더러는 행복하고, 더러는 침착하고, 더러는 울적하고, 가끔씩은 천재라고 부를 만큼 영리하고, 어떤 사람은 어리석고, 어떤 사람은 방종하고, 어떤 사람은 근엄하고, 어떤 사람은 말없이 밀턴적이고, 또 어떤 사람은 잠재적으로 크롬웰적으로 보였다. 그 촌뜨기는 또 친구에 관해서도 서로서로에 대해 개인적인 의견을 지니고 있었으며, 서로서로의 약점과 단점을 생각하

---

* 『팡세』의 서문에 나오는 글.

고는 칭찬하거나 비판하고 즐거워하고 슬퍼했다. 그러나 한 사람도 예외 없이 모두 티끌 같은 죽음의 길로 가고 있는 인간이라는 것을 알게 되었다.

계획한 자신의 장래와 상관없이 뜻밖에도 그는 야외 생활 그 자체와 그 생활이 가져다주는 모든 것이 좋아지기 시작했다. 인자한 절대자에 대한 믿음이 붕괴되면서 문명화한 집단에 번지고 있는 고질적인 우울증이 놀랍게도 자신에게서 사라지고 있음을 느꼈다. 자신의 사회적 위치를 생각하면 정말로 놀라운 일이 아닐 수 없었다. 전문가가 되기 위해서는 꼭 읽어 두어야 한다고 생각한 농업에 관한 안내 책자들이 몇 권 되지 않아 읽는 데 시간이 많이 걸리지 않았기 때문에 그는 몇 해 사이 처음으로 직업적인 지식을 머릿속에 쑤셔 넣는 독서 대신 자신이 원하는 대로 자유롭게 책을 읽을 수 있었다.

그는 전날의 교류 관계에서 점점 멀어지고 인생과 인간에 대해 새로운 무엇을 보게 되었다. 그는 또 전에 어슴푸레 알고 있던 자연현상 — 계절과 그 계절에 따르는 분위기, 아침과 저녁, 밤과 정오, 여러 가지 다른 형태의 바람의 힘, 나무, 물과 안개, 그림자와 침묵, 무생물의 목소리 등 — 과의 밀접한 접촉을 시도했다.

이른 아침 시간에 아침 식사를 하는 큰 방에서는 불을 지펴야 할 만큼 아직도 날씨가 쌀쌀했다. 공동 식탁에서 식사를 하기에는 신분이 높다고 생각하는 크릭 부인의 특별한 배려로, 에인절 클레어는 따뜻한 난롯가에 앉아 식사하는 것이 습관이었다. 그의 팔꿈치 곁에는 경첩이 붙은 접이식 탁자가 있었고 그 위에 잔 받침대가 있는 찻잔과 식사 접시가 놓여 있었다. 맞은편에 있는 낮고 넓은 멀리온 식 창문*에서 새어 들어온 햇빛이 그가 앉은 구석 자리에 비쳤고, 굴뚝에서 또 한 갈래의 차갑고 푸른 햇볕이 내려와 그가 원할 때는 앉은 자리에서 편하게 책을 읽을 수 있었다. 클레어와 창문 사이에는 농장의 동료들이 앉는 식탁이 있어서 음식을 씹는 그들의 옆모습이 유리창을 배경으로 선명하게 보였다. 그의 곁에는 우유 광으로 들어가는 문이 있고, 그 문을 통해 아침에 짠 우유가 철철 넘치는 직사각형 납통이 줄지어 놓여 있었다. 그리고 그 너머로 커다란 교유기(攪乳器)가 돌고 기계에서 나는 덜커덩거리는 소리가 들렸다. 유리창을 통하여 기운 없는 말이 원을 그리며 돌아가고 그 말을 소년이 몰아 기계를 움직이는 것이 보였다.

테스가 도착하고도 며칠 동안 클레어는 막 우편으로 도착한 책이나 잡지나 악보를 멍하니 읽느라 그녀가 식탁에 앉아 있다는 것조차 눈치채지 못했다. 테스는 말이 별로 없었고 다른 젖 짜는 여자들이 말이 너무 많아서 그들의 재잘거리는 소리에 새로운 목소리가 섞여 있다고 생각하지 못했다. 그는 전반적인 인상을 선호해서 밖으로 보이는 광경의 세세한 사항을 무시하는 습관을 지니고 있었다. 어느 날 악보를 열심히 읽으면서 그 악보의 음악을 머릿속으로 듣고 있다가 몽롱한 기분에 빠져 들었다. 그러는 사이 악보가 적힌 종이가 벽난로 쪽으로 떨어졌다. 그는 통나무 장작불이 난로 안에서 타고 있는 것을 보았다. 아침 식사를 준비하고 차를 끓인 다음에 사그라져

---

* 창문 중간에 창살이 세로로 세워진 양식.

가는 장작불 위에서 한 줄기 불꽃이 원을 그리며 마지막 죽음의 춤을 추고 있었다. 그 불꽃은 그의 머릿속에 떠오른 음악에 맞춰 지그 춤을 추는 것 같았다. 그의 눈에는 굴뚝의 갈고리 두 개가 연기에 그을려 검댕이가 된 채 가로대에 매달려 덜렁거리며 같은 음악에 맞춰 흔들리는 것만 같았다. 물이 반쯤 담긴 주전자에서 새어 나오는 애처로운 비명은 그 음악에 맞추는 반주 소리로 들렸다. 옆 식탁에 앉은 사람들의 대화는 그의 머릿속의 관현악과 섞여 들렸다. 그러다 그에게 한 가지 생각이 갑자기 떠올랐다. "젖 짜는 여자 하나가 굉장히 맑고 부드러운 플루트 같은 목소리를 가졌군. 새로 온 여자의 목소리일 거야."

클레어가 고개를 돌려 다른 사람들과 함께 앉아 있는 테스를 쳐다보았다.

그녀는 그가 있는 쪽으로 눈길을 주지 않고 있었다. 그가 오랫동안 아무 말을 하지 않아 사람들은 그가 그 방에 있다는 것조차 잊고 있었다.

"귀신 같은 것은 난 잘 모르겠어요." 그녀가 말을 하고 있었다. "그러나 우리가 살아 있는 동안 영혼이 몸 밖으로 빠져나가게 할 수 있다는 건 알아요."

농장 주인이 테스를 보고 있었다. 그의 입에 음식이 가득 들어 있었고, 심각한 질문을 하고 싶은 눈빛이었다. 그리고 그의 큼직한 나이프와 포크는(이 지방에서는 아침 식사를 아침 식사답게 먹었다.) 교수형을 막 치르려는 듯 식탁 위에 꼿꼿이 세워져 있었다.

"뭐라고요? 그게 정말이에요?" 그가 물었다.

"영혼이 몸 밖으로 나가는 것을 쉽게 느낄 수 있는 방법은" 하고 테스가 하던 말을 계속했다. "밤에 풀밭에 누워 크고 밝은 별을 똑바로 쳐다보는 거예요. 그 별에 정신을 쏟아 붓고 있으면 곧 내가 내 몸에서 수천 킬로미터나 떨어져 나가 있는 것을 알 수 있어요. 그런 일이 전혀 일어나지 않기를 바라는 것 같지만요."

농장 주인이 테스를 뚫어지게 바라보다 아내에게 눈길을 돌렸다.

"그것 참 이상한 소리이구먼. 크리스티아나, 안 그래요? 지금까지 삼십 년이나 별이 총총한 밤에 아가씨에게 구애를 하고, 장삿길을 나가고, 의사를 부르러 가고, 간호사를 데리러 먼 거리를 싸돌아 다녔는데도 그런 생각은 한 번도 해 보지 않았을 뿐더러 내 영혼이 내 셔츠 칼라 위로 나가는 것을 한 치도 느끼지 못했으니 말이지."

농장 주인의 학생을 포함해 모든 사람들의 눈길이 자신에게 쏠려 있는 것을 깨닫고 테스는 얼굴을 붉혔다. 그녀는 그냥 그렇게 생각해 본 것뿐이라고 말을 돌리고는 아침 식사를 계속했다.

클레어는 그녀를 계속 쳐다보았다. 그녀는 곧 아침 식사를 끝냈다. 테스는 클레어가 자기를 보고 있다는 것을 의식하고는 사람들이 지켜보고 있다는 사실을 깨달은 개나 고양이가 그렇듯 억눌리는 듯한 기분을 느끼면서 집게손가락으로 식탁보 위에 상상의 무늬를 그렸다.

"저 젖 짜는 처녀는 굉장히 신선하고 순결한 자연의 딸이군." 클레어가 혼자 중얼거렸다. 그러다 그는 그녀에게서 익숙한 무언가를 발견했다. 교리에 관해 고민해야 한다는 생각이 천국을 잿빛으로 물들이기 전 즐겁고 앞날을 예측할 수 없었던 과거로 자신을 이끌고 가는 무언가를 감지한 것이다. 클레어는 결국 그녀를 어디에선가 본 적이 있다고 생각했다. 그러나 어디서 그녀를 보았는지 기억할 수 없었다. 시골을 정처없이 돌아다니다가 우연히 만났던 것은 분명했다. 그렇지만 그것이 어디였는지는 크게 궁금하지 않았다. 그러면서도 그가 주변 여자들을 생각할 때에는 다른 예쁜 젖 짜는 여자들보다 테스를 더 많이 생각하게 되는 상황으로 발전되는 변화가 일어났다.

19장

일반적으로 젖소는 특별히 좋아하는 사람이나 선택한 사람이 없이 그냥 닥치는 대로 착유(搾乳)에 응했다. 그러나 어떤 젖소는 특정한 손이 자신의 것을 짜는 것을 좋아하고 때에 따라 이러한 편애가 심해져서 좋아하는 사람의 손이 자신 젖을 짜지 않으면 가만히 서 있지 않고 낯선 사람의 우유통을 버릇없이 차 버리기도 했다.

농장 주인 크릭은 계속해서 젖 짜는 사람을 바꿔 이런 편애와 기피증이 일어나지 않도록 막았다. 그렇게 하지 않으면 젖 짜는 인부가 농장 일을 그만두고 떠날 경우 어려운 꼴을 당하기 일쑤였기 때문이었다. 그러나 젖 짜는 여자들은 마음속으로 주인의 규칙과 정반대되는 것을 원했다. 젖 짜는 여자 한 사람이 매일 여덟 내지 열 마리의 손에 익숙한 젖소를 선택해 협조적인 젖소의 젖꼭지에서 착유하는 것이 놀랍게도 쉽고 힘이 들지 않기 때문이다.

테스는 다른 동료들과 똑같이 어느 소가 자신의 젖 짜는 방식을 좋아하는지 금세 알아냈다. 그녀는 지난 이삼 년 동안 집안일을 하는 데만 익숙해져 있어 손가락이 부드러웠다. 그래서 젖소들의 입장을 감안하는 것이 좋겠다고 생각하는 편이었다. 전체 아흔다섯 마리 젖소 중에 특별히 여덟 마리 — '뚱뚱이', '멋쟁이', '키다리', '안개', '늙은 예쁜이', '젊은 예쁜이', '깔끔이', '큰소리' — 는 그녀에게 항상 젖을 내놓을 준비가 되어 있어 손가락으로 만지기만 해도 작업은 쉽게 되었다. 물론 그중 한두 마리의 젖꼭지는 당근만큼이나 딱딱했다. 그러나 농장 주인이 바라는 것을 잘 알고 있는 테스는 그녀가 다루기 힘든 아주 어려운 소들을 제외하고는 양심적으로 자신에게 배당되는 대로 젖소를 받으려고 노력했다.

그러나 그녀는 금세 젖소들의 위치와 자신의 희망 사이에 이상한 상관관계가 있다는 것을 알게 되었다. 그녀는 소들이 서 있는 순서가 우연히 이루어진 것만은 아니라는 사실을 발견한 것이었다. 농장 주인의 학생이 최근 젖소들을 몰아들이는 일을 도와주고 있었다. 그러기를 다섯 번인가 여섯 번쯤 지난 어느 날 테스는 젖소에 기댄 채 호기심에 찬 눈으로 클레어를 가만히 바라보았다.

"클레어 선생님, 젖소들을 줄 세우셨네요!" 그녀가 얼굴을 붉히면서 말했다. 상대방을 비난하는 듯한 그녀의 말투에 미소 같은 것이 서려 있었다. 자신도 모르게 윗입술이 부드럽게 올라가, 잇몸 끝이 드러났다. 아랫입술은 근엄하게 닫혀 있었다.

"글쎄 — 그게 무슨 상관이 있나요. 항상 여기서 젖을 짤 텐데요."

"그렇게 생각하세요? 그러기를 나도 바라지만요! 그러나 모르겠어요."

이런 구석진 곳을 좋아하는 진짜 이유를 모르는 그가 그녀의 말뜻을 오해할지 모른다는 생각이 들어 그녀는 자신에게 화가 났다. 그녀는 그에게 너무 진지하게 대답한 게 마음에 걸렸다. 마치 그녀가 그곳에 오래 남아 있기를 바라는 이유 중의 하나가 그가 그곳에 있기 때문이라고 여길 소지를 열어 두었다는 생각을 지울 수 없었다. 불편한 마음이 좀처럼 사라지지 않아 그녀는 땅거미가 질 무렵 마당으로 나와 혼자 거닐면서도, 그의 친절한 배려를 눈치채고 있다는 사실을 넌지시 알린 것을 후회했다.

전형적인 6월의 여름밤이었다. 밤공기가 너무나 섬세하게 조용하고 민감하게 정감적이어서 무생물들까지 다섯 가지 감각은 아니라도 적어도 두 개 내지 세 개의 감각은 지니고 있는 것 같았다. 먼 것과 가까운 것들 사이의 거리가 없어지고 지평선 안에 있는 모든 것이 가까이 있는 것처럼 들렸다. 소리 없이 조용한 밤공기가 단순히 소리를 내지 않는 것이 아니라 적극적으로 존재를 표현하는 것 같았다. 현악기를 켜는 소리가 이 정적을 깨트렸다.

테스는 머리 위의 다락방에서 그런 곡조가 흘러나오는 것을 전에도 들은 적이 있었다. 그러나 그때는 소리가 방 안에 갇혀서 희미하고 단조롭게 퍼져 나왔기 때문에 오늘처럼 감동적으로 들리지 않았다. 반대로 지금은 조용한 밤공기 속에서 알몸이 드러난 것처럼 적나라한 소리로 호소해 왔다. 사실대로 말한다면 악기는 낡고 연주는 서툴렀다. 그러나 모든 것은 상대적이어서 귀를 기울이고 있는 테스는 마술에 홀린 새처럼 그 자리를 떠날 수 없었다. 그 자리를 떠나는 대신 그녀는 연주자가 있는 방향으로 가까이 다가가서 그가 눈치채지 못하게 울타리 뒤에 숨었다.

테스가 서 있는 정원의 끝자락은 몇 년 동안 가꾸지 않아 땅이 습했으며 역한 냄새가 코를 찔렀다. 손이 닿기만 하면 젖은 풀에서 꽃가루가 안개처럼 날아올랐고 무성한 잡초가 길게 자란 곳에서 심한 냄새가 뿜어져 나오고 있었다. 빨갛고, 노랗고, 자주색의 갖가지 잡초들이 손으로 가꾼 화초처럼 눈부신 색채를 이루고 있었다. 무성한 잡초 사이를 도둑 고양이처럼 가만히 헤치고 가는 사이 좀매미의 거품이 스커트에 물들었고, 달팽이들이 발밑에 밟혀 터졌으며, 엉겅퀴 유액과 민달팽이 점액이 손에 끈끈하게 묻었다. 그녀는 맨팔에 붙은 끈끈한 진딧물을 연신 쓸어 냈다. 이 진딧물은 사과나무 줄기에 붙어 있을 때는 눈처럼 하얗게 보였으나 살갗에 묻으면 흉한 얼룩이 되었다. 이렇게 그녀는 클레어가 있는 곳까지 그의 눈에 띄지 않고 가까이 갔다.

테스는 시간과 장소를 잊고 있었다. 별을 쳐다보며 마음대로 느낄 수 있다고 생각한 희열이 자신의 의지와 무관하게 솟아났다. 그녀는 낡은 하프에서 나오는 가냘픈 곡조의 물결을 타고 있었다. 음악의 화음이 미풍처럼 그녀를 스쳐 가면서 눈에 눈물이 고였다. 바람에 날리는 꽃가루가 그의 곡조를 가시적으로 구현한 것 같았고, 정원에서 뿜어내는 젖은 습기는 정원이 흘리는 감격의 눈물 같았다. 저녁 시간이 가까웠는데도 역한 냄새를 뿜어 대는 잡풀들은 음악에 매료되어 꽃망울이 닫히지 않는 듯 계속 환하게 빛을 내고 있었으며, 색깔의 물결은 소리의 물결과 하나로 어울렸다.

아직도 비치는 햇빛은 서쪽 하늘에서 언덕을 이루고 있는 구름 사이의 커다란 구멍에서 새어 나왔다. 다른 곳에는 어둠이 벌써 깔려 있어 햇빛은 하루의 한 조각이 우연히 남아 있는 것처럼 보였다. 애조 띤 곡조가 멈췄다. 대단히 단순한 연주였으며 특별한 기술이 필요한 곡도 아니었다. 다음 곡이 시작될 것을 기대하면서 그녀는 그 자리에서 기다렸다. 그는 연주에 싫증을 느끼고 별다른 목적 없이 울타리를 돌아 그녀 뒤에서 느릿느릿 걸어 나왔다. 테스는 양쪽 뺨에 불이 난 것을 느끼며 전혀 움직이지 않는 것처럼 몰래 그곳을 빠져나왔다.

그러나 에인절이 그녀의 가벼운 여름옷을 보고 그녀에게 말을 건넸다. 약간 거리가 떨어져 있었으나 그의 조용한 목소리가 낭랑하게 들렸다.

"왜 그렇게 가 버리는 거예요, 테스?" 그가 말했다. "무서워요?"

"아, 아니에요. 집 밖에서는 무서운 것이 없어요. 사과 꽃이 떨어지고, 모든 것이 너무나 파란, 특히 지금 같은 계절에는요."

"그럼, 집 안에는 무서운 것이 있는 모양이지요, 그래요?"

"글쎄요 — 그래요."

"그게 뭔데요?"

"뭐라고 말할 수 없어요."

"우유가 시어지는 것?"

"아니에요."

"인생 모두가요?"

"네, 선생님."

"아 — 나도 그래요, 자주요. 살아 있다는 사실 자체가 어렵고 심각한 문제지요. 그렇게 생각하지 않아요?"

"그런 것 같아요. 그렇게 꼬집어서 말하니, 그런 것 같네요."

"그렇지만 테스 같은 젊은 처녀가 인생을 벌써 그렇게 보리라고는 생각하지 않았어요. 어쩌다 그런 생각을 하게 되었죠?"

그녀는 머뭇거리며 침묵을 지켰다.

"테스, 나를 믿고 이야기해 보세요."

그가 사물의 외양이 그녀에게 어떻게 비쳐지는지 묻는다고 생각하고 그녀는 부끄러운 듯 대답했다. "나무에 꿰뚫어보는 눈이 있어요, 그렇지 않아요? 다시 말하면 나무에 눈이 있는 것처럼 보인다는 뜻이죠. 강물이 이렇게 말해요. '왜 그런 모습으로 나를 괴롭히지?' 수많은 내일이 쭉 한 줄로 늘어서 있는데, 첫 번째가 가장 크고 가장 분명하게 보이고, 멀리 떨어져 있을수록 점점 작아져요. 그러나 그 모든 내일들이 사납고 잔인해 보여요. 그들은 이렇게 말하는 것 같아요. '내가 다가간다! 나를 조심해! 나를 조심해!' 그러나 선생님은 음악으로 꿈을 불러일으켜 이런 무서운 환영을 쫓아 버릴 수 있겠죠!"

그는 이 젊은 여자가 — 한낱 젖 짜는 여자에 지나지 않지만, 한집에 사는 다른 여자들이 질투할 만큼 진기한 면을 가진 그녀가 — 이런 슬픈 상상력을 품고 있다는 사실을 알고 놀라지 않을 수 없었다. 그녀는 모더니즘의 아픔이라고 부를 수 있는 자기 시대의 느낌을 자기 고유의 언어인 초등학교 6학년의 수준으로 표현하고 있었다. 소위 말하는 선진화된 사상이라는 것이 사실은 대부분 정리된 정의(定義)의 최신식 유행인 것을 생각하면 그 개념 자체가 특별히 주목할 만한 것은 아니었다. 사람이 수세기 동안 막연히 깨닫고 있던 감정을 무슨 학(學)과 무슨 주의(主義)이라는 말로 보다 정확히 표현한 것에 지나지 않았다.

그런데도 그런 사상이 너무나 젊은 그녀에게 물든 것은 이상한 일이었다. 이상하기보다는 오히려 인상적이고, 흥미롭고, 애처로웠다. 어째서 그렇게 되었는지 그 이유를 짐작하지 못하는 그는 그녀의 경험이 강도(强度)의 문제이지 기간의 문제가 아니라는 것을 알 길이 없었다. 잠시 스쳐간 육체적 동고(胴枯)병은 그녀에게 정신적 수확을 가져다주었음을 그는 알 수 없었다.

테스는 테스대로 그녀의 입장에서는 성직자 집안에서 태어나고 훌륭한 교육을 받았으며 물질적으로 부족한 것이 없는 사람이, 살아 있다는 사실을 불행으로 생각한다는 점을 이해할 수 없었다. 자신처럼 불행한 인생의 순례자라면 충분히 그런 생각을 할 만했다. 그러나 어떻게 이렇게 훌륭하고 시적인 사람이 '굴욕의 골짜기'*로 내려올 수 있으며, 우즈의 사나이**와 같이 그녀 자신이 이삼 년 전에 겪었던 일이지만 "내 마음에 숨이 막히기를 원하오며 살기보다 죽는 것이 나으니이다. 내가 생명을 싫어하고 항상 살기를 원치 아니하오니."***라고 느낄 수 있단 말인가?

그가 지금은 본래 자신의 계층을 벗어나 있는 것이 사실이

---

* 존 버니언의 『천로역정』 1권에서 언급되는 골짜기.
** 욥을 이르는 말.
*** 『욥기』 7장 15~16절 참조.

었다. 그것은 조선소에 간 표트르 대제*처럼 그가 알고 싶은 것을 배우고 있기 때문에 그렇다는 이유를 그녀는 알고 있었다. 그가 젖을 짜는 것은 꼭 젖소의 젖을 짜야 했기 때문이 아니었다. 부유하고 번창하는 낙농장 주인과, 지주와, 농업 전문가와 가축 사육자가 되는 것이 목적이기 때문이었다. 그는 장차 미국이나 오스트레일리아에서 아브라함**이 되어, 양 떼와, 점이 있고 고리 무늬가 진 소 떼와 하인과 하녀를 거느리고 살 사람이었다. 그러나 결정적으로 책과 음악을 좋아하고, 또 생각이 깊은 젊은이가 아버지와 형들처럼 성직을 택하지 않고, 일부러 농부의 길을 선택한 것이 때때로 그녀에게는 알 수 없는 수수께끼였다.

이렇듯 두 사람은 상대의 비밀에 대해 단서를 찾지 못하고 서로가 보여 주는 외부의 모습에서 궁금한 마음을 금치 못했다. 그러나 결코 과거를 캐물으려 하지 않고 각자의 성격과 마음씨에 대해 새로운 것을 알게 될 때까지 그냥 기다리기만 했다.

매일매일, 매시간 시간 그녀의 본성이 그의 눈에 하나씩 드러났으며, 또 그녀에게도 그의 모습이 하나씩 나타났다. 테스는 자신을 감추기 위해 억제된 생활을 하려고 노력했다. 그러나 그녀는 자신 속에 들어 있는 활력을 깨닫지 못하고 있었다.

처음 테스는 에인절 클레어를 지성의 표본으로만 보았을 뿐 남자로는 생각하지 않은 것 같았다. 그런 면에서 그녀는 그를

---

* 러시아의 황제 표트르 1세, 1672년~1725년.
** 수많은 가축과 하인을 소유했던 성서의 인물. 「창세기」 30장 25~43절 참조.

자신과 비교해 보았다. 그의 지식이 풍부하다는 것을 발견할 때마다, 그리고 그녀 자신의 소박한 지적 수준과 그의 안데스 산만큼 높은 지적 고도와의 거리를 생각할 때마다, 그녀는 좀 더 노력해 보겠다는 의지가 꺾여 의기소침해지고 기가 죽었다.

그는 어느 날 지나가는 말로 고대 그리스의 전원생활에 관해 이야기를 하다가 그녀가 풀이 죽어 있는 사실을 눈치챘다. 그녀는 '백작과 백작 부인'이라는 백합꽃 봉오리를 강둑에서 따고 있었다.

"왜 갑자기 슬픈 얼굴을 하고 있어요?" 그가 물었다.

"그냥 나 자신 때문에 그래요." 슬픔이 깃든 웃음을 살짝 띠며 그녀가 대답했다. 그녀는 '백작 부인'의 껍질을 충동적으로 벗기려 하고 있었다. "내가 그렇게 되었을지도 모른다는 생각이 나서요! 내 인생은 기회를 얻지 못하고 인생을 낭비한 것 같아요! 선생님이 알고 있는 것, 선생님이 읽은 책, 선생님이 본 것, 그리고 생각하는 것을 보면 난 아무것도 아닌 하찮은 인간이라는 걸 느끼게 돼요! 내가 마치 성경 속에 살았던 가 없은 시바의 여왕 같은 느낌이에요. 난 힘이 빠져요."

"무슨 그런 소릴! 그런 것 신경 쓰지 마세요! 아니" 하고 그가 열성적인 목소리로 말했다. "역사나 마음에 드는 책을 읽는 데 도움이 된다면 무엇이든 도와줄게요, 테스."

"또 '백작 부인'이네요." 그녀가 껍질을 벗긴 꽃 봉오리를 내밀면서 그의 말을 가로 막았다.

"무슨 말이죠?"

"껍질을 벗기면 항상 '백작 부인'이 '백작'보다 더 많다는 뜻이에요."

"'백작'과 '백작 부인'은 잊어버려요. 공부를 해 보겠어요? 역사가 어떨까요?"

"역사는 이미 아는 것 이상 더 알고 싶지 않다는 생각이 가끔 들어요."

"왜요?"

"내가 긴 역사의 대열에 선 사람 중의 하나라는 사실을 배우는 것이 무슨 소용이 있어요? 옛날 책 속 어디에 나와 같은 사람 누군가가 벌써 들어 있고, 내가 그 책 속에 있는 한 사람의 역할을 할 거라는 점을 안다는 것, 그것은 날 슬프게 만들어요. 그게 이유예요. 최선의 방법은 자신의 천성과 자신의 과거사가 수천 수만 명의 그것과 같다는 사실을, 그리고 앞으로 다가올 자신의 인생과 행동이 수천 수만 명의 그것과 같을 거라는 사실을 기억하지 않는 거예요."

"그럼, 정말 아무것도 배우고 싶지 않은 건가요?"

"어째서 해가 의로운 사람과 의롭지 않은 사람에게 똑같이 비추는지*를 알고 싶기는 해요." 그녀가 약간 떨리는 목소리로 대답했다. "그러나 그건 책이 대답할 수 있는 것이 아니겠지요."

"테스, 세상을 너무 쓰라리게 보는 건 좋지 않은데!" 물론 그는 관습적인 의무감에서 이런 말을 했을 뿐이었다. 그런 의구심은 지난날 그도 느꼈기 때문이었다. 그녀의 순진한 입과 입술을 바라보면서 이런 농촌의 딸은 그런 생각을 기계적으로 깨달았으리라고 생각했다. 그녀는 계속 '백작'과 '백작 부인'

---

* 「마태복음」 5장 45절 참조.

의 껍질을 벗기고 있었다. 그녀가 시선을 내리깔고 있는 동안 클레어는 부드러운 뺨에 속눈썹이 물결치듯 곱슬거리며 흘러내린 모습을 잠시 바라보다가 머뭇머뭇 자리를 떠났다. 그녀는 그가 그곳을 떠난 다음에도 마지막 꽃봉오리를 까면서 생각에 잠겨 그 자리에 잠시 서 있었다. 그녀는 생각에서 깨어나면서 어리석은 자신의 모습을 깨닫고 불쾌함을 참을 수 없는 듯 마지막 꽃봉오리와 꽃을 모두 땅에 던져 버렸다. 그녀는 마음 깊은 곳에서 따뜻한 온기가 솟아나는 것을 느꼈다.

그가 자기를 얼마나 어리석게 생각할 것인가! 그에게서 좋은 평을 듣고 싶은 마음에서, 최근 결과가 너무 불쾌해 잊으려고 애썼던 일, 즉 기사 계급의 더버빌 가문이 그녀 집안이라는 사실을 알릴까도 생각해 보았다. 실속 없는 명예이고, 알게 되면서 오히려 여러 면에서 재난만 가져왔지만, 클레어 씨는 신사 계급 출신이며 역사학도여서, 킹스비어 교회 안의 퍼벡 대리석 석상과 설화 석고상의 인물들이 계보상 대표적인 자신의 선조들이며 트란트리지에 사는 더버빌과 달리 자신이 돈과 야심으로 만들어진 가짜 더버빌이 아니라 뼛속까지 진짜 더버빌이라는 사실을 알면, '백작'과 '백작 부인'을 가지고 어린애처럼 행동한 것을 잊고 자기를 존경할 거라고 생각했다.

그러나 그런 사실을 알리기 전에 조심스러운 테스는 클레어에게 자신의 집안을 알리면 어떻게 될지 농장 주인에게 간접적으로 물어보았다. 클레어가 돈과 토지를 모조리 잃어버린 유서 깊은 시골 명문 집안에 대해 커다란 존경심을 가지고 있는지 농장 주인에게 물었던 것이다.

"클레어 선생은" 하고 농장 주인이 열을 올려 말했다. "내가 만난 사람 중에 가장 반항적인 괴짜이지요. 다른 가족들하고 아주 달라요. 다른 어떤 것보다도 그가 가장 싫어하는 것이 있다면 그건 소위 말하는 유서 깊은 가문이지요. 유서 깊은 가문이 과거에 제 몫을 하는 데 힘을 쏟은 건 사실이지만 이제 그들이 할 일은 없다고 말해요. 빌레트 가, 드렌크하드 가, 그레이 가, 세인트 퀸틴 가, 하디 가, 굴드 가가 이쪽 계곡에서 몇 킬로미터씩 땅을 소유하고 있었지만, 이제 와서는 옛 노래 한 곡조 값이면 그 땅 전부를 싸게 살 수 있지요. 잘 알겠지만 우리와 함께 여기 있는 레티 프리들도 유명한 패리델 집안의 자손이지요. 지금은 웨섹스 백작의 땅이지만, 그가 우리에게 알려지기 전에 킹스힌톡 쪽 땅은 프리들 가가 모두 소유했어요. 그런데 클레어 선생이 이 사실을 알고는 며칠 동안 가엾은 아가씨에게 비꼬는 소리를 했지요. '아' 하고 그가 이렇게 말했어요. '아가씨는 절대 훌륭한 젖 짜는 기술자가 못 될 거요! 아가씨네 기술은 옛날 팔레스타인에서 다 써 버렸으니까. 기운을 내서 일을 더 하려면 앞으로 천 년은 엎드리고 있어야 해요.' 며칠 전 어떤 아이가 일자리를 얻으러 왔는데 이름이 매트라더군요. 성이 뭐냐고 물었더니 성이 없었던 것 같다고 했지요. 왜 그러냐고 물었더니 집안이 오래되지 않아 그렇다고 했어요. '아, 네가 바로 내가 찾던 아이다!' 클레어 씨가 자리에서 일어나 그 아이와 악수를 했어요. '난 너한테 큰 기대를 하고 있다.' 그렇게 말하고는 그 아이에게 반 크라운을 주었어요. 오, 어림없어요. 그는 유서 깊은 집안을 좋아하지 않아요."

클레어의 의견이 어떤 것인지를 이렇게 익살스러운 말투로 들은 다음 가엾은 테스는 마음이 약해진 순간에, 가족에 대해

— 비록 예외적일 만큼 오래되어 흥망의 역사를 한 바퀴 돌리고 다시 새롭게 시작할 정도이지만 — 가족에 대해 한마디도 하지 않은 것을 다행이라고 생각했다. 게다가 농장에는 또 다른 처녀가 그런 면에서는 자기 집안만큼 훌륭한 가문에서 온 것 같지 않은가. 그녀는 더버빌 가문의 가족 묘지와 그녀의 이름에 따라다니는 정복자 기사에 대해 입을 닫아 버렸다. 클레어의 성품을 들여다본 그녀는 그의 눈에 자신이 흥미롭게 비친 것은 겉으로 나타나는 전통에 물들지 않은 자신의 새로운 모습 때문이라는 사실을 짐작할 수 있었다.

20장

계절이 변하고 무르익었다. 또 한 해의 꽃과 잎사귀와 나이팅게일과 개똥지빠귀와 피리새와 그 밖의 일 년짜리 생물들이 제자리를 잡았다. 한 해 전만 해도 그 자리에는 다른 꽃과 새들이 서 있었고 올해의 꽃과 새는 배종(胚種)과 무기물 미립자에 지나지 않았다. 해가 뜨면서 솟아난 햇빛은 새싹을 뽑아 올리고 길게 줄기를 폈으며 수액을 소리 없이 솟아오르게 했다. 또 꽃잎을 벌리고 보이지 않는 분출과 숨결을 통해 향기를 밖으로 뿜어 냈다.

농장 주인 크릭의 남녀 일꾼들은 안락하고 평온하고 즐겁게 생활했다. 그들은 사회의 여러 계층 중에서 가장 행복한 편에 속했다. 그들의 생활은 궁핍이 막 끝나는 선 위에 놓여 있고, 사회적 관례가 사람의 자연스러운 감정을 속박하여 변변찮은 유행이라도 따르려는 마음이 풍족함을 모르는 선 아래 있었기 때문이었다.

들판에서 이루고자 하는 것이 오직 수목이 푸르게 자라는 것인 듯한 신록의 계절은 이렇게 지나갔다. 테스와 클레어는 무의식적으로 서로를 지켜보았다. 분명히 열정의 중심에서 벗어나 그 가장자리에서 서로 균형을 지켰다. 그들은 한 계곡 속의 두 물줄기처럼 저항할 수 없는 법칙 아래서 서로가 서로를 향해 다가가고 있었다.

테스는 몇 해 사이 지금만큼 행복한 적이 없었다. 다시는 이렇게 행복할 수 없을지도 몰랐다. 무엇보다도 육체적으로나 정신적으로 이 새로운 환경이 그녀에게 잘 맞았다. 묘목이 독이 있는 지층에 뿌리를 내렸다가 보다 깊은 토양으로 이식된 셈이었다. 클레어도 그랬지만 그녀는 지금 좋아하는 것과 참사랑 사이의 모호한 경계에 서 있었다. 심오함이 없고 깊은 생각을 하지 못하는 그곳은 그저 어색하게 이런 질문을 던지는 그런 장소였다. "이 새로운 물결이 나를 어디로 데려가는 것인가? 이것이 나의 장래에 어떤 의미가 있는가? 또 내 과거와는 무슨 관계인가?"

에인절 클레어에게 테스란 아직은 아주 단순한 우발적 현상에 지나지 않았다. 그의 의식 속에서 최근에야 지속적 속성을 지니게 된 장밋빛 따뜻한 환영으로 겨우 자리 잡았을 뿐이었다. 신기하고 신선하고 흥미로운 여자의 표본에 대한 철학자의 관심 정도로 생각하면서, 그녀가 그의 마음속에서 자리를 차지하는 것을 그대로 내버려 두었다.

그들은 계속해서 만났다. 두 사람의 만남은 어쩔 수가 없었다. 그들은 매일 이상하고 엄숙한 여명(黎明)의 시간에 만났다. 보랏빛과 연분홍색의 새벽 시간이었다. 이곳에서는 일찍, 아주 일찍 일어나지 않을 수 없었기 때문이다. 젖 짜는 일은 아주 이른 시간에 끝났다. 젖을 짜기 전에 해야 하는 크림 걷어내기는 새벽 3시가 조금 지나 시작되었다. 대개는 자명종 소리를 처음 듣고 깬 사람이 다른 사람을 깨우는 것이 관례로 되어 있었다. 테스가 그들 중 가장 늦게 농장에 온 데다 다른 사람들과 달리 자명종 소리를 듣고도 그대로 잠이 들지 않을 거라고 생각하고, 이 일은 대부분 그녀에게 맡겼다. 3시를 알리는 종소리가 들리고 자명종이 울리자마자 그녀는 자리에서 일어나 농장 주인의 문으로 달려갔다. 그러고는 사다리를 타고 에인절 방으로 올라가 크게 속삭이는 소리로 그를 불렀다. 그다음 젖 짜는 동료 여자 일꾼들을 깨웠다. 테스가 옷을 다 차려 입었을 때쯤 클레어는 아래층으로 내려와 습기 찬 공기 속에서 이미 밖으로 나와 있었다. 젖 짜는 처녀들과 농장 주인은 대개 베개에서 머리를 한 번 더 돌리느라 십오 분이 더 지나도록 나타나지 않았다.

동 틀 무렵 잿빛 흐릿한 색조(色調)는 하루가 끝나는 시간의 잿빛 흐릿한 색조와 음영은 같을지 몰라도 결코 같은 것이 아니었다. 새벽 여명의 시간에는 빛이 활동적이고 어둠이 수동적인 반면, 저녁 여명의 시간에는 어둠이 능동적이고 커지며 빛은 졸리듯 수축된다.

우연만은 아니지만 아주 자주 두 사람은 낙농장에서 가장 먼저 일어나는 사람들이 되었다. 그들에게도 자신들이 세상에서 가장 먼저 일어나는 사람들처럼 보였다. 이곳 농장에 정착한 처음 몇 주 동안 테스는 크림 걷는 일을 하지 않았다. 때문에 그녀는 일어나자마자 집 밖으로 나갔고, 대개는 에인절이 그녀를 기다리고 있었다. 확 트인 목장에 퍼진, 괴기하고, 반쯤 뒤섞이고, 물기 어린 빛이 세상과 멀리 떨어진 듯 그들에게 다가와, 마치 자신들이 아담과 이브가 된 듯한 기분이 들었다. 클레어에게는 하루가 시작되는 이런 어둑어둑한 새벽 시간에 테스가 마음으로나 풍모로나 위엄이 넘치는 커다란 존재로 보여, 거의 군림하는 여왕 같았다. 그것은 이런 초자연적인 시간에는 그녀만큼 모든 면을 다 갖춘 여성이 들판으로 나와 그의 지평선이 뻗어 있는 경계 안에서 걸어 다니는 일이 없다는 사실을 그가 알았기 때문이었으며, 영국 전체를 통틀어서도 그런 일이 없으리라는 것을 알았기 때문이었다. 아름다운 여성은 대개 한여름 새벽에 잠을 잔다. 그러나 그녀는 아주 가까이 있고 나머지 여자들은 어디에도 없었다.

빛이 뒤섞여 기묘하고 희부연 어둠을 헤치며 젖소들이 있는 곳으로 함께 걸어가는 동안 그는 부활의 시간을 자주 떠올렸다. 그는 막달라 마리아가 곁에 있다는 생각은 전혀 하지 않았다. 모든 풍경이 중성적 음영 속에 들어 있는 동안, 안개층 위로 솟아올라 그의 시선이 머무는 동행자의 얼굴에 인광 같은 것이 번쩍였다. 그녀는 마치 영혼이 구현되어 활보하고 있는 것처럼 영적으로 보였다. 실제로 그렇게 보이지는 않았으나 그녀의 얼굴에는 북동쪽에서 비치는 차가운 미광이 서려 있었다. 자신은 그렇게 생각하지 않지만 그녀에게 그의 얼굴도 그런 모습으로 비쳤다.

앞에서 말했듯이 바로 이 순간 그녀의 모습이 가장 인상적으로 보였다. 그녀는 젖 짜는 처녀가 아니라 여인의 환영(幻影)의 정수로, 여성 전체가 한 전형으로 압축된 모습으로 보이는 것이었다. 그는 반 농담조로 그녀를 아르테미스*, 데메테르**, 그밖의 여러 환상적인 이름으로 불렀다. 그러나 그녀는 그런 것을 좋아하지 않았다. 그 뜻을 이해하지 못했기 때문이었다.

"테스라고 불러 주세요." 옆으로 눈길을 주면서 그녀가 말했다. 그는 그녀의 뜻을 따랐다.

그러는 사이 빛이 밝아졌고 그녀의 얼굴은 평범한 여자의 모습으로 돌아왔다. 행복을 줄 수 있는 여신의 모습에서 행복을 갈구하는 모습으로 변한 것이었다.

이렇게 사람이 없는 시간에 그들은 물새들에게 가까이 다가갈 수 있었다. 왜가리들이 문과 덧문을 열듯이 대담하게 소리를 내면서 두 사람이 자주 가는 목장 옆 경작지의 나뭇가지에서 날아 나왔다. 이미 날아와 제자리에 있으면 두 사람이 지나가는 동안 물 위에 꼿꼿이 선 채로 마치 태엽 감은 꼭두각시가 돌아가듯 천천히 수평으로 냉랭하게 바퀴 같이 고개를 돌리며 그들을 지켜보았다.

그들은 희미한 여름 안개가 작은 조각으로 드문드문 찢어져 침대 커버만큼 얇은 층을 이루고는 뭉게뭉게 수평으로 퍼져 목장을 덮고 있는 것을 볼 수 있었다. 풀 위에는 회색의 젖은 자국 — 이슬의 바다에 젖소들의 몸통만 한 짙은 초록색 건초의 섬 — 이 새겨져 있어 밤새 젖소들이 누워 있던 흔적을 남겼다. 이 섬에서 꾸불꾸불 발자국이 나 있어, 젖소들이 누웠던 자리에서 일어나 풀을 뜯어 먹으러 걸어간 표시를 만들었으며, 그 자국 끝에 젖소가 서 있었다. 젖소는 사람을 알아보고는 코

---

* 달의 여신.
** 결혼, 농업, 풍요의 여신.

에서 김을 내뿜었는데 그 입김은 이미 깔려 있는 안개 속에서 농축된 작은 안개를 만들었다. 사람들은 상황에 따라 소를 마구간으로 몰고가거나 그 자리에 앉아 젖을 짰다.

여름 안개가 좀 더 멀리 퍼지기도 했다. 하얀 바다처럼 목장이 펼쳐져 있고 그 위로 여기저기 나무들이 위험한 바위처럼 솟아 있었다. 새들이 안개를 뚫고 햇빛이 눈부신 높은 창공으로 볕을 쬐며 날아다니기도 하고, 요술 유리 막대기처럼 반짝이며 목장을 가로 지르는 젖은 가름대 위에 내려앉기도 했다. 테스의 속눈썹에도 안개에서 떨어진 작은 물방울 다이아몬드가 내려앉았다. 그녀의 머리 위에 떨어진 물방울도 작은 진주알처럼 반짝였다. 강한 햇빛이 멀리 퍼지자 물방울들은 그녀의 몸에서 말라 증발했으며 그 순간 테스는 기이하고 영묘한 아름다움을 잃었다. 그녀의 치아와 입술과 눈은 햇볕 속에서 반짝거렸으나, 그녀는 단지 눈부시게 예쁜 젖 짜는 여자이면서 세상의 다른 여자들과 맞서 스스로를 지켜야 하는 사람으로 변했다.

이 시간쯤이면 자기 집에서 출근하는 착유 인부들이 늦게 온다고 야단치는 소리와 늙은 데보라 파이안더에게 손을 씻지 않았다고 야단치는 농장 주인 크릭의 목소리가 들렸다.

"뎁, 제발, 손을 펌프 아래로 집어넣어요! 런던 사람들이 할머니를 알고 할머니의 게으른 버릇을 알면 그들이 먹고 마시는 우유와 버터를 두고 더 시끄럽게 굴 거예요. 내 말 잘 들으세요."

젖 짜는 일은 계속되었다. 일이 끝날 무렵 크릭 부인이 부엌 벽에서 무거운 아침 식사 테이블을 꺼내는 소리를 테스와 클레어도 다른 일꾼들과 같이 들었다. 테이블 꺼내는 일은 식사 때마다 어쩔 수 없이 치르는 일과였다. 식사가 끝나고 테이블의 음식 접시가 다 치워지면 다시 그 테이블을 제자리에 집어넣느라 똑같은 소음을 냈다.

21장

아침 식사 직후 젖 짜는 작업장에서 커다란 동요가 일어났다. 교유기는 보통 때와 다름없이 돌아가는데 버터가 나오지 않는 것이었다. 이런 일이 일어날 때마다 낙농장 전체가 마비되었다. 우유는 커다란 원통 속에서 철석철석 돌아가는데 기다리는 소리가 나지 않는 것이었다.

농장 주인 크릭과 그의 부인, 젖 짜는 여자 테스, 마리안, 레티 프리들, 이즈 휴에트, 농가에 살면서 매일 일하러 오는 결혼한 여자들, 클레어 씨, 조너선 케일, 늙은 데보라, 그리고 나머지 일꾼들이 모두 교유기를 가망 없는 표정으로 바라보며 서 있었다. 작업장 밖에서 말을 돌리는 아이도 돌발 상황에 놀라 눈을 달같이 크게 뜨고 있었다. 우울해진 말까지도 교유기를 돌리면서 절망적인 표정으로 창 안을 들여다보며 무슨 일인지 물어보는 것 같았다.

"에그던에 사는 점술사 트렌들의 아들을 찾아간 지도 여러 해 되었네. 여러 해가 지났구먼." 농장 주인이 씁쓸하게 말했다. "아버지에 비하면 아들은 아무것도 아니지요. 난 그 친구 말을 믿지 않는다고 지금 한 번만 더 하면 쉰 번은 말한 걸 거요. 그 친구는 오줌을 보고 운수를 점친다니까요. 아무튼 난 그 친구 점을 안 믿지요. 그러나 살아 있다면 가 봐야지. 아, 그럼요. 이런 일이 계속되면 갈 수밖에 없지요."

농장 주인의 절망적인 말에 클레어 씨까지 참담한 마음을 금할 수가 없었다.

"내가 어렸을 때는 캐스터브리지 저쪽에 사는 점술사 폴이 대단히 영험하다고 했어요. 사람들은 그를 '와이드 오'라고 불렀지요." 조녀선 케일이 말했다. "그러나 지금쯤은 썩은 나뭇가지만큼이나 효험이 떨어졌을 거예요."

"우리 할아버지는 아울스쿰에 있는 점술사 민턴에게 가곤 했지요. 할아버지가 영리한 사람이라고 하는 걸 들었어요." 크릭이 하던 말을 계속했다. "그러나 요즘은 이 근처에 그런 진짜 점술사가 없어요!"

크릭 부인은 사건을 가까운 데서 보고 있었다.

"우리 집에서 누군가 사랑에 빠졌을지도 몰라요." 그녀가 넌지시 말했다. "젊었을 때 들은 이야기인데 그런 일이 생기면 이렇게 된다고 했어요. 왜, 당신, 몇 해 전 우리 집에 있던 처녀, 생각나요? 우유 짜는 남자를 사랑했던 아이 말이에요. 그때 버터가 나오지 않았던 일, 생각나지요?"

"아, 그래, 그래요. 그러나 그건 맞는 말이 아니오. 사랑하는 일하고는 아무 관계가 없어요. 그 일은 기억나는데, 그건 그때 교유기가 고장 나서 그랬던 거요."

그는 클레어 쪽으로 고개를 돌렸다.

"잭 돌이라는 갈보 자식이 언젠가 젖 짜는 일꾼으로 일을 했는데 멜스톡 쪽에 사는 젊은 여자를 좋아했어요. 그 녀석은 전에 다른 여자들에게 그랬던 것처럼 그 여자를 속이고 있었어요. 그러나 이번에는 그 녀석이 맞부딪쳐야 할 여자가 또 하나 더 있었지요. 문제의 그 여자가 아니었어요. 달력의 그 많은 날 중에 하필 성 목요일*에 우리는 지금처럼 여기 이렇게 모여 있었지요. 교유기는 돌리지 않았지요. 그런데 갑자기 그 아가씨 어머니가 황소라도 때려눕힐 만한 놋쇠 달린 우산을 손에 들고 문 앞으로 다가왔어요. '잭 돌이 여기서 일을 하나요? 그 녀석을 만나러 왔어요! 그놈한테 크게 따질 일이 있어요!' 어머니 뒤에 조금 떨어져서 잭의 젊은 여자 친구가 손수건에 얼굴을 묻고 심하게 울고 있었어요. '오 하느님, 드디어 왔어요!' 창밖으로 그들을 내다보면서 잭이 말했어요. '날 잡아 죽일 거야! 어디로 가지? 어디로 가지? 내가 어디 있다고 저 여자한테 얘기하지 마슈!' 그러고는 막 젊은 여자의 어머니가 젖 짜는 작업장으로 문을 밀고 들어오는 순간 뚜껑을 열고 교유기 안으로 기어들어가 안에서 뚜껑을 닫았어요. '악당 같은 놈, 이놈 어디 갔어?' 여자가 소리를 질렀지요. '이놈 자식 낯짝을 갈겨 놓고 말 거야. 잡기만 해 봐라!' 그 여자는 있는 대로 욕설을 퍼부으면서 사방을 뒤졌지요. 교유기 안에 드러누운 잭은 숨이 막힐 지경이었고, 가엾은 처녀는 — 아니 젊은 여자는 — 문가에 서서 서럽게 울어 대고. 난 그 광경을 잊을 수가 없어요. 평생

---

* 부활절 전주 목요일.

잊지 못할 거예요! 하도 서럽게 울어 대리석이라도 녹일 것 같았어요. 그러나 그 여자는 녀석을 찾지 못했어요."

농장 주인이 잠시 이야기를 멈춘 사이 사람들이 한두 마디씩 했다.

농장 주인 크릭의 이야기는 끝이 나지 않았는데도 그런 것 같은 인상을 주어서, 그를 잘 모르는 사람은 이야기가 끝났을 때 쓰는 감탄사를 미리 입 밖에 내는 일이 자주 있었다. 그러나 그를 잘 아는 사람들은 그런 상황을 알았기 때문에 그의 말을 막는 실수를 하지 않았다. 그가 이야기를 계속했다.

"그 할머니가 무슨 재주로 알아냈는지는 모르지만 그 녀석이 저기 교유기 안에 들어 있다는 사실을 눈치챘어요. 두말 없이 교유기의 축을 잡고는(그때만 해도 기계를 손으로 돌렸지요.) 그 녀석을 빙글빙글 돌렸어요. 잭이 교유기 안에서 뒹굴기 시작했지요. '오, 하느님! 교유기를 멈춰 주세요. 날 밖으로 나가게 해 주세요.' 그가 머리를 불쑥 내밀면서 외쳤어요. '이러다 간 사과즙이 되겠네!'(그런 친구들이 대개 그렇듯 그도 겁이 많았어요.) '재, 숫처녀를 버린 보상을 할 때까지 어림도 없다!'라고 노파가 소리를 질렀어요. '교유기를 멈춰, 이 늙은 마귀할멈아.'라고 녀석이 소리를 질렀어요. '이 사기꾼 놈이 날 늙은 마귀할멈이라고 불렀겠다!' 노파가 외쳤어요. '지난 다섯 달 동안 날 장모님이라고 불렀어야 할 놈이!' 교유기가 계속 돌아가고 잭의 뼈가 우두둑 우두둑 소리를 냈어요. 우리 중에 그것을 말리려는 사람이 아무도 없었어요. 마침내 녀석이 잘못을 바로잡겠다고 약속했지요. '네, 약속 꼭 지키겠어요.'라고 녀석이 항복하고 말았지요. 그래서 그 문제는 그날로 끝났지요."

이야기를 듣는 사람들이 웃으며 뭐라고 한마디씩 하는 동안에 등 뒤에서 재빨리 움직이는 소리가 들려 뒤를 돌아보았다. 얼굴이 핼쑥해진 테스가 문으로 걸어가고 있었다.

"오늘따라 왜 이렇게 덥지!" 그녀는 다른 사람에게 들리지 않게 낮은 소리로 말했다.

날씨가 덥기는 더웠다. 그래서 그녀가 자리를 뜬 것과 농장 주인의 옛날 이야기 사이에 어떤 연관이 있는지 아무도 짐작하지 못했다. 주인이 앞으로 뛰어나가 그녀를 위해 문을 열어 주면서 부드럽게 농담 섞인 말을 했다.

"아니, 아가씨(그는 거의 무의식적으로 조롱하듯 그녀를 이렇게 부르곤 했다.), 이 농장에서 가장 예쁜 아가씨, 이제 겨우 초복 여름 바람이 불었는데 그렇게 지치도록 일을 하다니. 잘못하다 간 진짜 뜨거운 삼복 더위가 오면 아가씨 얼굴도 못 보겠어요, 안 그래요, 클레어 선생?"

"현기증이 나서요. 집 밖으로 나가 있는 것이 좋을 것 같아요." 그녀가 기계적인 투로 말을 하고는 밖으로 사라졌다.

다행히 회전하는 교유기 속의 우유가 그냥 찰랑거리는 소리를 내다가 분명히 철석거리기 시작했다.

"우유가 나와요!" 크릭 부인이 소리를 질렀다. 그러자 테스를 보던 모든 사람들이 고개를 돌렸다.

고통을 참고 있던 아름다운 여인은 겉으로 보기에 이내 원기를 회복한 같았다. 그러나 그녀는 오후 내내 기분이 우울했다. 저녁 젖 짜기가 끝나자 그녀는 다른 사람들과 함께 있지 않고 집 밖으로 나가 어디로 가는지도 모른 채 정처없이 헤매고 다녔다. 동료들에게는 농장 주인의 이야기가 그냥 재미있는 우스갯소리에 지나지 않는다는 생각이 그녀를 너무나 비참하게 만들었다. 자신을 제외하고는 아무도 그 이야기 이면의 슬픔을 알지 못하는 듯했다. 그 이야기가 자신이 경험한 민감한 곳을 잔인하게 짓밟았다는 사실을 아무도 모르는 것이었다. 이제 저녁 해도 그녀에게는 커다랗게 불타는 하늘의 상처처럼 흉하게만 보였다. 목이 쉰 외로운 개개비 한 마리만이 강가 덤불에서, 오래전 사귀었다 이제는 잊힌 친구의 목소리를 닮은 슬프고 기계 같은 목소리로 그녀를 반겼다.

낮이 긴 이런 6월에는 젖 짜는 여자들 집 식구는 대부분 저녁 해가 지자마자, 또는 해가 지기 전에라도 잠자리에 들었다. 젖을 짜기 전에 해야 할 일을 아주 일찍 시작해야 하며 우유가 가득 고이면 일이 너무 많아지기 때문이었다. 대체로 테스는 동료들을 따라 2층 침실로 올라갔다. 그러나 오늘 밤에는 그녀가 다른 처녀들보다 먼저 공동으로 쓰는 침실로 들어갔다. 다른 처녀들이 방에 들어왔을 때 그녀는 졸고 있었다. 해가 사라진 직후의 오렌지 빛 속에서 그녀는 옷을 갈아 입으면서 빛을 받아 몸이 불그레하게 물든 그들의 모습을 어렴풋이 쳐다보았다. 그러다가 다시 잠에 빠져들었다. 잠 속에서 그녀는 그들의 목소리를 듣고 다시 눈을 떠 조용히 소리나는 쪽으로 고개를 돌렸다.

방을 함께 쓰는 세 처녀들은 아직 잠자리에 들지 않았었다. 그들은 잠옷을 입고 창가에 맨발로 서 있었다. 서쪽에 아직 남아 있는 마지막 붉은 햇살은 처녀들의 얼굴과 목과 벽 언저리를 비추고 있었다. 성격이 명랑하고 얼굴이 둥근 처녀, 얼굴이 창백한 검은 머리의 처녀, 머리채가 적갈색이면서 피부가 흰 처녀 모두 얼굴을 서로 마주 댄 채 정원에 있는 누군가를 관심 깊게 바라보고 있었다.

"밀지 마. 너도 나만큼 잘 보이잖아." 적갈색 머리를 한, 가장 나이 어린 레티가 창에서 눈을 떼지 않고 말했다.

"얘, 레티 프리들, 나도 마찬가지지만 저 사람을 사랑해 봐야 소용없는 짓이야." 가장 나이 많은 명랑한 얼굴의 마리안이 말했다. "저 사람은 너 말고 다른 사람을 생각하고 있거든."

레티 프리들은 여전히 밖을 내다보고 있었다. 다른 처녀들도 다시 그쪽을 바라보았다.

"다시 저기 서 있네!" 검고 물기가 흐르는 머리칼에 입술이 예민하게 생긴 창백한 처녀 이즈 휴에트가 외쳤다.

"이즈, 그런 말을 할 필요가 없어." 레티가 대답했다. "저 사람 그림자에 키스하는 걸 내가 봤거든."

"뭐 하는 걸 봤다고?" 마리안이 물었다.

"그래, 저 사람이 유장을 내리려고 유장 통 위쪽으로 서 있었는데 얼굴 그림자가 뒤에 있는 벽에 비쳤어. 마침 이즈가 큰 통에 우유를 채우느라 바로 그 곁에 서 있었지. 이즈가 입을 벽에 붙이고는 그의 입 그림자 언저리에 키스를 하더라고. 그 사람은 못 봤지만 난 똑똑히 봤어."

"오, 이즈 휴에트!" 마리안이 말했다.

이즈 휴에트의 뺨 한복판에 장밋빛 점이 솟아올랐다. "그래. 그렇다고 해될 것 없잖아." 그녀가 애써 냉정한 척 외쳤다. "내가 그 사람을 사랑한다면, 레티도 사랑하고 있어. 따지고 보면 마리안 너도 그렇고."

늘 핑크빛인 마리안의 얼굴이 다시 핑크빛으로 물들었다. 그러나 핑크빛이 더 붉어지지는 않았다. "내가!" 그녀가 외쳤다. "거짓말이야! ……아, 저기 그 사람 다시 나왔네! 예쁜 눈, 예쁜 얼굴, 사랑하는 클레어 씨!"

"거봐, 결국 털어놨군!"

"너도 마찬가지야. 우리 모두 다 마찬가지야." 마리안이 친구들의 생각에는 전혀 관심 없다는 식으로 솔직한 마음을 담담하게 털어놓았다. "우리 모두 아닌 것처럼 연극하는 것은 바보 같은 짓이야. 물론 다른 사람들에게 까발릴 필요는 없지만. 난 저 사람이 내일이라도 결혼하자면 할 수 있어!"

"나도! 그리고 더한 짓도 하지." 이즈 휴에트가 중얼거렸다.

"나도 마찬가지야." 좀 더 부끄럼을 타는 레티가 말했다.

이야기를 듣고 있던 테스의 몸이 달아올랐다.

"우리 모두 그 사람과 결혼할 수 없어." 이즈가 말했다.

"우린 결혼 못해, 우리 누구도. 그게 더 속상해." 가장 나이 많은 마리안이 말했다. "저기 또 나왔네!" 세 사람이 모두 말 없이 키스를 날려 보냈다.

"왜?" 레티가 성급하게 물었다.

"왜냐하면 저 사람은 테스 더비필드를 가장 좋아하니까." 마리안이 목소리를 낮추면서 말했다. "저 사람을 매일 지켜보고 알게 된 거야."

모두 생각에 잠긴 듯 잠시 침묵이 흘렀다. "하지만 테스는 저 사람에게 관심이 없잖아?" 레티가 한참 만에 말했다.

"글쎄, 가끔은 나도 그렇게 생각해."

"전부 바보 같은 짓이야!" 이즈 휴에트가 답답하다는 듯이 말했다. "당연히 우리 같은 사람들하고는 결혼하지 않지. 테스도 아니고. 그 사람은 신사 계급 집안의 아들이야. 외국 가서 대지주와 농장 경영인이 될 사람이라고! 우릴 데려 간다면 한 해 보수를 얼마로 정해서 농장 일꾼으로 가자고 할 거야!"

한 처녀가 한숨을 쉬었고 또 다른 처녀가 연이어 한숨을 내쉬었다. 그러나 몸이 뚱뚱한 마리안이 가장 크게 한숨을 쉬었다. 그들 바로 가까이에 있는 침대 속에서 또 한 사람이 한숨을 쉬었다. 향토 연대기에 아주 중요한 가문으로 기록된 패리들 집안의 마지막 꽃봉오리인, 예쁜 빨강 머리에 가장 나이 어린 레티 프리들의 눈에 눈물이 고였다. 세 사람은 얼굴을 여전히 가까이 붙이고 한동안 말없이 밖을 내다보았다. 서로 다른 세 가지 색깔의 머리칼이 어울려 조화를 이루고 있었다. 이런 것을 모르는 클레어는 집 안으로 들어갔다. 그들은 더 이상 그를 볼 수 없었다. 땅거미가 짙어지자 그들은 각자 침대로 들어갔다. 몇 분 뒤 그가 자기 방으로 가느라 사다리를 오르는 소리가 들렸다. 마리안은 금세 코를 골았다. 그러나 이즈는 오랫동안 망각의 잠을 이루지 못했다.

정이 깊은 테스는 세 처녀가 잠에 빠진 다음에도 잠을 이룰 수가 없었다. 그들의 대화는 그녀가 그날 또 한 번 삼키지 않으면 안 될 쓰디쓴 약이었다. 그녀는 그들의 이야기에서 질투 같은 것을 조금도 느끼지 않았다. 오히려 자신이 더 유리하다는 것을 그녀는 잘 알았다. 몸이 훨씬 더 예쁘게 생겼고, 교육도 더 많이 받았으며, 레티를 빼고 나이가 가장 어리지만 누구보다 더 성숙한 여성다움을 지니고 있어서, 에인절 클레어의 가슴속에서 자신의 위치를 확보하는 데 필요한 일상적인 주의를 조금만 기울인다면 이 솔직한 친구들과의 경쟁에서 이길 수 있음을 그녀는 알고 있었다. 그러나 심각한 문제는 꼭 그래야만 하는 것인가 하는 점이었다. 엄밀한 의미에서 그들 세 처녀들에게는 눈곱만큼의 기회도 없었다. 반면 그는 테스에게 스쳐 가는 매혹을 한두 번 정도 느꼈고 또 지금도 그랬다. 그녀는 이곳에 머무는 동안 그의 관심을 끄는 즐거움을 누릴 수도 있었다. 서로 신분이 다른 사람들 사이에 애정이 싹터 결혼에 이르는 경우도 없지 않았다. 1000에이커의 식민지 목장을 가꾸면서 가축을 돌봐야 하고 곡물을 거둬야 하는데, 명문 귀족 처녀와 결혼해야 할 이유가 어디 있느냐고, 그러니 농장을 아는 여자를 아내로 맞이하는 것이 현명한 길 아니겠느냐고, 클레어 선생이 어느 날 웃으면서 말했다는 이야기를 그녀는 크릭 부인한테 들은 적이 있었다. 클레어가 진심으로 그런 말을 했는지는 제쳐 두고, 이제 와서 양심상 어떤 남자와도 결혼할 수 없으며 종교적인 이유로도 결혼하지 않겠다고 결심한 사람이, 어째서 클레어의 관심을 다른 여자들로부터 빼앗아 그가 톨보트헤이즈 농장에 머무는 동안 그의 시야 속에서 사랑의 햇볕을 쬐는 그 짧은 기간의 행복을 누려야 할 것인가?

22장

다음 날 아침 그들은 모두 하품을 하며 아래층으로 내려왔다. 크림 걷어 내는 일과 젖 짜는 일이 평소대로 진행되어 그들은 아침 식사를 하기 위해 집 안으로 들어갔다. 농장 주인 크릭이 발을 구르며 집 안에서 이리저리 걷고 있었다. 버터 속에 톡 쏘는 매운 맛이 들어 있다고 어느 고객이 불평하는 편지를 보내온 것이었다.

"젠장, 그게 사실이야!" 버터 한 덩어리가 붙어 있는 나무토막을 손에 들고 이렇게 말했다. "그래요, 직접 시식해 봐요!"

몇 사람이 그의 언저리를 둘러쌌다. 클레어가 맛을 보고 테스도 맛을 보았다. 집에 입주해 있는 다른 젖 짜는 처녀도 맛을 보았으며, 남자 일꾼 한둘도 시식을 했다. 마지막으로 식탁에서 사람들을 기다리던 크릭 부인이 시식을 했다. 분명히 톡 쏘는 매운 맛이 들어 있었다.

맛을 좀 더 자세히 따져 보고 그런 맛이 나는 독초가 어떤 종류인지를 찾아내기 위해 생각에 잠겨 있던 주인이 갑자기 외쳤다.

"이거 마늘이야! 목장에는 마늘 잎사귀가 하나도 없는 줄 알았는데!"

그러자 몇 해 전 물기가 마른 목장으로 젖소 몇 마리를 몰아넣었다가 같은 식으로 버터를 망친 일을 이 목장에서 오랫동안 일한 일꾼들이 기억해 냈다. 그때는 주인이 특별히 맛을 알아보지 못하고 그냥 버터가 마술에 걸렸다고 생각했다.

"그 목장을 샅샅이 뒤져야 해요." 그가 말을 계속했다. "그냥 이대로 둘 수는 없어요!"

농장에서 일하는 사람 모두 끝이 뾰족한 헌 칼을 한 자루씩 들고 밖으로 몰려 나갔다. 눈으로는 알아볼 수 없는 이 독초는 대단히 미시(微視)적인 공간에서나 찾을 수 있어 풀이 무성하게 뻗쳐 있는 목장에서는 제대로 찾아낼 수 없었다. 그러나 독초를 찾아내는 일이 너무나도 중요하기 때문에 그들은 줄을 지어 모두 작업에 합세했다. 농장 주인이 목장의 위쪽 끝자락에 자리를 잡았고 도움을 자청한 클레어도 함께 자리를 잡았다. 그다음에 테스, 마리안, 이즈 휴에트, 그리고 레티가 섰다. 빌 루엘, 조너선, 또 각자 자기 집에 살면서 당일치기로 일을 하는 결혼한 여자 일꾼들 — 까만 머리가 양털처럼 덥수룩하고 눈알이 핑핑 도는 백 닙스와 물기 많은 목장의 겨울 습기 때문에 폐병을 앓아 얼굴이 황갈색으로 변한 프란시스 — 도 일행 속에 들어 있었다.

눈을 땅에 고정하고 그들은 천천히 목장을 한 줄씩 뒤지며 앞으로 나아갔다가 같은 방법으로 뒤진 줄을 다시 되돌아왔다. 이런 식으로 하면 한 치도 사람의 눈을 거치지 않은 땅이 있을 수 없었다. 그것은 매우 지루한 작업이었다. 결국 목장 전체에서 찾아낸 마늘종은 여섯 개가 넘지 않았다. 그러나 독한 마늘 맛은 젖소 한 마리가 한 입만 베어 먹어도 목장의 하루치 생산량의 맛에 영향을 줄 만큼 강했다.

성격과 마음씨는 너무나 달랐지만 그들은 몸을 구부려 이상하리만큼 획일적인 줄을 자동적으로 소리 없이 만들었다. 그 부근을 지나가는 나그네가 그 광경을 보았다면 그들을 '촌뜨기'들이라고 싸잡아 부를 만했다. 그들이 독초를 찾느라 몸을 낮게 구부린 채 한 줄로 기어가는 동안 정오의 태양이 있는 힘을 다해 그들의 등 위로 내려 쬐었으나 부드러운 노란빛이 미나리아재비 풀에서 반사되어 달빛 비친 요정의 모습을 그림자 진 얼굴에 드리웠다.

모든 일에서 공산주의식*으로 다른 사람들과 함께 일하는 것을 원칙으로 삼은 에인절 클레어는 이따금 고개를 들곤 했다. 그가 테스 곁에 있는 것은 물론 우연이 아니었다.

"흠, 안녕!" 그가 나지막이 중얼거렸다.

"안녕하세요, 선생님?" 그녀가 침착하게 대답했다.

삼십 분 전만 해도 여러 가지 사적인 이야기를 했는데 새삼 인사치레를 하는 것이 조금 싱거운 짓 같았다. 대화는 거기서 그 이상 계속되지 않았다. 그들은 엎드려서 계속 일을 했다. 그녀 속치마의 가두리가 그의 각반에 닿고 그의 팔꿈치가 이따금 그녀의 발꿈치에 닿기도 했다. 마침내 곁으로 다가온 농장

---

* 이 용어는 1850년경에 처음으로 쓰였다.

주인이 그 광경을 그 이상 참을 수 없었다.

"정말이지 이렇게 구부리고 있으니까 등이 열렸다 닫혔다 하는 것 같이 아프네." 고통스러운 표정을 짓고 몸을 천천히 똑바로 세우면서 큰 소리로 그가 외쳤다. "테스 아가씨, 엊그 제까지 몸이 불편했는데, 이러고 있으면 머리가 심하게 아플 거요. 어지러우면 그만해요. 다른 사람들이 끝내게 내버려 두어요."

농장 주인은 그러고 나서 자리를 떴다. 테스는 뒤로 처졌다. 클레어도 줄에서 떨어져 나와 따로 잡초를 찾기 시작했다. 자신 곁에 그가 있는 것을 발견하고는 전날 밤 세 처녀들의 이야기를 듣고 긴장했던 기분이 되살아나 먼저 그에게 말을 걸었다.

"쟤들 예쁘죠?"

"누구요?"

"이즈 휴에트와 레티요."

테스는 우울한 마음으로 그들 중 한 사람이 훌륭한 농부의 아내가 될 수 있을 거라고 그에게 그들을 추천하고, 자신의 불행한 매력은 감추어야겠다고 마음을 먹었다.

"예쁘다고요? 글쎄, 그래요. 예쁜 처녀들이죠. 싱싱해 보이네요. 전에도 그런 생각을 한 적이 있지요."

"가엾게도 예쁜 얼굴은 오래 가지 않아요."

"아, 그렇지요. 불행하게도요."

"두 사람은 젖 짜는 일꾼으로 훌륭한 솜씨를 가졌어요."

"그러게요. 그러나 테스만큼은 못하죠."

"크림 걷어 내는 솜씨는 저보다 훌륭해요."

"그래요?"

클레어가 두 사람을 계속 바라보았다. 그들도 그를 훔쳐보았다.

"얼굴을 붉히네요." 테스가 용감하게 계속 말을 했다.

"누가요?"

"레티 프리들이요."

"아, 왜 그러죠?"

"선생님이 보고 있으니까요."

자신의 마음을 감추고 있었지만 테스는 차마 이렇게 외치지는 못했다. "정말로 귀부인이 아니고 젖 짜는 여자를 원한다면 저들 중의 한 사람과 결혼을 하세요. 저랑 결혼할 생각은 하지 마시고요." 테스는 농장 주인을 뒤따라갔다. 클레어가 따라오지 않고 뒤에 남아 있는 것을 보고 섭섭했지만 한편으로는 마음이 편했다.

그날부터 테스는 애써 그를 피했다. 전과 달리 아주 우연히 한자리에 있게 되더라도 그 순간이 길게 가도록 두지 않았다. 대신 최선을 다해 다른 세 처녀들에게 기회를 만들어 주었다.

처녀들의 대화를 엿들은 뒤로 그들의 명예가 그의 손에 달려 있음을 깨달을 만큼 테스는 여인으로 성숙해 있었다. 그들의 행복을 조금이라도 다치지 않게 그가 조심하고 있다는 것을 알자 그가 보여 준 그의 자기 희생적인 의무감에(그것이 옳고 그른 것과 상관없이) 대해 존경심이 솟아올랐다. 그녀는 남자에게 그런 면이 있으리라고는 전혀 생각지 못했다. 만약 남자에게 그런 면이 없었더라면 같은 집에 살고 있는 한 사람 이상의 순박한 사람들이 눈물로 인생의 길을 갈 수도 있었다.

23장

　7월의 더운 날씨가 어느새 찾아왔다. 평지의 계곡에는 대기가 진정제처럼 사람과 젖소와 나무 위를 내리눌렀다. 뜨거운 김이 서린 비가 자주 내려 젖소들이 풀을 뜯는 목장은 더없이 무성했으나 다른 목장에서는 늦은 건초를 못 말리고 있었다.

　일요일 아침이었다. 젖 짜는 일이 끝나고 야외에서 일하는 인부들은 집으로 돌아가고 없었다. 테스와 다른 세 처녀들은 급히 외출복을 갈아입었다. 그들은 모두 농장에서 5, 6킬로미터 떨어진 멜스톡 교회에 가기로 했다. 테스는 톨보트헤이즈에 온 지 두 달이나 되었지만 이것이 처음 하는 외출이었다.

　전날 오후와 저녁 내내 천둥을 동반한 폭우가 목장에 쏟아져 내려 건초를 강물로 쓸고 가 버렸다. 그러나 오늘 아침에는 비가 개고 눈부시게 햇살이 내리쬐었다. 공기는 향기롭고 맑았다.

　이쪽 교구에서 멜스톡으로 가는 꾸불꾸불한 오솔길은 가장 낮은 지층을 따라 뻗어 있었다. 지층이 제일 낮은 지점에 처녀들이 도착했을 때는 물이 길을 덮어 50미터 가량 구두 높이까지 차올라 있었다. 주중이라면 조금도 문제가 될 것이 없었다. 높은 나막신이나 부츠를 신고 있어 아무렇지도 않게 철벅거리며 물을 건넜을 것이다. 그러나 이 태양의 날*인 오늘은 일상의 용무를 정신적인 것과 뒤섞는 사이 육체가 육체와 희롱하는 허영의 날이기도 했다. 처녀들은 하얀 양말과 얇은 구두를 신고, 분홍색, 흰색, 라일락 색 드레스를 입어 흙탕물이 튀면 얼룩 하나하나가 옷에 묻을 것이 분명했기 때문에 웅덩이는 거북한 장애물이 아닐 수 없었다. 그들은 교회 종 소리를 들었다. 그러나 갈 길이 아직 2킬로미터가량이나 남아 있었다.

"여름에 강물이 이렇게 불어나리라고 누가 생각이나 했겠어!" 마리안이 길가에 있는 둑 위에 서서 외쳤다. 그들은 모두 길가 둑으로 기어 올라가, 웅덩이를 지날 때까지 경사진 길을 헤쳐 갈 생각으로 불안정한 걸음을 내디뎠다.

"웅덩이를 헤치고 가든지 큰길로 돌아가지 않으면 교회에 못 가겠어. 큰길로 가면 예배 시간에 많이 늦을 거야." 레티가 어쩔 줄 몰라 하며 걸음을 멈췄다.

"난 교회에 늦게 들어가면 얼굴이 뜨겁게 달아올라 홍당무가 돼. 사람들이 모두 고개를 돌려 쳐다보고." 마리안이 말했다. "'주님 뜻대로 하소서'를 할 무렵에야 겨우 얼굴이 식을까 말까 한다니까."

그들이 이렇게 둑 위에서 머뭇거리는 동안 길 모퉁이에서

---

* 일요일을 일컫는 하디식 표현.

철벅거리는 소리가 들렸다. 에인절 클레어가 물을 헤치면서 오솔길을 걸어오는 것이 보였다.

네 개의 심장이 동시에 크게 고동치기 시작했다.

그의 모습은 독단적인 신부의 아들이 흔히 그러하듯 안식일과는 거리가 먼 차림이었다. 젖 짜는 작업복을 입고 긴 방수 장화를 신었으며 모자에는 머리를 식히기 위해 배추 잎사귀를 끼우고, 거기다 격을 맞추느라 제초용 낫까지 들고 있었다.

"교회 가는 게 아니야." 마리안이 말했다.

"아니야. 교회 가는 길이었으면 좋겠는데."

사실 에인절은 옳고 그른 문제를 떠나(회피적인 논쟁자들의 안전한 문구를 빌린다면) 화창한 여름에는 교회나 채플에서 하는 설교보다는 돌의 설교*를 더 선호했다. 그날 아침 그는 간밤의 폭우가 건초를 얼마만큼 망가뜨렸는지 알아보려고 나온 것이었다. 처녀들은 길이 막혀 당황한 나머지 그를 보지 못했지만 그는 길을 가다가 멀리서 그들이 모여 있는 것을 보았다. 그는 그들이 서 있는 지점에서 물이 넘쳐 그 이상 나갈 수 없음을 알았고 그래서 그들을, 특히 그중 한 사람을 어떻게 도울 수 있을까 하는 막연한 생각으로 걸음을 재촉했다.

장밋빛 뺨에 눈빛이 영롱한 네 처녀들은 가벼운 여름옷 차림으로 경사진 지붕 위에 앉은 비둘기처럼 서로 엉켜 있었다. 그 모습이 너무 아름다워 그는 그들에게 더 다가가기 전에 잠시 길에 서서 그 광경을 지켜보았다. 그들이 입은 얇은 스커트에는 풀을 스치면서 파리와 나비들이 수없이 날아들었다가는

---

* 자연에서의 깨달음. 셰익스피어의 『뜻대로 하세요』 2막 1장 참조.

미처 밖으로 나가지 못하고 새장 안에 갇힌 것처럼 투명한 천 안에 엉켜 있었다. 에인절의 시선이 네 명 중 맨 뒤에 서 있는 테스에게 머물렀다. 난처한 상황에서 솟아나는 웃음을 감추면 서 그녀는 그의 표정을 환한 미소로 마주 대하지 않을 수 없 었다.

그는 물속을 걸어 그들 아래에 와서 섰다. 물은 그의 긴 장화 위까지는 올라오지 않았다. 그는 스커트에 갇혀 있는 파리와 나비를 쳐다보며 서 있었다.

"교회에 가는 길인가요?" 그가 테스의 눈길을 피하면서 맨 앞에 서 있는 마리안과 그 뒤에 있는 두 사람에게 말했다.

"네, 선생님. 늦었어요. 얼굴이 빨개져서……."

"내가 웅덩이를 건너게 해 주지요. 아가씨들 모두를."

네 사람 모두 얼굴을 붉혔다. 마치 그들의 심장이 하나가 된 것처럼 똑같이 뛰었다.

"제 생각으로는, 못하실 것 같아요." 마리안이 말했다.

"여기를 빠져나갈 방법은 그것밖에 없어요. 가만히 서 있어요. 바보 같은 소리! 아가씨는 하나도 무겁지 않아요! 네 사람을 한꺼번에 들어 나를 수 있어요. 자, 마리안, 조심해요." 그가 말을 계속했다. "팔로 내 어깨를 감아요. 그렇게. 그래요! 힘을 꼭 주세요. 잘했어요."

마리안이 시키는 대로 그의 팔과 어깨를 힘껏 감쌌다. 에인절이 그녀를 안고 성큼성큼 걸어갔다. 뒤에서 보기에는 그의 가느다란 몸매가 마리안이라는 커다란 꽃다발에 달려 있는 줄기 같았다. 두 사람은 길모퉁이를 돌아 처녀들의 시야에서 사라졌다. 철벅거리는 그의 발걸음 소리와 마리안의 모자 꼭대기에 끼어 있는 리본이 그들의 위치를 알려 주었다. 몇 분 지나지 않아 그가 다시 돌아왔다. 이즈 휴에트가 둑 위에서 다음 차례를 기다렸다.

"여기 오네." 그녀가 나지막이 말했다. 흥분으로 입술이 마른 채 중얼거리는 소리였다. "마리안이 한 것처럼 내 팔로 그의 목을 감고 얼굴을 마주 봐야지."

"그래 봐야 아무 의미 없어." 테스가 재빨리 말했다.

"모든 일에는 제때가 있는 법이지." 이즈가 못 들은 척 계속했다. "안을 때가 있고 안는 일을 멀리 할 때가 있으며* 이제 내가 첫 번째를 실천할 시간이 왔어."

"쯧쯧! 이즈, 그건 성서에 있는 말이야!"

"그래." 이즈가 말했다. "난 항상 교회에서 좋은 구절을 귀담아듣거든."

에인절에게는 이 일의 4분의 3이 단순한 친절일 뿐이었다. 그런 그가 이제 이즈에게로 왔다. 그녀는 조용히, 꿈꾸듯 그의 팔에 자신을 내려놓았고 에인절은 기계적으로 그녀를 안고 걸어갔다. 그가 세 번째로 돌아오는 소리가 들렸을 때 레티의 가슴이 너무 심하게 뛰어 그녀의 몸 전체가 흔들릴 정도였다. 그가 빨강 머리의 처녀에게 다가가 그녀를 안으려고 하면서 테스를 흘긋 쳐다보았다. 그의 입술이 "곧 자기 차례요."라고 말하는 것이 분명했다. 그녀의 얼굴에 알았다는 표정이 역력히 떠올랐다. 그 표정을 그녀는 감출 수 없었다. 이미 두 사람 사이에는 서로의 마음을 읽는 친화의 정이 얽혀 있었다.

---

*「전도서」 3장 5절 참조.

가엾은 어린 처녀 레티는 넷 중에서 가장 몸무게가 가벼웠지만 클레어의 짐 중에는 가장 다루기가 힘들었다. 마리안은 밀가루 부대 같아 비대한 몸무게가 천근 같았으며 그녀를 안고 가는 동안 말 그대로 비슬거려야 했다. 이즈는 상황에 맞게 조용히 건넜다. 반면 레티는 병적으로 흥분해 있었다.

　그는 흥분한 그녀를 안고 물을 건너 제자리에 내려놓았다. 그리고 다시 돌아왔다. 테스는 울타리 너머로 세 처녀가 서로 얽혀 있는 것을 보았다. 그들은 웅덩이가 끝나고 땅이 솟은 지점에 에인절이 내려놓은 대로 서 있었다. 이제 그녀 차례가 되었다. 클레어 씨의 숨결과 시선이 가까이 온다고 흥분하던 동료들을 경멸했는데 정작 자신의 감정은 더욱 강렬해지는 것을 알고 당황했다. 마음속 비밀을 내비치기가 두려운 듯 테스는 마지막 순간에 에인절에게 사양하는 뜻으로 말을 얼버무렸다.

　"전 둑 위로 올라갈 수 있을 거예요. 쟤들보다 높은 데를 더 잘 오르거든요. 선생님은 몹시 지쳤을 텐데요."

　"아니, 아니오, 테스!" 그가 급히 말을 막았다. 무슨 일이 일어나는지 미처 깨닫기도 전에 그녀는 그의 팔에 안겨 어깨에 몸을 기대고 있었다.

　"한 사람의 라헬을 얻기 위해 세 사람의 레아를 건네 준 셈이군."* 그가 속삭였다.

　"쟤들이 저보다 더 좋은 여자들이에요." 자신의 고결한 결심을 지키려는 뜻을 다짐하며 그녀가 그의 말을 받았다.

　"나한테는 그렇지 않은데요." 에인절이 대답했다.

---

* 야곱은 사랑하는 라헬과 결혼하기 위해 그녀의 언니 레아와 먼저 결혼해야 했다. 「창세기」 24장 16~30절 참조.

이 말에 그녀의 얼굴이 붉어지는 것을 그는 보았다. 두 사람은 말없이 몇 걸음 더 걸어갔다.

"너무 무겁지 않았으면 좋겠네요." 그녀가 수줍어하면서 말했다.

"아니오. 마리안을 들어 봤어야 해요. 대단한 무게더라고요. 테스는 그쪽에 비하면 햇살이 따뜻하게 내려쬐인 굽이치는 파도 같아요. 여기 보풀거리는 모슬린은 거품이고요."

"선생님 눈에 그렇게 보이면 대단히 예쁘겠네요."

"오늘 이 노역의 4분의 3을 치른 것은 전적으로 나머지 4분의 1 때문인 것을 알고 있어요?"

"몰랐어요."

"오늘 이런 일이 생길 줄 전혀 생각 못했어요."

"저도 몰랐어요. 물이 갑자기 불어났어요."

그가 물이 불어난 것을 의미했다고 그녀는 이해하려 했지만 그녀의 숨소리는 그렇지 않다는 것을 말하고 있었다. 클레어가 가만히 서서 얼굴을 그녀 쪽으로 숙였다.

"오, 테시!" 그가 부르짖었다.

그녀의 두 뺨이 미풍 속에서 타는 듯했다. 그녀는 솟아오르는 열정 때문에 그의 눈을 바로 볼 수 없었다. 에인절은 의도하지 않았던 우연한 위치를 부당하게 이용한다는 생각이 들었다. 그는 그 이상 상황을 밀고가지 않기로 했다. 아직 두 사람의 입술에 결정적인 사랑의 말은 떠오르지 않은 것이었다. 따라서 오늘은 이쯤에서 멈추는 것이 더 바람직하다고 생각했다. 그는 남은 길을 가능하면 오래 가려고 천천히 걸었다. 그러나 그들은 길이 구부러진 지점에 다다랐다. 남은 길은 세 처녀들이 볼 수 있었다. 마른 땅에 도착해 그는 그녀를 내려놓았다.

그녀의 친구들이 눈이 동그래져서 무언가를 깊이 생각하며 자신과 그를 바라보았다. 그들이 그녀 이야기를 하고 있었다는 것을 금세 짐작할 수 있었다. 그가 황급히 일행들에게 작별 인사를 하고는 철벅거리며 물에 잠긴 길을 되돌아갔다.

네 사람은 가던 길을 계속해서 걸었다. 마리안이 먼저 침묵을 깼다. "아니 사실대로 말해서 우리는 테스를 이길 수가 없어!" 그녀가 테스를 쓸쓸한 표정으로 바라보았다.

"무슨 소리지?" 테스가 물었다.

"그 사람은 너를 가장 좋아해. 아주 최고로! 너를 데리고 오는 모습을 보면 알아. 조금만 부추겼으면 키스라도 했을 거야."

"아니야, 아니야." 테스가 말했다.

떠날 때 그들 사이에 떠돌던 유쾌한 분위기가 조금 사라졌다. 그렇다고 적개심이나 악의가 솟아 있는 것도 아니었다. 모두 마음이 너그러운 젊은 처녀들이었다. 그들은 운명이 강하게 지배하는 시골 벽촌에서 자란 사람들이어서 그녀를 비방하지 않았다. 그들에게는 누구를 빼앗기는 것도 운명이었던 것이다.

테스는 마음이 아팠다. 그녀가 에인절 클레어를 사랑하고 있다는 사실은 감출 수가 없었다. 다른 처녀들이 그를 사모한다는 사실을 알고 나서부터 그 사랑이 더욱 강렬해진 것도 사실이었다. 이런 감정은 전염성을 띠고 있었다. 특히 여성들 사이에서 그랬다. 그 사랑을 갈구하는 마음과 함께 동료들에 대한 연민의 정도 함께 느꼈다. 정직한 성품을 가진 테스는 자신의 감정을 억제하려고 애를 썼다. 그러나 자신을 억누르려는 마음속의 싸움은 너무나 연약했으며 결국 자연스럽게 결과가 나타났다.

"난 절대로 네가 원하는 것을 방해하지 않을 거야. 다른 사람이 원하는 것도 방해하지 않을 거고!" 그날 밤 그녀는 침실에서 레티에게 이렇게 맹세했다. 그녀의 얼굴에 눈물이 흘러내렸다. "이런 마음을 어쩔 수가 없어, 레티! 그 사람은 결혼 같은 것을 염두에 두고 있는 것 같지는 않아. 혹시 그 사람이 청혼해도 난 거절할 거야. 다른 사람이 그랬을 때 거절하는 것은 말할 것도 없고."

"아, 그래? 왜?" 레티가 궁금해하면서 물었다.

"그럴 수가 없어. 그러나 솔직하게 털어놓을게. 나를 한쪽으로 제쳐 두고라도 그 사람은 너희 중 누구도 선택하지 않을 거야."

"난 그런 걸 기대하지 않았어 생각도 안 했어!" 레티가 신음소리를 냈다. "아, 난 죽고 싶어!"

자기 자신이 거의 이해할 수도 없는 감정 때문에 마음이 찢어지는 것을 느끼며 가엾은 레티는 그때 막 2층으로 올라온 다른 두 처녀들에게로 몸을 돌렸다. "우리 다시 테스하고 친구로 지내기야." 그녀가 다른 처녀들에게 말했다. "테스는 우리처럼 그 사람이 자기를 선택하지 않을 거라고 생각하고 있어." 그렇게 해서 그들 사이에 경계심이 사라졌고 다시 마음을 열어 다정하게 지냈다.

"이제 내가 뭘 하든 관심 없어." 기분이 아주 우울해진 마리안이 말했다. "스티클포드에 사는 낙농장 주인이 두 번이나 청혼해서 그 사람하고 결혼하려고 했어. 그러나 이제 그 사람의 아내가 되느니 차라리 죽어 버리겠어, 이즈, 넌 왜 아무 말이 없니?"

"그럼 고백할게." 이즈가 낮은 목소리로 말했다. "그 사람이 날 잡자 오늘은 꼭 키스해 주리라고 확신했어. 그의 가슴에 내 몸을 붙인 채 기다리고 또 기다렸지. 꼼짝도 하지 않았어. 그러나 그 사람은 끝내 키스하지 않았어. 난 이제 여기 톨보트헤이즈에 있고 싶지 않아. 집으로 가겠어."

침실의 공기가 처녀들의 절망적인 열정으로 고동치는 것 같았다. 잔인한 자연의 법칙에 의해 겪게 된 감정에 짓눌려 그들은 열병에 걸린 것처럼 몸을 뒤챘다. 그들은 이런 감정을 기대하지도 않았고 원하지도 않았다. 그날의 사건은 가슴속에서 타고 있던 불씨에 부채질을 했다. 고통이 참을 수 없이 쓰라렸다. 그들 한 사람 한 사람을 구분짓던 개인적인 차이점은 이 열정에 의해 사라지고, 각자 성(性)이라는 유기체의 한 부분이 되었다. 그들에게는 희망은 없었기 때문에 오직 솔직함이 있을 뿐이었으며 질투 같은 것은 존재하지 않았다. 처녀들 모두 온당한 양식을 소유한 사람들이어서, 상대방보다 훌륭하다는 허망한 자부심에 빠져 있거나, 사랑의 감정을 부정하거나, 허세를 부리지 않았다. 사회적인 관점에서 그들의 사랑은 가망 없는 것임을 충분히 인식한 점, 그 사랑의 시작 자체가 목적이 없는 점, 스스로 제한된 전망, 문명의 눈으로 보았을 때 그 사랑을 정당화할 수 있는 것이 모두 결여된 점(자연의 눈으로 보았을 때는 부족한 것이 아무것도 없었지만), 그 사랑이 그들을 죽을 만큼 기쁘게 한 환희, 이 모든 것이 그들에게 체념과 위엄을 심어 주었다. 이 위엄 있는 체념은 그를 남편으로 삼겠다는 실질적이고 이기적인 기대를 저버리지 않았더라면 불가능한 것이었다.

그들은 각자 작은 침대에서 몸을 뒤척거렸다. 아래층에서는 치즈 짜는 기계에서 찌꺼기 떨어지는 소리가 단조롭게 들렸다.

"테스, 아직 안 자고 있어?" 삼십 분 뒤에 누군가 속삭이는 소리가 났다. 이즈 휴에트의 목소리였다.

테스가 그렇다고 하자 레티와 마리안이 갑자기 침대 덮개를 걷어 젖히며 한숨을 쉬었다. "우리도 자지 않아."

"그 여자는 어떻게 생겼을까? 그의 가족이 골랐다는 여자 말이야."

"나도 궁금해." 이즈가 말을 받았다.

"그 사람에게 정해진 여자가 있다고?" 테스가 놀라 숨을 몰아쉬었다. "난 그런 소리 못 들었는데!"

"그렇다는 소문이야. 명문 집안 딸이고 같은 계층이라는 데 그의 집안에서 택한 사람이라고 그러던데. 아버지 교구인 에민스터 근처에 사는데 신학 박사 딸이라고 그랬어. 소문으로는 그 사람은 그 아가씨한테 별 관심이 없대. 하지만 분명 결혼할 거야."

그들은 이 이야기에 대해 별로 아는 게 없었다. 그러나 들은 것만으로도 밤의 어둠 속에서 비참하고 마음 아픈 광경을 그려 보기에 충분했다. 그가 그 여자와의 결혼에 마침내 동의하는 것, 결혼 준비, 신부의 행복, 그녀의 결혼 드레스와 베일, 그와 그의 신부가 꾸민 행복에 넘치는 가정, 그리고 그에 대한 그녀들의 사랑은 결국 망각으로 모두 덮여 버리는 것 등을, 처녀들은 하나하나 상상해 보았다. 그들은 서로 이야기를 나누고, 가슴 아파 하고, 울고, 그러다가 슬픔에 잠긴 채 잠에 빠져

들었다.

　이 이야기를 들은 이후부터 테스는 클레어가 자신에게 보이는 관심에 진지하고 심각하고 의도적인 의미가 있다고 여기는 것은 바보 같은 짓이라고 생각했다. 그의 관심은 자신의 용모에 대한, 스쳐 가는 한여름의 사랑이며, 일시적인 사랑을 위한 사랑으로 ── 그 이상은 아니라고 단정지었다. 이러한 슬픈 생각을 하는 그녀를 아프게 하는 가시 면류관은, 그가 비록 피상적이나마 다른 처녀들보다 정말로 자신을 더 좋아했다는 점이며, 그들보다 더 정열적이며, 더 영리하고, 더 아름답다는 사실을 알지만, 규범이라는 세속적 척도에서는 그가 관심을 보이지 않은 평범한 다른 처녀들보다는 자신이 훨씬 자격이 없다는 사실이었다.

24장

　토양을 살찌우는 자연의 움직임 아래서 수액이 분사되어 솟아오르는 소리가 들리는 계절, 바 계곡에서 넘치는 비옥함과 따스한 발효가 더없이 활발한 현상 속에서 가장 환상적인 사랑은 열정적으로 발전되지 않을 수 없는 일이다. 준비된 가슴은 주변의 환경에 의해 이미 수태되어 있었다.

　7월이 이들의 머리 위를 지나고 그 뒤를 따라온 테르미도르*의 일기는 톨보트헤이즈의 젊은 가슴과 힘을 겨루기에는 자연의 입장에서도 버거운 일이었다. 봄과 초여름 내내 그렇게 싱싱하던 이곳의 공기는 이제 정지되고 무기력해졌다. 무거운 공기 향내가 그들 위에서 무겁게 누르고 있어 정오쯤이면 산과

---

* 프랑스 혁명 직후 프랑스 제1공화국이 기존의 달력을 모두 폐기하고 새로 제정한 달력 중 열한 번째 달로 7월 19일부터 8월 17일까지에 해당된다. '테르미르'라는 그리스어는 열(熱)을 뜻한다. 따라서 '테르미도르'는 '열월'로 번역될 수 있다.

들이 기절해 누워 있는 것 같았다. 에티오피아식으로 타는 듯 뜨거운 햇볕은 목장 위쪽 언덕을 갈색으로 만들었으나 물이 수로를 타고 졸졸 흐르는 곳에는 아직도 초록색 풀이 눈부셨다. 클레어는 뜨거운 바깥 열기에 짓눌린 만큼 부드럽고 조용한 테스를 향해 점점 커져 가는 정열의 열기 때문에 마음이 무겁기만 했다.

우기가 지난 다음이어서 고지대는 바짝 말라 있었다. 장에서 집으로 돌아오는 농장 주인의 짐마차 바퀴가 큰길 표면의 가루 같은 먼지를 일어나게 해서 마치 가느다란 화약 열차에 불이 붙은 것처럼 하얗게 긴 줄을 뒤로 끌면서 달렸다. 젖소들은 쇠파리의 공격에 미칠 듯이 화가 나서 가로대가 다섯씩이나 달린 농장 문을 뛰어넘어 들어왔다. 농장 주인 크릭은 월요일부터 토요일까지 늘 셔츠 소매를 걷어붙이고 다녔다. 창문을 활짝 열지 않고는 환기되지도 않았다. 농장 마당에서는 지빠귀와 개똥지빠귀가 날아다니는 새라기보다는 네 발 달린 동물처럼 까치밥나무 아래를 기어 다녔다. 부엌에 있는 파리들은 게으르고 성가시게 굴었으나 모두 그런 데 익숙해져 있었다. 그들은 엉뚱한 곳에 내려앉고, 마루 위에서 기어 다니고, 서랍 속에 들어가고, 또 젖 짜는 처녀들의 손등 위도 기어 다녔다. 사람들은 일사병에 관해 이야기했으나 버터 만드는 일과, 특히 버터를 저장하는 일에 관한 대화는 그들의 절망을 표현한 것이었다.

사람들은 시원하기도 하고 또 편리하기도 해서 젖소를 집 안으로 몰고 들어오지 않고 목장에서 젖을 짰다. 낮에는 젖소들이 아주 작은 나무라도 그림자가 생기면 그 그림자가 종일

해를 따라 돌아가는 동안 비굴하리만큼 그 나무 그늘을 쫓아 다녔다. 그 소들은 젖 짜는 사람들이 가까이 와도 파리 떼 등쌀에 가만 서 있지 못했다.

그러던 어느 오후 아직 젖을 짜지 않은 젖소 네댓 마리가 우연히 소 떼에서 떨어져 울타리 모퉁이 뒤에 있었다. 그중 다른 처녀의 손길보다 테스의 손길을 더 좋아하는 '뚱뚱이'와 '늙은 예쁜이'가 끼어 있었다. 젖 짜던 일을 끝내고 나무 걸상에서 일어나는데 에인절 클레어가 그녀를 한참 보고 있다가 '뚱뚱이'와 '늙은 예쁜이'의 젖을 짜겠느냐고 물었다. 그녀는 조용히 그러겠노라고 하고는, 팔을 길게 뻗어 걸상을 들고 또 한 팔로는 젖을 담은 통을 무릎에 닿도록 내리고는 소들이 서 있는 곳으로 갔다. 금세 '늙은 예쁜이'의 젖에서 젖이 통으로 뿜어져 나오는 소리가 울타리 너머로 들려왔다. 이제 농장 주인만큼 젖 짜는 일에 숙달된 에인절도 모퉁이를 돌아가 거기에 따로 떨어져 있는 젖 짜기 힘든 소의 젖을 마저 짜고 싶다는 생각이 들었다.

남자들과 여자들 몇몇은 젖을 짤 때 이마를 젖소의 배에 묻고 우유 통만 보는 버릇이 있었다. 그러나 또 어떤 사람들 — 주로 젊은 사람들 — 은 머리를 옆으로 비스듬히 붙였다. 이것은 테스 더비필드의 습관이기도 했다. 그녀는 관자놀이를 젖소의 옆구리에 바싹 붙이고, 명상에 잠긴 사람처럼 조용히 시선을 목장 맨 끝에 고정했다. 그녀는 '늙은 예쁜이'의 젖도 이런 식으로 짜고 있었다. 해가 마침 그녀가 젖을 짜고 있는 쪽으로 비춰, 핑크색 작업복을 입은 모습과, 차양이 달린 하얀 모자와, 옆모습을 환히 비추면서 암갈색 젖소의 옆구리에 카메오를 예리하게 파놓은 듯한 그림을 그렸다.

그녀는 클레어가 그녀 뒤를 따라와 젖을 짜는 소 아래에서 자신을 열심히 보는 줄을 몰랐다. 조용히 고정되어 있는 그녀의 머리와 모습이 무척 인상적이었다. 눈을 크게 뜨고서도 아무것도 보지 않는 그녀는 무아지경에 빠진 것 같았다. 이 풍경 속에서 움직이는 것이라고는 '늙은 예쁜이'의 꼬리와 테스의 핑크빛 손뿐이었다. 그녀의 손놀림은 너무나 부드러워서 율동적으로 맥박이 뛰는 것 같았고, 심장의 맥박처럼 반사작용의 법칙을 따르고 있었다.

그의 눈에는 그녀의 얼굴이 너무나 아름다워 보였다. 그러나 그러한 그녀의 모습은 현실을 떠난 아름다움이 아니었다. 모두가 실체를 갖춘 활력이며 실질적 따스함이며, 실체 속의 피와 살이었다. 이러한 아름다움이 정점을 이루는 곳은 그녀의 입이었다. 눈은 전에 본 것처럼 깊고 발랄한 표현으로 차 있었으며, 뺨도 똑같이 아름답고, 눈썹은 활 모양으로 곡선을 그리고, 턱과 목도 예쁘게 균형 잡혀 있었다. 그러나 그녀의 입은 지상 어디에서도 본 적이 없었다. 빨간 윗입술의 한가운데가 살짝 위로 올라간 그녀의 입을 보면 정열을 전혀 모르는 젊은 사람이라도 정신이 산만해지고, 매혹되고, 미칠 것이 분명했다. 여인의 입술과 치아가 눈 덮인 장미 봉오리라는 엘리자베스 시대의 은유*를 그의 마음속에 끊임없이 상기시키는 사람을 그는 아직 만나 보지 못했다. 애인이라면 그 자리에서 그 입술을 완벽하다고 외칠 수도 있었다. 아니 그 입술은 완벽한

---

* 토머스 캠피언(1567~1620)의 시 「그녀의 얼굴에 정원이 있네」에 "눈 덮인 장미 봉오리"라는 구절이 있다

것이 아니었다. 거기에는 장차 완벽할 수 있는 불완전한 흔적이 서려 있어 감미로웠으며, 바로 이것이 인간적인 모습을 풍겼다.

클레어는 이러한 그녀 입술의 곡선을 여러 차례 관찰했기 때문에 이제는 힘들이지 않고 머릿속에서 그려 볼 수 있었다. 지금 그 입술이 색채와 생명을 갖추고 다시 그의 앞에 나타나, 그의 몸에 미풍을 불어 보내고 그의 신경에 산들바람이 스쳐 가게 하여 현기증을 일으켰다. 그것은 실제로 신비스러운 생리적 변화를 일으켜 낭만적인 순간과는 어울리지 않는 재채기를 자아냈다.

그녀는 그가 자신을 지켜보고 있다는 것을 눈치챘다. 그러나 자세를 바꾸어서 그런 사실을 그에게 알리고 싶지는 않았다. 그의 꿈꾸는 듯한, 호기심에 찬 시선은 사라졌지만, 그녀를 가까이서 지켜보았다면 얼굴이 짙은 장밋빛으로 변했다가 곧 사라지면서 나중에는 홍조를 띤 흔적만 남는 것을 볼 수 있었을 것이다.

하늘에서 내려온 전류처럼 클레어에게 밀려든 흥분은 금세 사라지지 않았다. 결심과 과묵과 신중함과 두려움이 패배한 군대처럼 무너졌다. 그는 앉아 있던 자리에서 벌떡 일어나 젖소가 발길질을 하면 쏟아질 수도 있는 곳에 우유 통을 아무렇게나 내려 둔 채 그의 시선을 자극하고 있는 사람에게로 재빨리 달려갔다. 그리고 그녀 곁에 무릎을 꿇고 앉아 그녀를 끌어안았다.

테스는 깜짝 놀랐다. 생각할 겨를도 없이, 피할 수 없는 그의 포옹에 자신을 맡겼다. 자기에게 다가온 사람이 다른 사람이 아니라 그녀가 사랑하는 사람이라는 것을 깨닫자 입술이 벌어졌다. 그녀는 황홀한 외침 같은 소리를 내면서 순간적인 기쁨으로 그에게 몸을 기댔다.

그는 너무나 매혹적인 입술에 키스를 하려 하였다. 그러나 마음에 걸리는 것이 있어 자제하였다.

"테스, 용서하세요." 그가 속삭였다. "먼저 허락을 받았어야 하는데. 난 무슨 짓을 하고 있는지도 몰랐어요. 내 마음대로 하려는 뜻은 아니었어요. 사랑하는 테시, 진심으로 사랑해요."

'늙은 예쁜이'가 이해할 수 없다는 표정으로 주변을 둘러보았다. 오랜 관행에 의하면 한 사람만 있어야 할 텐데 자기 아래에 두 사람이 있는 것을 보고 화가 난 듯 뒷발을 쳐들었다.

"소가 화났어요. 우리가 왜 이러고 있는지를 모르나 봐요. 우유 통을 차 버릴 거예요." 테스는 네 발 달린 짐승이 무슨 짓을 할지 걱정스러운 눈으로 보고 있었으나 마음속으로는 에인절에게 더 신경을 썼다. 그녀는 부드럽게 에인절의 포옹에서 빠져나왔다.

그녀가 앉아 있던 걸상에서 일어났다. 두 사람이 함께 나란히 일어났다. 그의 팔이 그녀의 허리를 여전히 감고 있었다. 먼 곳을 바라보는 그녀의 눈에 눈물이 고이기 시작했다.

"테스, 왜 울어요?" 그가 물었다.

"아, 모르겠어요." 그녀가 조용히 말했다.

그녀는 자신이 처한 입장을 좀 더 분명히 보고 깨닫자 감정이 격해졌으며 그래서 그의 손에서 빠져나오려고 했다.

"테스, 그만 내 감정을 드러내고 말았군요." 그는 마음이 판단을 앞섰다는 사실을 무의식적으로 드러내는, 이상하게 절망적인 한숨을 쉬면서 말했다. "내가 테스를 많이, 진정으로 사랑한다는 것은 말할 필요도 없어요. 그러나 지금은 더 변명할 필요가 없겠네요. 테스를 슬프게 하니까요. 나 자신도 테스만큼 놀랐어요. 자신을 방어할 수 없는 상황을 이용했다고, 너무 성급하고 지각 없이 행동했다고는 생각하지 않겠지요?"

"잘 모르겠어요."

그는 그녀를 놓아 주었다. 둘은 잠시 뒤에 제자리에 앉아 젖짜는 일을 계속했다. 아직은 아무도 두 사람을 하나로 끌어당긴 중력을 눈치채지 못하였다. 몇 분 뒤 농장 주인이 아늑하게 가려진 구석으로 왔을 때는 분명 떨어져 있는 두 사람이 단순히 아는 사이라기보다 그 이상의 관계라고 짐작할 흔적은 조금도 보이지 않았다. 그러면서도 크릭이 두 사람을 마지막으로 보았을 때와 지금 이 순간 사이에는 분명 그들만의 우주의 축을 바꿔 놓을 일이 일어난 것이 사실이었다. 그것을 현실적인 농장 주인이 알았더라면 경멸했을 일이었다. 그러나 그것은 소위 현실적이라고 불리는 것 모두를 합친 것보다 훨씬 더 단단하고 저항할 수 없는 추세에 근거를 두고 있는 것이었다. 그들 앞을 가리고 있던 휘장이 걷히고, 두 사람의 눈앞에 이제부터 새로운 지평선이 열린 것이었다. 그것이 짧은 기간 동안일지 긴 시간 동안일지는 알 길이 없지만.

4부
결과

25장

저녁이 다가오고 그의 마음을 사로잡은 여인이 자기 방으로 들어간 다음 클레어는 들뜬 기분에 빠져 땅거미가 진 어둠으로 나왔다.

밤이 되어도 날씨는 낮과 다름없이 무더웠다. 어두워졌으나 시원한 곳이라고는 풀밭밖에 없었다. 한길과 정원의 오솔길과 가옥 앞쪽과 헛간의 벽이 모두 화로처럼 뜨겁게 달아 몽유병자 같은 사내의 얼굴에 대낮 같은 열기를 뿜어 댔다.

그는 농장 마당의 동쪽 문 곁에 앉았다. 자신의 문제를 어떻게 해야 할지 생각이 떠오르지 않았다. 그날은 감정이 판단을 흐리게 한 날이었다.

세 시간 전 갑작스럽게 포옹한 이후 두 사람은 서로 거리를 두고 있었다. 그녀는 이렇게 벌어진 일 때문에 놀랐으면서도 침착했다. 반면 민감하고 생각이 많은 그는 이 새로운 상황과 우발적인 일을 차분히 대해야 하는 입장에서 마음이 몹시 흥분되었다. 그는 아직 두 사람의 관계가 어떤 것인지, 다른 사람 앞에서 이제부터 두 사람이 어떻게 처신해야 할지 마음을 정할 수 없었다.

에인절이 견습생으로 이 농장에 처음 왔을 때는 이곳에서 잠시 머무는 것이 그의 인생에서 가장 단순한 에피소드에 지나지 않아 금세 지나가고 곧 잊힐 것이라고 생각했다. 그는 흥미진진한 외부 세계를 조용히 관망하려고 스크린으로 가린 방 한구석을 찾은 것이며, 그래서 다시 그 세상으로 뛰어들 계획을 세우려고 온 것이었다. 그 세계는 월트 휘트먼*이 말한

얼마나 흥미로운가
일상의 옷을 입은 남녀의 무리들!**

이 어울리는 곳이었다. 그러나 어찌된 일인지 그는 그 흥미진진한 현장이 이곳으로 옮겨 온 것을 알게 되었다. 재미있던 바깥세상이 무미건조한 무언극으로 변하고, 다른 곳에서는 한 번도 일어난 일이 없는 진기한 일이 이름 없고 감동 없던 이곳에서 화산처럼 터진 것이다.

집에 달린 창문이 모두 열려 있어 방에서 나는 작은 소리까지도 마당을 건너 클레어의 귀에 다 들려왔다. 농장은 그에게 너무나 비천하고, 너무나 초라하고, 너무나 불편한 곳이어서, 그는 한 번도 이곳을 대단한 의미를 지닌 곳이라고 생각해 본 적이 없었다. 그런데 지금은 어떤가? 세월의 자국이 역력한

---

* 1819년~1892년. 미국의 시인.
** 「브루클린 선착장을 건너며」에서.

이끼 낀 벽돌 박공(牔栱)이 "가지 마세요."라고 속삭이지 않는가? 창문이 미소 짓고, 방문이 호소하며 손짓하고, 담쟁이덩굴이 자신과 같은 편이라고 홍조를 띠고 있지 않은가? 이 속에서 누군가 너무나 강력한 힘을 쏟아내 벽돌과 모르타르와 머리 위의 하늘을 타는 듯한 열정으로 뜨겁게 달구고 있었다. 이 강렬한 힘은 누구의 것인가? 그것은 바로 젖 짜는 한 여자의 힘이었다.

이름 없는 낙농장에서의 생활이 그에게 그렇게 중대한 의미로 다가온다는 것은 정말 놀라운 일이었다. 부분적으로는 새롭게 잉태한 사랑 때문이지만 그것이 전부는 아니었다. 에인절 외에도 많은 사람들이 생의 의미는 외부적 변화에서 발견하는 것이 아니라 주관적인 경험에서 온다는 것을 배워 알고 있었다. 감수성이 민감한 농부가 신경이 둔한 왕보다 더 넓고 충만하고 더 극적인 인생을 사는 것이다. 이렇게 삶을 바라본다면 다른 어느 곳에서나 마찬가지로 여기서도 인생을 똑같은 차원에서 볼 수 있는 것이 확실했다.

자신의 이단적인 종교관과 인간적인 단점과 약점에도 불구하고 클레어는 양심적인 사나이였다. 그에게 테스는 장난으로 데리고 놀다가 버려도 좋을 가치 없는 여자가 아니었다. 그녀는 자신의 소중한 삶을 살아가는 여인으로, 그녀가 살아오고 또 환희를 느낀 인생이란 위대한 사람이 느끼는 인생만큼 중요한 의미를 지니고 있었다. 테스에게는 세상 전체가 그녀 자신의 감각에 달려 있었고, 그녀의 삶을 통해 모든 동료들이 존재했다. 우주 자체도 그녀에게는 그녀가 태어난 특정한 해의 어느 특정한 날에 존재하게 되었다.

그가 끼어든 이 의식은 비정적인 제1의 원리*에 의해 그녀에게 단 한 번 허용된 존재의 기회였다. 그것은 그녀의 모든 것이었으며, 또 전부이면서 동시에 유일한 기회이기도 했다. 그런데 그가 어떻게 그녀를 자신보다 중요하지 않은 존재로 생각할 수 있단 말인가? 어떻게 애무하다 지치면 버릴 예쁜 노리개로 본단 말인가? 그가 그녀에게 일깨워 놓은 애정을 가장 엄숙한 마음으로 대하지 않을 수 있단 말인가? 너무나 뜨겁게 달아오르고 너무나 민감하게 느껴져, 그것이 자신을 괴롭히고 파멸시키지 않게 하기 위해 방어적인 자세를 취해야 하는 그 정열을 어떻게 가장 숭고한 마음으로 받아들이지 않을 수 있는가?

늘 하듯 매일 그녀를 만나는 것은 이미 시작된 관계를 발전시키는 것이었다. 이렇게 가까이 살면서 늘 만나는 것은 애정의 감정에 빠져드는 것을 의미했다. 그것은 육체와 피가 저항할 수 있는 것이 아니었다. 이렇게 발전하고 있는 추세에 대해 아무런 결론을 내리지 못한 그는 서로 함께 해야 하는 일에서 당분간 초연하기로 했다. 아직까지는 두 사람에게 미미한 해(害)를 끼쳤기 때문이었다.

그러나 그녀에게 접근하지 않겠다는 결심을 실천하기란 쉬운 일이 아니었다. 맥박이 뛸 때마다 그는 그녀에게 가까이 가고 있었다.

그는 친지를 찾아가 그들과 그의 문제를 상의해 보기로 했

---

* 우주를 움직이는 절대적인 힘. 에인절 클레어처럼 하디는 기독교에 대하여 이단적인 관점을 갖고 있어 우주의 창조와 삼라만상의 중심이 신이 아니라 다른 절대적 존재라고 믿으며, 그 힘을 제1의 원리라고 명명했다. 쇼펜하우어의 '내재적 의지'에 해당하는 개념.

다. 이곳에서의 계약은 오 개월 이내로 끝나게 된다. 다른 농장에서 몇 달을 더 보내면 농업에 대해 필요한 지식은 충분해서 자신의 농장을 시작할 수 있는 것이다. 그러면 농부로서 아내가 필요할 것이 아닌가? 농부의 아내는 응접실에 있는 밀랍 인형이어야 하는가? 아니면 농장 일을 이해하는 여성이어야 하는가? 그 대답은 비록 침묵 속에서 들려왔지만 그에게는 흡족했다. 그는 계획대로 여행을 떠나기로 했다.

어느 날 아침 톨보트헤이즈 농장 식구들이 모두 아침 식사 자리에 모여 앉았다. 젖 짜는 여자 하나가 그날 클레어 씨를 보지 못했다고 말했다.

"아, 그래요." 농장 주인 크릭이 말을 받았다. "클레어 씨는 가족들하고 며칠 있다 오려고 에민스터의 집으로 갔어요."

식탁에 둘러앉아 있던 열정에 들뜬 네 여자들은 그 소리를 듣자 아침 햇살이 단번에 사라지고 새들이 노래를 멈춘 것 같은 충격을 느꼈다. 그러나 누구도 그들의 공허감을 말로나 몸짓으로 드러내지는 않았다.

"나하고 함께할 시간이 끝나고 있어요." 농장 주인이 무의식적으로 냉담하게 말했으나 그 소리는 잔인하게 들렸다. "다른 데서 할 일을 준비하는 것 같아요."

"여기서는 얼마나 더 있을 건가요?" 침울한 기분에 빠진 처녀 중에 그런 기분을 겉으로 드러내지 않고 말할 수 있는 이즈 휴에트가 물었다.

다른 처녀들은 농장 주인의 대답에 마치 자신들의 목숨이 달려 있기라도 하듯 기다렸다. 레티는 입을 벌린 채 식탁보에 눈을 내리깔고 있었고, 마리안의 붉은 얼굴에는 열기가 솟아올랐으며, 가슴이 두근거리는 테스는 밖으로 눈길을 돌려 목장을 내다보았다.

"수첩을 보지 않고는 정확한 날짜를 기억할 수 없어요." 크릭이 여전히 참을 수 없는 무관심한 태도로 대답했다. "그 날짜도 조금 바뀔 수가 있고요. 마구간에서 송아지 나오는 것을 배우려면 조금 더 있어야 하니까. 아마 연말까지 있기 쉬울걸요."

그와 함께 있을 넉 달 동안의 고문 같은 환희, '고통으로 감싼 기쁨'* 그다음에 따라올 말할 수 없는 밤의 암흑.

그날 아침 바로 그 순간에 에인절 클레어는 좁은 길에서 말을 타고 아침 식사를 하는 사람들과 약 16킬로미터쯤 떨어진 곳에서 아버지의 사제관이 있는 에민스터 방향으로 가고 있었다. 그는 크릭 부인이 안부 인사와 함께 보내는 블랙 푸딩과 꿀 술병이 든 작은 바구니를 들고 있었다. 시선은 눈앞에 뻗어 있는 하얀 오솔길에 고정되어 있었다. 그러나 그는 길을 보는 것이 아니라 다가올 다음 해를 생각하고 있었다. 그는 그녀를 사랑했다. 그녀와 결혼해야 할 것인가? 정말 그녀와의 결혼을 과감하게 밀고 갈 것인가? 그의 어머니와 형들이 뭐라고 할까? 결혼하고 몇 년 뒤에 자기 자신은 뭐라고 할까? 확고부동한 동지애가 이 일시적인 감정의 밑바탕에 깔려 있는지, 영원이라는 토대에 깔려 있지 않고 오직 그녀의 모습에서 관능적 기쁨만을 추구하는 것인지에 달려 있었다.

---

* 영국의 시인 스윈번(1837~1909)의 시 「칼리돈의 아탈란타」에서 인용한 구절.

산으로 둘러싸인 아버지의 작은 도시, 붉은 돌로 쌓아올린 튜더 왕조식 교회탑, 사제관 주변에 서 있는 작은 나무숲이 눈 아래로 들어왔다. 그는 낯익은 문을 향해 말을 몰았다. 집으로 들어가기 전에 교회 쪽으로 시선을 돌렸다가 제의실 문 곁에 서 열두 살에서 열여섯 살 사이의 여자 아이들이 누군가 오기를 기다리며 서 있는 것을 보았다. 금세 기다리던 사람이 나타났다. 학생들보다는 조금 더 나이 든 사람은 차양이 넓은 모자를 쓰고 풀을 뻣뻣하게 먹인 아마포 모닝가운을 입었으며 손에는 책을 두 권 들고 있었다.

클레어는 그녀를 잘 알았다. 그녀가 그를 보았는지는 확실하지 않았다. 비록 흠이 없는 여자이지만 그녀에게로 가서 인사하지 않아도 되도록 그녀가 자기를 보지 않았기를 바랐다. 그녀에게 인사하고 싶지 않은 마음이 밀려오자 그는 마음속으로 그녀가 자기를 보지 않았다고 정해 버렸다. 젊은 처녀는 머시 찬트 양으로 아버지의 이웃이자 친구의 외동딸이었다. 그의 아버지와 어머니는 아들이 그녀와 결혼하기를 내심 바라고 있었다. 그녀는 신앙 우선주의와 성경 학습반에 대단히 열성적인 사람으로, 지금도 성경 학습반을 가르치러 가는 것이 분명했다. 클레어의 마음은 장밋빛 얼굴이 장식처럼 쇠똥으로 얼룩진, 열정에 들뜨고 여름에 흠뻑 빠진 바 계곡의 이교도 처녀들, 특히 그중에 가장 열정적인 한 사람에게로 달려갔다.

에민스터로 말을 몰게 된 것은 순간적인 충동이었기 때문에 어머니와 아버지에게 미리 편지를 보내지 못하였다. 그는 양친이 교회 일로 집을 나가기 전인 아침 식사 시간 무렵에 도착하려고 했다. 그러나 계획보다 좀 늦어져 식구들은 이미 식탁에 앉아 있었다. 그가 들어가자 모두 자리에서 일어나 반갑게 맞았다. 아버지와 어머니, 인근 군(郡)의 한 도시에서 보좌신부로 있으면서 보름이 채 못 되게 집으로 휴가를 온 형 펠릭스 신부, 또 다른 형 커스버트. 그는 고전학자이며 모교의 교수와 학장직을 겸임하면서 긴 방학 동안 케임브리지에서 집으로 와서 휴가를 즐기는 중이었다. 어머니는 모자를 쓰고 은테 안경을 꼈으며, 예순다섯 가량 된, 몸이 조금 수척한 아버지는 성실하고 독실한 종교인으로, 그의 창백한 얼굴에는 생각과 목적 의식으로 주름이 깊게 파여 있었다. 아버지의 머리 위에는 자식들 중 맏이로 선교사와 결혼하여 아프리카로 간, 열여섯 살손위의 에인절 누이의 사진이 걸려 있었다.

늙은 클레어 신부는 지난 이십 년 사이에 현대적 생활에서 거의 자취를 감춘 성직자였다. 그는 위클리프*, 후스**, 루터***, 칼뱅****으로 연결되어 내려오는 종파의 정신적 직계 후예로, 복음주의 교파 중의 복음주의자이며, 개종주의자이고, 생활과 생각은 사도처럼 소박하였으며, 아주 젊은 시절에 존재의 기본 문제를 완전히 정리하여 그 이후로는 그 문제에 관하여 다른 이론을 용납하지 않았다. 그는 동시대와 같은 계열의 학파 내에서도 극단적인 사람으로 치부되었다. 그를 전적으로 반대하는 사람도 그의 철두철미한 태도와, 원칙을 적용하는 힘에 있어서 어떠한 의문도 허락하지 않는 놀라운 능력을 존경하지

---

* 1330년~1384년. 영국의 신학자이자 철학자.
** 1370년~1415년. 보헤미아의 종교 개혁자. 루터의 종교개혁의 선구자.
*** 1483년~1546년. 종교개혁의 창시자.
**** 1596년~1564년. 루터식 종교개혁의 계승자.

않을 수 없었다. 그는 타르수스*의 바울을 사랑하고 성자 요한을 좋아하였으나, 성자 야고보를 있는 힘을 다하여 미워하였으며, 디모데와 디도와 빌레몬은 미워하고 좋아하는 감정이 반반씩 섞여 있었다. 그의 생각에 신약성서란 강론이기보다는 도취된 감정의 표현이어서 그리스도의 말씀이기보다는 바울의 저서였다. 결정론에 대한 그의 믿음은 거의 그의 약점이라고 볼 수 있어, 부정적인 면에서는 쇼펜하우어**와 레오파르디***의 철학과 사촌쯤 되는 부정적 철학의 경지에 다다라 있었다. 그는 교회의 법규와 예배 규정을 경멸하였으나 국교의 39조에는 선서를 하여 교회의 모든 일에 있어서 그의 태도는 일관성을 띠고 있다고 믿었다. 이러한 신념이 어떤 의미에서는 틀린 것이 아니었다. 한 가지 확실한 것은 그가 진실한 사람이라는 점이었다.

아들 에인절이 바 계곡에서 최근 경험하고 있는, 자연 속의 생활과 생동감 넘치는 여성에게서 얻는 탐미적이고 관능적이며 이교도적인 쾌락에 대하여, 클레어 신부가 물어서 알게 되거나 상상으로 짐작했다면, 기질적으로 크게 반대했을 것이다. 언젠가 한번 에인절은 화가 치밀어 아버지에게 현대 문명의 종교적 근원지가 팔레스타인이 아니고 그리스였더라면 인류에게는 보다 좋은 결과가 있었을 것이라고 말한 적이 있다. 이러한 생각에 대하여 총체적 진리나 절반의 진리가 아니더라도 그 진리의 1000분의 1이라도 그 속에 들어 있으라는 가능성을 아버

---

* 바울의 고향.
** 1788년~1860년. 독일의 염세주의 철학자.
*** 1798년~1837년. 이탈리아의 염세주의 시인.

지는 이해하지 못했고, 가슴 아픈 슬픔을 멍한 표정으로만 표시했다. 얼마 뒤 그 일에 대하여 아버지는 아들에게 준엄한 설교를 하였다. 그러나 그는 워낙 인성이 착한 사람이어서 불쾌한 기분을 오랫동안 마음속에 담아 두지는 않았다. 그래서 오늘도 아버지는 아들을 순수하게 감미로운 아기 같은 천진한 미소를 띠며 반겼다.

에인절이 자리에 앉았다. 집의 아늑함이 느껴졌다. 그러나 전처럼 가족이 함께 모인 자리에 있다는 느낌이 아니었다. 집으로 돌아올 때마다 그는 이러한 이질감을 느꼈다. 이번에는 지난번 사제관에 왔을 때보다 그 이질감이 더 강하게 다가왔다. 하늘에 낙원이 있고 땅끝에 지옥이 있다는 지구 중심적 우주관에 무의식적으로 그 근거를 두고 있는 가족의 초월적 열망이, 마치 다른 천체에 사는 사람들의 꿈처럼 낯설게 느껴졌다. 최근 그가 본 것은 오직 삶이 무엇인가 하는 것이었다. 지혜가 스스로 조절하도록 내버려 두어도 좋을 것을 교리가 쓸데없이 저지하려는 삶의 위대한 정열적인 박동이, 휘어지거나 뒤틀리거나 구속되지 않고 뛰는 것을 그는 경험한 것이다.

가족들은 가족들대로 그에게서 자신들과 크게 다른 점을 발견했다. 옛날의 에인절 클레어와 달라진 것을 느낀 것이다. 그들 특히 형들이, 그의 생활 태도가 달라진 것을 느꼈다. 그는 점점 농부처럼 행동했다. 다리를 아무렇게나 내뻗고, 얼굴 근육이 점점 민감해지고, 눈의 표정이 혀만큼 속마음을 드러내다 못해 더 심하게 감정을 노출했다. 학자적인 모습은 거의 사라지고, 사랑방의 젊은이다운 태도가 전보다 더 두드러졌다. 새침 떠는 사람은 그를 교양 없는 사람이라 불렀을 것이고, 깔끔 떠는 사람은 그를 조잡하다고 했을 것이다. 이것은 톨보트 헤이즈 농장의 요정들, 그리고 자연의 청년들과 어울려 살면서 감염된 것이었다.

복음주의파가 아닌, 훌륭하게 교육받은 모범적인 청년으로, 머리털 끝까지 정확한 두 형들과 아침 식사를 한 후 그는 산책에 나섰다. 이들 흠잡을 데 없는 모범생들은 해마다 체계적 교육의 틀에서 만들어지는 사람들이었다. 두 사람 모두 조금 근시였다. 끈 달린 외알 안경을 끼는 것이 유행일 때는 외알 안경에 끈을 달아 끼고 다녔으며, 두 알 안경을 끼는 것이 유행일 때는 두 알 안경을 꼈다. 또 보통 안경을 끼는 것이 유행이면 시력에 상관없이 보통 안경으로 바꿔 꼈다. 워즈워스가 시인으로 평판이 높으면 그들은 그의 보급판 시집을 들고 다녔고, 셸리의 인기가 사라지면 그의 시집을 책장 구석에서 먼지가 쌓이도록 버려 두었다. 사람들이 코레조*의 「성(聖) 가족」을 좋다고 하면 그들도 코레조의 「성 가족」을 좋다고 하였고, 코레조의 인기가 떨어지고 벨라스케스**의 인기가 오르면 개인적인 이견을 달지 않고 정성스럽게 다른 사람들을 따라했다.

두 형들이 에인절에게서 사회적으로 적응하는 데 적합하지 못한 면을 발견했다면 에인절은 형들에게서 커져 가는 정신적 한계를 발견했다. 그의 눈에는 펠릭스의 모든 것이 교회라면 커스버트의 모든 것은 대학이었다. 한 사람에게는 교구 종교 회의와 교구 방문이 세상의 중심이었으며, 또 한 사람에게는 케임브리지가 세계의 중심이었다. 대학의 구성원도 아니고 교

---

* 1494년~1534년. 이탈리아의 화가.
** 1599년~1660년. 스페인의 화가.

회인도 아닌 비천한 국외자가 문명사회에는 수천만 명이나 있으며, 이들은 그냥 사회에서 용납되어야 할 사람들이지만 결코 인정받고 존경받을 사람들은 아니라고 두 형들은 솔직하게 시인하였다.

그들은 효심이 깊고 순종적인 아들이었으며, 정기적으로 부모를 찾아오는 효도도 잊지 않았다. 펠릭스는 아버지보다 신학의 변천사에서 파생한 최신 문제에서는 방계에 속하는 편이었지만 희생정신이나 공평함에 있어서는 아버지보다 못했다. 그는 아버지보다 반대 의견에 대해서는(그러한 사람에게 그런 생각이 위험할 수도 있는 상황을 보고도) 좀 더 관대한 편이었으나, 자신의 가르침을 모욕하는 의미에서 그런 의견을 주장하는 사람을 용서할 마음은 아버지보다 약했다. 커스버트는 대체로 관대한 편이었지만, 자세히 관찰하면 마음이 그렇게 따스한 사람은 아니었다.

산등성이를 따라 걸으면서 에인절의 마음속에는 지난날의 느낌이 되살아났다. 자신과 비교해서 형들의 사회적 이점이 무엇이든 간에, 두 사람은 살아가는 대로 인생을 보지도 못하고 표현도 못한다는 생각이 다시 떠오른 것이다. 많은 사람들이 그러하듯 그들에게는 관찰할 기회가 표현할 기회만큼 좋은 것이 아닐지도 모르는 일이었다. 그들이나 그들의 동료들이 떠내려가는 부드럽고 조용한 물살 밖에서 작용하는 복잡한 힘에 대한 생각에는 두 사람 다 미치지 못하는 것이었다. 두 사람 다 지역적 진리와 우주적 진리의 차이를 보지 못하고, 성직자로서나 학문적으로 그들이 듣는 내면의 소리가 외부 세계가 생각하는 것과 다르다는 점을 이해하지 못하는 것이었다.

"애야, 이젠 농장 일이 아니면 넌 아무것도 할 일이 없다는 거지?" 펠릭스가 안경 너머로 먼 들판을 엄숙하고 슬픈 눈으로 바라보면서 동생에게 이것저것 이야기하다가 이렇게 말했다. "이제 주어진 상황에서 최선의 방법이 무엇인지 생각해야 겠구나. 부탁할 것은 도덕적 이상과 가능한 한 가깝게 있으라는 거다. 농사일이라는 것은 겉보기에는 거칠고 불편한 일이지. 그러나 고상한 생각이 소박한 생활과 어울릴 수도 있다고 생각한다."

"물론 그럴 수도 있지요." 에인절이 대답했다. "그건 벌써 1900년 전에 증명된 것 아닌가요? 형의 영역을 약간 침범해도 좋다고 허락한다면요. 펠릭스 형은 내가 왜 고상한 생각과 도덕적 이상을 저버릴 거라고 생각하죠?"

"응, 너의 편지에 나타난 어조와 우리가 나눈 대화에서 그런 생각이 들었다. 근거 없는 생각이겠지만 네가 지성적인 생활을 포기하고 있는 것 같구나. 커스버트, 그런 생각 들지 않았니?"

"펠릭스 형" 하고 에인절이 딱딱한 목소리로 말했다. "형도 알다시피 우린 좋은 친구이기도 해요. 그러나 우리는 각자 자기에게 주어진 길을 따라 돌고 있어요. 그런데 지적인 생활에 대해서는, 교조주의자로서 형은 내 지적인 생활은 나한테 맡기고 형의 지적인 생활이나 잘 챙기는 게 좋을 것 같네요."

그들은 언덕을 내려와 점심 식사를 하기 위해 집으로 돌아왔다. 식사 시간은 특별히 정해지지 않았다. 교구에서 아버지와 어머니의 오전 일이 끝나면 언제든지 준비되었다. 헌신적인 클레어 신부 부부는 오후 심방이라는 편의주의적 일 처리는 염두에 두지도 않았다. 세 아들은 이 문제에 대하여 다 같이 아버지와 어머니가 좀 더 현대적인 생각에 맞추기를 희망했다.

아침 산책으로 세 사람은 모두 시장했다. 특히 야외 생활을 하고 있는 에인절은 농장 주인의 조금 조잡한 식탁, 금전으로 는 살 수 없는 푸짐한 잔칫상에 익숙해져 더욱 시장기를 느꼈 다. 그러나 두 노부부는 집에 없었다. 그들은 세 아들이 기다 리기에 지쳤을 즈음 돌아왔다. 자기 희생적인 부부는 자신들 의 식욕은 잊은 채 교구 내의 환자 몇 사람에게 평소의 설교 와는 조금 모순되지만 식사를 하여 육체의 죄수로 이 세상에 남아 있으라고 달래는 데 시간을 보내고 온 것이었다.

가족이 모두 식탁에 앉았다. 특별히 요리를 하지 않은 찬 음식이 조촐하게 차려졌다. 에인절은 눈으로 크릭 부인이 보낸 블랙 소시지를 찾았다. 그는 그 소시지를 농장에서 했던 것처 럼 석쇠 불에 잘 익히라고 부탁했었다. 자신이 아주 좋아하는 것처럼 아버지와 어머니가 그 소시지의 놀라운 약초 향 맛을 즐기기를 바랐던 것이다.

"아, 네가 그 블랙 소시지를 찾는 것 같구나." 에인절의 어머 니가 말했다. "그것 없이 식사를 해도, 네가 그 이유를 알면 괜 찮다고 할 거다. 아버지와 나도 그걸 먹지 않고, 과음으로 손 을 떨어 지금은 수입이 없는 사람에게 주었다. 아버지에게 크 릭 부인의 고마운 선물을 그 사람 아이들에게 갖다 주자고 했 더니 그 사람과 아이들이 아주 좋아할 거라고 아버지가 흔쾌 히 동의하셨다. 그래서 그 집에 갖다 주었다."

"잘하셨어요." 에인절이 꿀 술을 찾으면서 명랑한 목소리로 말했다.

"그 꿀 술은 너무 독해서" 하고 그의 어머니가 말을 계속했다. "음료수로는 적합하지 않더구나. 그러나 럼주나 브랜디처럼 비상 약으로 좋을 것 같아 약장에 잘 넣어 두었다."

"우린 식탁에서 술을 마시지 않는 것이 원칙이지." 아버지가 덧붙였다.

"농장 주인 아주머니에게는 뭐라고 하죠?" 에인절이 말했다.

"물론 사실대로 말해야지." 하고 아버지가 말했다.

"꿀 술이랑 블랙 소시지를 아주 맛있게 잘 먹었다고 말할까 했는데요. 아주머니가 아주 친절하고 명랑하세요. 분명히 물어 볼 거예요."

"먹지 않고서 그런 말을 할 수 없는 거다." 클레어 신부가 잘라 말했다.

"그러지 않아야지요. 그렇지만 그 술은 한 방울만 마셔도 뽕 가요."

"뭐라고?" 커스버트와 펠릭스가 동시에 외쳤다.

"아, 그건 톨보트헤이즈에서 쓰는 말이에요." 에인절이 얼굴을 붉히며 말했다. 그는 아버지와 어머니가 감정이 없는 것은 잘못이지만 한 일이 옳다고 생각하고 그 이상 아무 말도 하지 않았다.

26장

가족 예배가 끝난 다음에야 에인절은 마음속에 있는 한두 가지 문제에 대해 아버지와 상의할 기회를 잡았다. 그는 형들 뒤에서 카펫 위에 무릎을 꿇고 그들의 산책용 장화 뒤창에 박힌 작은 못을 들여다보면서 이야기할 안건을 차분히 생각해 두었다. 예배가 끝나자 형들이 어머니와 밖으로 나가고 방에는 클레어 신부와 에인절만 남았다.

청년은 먼저 아버지에게 자신이 농부로서 좀 더 크게 입지를 넓혀 영국이나 식민지에서 자리 잡을 계획이라고 이야기했다. 그러자 아버지는 에인절을 케임브리지에 보내 주지 않았기 때문에 다른 형들에 비해 부당하다는 소외감을 느끼지 않도록 장차 땅을 사거나 임차할 수 있는 돈을 매년 의무적으로 저축해 두었다고 했다.

"세속적인 재산이라면" 하고 아버지가 말을 이었다. "몇 해 뒤에 네 형들보다 훨씬 더 유리한 입장에 서게 될 거다."

이러한 클레어 신부의 배려는 에인절이 다른, 좀 더 중요한 문제를 꺼낼 수 있는 물꼬를 텄다. 그는 아버지에게 자신의 나이가 이제 스물여섯이며, 농장 일을 시작하면 자신의 뒤통수에서 눈이 되어 모든 일을 돌볼 사람, 자신이 들에 나가 있는 동안에 집안일을 관리할 사람이 필요할 거라고 말했다. 따라서 자신이 결혼하는 것이 좋지 않겠느냐고 조심스레 물었다.

아버지는 그런 생각이 부당하지 않은 것으로 받아들이는 것 같았다. 에인절이 이렇게 물었다.

"검소하고 열심히 일하는 농부에게 어떤 아내가 가장 적합하다고 생각하세요?"

"네가 나가고 들어오는 데 도움이 되고 위안이 될 수 있는 독실한 기독교도 여인이겠지. 그다음은 별로 중요하지 않다. 그런 사람을 찾을 수도 있다. 성실한 내 친구이고 이웃인 찬트 박사……"

"그런 여인은 먼저 소젖을 짤 줄 알고 좋은 버터를 만들고 치즈도 많이 만들 줄 알아야 하지 않을까요? 암탉과 칠면조가 알을 깔 수 있도록 자리를 틀어 주고 병아리를 기르고 긴급 상황이 생기면 일꾼들을 지휘하고 양과 송아지 값도 계산할 줄 아는 사람이요."

"그래, 음, 농부의 아내 말이지. 그래, 그렇지. 그런 사람이 바람직하지." 아버지 클레어 신부는 이런 점은 생각해 보지 못했던 것이 분명했다. "이 말을 더 하려던 중이었다." 아버지가 말을 계속했다. "마음이 순수하고 성자 같은 여자로는 네가 한때 어느만큼 관심을 보였던 너의 친구 머시만큼 장점을 갖춘 여자가 없지. 어머니나 나에게도 그만큼 좋은 점을 갖춘 아이가 없고. 찬트의 딸도 축제 때는 요즘 우리 주변의 젊은 사제들처럼 유행을 따라 성찬대에 꽃과 그 밖의 다른 지저분한 것들을 가져와 장식하는 것을 보았다. 어느 날은 이 성찬대를 제단이라고 부르는 걸 듣고 놀라기도 했다만. 그러나 그런 허식에 나처럼 반대를 하는 그 아이 아버지가 그런 건 고칠 거라고 하더라. 그런 건 단지 어린 처녀의 돌출 행동일 뿐 오래가지 못하는 거니까."

"그래, 그래요. 머시는 착하고 신앙심이 두텁죠. 저도 잘 알아요. 그러나 아버지, 찬트 양처럼 순수하고 덕성스러우면서 그 아가씨가 가지고 있는 종교 지식 대신 농부 자신만큼 농장 생활을 잘 이해하는 젊은 여자가 저에게는 훨씬 더 잘 어울릴 거라고 생각하지 않으세요?"

아버지는 여전히 농부의 아내로서 해야 할 일을 잘 아는 것은 인간에 대한 사도 바울의 생각만큼 중요하지 않다고 주장했다. 아버지의 감정을 존중하면서 동시에 자신이 마음속에 담아 두고 있는 주장을 펼치려고 충동적인 에인절은 그럴 듯하게 말을 꾸몄다. 그는 아버지에게 농업 경영인의 동반자로서 모든 조건을 갖추고 마음씨도 진지한 여자를 만났는데, 운명이거나 신의 섭리 같다고 말했다. 그녀가 아버지가 속해 있는 건전한 저교회파 신도인지 아닌지는 말하지 않고, 그 문제에 대해 아마 개방적인 견해를 가지고 있을 거라고 둘러댔다. 그러나 그녀는 정규적으로 교회에 나가며, 소박한 신심을 가졌고, 정직하고, 감수성이 예민하고, 두뇌는 지적이며, 매우 우아하고, 베스타 신전의 처녀 사제처럼 순결하고, 얼굴은 누구와 비교할 수 없을 만큼 아름답다고 말했다.

"네가 결혼해도 좋을 가문의 처녀냐? 간단히 말해서 숙녀냐?" 두 사람의 대화가 계속되는 동안 소리 없이 서재로 들어와 있던 어머니가 놀란 목소리로 물었다.

"사람들이 보통 말하는 숙녀라고는 부를 수 없어요." 에인절이 당당하게 말했다. "그 사람은 농갓집 딸이에요. 저는 그걸 자랑스럽게 생각해요. 그러나 숙녀예요. 감정이나 성품이 말이죠."

"머시 찬트는 아주 훌륭한 집안 출신이다."

"어머니, 대체 그게 무슨 소용이죠?" 에인절이 급히 어머니의 말을 받았다. "지금도 그렇고 앞으로도 그렇겠지만 거친 일을 할 사람에게 좋은 집안이 무슨 소용이 있나요?"

"머시는 교육받은 처녀다. 교육은 나름대로 장점을 지니고 있다." 어머니가 은테 안경 너머로 그를 바라보며 말했다.

"외형적 교육이 제가 앞으로 살아갈 인생에 무슨 소용이 있나요? 그 처녀의 독서 문제는 제가 가르칠 수 있어요. 영민한 학생이 될 거예요. 어머니도 그 처녀를 알게 되면 저와 같은 생각을 할 거예요. 그 처녀는 시(詩)로 넘쳐 있어요 시가 현실로 구현된 사람이라고 할 수 있어요. 시인이 종이에 쓰는 시를 그 아가씨는 실제 생활에서 실천하는 사람이에요……. 그리고 또 기독교인으로 전혀 나무랄 데가 없는 사람이고요. 이 점은 확실해요. 어머니나 아버지가 후세에 전파하고 싶은 바로 그런 종족이고 부류고 유형이에요."

"아, 에인절, 넌 날 놀리고 있구나!"

"어머니, 죄송해요. 그 처녀는 정말로 거의 빠지지 않고 일요일 아침에 교회에 나가요. 훌륭한 기독교인이지요. 그 점만 봐도 그 처녀가 안고 있는 어떤 사회적 결함을 용납할 수 있을 거예요. 또 그 처녀 말고 다른 사람을 선택하는 것이 저를 위해서는 더 잘못된 일일 수도 있어요." 에인절은 사랑하는 테스가 비판 없이 받아들이는 정통파 교회 신앙을 진지하게 추어올렸다. 그는 그동안 그녀와 다른 젖 짜는 처녀들이 보여 준 신앙은 근본적으로 자연주의적인 신앙이며 그건 현실적이지 않다고 판단하여 경시했는데 그것이 이렇게 도움이 되리라고는 생각하지 못했다.

아직 보지도 못한 젊은 여성을 두고 아들이 그렇게 칭찬을 할 수 있는 권한이 있는지 싶어 마음이 쓰라리고 한편 의심스럽기도 하였으나, 클레어 신부 부부는 그 처녀가 적어도 건전한 사고방식을 지니고 있다는 사실은 무시할 수 없는 점이 장점이라고 생각했다. 특히 두 사람의 만남이 섭리에 의해서 이루어진 것이라면 더욱 그러했다. 에인절은 결코 정통파 교회 신앙 때문에 선택을 할 사람이 아니었기 때문이다. 두 부부는 결국 그 문제를 서두르지 않는 것이 좋겠으며 그 처녀를 만나 보기는 하겠다고 말했다.

에인절은 그녀에 대해 그 이상 자세히 이야기하지 않았다. 아버지와 어머니가 헌신적이며 자기 희생적이지만 중류 계층 출신으로 가난한 계층에 대한 잠재적 편견이 아직 남아 있으며 그것을 극복하기 위해서는 작전이 필요하다는 사실을 깨닫게 되었다. 법적으로는 그가 원하는 것을 마음대로 할 수 있었으며, 그들과 멀리 떨어져 살기 쉬운 상황에서 며느리의 사회적 자격이 무엇이든 그것이 그들의 생활에 실제로는 아무런 영향을 주지 않지만, 그의 일생에서 가장 중요한 문제를 결정하는 시점에서는 그들의 마음을 상하지 않게 하는 것이 부모 자식 간의 정을 위해서 바람직한 일이라고 생각했다.

그는 테스의 삶에서 일어난 우발적인 일을 지극히 중요한 문제처럼 생각하는 자신의 모순을 깨달았다. 그가 사랑하는 테스는 그녀 자신일 뿐이었다. 그녀의 영혼, 그녀의 마음, 그녀의 실체이지, 농장에서 젖을 짜는 기술이나 총명한 학생으로서가 아니었다. 그녀의 소박하고 형식적인 신앙은 더욱 더 아니었다. 열린 공간에서 살아가는 그녀의 순박한 삶에는 그에게 매력적으로 보이기 위한 전통이라는 표면적 광택이 필요하지 않았다. 집안의 행복이 달려 있는 정감과 충동의 맥박에 교육이 아직은 영향을 크게 끼치지 않았다고 그는 생각했다. 시간이 지나면 도덕적 지적 수련의 개량된 체계가 본의 아닌 거의 무의식적인 인간의 본능을 눈에 띄게 발전시킬 수도 있었다. 그러나 현재까지 그가 관찰한 범위 안에서는 문화란 오직 그 문화의 영향 아래에서 자란 사람들의 정신적 표피에만 영향을 줄 뿐이었다. 이러한 신념은 최근에 교양 있는 중산층에서 농촌 사회의 여성들을 만나면서 확인한 것이었다. 이러한 경험은 한 사회적 계층에서 발견하는 착하고 현명한 여자와 다른 계층에서 찾을 수 있는 착하고 현명한 여자의 태생적 차이점이, 같은 계층이나 계급에서 발견하는 착하고 나쁜 여자나 현명하고 어리석은 여자 사이의 천부적 차이점보다 훨씬 적다는 것을 가르쳐 주었다.

그가 돌아갈 아침이 왔다. 형들은 북부 지방에서 도보 여행을 하다가 나중에 여행이 끝나면 한 사람은 대학으로 또 한 사람은 자신의 교구로 돌아가기 위해 벌써 사제관을 떠나고 없었다. 에인절도 형들을 따라갈 수 있었지만 톨보트헤이즈로 돌아가 사랑하는 사람과 같이 있는 편을 택했다. 셋이 함께 갈 경우 필시 그는 거북한 일행이 되게 마련이었다. 세 사람 중에서 자신이 가장 이해심 많은 인본주의자이며 가장 이상적인 교인이고 또 심지어는 가장 조예 깊은 예수 연구자이기도 했지만, 그의 네모난 성품이 그를 위해 준비된 둥근 구멍에는 맞지 않을 것이라는 이질감이 그의 의식 속에 자리하고 있었기 때문이었다. 펠릭스나 커스버트에게 테스 이야기를 아예 하지 않을 생각이었다.

어머니가 샌드위치를 만들어 주었고 아버지는 말을 타고 길을 따라 나왔다. 자신의 용건이 상당히 진전된 마당이어서 에인절은 그늘진 오솔길을 아버지와 나란히 말을 타고 가면서 조용히 귀를 기울여 아버지가 말하는 교구에서의 어려움, 그가 사랑한 형제 사제들이 그를 두고 악성적 칼뱅주의 교리로 신약성서를 너무 엄격하게 해석한다고 비난하면서 보여 주는 냉랭함 같은 이야기를 들었다.

"파괴적이래!" 아버지가 기분 좋은 목소리로 경멸하듯 말했다. 그는 그런 공격이 부당하다는 사실을 증명하는 예를 들기 시작했다. 자신이 나서서 망나니처럼 살아가던 사람을 개종시킨 놀라운 사례가 가난한 사람들뿐만 아니라 부자로 넉넉히 사는 사람들 중에도 있다고 했다. 실패도 많이 했다고 솔직히 인정했다.

이러한 실패의 예가 트란트리지 근처에서 약 65킬로미터쯤 떨어진 곳에 사는 더버빌이라는 젊은 졸부 지주라고 했다.

"킹스비어와 그 밖에 여기저기 흩어져 있는 유서 깊은 더버빌 집안이겠군요?" 아들이 물었다. "사두(四頭) 마차의 유령의 전설이 따라다닌다는 그 역사적이고 골동품 같은 집안 말이지요?"

"아, 아니다. 원래 더버빌 가문 사람들은 약 육십 년에서 팔십 년 전에 다 몰락해서 없어졌다. 적어도 나는 그렇게 믿고 있다. 지금 말한 더버빌은 이름만 빌린 신흥 가문 같다. 그 옛날의 기사 가문의 명예를 위해서라도 이 친구들은 가짜이기를 바란다. 난 그들이 가짜라는 것을 확신한다. 그런데 네가 옛 가문에 관심을 보인다니 이상한 일이구나. 넌 나보다 그런 집안을 더 낮추어 보는 줄 알았다."

"아버지는 저를 잘못 알고 계세요. 자주 그러시지만요." 에인절은 약간 성급한 투로 말했다. "정치적 측면에서는 오래된 가문에 대해 회의적이에요. 그들 중 일부 현명한 사람들은 햄릿이 말한 것처럼 '가문의 대물림을 반대'*하고 있어요. 그러나 서정시나 극적인 입장, 심지어 역사적으로는 제 마음이 그들에게 부드럽게 열려 있어요."

특별히 미묘한 차이가 있는 것은 아니었으나 아버지 클레어 신부에게는 아들의 이야기가 너무 미묘하게 들렸다. 그는 하던 이야기를 계속했다. 소위 더버빌로 알려진 집안의 어른이 죽은 다음 젊은 더버빌은 어머니가 장님이었기 때문에 좀 더 철이 들었어야 할 텐데 오히려 최악의 범죄적 정열에 몰두하기 시작했다는 것이었다. 그쪽 지방으로 전도를 위한 설교를 나갔다가 청년의 행적에 대해 이야기를 들은 클레어 신부는 그 비행 청

---

*『햄릿』 2장 2막 참조.

년에게 그의 정신 상태에 대해 설교하기로 과감하게 결단을 내렸다. 그는 다른 교구 신부로 그 지방에서는 담당 신부가 아니며 그날의 설교단도 다른 사람의 것이었지만 그 비행 청년에 대한 설교가 의무처럼 느껴져 누가복음에서 설교 내용을 인용하였다. "어리석은 자여, 오늘 밤 네 영혼을 도로 찾으리니."* 청년은 너무 직접적으로 공격의 화살을 쏜 것에 대단히 분개하였다. 나중에 두 사람이 직접 만나 언쟁이 일어나자 그는 신부의 백발을 존경하기는커녕 사람들 앞에서 주저 없이 욕설을 퍼부었다.

에인절은 그 이야기를 듣고 화가 치밀어 얼굴을 붉혔다.

"아버지" 하고 그가 슬픈 목소리로 말했다. "그런 고약한 녀석들한테 부당한 고통을 당하는 일을 자처하지 말았으면 좋겠어요!"

"고통?" 자기 희생의 열기로 주름진 얼굴을 환하게 빛내면서 아버지가 말했다. "내가 받은 고통이라고는 그 불쌍한 젊은 바보 대신 받는 고통이었을 뿐이다. 그 녀석이 화가 나서 퍼부은 욕이 나에게 고통을 줄 것 같으냐? 그가 설사 주먹질을 한다고 해도 화가 날 리 없지. '후욕을 당한즉 축복하고, 핍박을 당한즉 참고, 비방을 당한즉 권면하니, 우리가 지금까지 세상의 더러운 것과 만물의 찌끼같이 되었도다.'** 코린트 사람들에게 내린 이 고귀한 옛 말씀은 지금 이 시간에도 엄연한 진리이다."

"주먹질은 아니었겠죠? 주먹을 쓰지는 않았겠죠?"

---

* 「누가복음」 12장 20절.
** 「고린도 전서」 4장 12~13절.

"아니다. 그러지는 않았다. 만취한 미친 상태에서 주먹을 날리는 사람들에게 맞아 본 적은 있다마는."

"정말이에요?"

"열두어 번은 될 거다. 그러나 그게 어떻다는 거냐. 덕분에 그 사람들이 자신의 피와 육체를 스스로 죽이는 죄를 범하지 않도록 구해 주었지. 그들은 그 후로 나에게 감사하고 하느님을 섬기게 되었단다."

"그 젊은 친구도 그랬으면 좋겠네요!" 에인절이 열띤 목소리로 말했다. "아버지 말씀 대로라면 그렇지 않을지도 모르겠지만."

"그래도 그렇게 되기를 바라야지." 클레어 신부가 말했다. "난 그를 위해 계속 기도한다. 그러나 살아서 저세상으로 가기 전에 다시 만날 일은 없을 것 같다. 혹시 내가 한 말이 궁극에는 그의 마음속에 씨를 뿌려 언젠가 되살아날지도 모르지만."

에인절의 아버지는 지금도 항상 그렇듯 어린아이처럼 낙천적이었다. 아들은 아버지의 속좁은 독단론을 받아들일 수 없었지만 그의 행동을 존경하고 또 그의 경건한 태도에 영웅의 모습이 숨어 있는 것을 알아보았다. 테스를 아내로 맞이하는 문제에 있어서도 아버지는 그녀가 돈이 많은지 아니면 무일푼인지를 한 번도 물어보지 않는 것을 보고 그 어느 때보다 그 아버지의 생활 태도가 존경스러웠다. 에인절을 농부로 살아가게 만든 아버지의 탈세속적인 면 때문에 그의 형들은 신부로서 임기 내내 가난하게 살아갈 것이다. 그러나 그는 아버지의 그런 점을 존경했다. 사실 에인절은 형들보다 인간적인 면에서 아버지와 더 가깝다는 것을 자주 느끼곤 했다.

27장

한낮의 눈부신 대기 속에서 말을 타고 30여 킬로미터나 되는 산길을 오르고 계곡을 내려간 에인절은 오후에야 톨보트헤이즈 농장에서 서쪽으로 2, 3킬로미터쯤 떨어진 외딴 언덕에 이르렀다. 그는 거기서 수분과 습기가 가득한 초록색 분지를 내려다보았다. 이것이 프룸이라는 이름으로 알려진 바 계곡이었다. 그는 거기서 쉬지 않고 바로 고지대에서 언덕 아래의 중적층 지대로 내려갔다. 여름 과일과 안개와 건초와 꽃들이 뒤섞인 나른한 향기가 큰 방향(芳香) 늪을 이루어 그가 지나가는 그 시간에는 벌과 나비와 동물들을 졸리게 만드는 것 같았다. 클레어는 이제 이곳에 아주 친숙해져서, 멀리 목장 여기저기에 점처럼 흩어져 있는 젖소의 이름을 모두 알 정도가 되었다. 이곳에서의 생활을 내면에서 바라볼 수 있는 힘이 생긴 것을 깨닫고 거기에 대하여 한 가닥 사치감을 느꼈다. 학생 시절에는 생각조차 할 수 없던 일이었다. 그는 아버지와 어머니를 무척 사랑했지만, 지금처럼 집에서 잠시 지내고 돌아오는 길에는 마치 부목(副木)과 붕대를 떼어 버린 듯 자유스러운 느낌을 지울 수가 없었다. 거기다 톨보트헤이즈에는 상주하는 세습 지주가 없기 때문에 영국 시골 마을의 분위기를 억압하는 관습적 구속도 없었다.

농장 밖에는 사람들 모습이 보이지 않았다. 사람들은 모두 관행대로 한 시간가량 낮잠을 자고 있었다. 여름에는 아주 이른 시간에 일어나기 때문에 낮잠이 꼭 필요했다. 문가에는 나무 테를 두른 우유 통들이 쉼 없는 솔질 때문에 물에 붓고 색이 바랜 채 우유 통을 걸기 위해 세워 둔 갈라지고 껍질이 벗겨진 오크 나뭇가지에, 옷걸이에 걸린 모자처럼 매달려 있었다. 통들은 모두 저녁 착유 시간에 쓸 수 있도록 건조되어 있었다. 에인절은 집 안으로 들어갔다. 그리고 조용한 복도를 지나 집 뒤쪽으로 나갔다. 거기서 잠시 귀를 기울였다. 남자 일꾼 몇이 쉬고 있는 짐마차 칸에서 코 고는 소리가 들려왔고, 조금 더 떨어진 곳에서는 더위에 지친 돼지들이 꿀꿀거리며 비명을 질렀다. 잎새가 커다란 대황(大黃)과 양배추의 넓고 축 늘어진 이파리도 햇볕 아래에서 반쯤 접은 양산처럼 대롱거리며 잠들어 있었다.

에인절은 안장을 풀고 말에게 먹이를 주었다. 집 안으로 다시 들어서는데 시계가 3시를 쳤다. 우유에서 크림을 걷어 낼 시간이었다. 3시를 치는 소리에 맞춰 머리 위에서 마루가 삐걱거리는 소리가 들렸고 이어서 층계를 밟고 내려오는 발소리가 들렸다. 테스의 발소리였다. 금세 그녀가 그의 눈앞에 다가와 섰다.

그녀는 그가 집 안으로 들어오는 소리를 듣지 못했기 때문에 그가 거기 있으리라고는 생각하지도 못했다. 그녀는 하품을 하고 있었는데 에인절에게는 그녀의 빨간 입 안이 뱀의 입 속처럼 보였다. 그녀가 틀어올린 머리채 위로 팔을 높이 뻗을 때 그는 햇볕에 그을린 부분 위로 비단같이 고운 피부를 보았다. 잠에서 막 깨어 얼굴은 붉게 물들었고 눈꺼풀은 무겁게 눈동자 위를 덮고 있었다. 넘쳐나는 그녀의 본성이 그녀가 내쉬는 숨결에 가득 배어 있었다. 한 여인의 영혼이 다른 어느 때보다 구체적인 모습을 띠고, 가장 눈부신 영적 아름다움이 육체를 암시하고, 또 성(性)이 육체 밖에서 구현되는 순간이기도 하였다.

희미하게 무겁던 눈이 곧 밝게 빛났다. 그러나 눈을 제외한 얼굴의 다른 부분은 아직 충분히 잠에서 깨어나지 않고 있었다. 반갑고 수줍고 놀란 감정이 묘하게 뒤섞인 목소리로 그녀가 외쳤다.

"오, 클레어 선생님, 정말 놀랐어요. 난……."

처음에는 그녀에게 그가 사랑을 고백한 후 달라진 두 사람의 관계를 생각할 겨를이 없었다. 그러나 그가 층계 아래쪽으로 걸어오고 그녀가 그의 부드러운 눈길을 마주보면서 그녀는 모든 상황을 인식했다는 표정을 지었다.

"사랑하는 테시!" 그는 두 팔로 그녀의 허리를 감고 얼굴을 상기된 뺨에 대면서 속삭였다. "선생님이라고 부르지 말았으면 좋겠어요. 테스 때문에 급히 돌아왔어요!"

대답 대신 테스의 흥분된 가슴이 가슴에 닿아 뛰었다. 그들은 집 입구의 붉은 벽돌 마루 위에 서 있었다. 그가 그녀를 가슴에 꼭 껴안고 있는 동안 햇빛이 창을 통해 비스듬히 들어와, 그의 등과 그녀의 숙인 얼굴과 그녀 관자놀이의 파란 혈관과 맨살이 드러난 팔과 그녀의 목과 그녀 머리칼 속까지 깊이 비추었다. 옷을 입은 채로 누워 있었기 때문에 그녀는 햇볕을 쬔 고양이처럼 따뜻했다. 처음에는 그녀가 그를 바로 보지 않았다. 그러나 곧 눈을 쳐들었다. 이브가 두 번째 잠에서 깨었을 때 아담을 쳐다보았듯이 그를 응시했다. 그의 눈이 끝없이 변하는 그녀 눈동자의 깊이를 재었고, 그 눈동자에서 반짝이는 파란색, 검은색, 회색, 보라색 빛을 하염없이 지켜보았다.

"크림 걷으러 가야 해요." 그녀가 애원하듯 말했다. "오늘은 저를 도와줄 사람이 데브 할머니밖에 없어요. 크릭 부인이 크릭 아저씨하고 장에 가고, 레티는 몸이 불편해요. 다른 사람들도 모두 어디로 외출해서 젖 짜는 시간까지 돌아오지 않을 거예요."

두 사람이 젖 짜는 작업장으로 가고 있는데 데보라 파이안더가 층계에 나타났다.

"데보라, 내가 돌아왔어요." 클레어가 계단 위를 향하여 소리를 질렀다. "내가 테스를 도와 크림 걷는 일을 할 수 있어요. 몹시 고단할 텐데, 이따 젖 짜는 시간까지 내려올 필요없을 것 같네요."

그날 오후 톨보트헤이즈의 우유는 깔끔하게 크림이 걷히지 않았는지 모른다. 테스는 꿈속에 있는 듯했다. 늘 다루는 물건들의 빛과 그림자와 위치는 보였으나 윤곽이 뚜렷하게 잡히지 않았다. 그물 국자를 식히기 위해 펌프 아래에 갖다 델 때마다 손이 떨렸다. 에인절의 열정이 너무 뜨거워 그녀는 이글거리는 태양 아래 서 있는 식물처럼 늘어진 채 두려움에 떨었다.

그는 그녀를 자신의 옆구리로 다시 끌어당겼다. 그녀가 납통에 흘러내린 크림을 닦아 내기 위해 집게손가락으로 통 언저리를 삥 돌리면 그는 맨손으로 그 손가락을 닦아 주었다. 톨보트헤이즈 농장의 가식 없는 풍습이 이런 때는 아주 편리한 방법이었다.

"사랑하는 테스, 나중에 말하나 지금 말하나 마찬가지니까 아예 지금 말하겠어요." 그가 부드러운 목소리로 입을 열었다. "지난 주 목장에서의 그 일 이후 계속 생각해 왔던 대단히 실질적인 문제인데, 의견을 좀 물어보고 싶은 게 있어요. 곧 결혼을 해야 할 텐데 난 이제 농부가 되었으니 나의 아내는 농장 운영에 대해 모든 것을 아는 사람이었으면 해요. 테시가 그 사람이 되어 줄 수 있겠어요?"

이성이 허용하지 않을 충동에 이끌렸다는 생각을 그녀가 하지 않도록 그는 이렇게 물었다.

그녀가 당혹스러운 표정을 지었다. 그녀는 가까이 있어 불가피하게 그를 사랑하는 필연성을 받아들였다. 그러나 그런 불가피한 결과를 그가 자신도 의도하지 않은 채 갑작스럽게 그녀 앞에 불쑥 내밀 줄은 생각지 못한 일이었다. 몸이 부서지는 쓰라림 같은 고통을 느끼며 정직한 여자로서 피할 수 없는 대답을 하였다.

"오, 클레어 선생님, 나는 선생님의 아내가 될 수 없어요. 그럴 수가 없어요!"

테스는 가슴을 찢는 것 같은 슬픔을 느끼며 얼굴을 떨어뜨렸다.

"테스!" 그녀의 대답에 놀라 욕심스럽게 그녀를 더 가까이 끌어당기며 이렇게 말했다. "안 된다고요? 분명히 날 사랑하지요?"

"아, 그래요. 그래요! 세상에서 다른 누군가의 아내가 되기보다는 선생님의 아내이길 바라요." 슬픔에 찬 여자의 감미롭고 정직한 목소리가 들렸다. "그러나 선생님과 결혼할 수는 없어요."

"테스." 에인절이 팔을 뻗어 그녀를 잡으며 말했다. "다른 사람과 결혼하기로 약속했군요!"

"아니에요, 그렇지 않아요!"

"그럼 왜 거절하죠?"

"난 결혼을 원하지 않아요. 결혼은 생각해 보지 않았어요. 결혼을 할 수 없어요. 난 그냥 선생님을 사랑할 뿐이에요."

"그렇지만 왜요?"

곤혹스러운 입장에 몰리자 그녀는 말을 더듬었다.

"아버지가 신부님이신데, 어머니는 저 같은 여자가 탐탁지 않으실 거예요. 어머니는 선생님이 좋은 가문의 규수와 결혼하기를 바라실 거예요."

"말도 안 돼요. 두 분께 벌써 말씀드렸어요. 내가 집에 간 것도 그 때문이기도 해요."

"난 결혼할 수 없을 것 같아요. 절대로 안 돼요!" 그녀가 같은 말을 반복했다.

"이런 식으로 결혼 신청을 받는 것이 너무 갑작스러운가요, 내 예쁜 테스?"

"네, 그런 건 전혀 생각해 보지 않았어요."

"테시, 좀 두고 보죠. 시간을 줄게요." 그가 말했다. "돌아오자마자 이렇게 청혼하다니 너무 성급했어요. 당분간 이 이야기는 꺼내지 않을게요."

그녀가 번쩍거리는 그물 국자를 다시 집어 들어 펌프 아래에 넣으면서 일을 시작하려 하였다. 그러나 아무리 애를 써도 다른 때처럼 솜씨 좋게 국자를 크림의 표면 바로 아래에 넣을 수 없었다. 어떤 때는 우유 쪽으로 국자를 넣기도 하고 또 어떤 때는 허공에서 헛손질을 했다. 슬픔 때문에 솟아오른 눈물 방울이 두 눈에 고여 앞을 볼 수 없었다. 그녀는 이 최상의 친구이자 사랑하는 후원자에게 왜 슬픈지 설명해 줄 수가 없었다.

"크림을 걷을 수가 없어요. 못 걷겠어요." 그에게서 몸을 돌리며 그녀가 외쳤다.

그녀를 더 이상 흥분시키거나 방해하지 않기 위해 생각이 깊은 클레어는 좀 더 일반적인 이야기로 화제를 돌렸다.

"우리 부모님을 잘 모르지요. 두 분은 세상에서 가장 순박한 사람들이고 야심이 전혀 없는 사람들이에요. 두 분 다 이 세상에서 몇 안 되는 복음주의파지요. 테스, 자기도 복음주의파인가요?"

"잘 모르겠어요."

"테스는 빠지지 않고 교회에 나가는데, 소문에는 이곳 신부님은 고교회파가 아니라고 하더군요."

교구 신부의 신학관에 대해 그녀의 생각은 그의 설교를 매주 들으면서도 그의 설교를 한 번도 듣지 않은 클레어보다 덜 명확한 것 같았다.

"교회에서 듣는 설교에 좀 더 집중했으면 좋겠어요." 그녀가 안전한 일반론적 이야기처럼 말했다. "그러지 못해서 아주 슬플 때가 자주 있어요."

그녀가 너무나 가식 없이 대답하자 클레어는 마음속으로, 비록 그녀 자신은 고교회파, 저교회파, 광교회파에 대한 원칙을 갖고 있지 않지만, 그의 아버지가 종교적인 이유로 그녀를 반대하지는 않으리라는 확신이 섰다. 그녀의 종교에 대한 혼돈된 신앙은 유년 시절에 받아들인 것이 분명한데 현실적인 용어로는 팸플릿 학파*라고 할 수 있으나 본질적으로 범신론적이라는 것을 클레어는 알고 있었다. 그녀의 종교관이 혼돈된 것이건 아니건 그는 그러한 그녀의 생각을 흔들고 싶지 않았다.

어린 누이를 내버려 두어라, 그녀가 기도할 때에는.
그녀의 어린 날의 천국과 그녀의 행복한 생각도.
아름다운 나날로 나아가는 삶을.
그림자 드리운 암시로 혼란을 일으키지 말라.**

그는 이 시의 충고가 음악적이기는 하지만 정직하지는 않다고 생각한 적이 있었다. 그러나 지금은 그 시의 취지에 기꺼이 동의했다.

---

* 일반적으로는 트랙테리언이라고 알려진 19세기의 종교운동. 옥스퍼드 대학의 신학자 뉴먼, 키블, 퓨지가 중심이 되어 고대 종교의 부활을 주창하고 성공회에 가톨릭적 요소를 더 많이 도입하자고 하였다. 그들의 주장을 주로 《더 타임스》에 소논문 내지 팸플릿식으로 발표하여 트랙테리언 내지 옥스퍼드 운동으로 불리게 되었다.
** 영국 시인 앨프리드 테니슨(1809~1892)의 시 「인 메모리엄」에서 인용.

그는 집에서 있었던 이야기와 아버지의 생활양식과 종교적 원칙에 대한 열성을 계속 이야기해 주었다. 그녀가 점차 침착해지고, 크림을 걷을 때도 손 떨림이 사라졌다. 그녀가 한 통 한 통 크림을 걷어 낼 때마다 그녀를 따라와 우유가 흘러나오도록 통의 마개를 뽑아 주었다.

"처음 돌아왔을 때는 조금 기운이 없는 것 같아 보였어요." 그녀는 자신에 대한 이야기를 피하기 위하여 말문을 돌렸다.

"그랬어요…… 아버지가 힘든 일과 어려운 일을 이것저것 많이 이야기했는데, 그런 이야기는 항상 날 우울하게 만들어요. 아버지가 너무 열성적이어서 자신과 생각이 다른 사람들에게 모욕과 조롱을 많이 받아요. 아버지 나이에 그런 모욕을 받는다는 소리는 듣고 싶지 않거든요. 성실한 것이 도를 넘어서면 별 효험이 없다고 생각하기 때문에 더 그래요. 아버지는 최근 겪은 대단히 불쾌했던 이야기를 들려주었어요. 여기서 약 65킬로미터쯤 떨어져 있는 트란트리지라는 마을의 인근에 어느 선교회의 대리인으로 갔다가 그 근방에 사는 지주의 아들인 방종한 젊은 청년에게 충고를 하기로 마음먹었던 것 같아요. 그 젊은 친구의 어머니는 장님이 되었다고 그랬어요. 아버지는 그 사람에게 단도직입적으로 설교를 했는데 거기서 한바탕 소동이 일어났던 모양이에요. 결과적으로 아무 소용없는 것이 분명한데, 이야기를 낯선 사람의 사생활로 끌고 간 것은, 내가 생각하기에도, 바보 같은 짓이죠. 그러나 아버지는 그 일이 자신의 의무라고 생각하면 상황에 맞건 맞지 않건 기어이 이야기해야 하는 사람이에요. 물론 아버지에게는 적이 많아요. 아주 구제 불능일 정도로 사악한 인간뿐만 아니라 간섭받기 싫어하고 편안하게 살고 싶은 사람들도 많지요. 아버지는 그런 일을 자랑스럽게 생각하고 결국 그들에게 간접적으로나마 좋은 일을 했다고 생각해요. 이제 연세도 드셨는데 그만 자신을 힘들게 하지 말고 그런 돼지들은 자기네 진창 속에 뒹굴도록 내버려 두었으면 좋겠어요."

테스의 표정이 굳어지고 초췌해졌다. 그녀의 둥근 입술에는 비극적 기색이 감돌았다. 그러나 좀 전과 달리 떨지는 않았다. 클레어는 아버지 생각을 다시 하느라고 그녀에게서 일어나는 특별한 변화를 눈치채지 못했다. 두 사람은 하얗게 줄 지어선 직사각형 우유 통을 따라가면서 통을 비웠다. 곧 다른 젖 짜는 여자들이 돌아와 자기들의 통을 챙겼다. 데브 할머니도 새 우유를 담을 통을 씻으러 내려왔다. 테스가 젖소들이 있는 들로 가기 위해 그 자리를 떠나려고 하는데 에인절이 부드럽게 말을 걸었다.

"테시, 내 질문에 대한 답은?"

"아, 없어요. 안 돼요." 알렉 더버빌에 대해 이야기가 나오자 과거에 있었던 격동을 다시 느끼며 그녀는 심각한 절망감을 느꼈다. "그럴 수 없어요."

그녀는 목초지 쪽으로 갔다. 자신의 슬픈 긴장을 들판에서 털어 버리기라도 하려는 듯 다른 젖 짜는 여자들이 있는 곳으로 단걸음에 걸어갔다. 여자들은 모두 야생동물의 과감하고 우아한 동작으로 젖소들이 좀 더 멀리 떨어진 초원에서 풀을 뜯는 곳으로 걸어갔다. 그것은 넓은 공간에 익숙한 여인들의 용감하고 거침없는 움직임이었다. 물 속에서 수영하는 사람이 파도에 몸을 맡기듯 그들은 대기에 몸을 맡기고 있는 것 같았다. 테스의 모습을 보면서 에인절은 그녀가 인위적으로 꾸민 서식처가 아니라 강박감이 없는 자연 속에서 친구를 찾는 것이 아주 당연한 것처럼 보였다.

28장

뜻밖이기는 했으나 그녀의 거절을 받고도 클레어는 오랫동안 주저하지는 않았다. 여자의 부정적 대답은 긍정적 대답의 전주곡에 지나지 않는다는 것을 알 만큼 그에게는 여자들과 사귄 경험이 있었다. 그러나 그는 지금 그녀의 거절이 수줍은 장난이 아니라는 사실은 깨닫지 못했다. 들판과 초원에서 내쉬는 '가망 없는 한숨'*이 결코 낭비가 아니라는 말을 전적으로 믿지 않으면서도, 그녀가 그의 구애를 이미 허락했다는 사실 자체가 또 하나의 긍정적 확증이라고 해석했던 것이다. 안정된 결혼 환경을 향한 갈망 때문에 열정을 궁극적 목표로 믿은 처녀의 건전한 생각이 마비되는 우울하고 근심 많은 야심가의 집안에서와 달리 이 고장에서는 연애를 별로 부담없이 생각하며 사랑 자체의 달콤함을 누리기 위한 것으로 여겼다.

---

*『햄릿』 2막 2장에서 인용.

"테스, 왜 '안 돼요'라고 그렇게 확실하게 말했어요?" 며칠이 지난 다음에 그가 물었다.

테스가 깜짝 놀랐다. "묻지 마세요. 부분적이나마 이유를 말했어요. 전 훌륭한 여자가 아니에요. 가치 있는 여자가 아니에요."

"어째서요? 훌륭한 숙녀가 아니라고요?"

"그래요, 그 비슷한 이유지요." 그녀가 중얼거렸다. "친지들이 절 경멸할 거예요."

"그분들을 자기는 잘 몰라요. 우리 아버지 어머니를 잘 모르고 있어요. 우리 형들에 대해서는 난 전혀 신경을 안 써요." 그녀가 빠져나가 못하도록 그는 손가락으로 그녀의 등 뒤를 꾹 눌렀다. "테스, 진심이 아니지요? 진심이 아니라고 믿어요. 난 불안해서 책을 읽을 수도 없고, 하프를 켤 수도 없고, 아무 것도 할 수가 없어요. 테스, 서두르지는 않겠지만 꼭 알고 싶어요. 자기의 그 따스한 입으로 듣고 싶어요. 자기가 장차 내 사람이 될 거라는 말을 자기가 원하는 시기에요. 언젠가는 내 아내가 되겠다고요."

그녀는 대답 대신 고개를 흔들고 눈을 멀리 돌렸다.

클레어는 그녀를 유심히 바라보았다. 그녀 얼굴이 마치 상형문자이기나 한 것처럼 뚫어지게 바라보았다. 그녀의 거절이 진심인 것 같았다.

"그럼 난 자기를 이렇게 잡고 있어서는 안 되겠네요. 그렇지 않아요? 자기에 대해서 아무 권리도 없으니까, 자기가 있는 곳으로 찾아가고 함께 걸을 수 있는 권리 말이에요. 테스, 솔직히 다른 사람을 사랑하고 있어요?"

"어떻게 그런 말을 할 수 있어요!" 그녀는 계속 자신의 감정을 억누르면서 말했다.

"나도 그렇지 않은 줄은 짐작하지만, 그러면 왜 날 거절하죠?"

"거절하는 게 아니에요. 난 자기가 좋아요. 날 사랑한다고 말해 주세요. 나하고 함께 있을 때는 그런 말을 해도 좋아요. 그런 말이 기분 나쁘지 않아요."

"그런데도 날 남편으로는 받아들이지 않겠다고요?"

"아, 그건 문제가 달라요. 그건 자기를 위해서예요, 정말 사랑해요. 오, 정말 믿어 주세요. 자기를 위해서 그러는 것뿐이에요. 자기의 아내가 되겠다는 약속 같은 엄청난 행복을 스스로 허락할 수 없어요. 그렇게 해서는 안 되니까요."

"하지만 자기는 날 행복하게 해 줄 수 있어요!"

"아, 그렇게 생각하세요? 그러나 난 잘 모르겠어요."

그녀가 거절하는 이유가 사회적 문제와 예절의 문제에서 자신이 없기 때문이라는 겸손한 뜻으로 알고, 그는 오히려 그 순간에 그녀가 놀랄 만큼 많은 것을 알고 있으며 여러 면에서 재능이 많다고 생각했다. 그것은 틀림없는 사실이었다. 그녀는 타고난 재능과 그에 대한 존경심으로 그의 어휘와 그의 억양과 그의 지식을 단편적으로나마 놀라울 만큼 터득하고 있었다. 이런 사랑에 넘친 논쟁과 테스의 궁극적인 승리 직후 테스는 혼자 그 자리를 떠나, 젖을 짜는 시간에는 그 자리에서 가장 멀리 있는 젖소 아래로 갔으며, 쉬는 시간에는 사초(飼草) 숲이나 자신의 방으로 돌아가, 냉정하게 거절한 지 채 일 분도 지나지 않았지만 조용히 슬픔에 잠겼다.

마음의 갈등은 너무나 무서웠다. 그녀의 마음은 너무나 강하게 그에게 쏠려 있었기 때문에 ─ 불타는 두 마음이 하나의 가엾은 작은 양심과 싸우는 꼴이었다 ─ 그녀는 있는 힘을 다하여 이미 정한 결심을 더욱 단단히 다지려고 애썼다. 톨보트 헤이즈 농장에 왔을 때 이미 그녀의 마음은 정해져 있었다. 무슨 일이 있어도 맹목적으로 자신과 결혼해서 나중 남편이 쓰라리게 후회할 일은 한 치도 허용해서는 안 된다고 결심한 것이었다. 자신의 마음이 어느 한쪽으로 기울어져 있지 않을 때 양심이 결정한 일을 지금 와서 번복해서는 안 된다고 그녀는 다짐했다.

"왜 나에 관한 모든 것을 그 사람에게 말해 주는 사람이 없지?" 그녀가 말했다. "겨우 65킬로미터밖에 떨어져 있지 않은데 왜 그 소문이 이곳까지 퍼지지 않았지? 누군가는 알고 있을 텐데."

그런데도 아무도 아는 사람이 없었고 그에게 그녀 이야기를 해 주는 사람도 없었다.

그다음 이삼 일 동안 아무 일도 일어나지 않았다. 같은 방을 쓰는 동료들의 슬픈 얼굴을 보고, 테스는 그들이 자신을 에인절이 가장 좋아하는 사람일 뿐만 아니라 그가 이미 선택한 사람으로 여기고 있음을 짐작할 수 있었다. 그러나 동료들은 그녀가 그에게 환심을 살 어떤 행동도 하지 않는 것도 알고 있었다.

테스는 그 어느 때보다 지금처럼 자신의 인생에 적극적인 기쁨과 적극적인 고통이라는 두 개의 서로 다른 실이 하나로 꼬여 있다는 사실을 첨예하게 느껴 본 적이 없었다. 그 다음번 치즈 만들 기회가 왔을 때 두 사람은 다시 한 번 다른 사람들과 떨어져 있게 되었다. 그동안 농장 주인이 치즈 만드는 일을 도와주었는데, 최근에는 크릭 씨뿐만 아니라 그의 부인까지 두 사람이 서로에 대해 관심을 가지고 있는 것을 눈치챈 것 같았다. 그러나 그들은 눈치챈 사실을 감추려고 아주 조심하면서 두 사람을 내버려 두고 있었다.

그들은 응유(凝乳) 덩어리를 통에 넣기 전에 잘게 부쉈다. 그런 작업은 대규모로 빵 덩어리를 빻는 일과 흡사했다. 티없이 하얀 응유 덩어리 속에서 테스 더비필드의 손은 분홍색 장밋빛으로 대조를 이루었다. 통 속으로 한 줌씩 우유 덩어리를 넣고 있던 에인절이 갑자기 하던 일을 멈추고 자신의 손을 그녀의 손 위에 납작하게 얹었다. 테스는 소매 위까지 팔을 걷어올리고 있었는데 그가 몸을 낮게 구부려서는 그녀의 부드러운 팔 안쪽 혈관에 키스를 하였다.

이른 9월의 날씨는 무더웠으나 우유 덩어리를 주물럭거리고 있었기 때문에 그녀의 팔이 그의 입에는 막 따온 버섯처럼 차갑고 촉촉하게 느껴졌으며 유장 맛을 풍겼다. 그녀는 감수성을 묶어 놓은 다발 같아서 입술이 닿자 맥박이 빠르게 뛰기 시작하고 피가 손가락 끝으로 몰려 차갑던 팔이 뜨겁게 달아올랐다. 그러자 그녀의 마음이 이렇게 속삭이는 것 같았다. "더 이상 수줍어할 필요가 있는가? 남녀 사이의 진실은 남자와 남자 사이의 진실만큼 진실인걸." 그녀가 눈을 들었다. 눈빛이 그의 눈을 향해 다정하게 웃음 지었고 입술에는 부드러운 미소가 반쯤 떠올랐다.

"테스, 내가 왜 그렇게 한 줄 알아요?" 그가 물었다.

"나를 너무나 사랑하니까 그랬겠죠!"

"그래요. 그리고 그건 새로운 간청을 위한 전주곡이지요."

"또 시작이에요!" 자신의 욕망에 의해 거절할 수 없을지도 모른다는 두려움이 갑자기 그녀의 얼굴에 갑자기 떠올랐다.

"오, 테시!" 그가 말을 계속했다. "왜 자기는 그렇게 날 괴롭히는지 이해할 수 없어요. 왜 날 그렇게 실망하게 만드는 거죠? 자기는 요부 같다고나 할까, 그래요. 요부 같아요. 도시에 사는 최고급 요부예요! 자기처럼 그들도 변덕을 부리죠. 그런 요부를 톨보트헤이즈 같은 시골에서 만나리라고는 상상도 못 했지요……. 그러나 사랑하는 테스." 그가 한 말이 그녀를 얼마나 아프게 했는지 깨달으면서 급히 이렇게 덧붙였다. "자기는 지상에서 가장 정직하고 티없이 깨끗한 사람이라는 것을 알고 있어요. 그러니 내가 어떻게 자기를 요부라고 생각하겠어요? 테스, 자기가 날 사랑한다면, 날 진정 사랑하는 것 같은데, 왜 내 아내가 되기를 거부하는 거예요?"

"난 그런 생각을 하지 않는다고 말하지 않았어요. 그런 말을 할 수가 없어요. 그건 사실이 아니니까요!" 참기 어려울 만큼 긴장이 솟구치자 그녀의 입술이 떨렸다. 그녀는 그 자리를 빠져나가지 않을 수 없었다.

클레어는 그러는 그녀를 보고 당혹감과 고통을 동시에 느꼈다. 그녀 뒤를 따라가 복도에서 그녀를 잡았다.

"말해 줘요, 말해 줘요!" 그는 손에 우유 덩어리가 묻어 있는 것도 잊어버리고 그녀를 격정적으로 껴안았다. "나 이외의 어떤 사람에게도 속하지 않을 거라고 말해 줘요."

"말할게요. 말씀드릴게요!" 그녀가 외쳤다. "지금 날 놓아주면 모두 대답할게요. 나의 과거를 말할게요. 나에 관한 모든 것을요!"

"자기의 과거를. 그래요, 암요. 무엇이든지요." 그는 그녀의 얼굴을 들여다보며 사랑이 넘치는 풍자 투로 말했다. "테스는 오늘 아침 처음으로 피어난 저기 마당 울타리에 서 있는 메꽃만큼이나 경험이 많지. 뭐든 다 말해 줘요. 그러나 가치 없느니 하는 비참한 소리는 하지 말아요."

"그러지 않을게요. 않을게요. 내일 이유를 말할게요. 다음 주에요."

"일요일에요?"

"네, 일요일에요."

마침내 그녀는 그 자리를 떠나 농장 마당 아래쪽에 있는 전지한 버드나무 숲으로 갈 때까지 걸음을 멈추지 않았다. 그곳에서는 사람들의 눈에 잘 띄지 않았다. 여기서 테스는 침대에 몸을 던지듯 어린 잡초들이 바스락거리는 풀밭 위에 웅크리고 앉았다. 가슴이 뛰면서 참담한 심정이 마음을 억눌렀으나 순간순간 기쁨이 솟아올라 그녀 고백이 가져올 결말에 대한 두려움을 잊을 수 있었다.

사실 그녀의 마음은 무언의 승락 쪽으로 기울었다. 숨결 하나하나에서, 피가 요동칠 때마다, 귓속에서 윙윙거리는 맥박의 움직임 하나하나에서 양심적인 생각을 거부하고 자연과 어울리는 목소리가 그녀에게 들렸다. 결과에 개의치 말고 무모하고 과감하게 그를 받아들이고, 나중에 우연히 알게 되더라도 지금은 아무것도 미리 알리지 말고 교회의 제단에서 그와 합칠 것, 고통의 무쇠 이빨이 그녀를 물어뜯기 전에 잘 익은 기쁨을 움켜쥘 것, 이것이 그녀에게 사랑이 주는 충고였다. 여러 달에 걸친 외로운 자책과, 고투와, 심사숙고와, 장차 준엄한 격리로 이어질 계획에도 불구하고 사랑의 충고가 거의 공포와도 같은 환희 속에서 테스에게 속삭이는 것이었다.

오후가 다가왔으나 그녀는 버드나무 숲에 남아 있었다. 갈래진 우유 통 걸이에서 통을 떼어 내는 덜거덕거리는 소리를 들었고 젖소를 모는 "워이, 워이." 소리도 들었다. 그러나 그녀는 젖을 짜러 가지 않았다. 사람들이 그녀가 흥분한 것을 알아챌 것이고, 농장 주인이 사랑에 빠져 그런다고 좋은 뜻으로 자기를 골릴 것인데, 그녀는 그런 시달림을 참아 낼 수 없었던 것이다.

그녀의 연인이 그녀가 들떠 있는 것을 짐작하고 그녀가 일하러 오지 않는 구실을 꾸며 댄 듯, 그녀가 어디 있는지를 알아본다거나 그녀를 부르는 소리도 없었다. 6시 반이 되자 해가 하늘에 떠 있는 거대한 용광로처럼 지평선 위에 내려앉았다. 곧이어 반대쪽에서 괴물 같은 호박 모양의 달이 솟아올랐다. 끊임없이 잘라내어 자연스러운 모습이 고통스럽게 일그러진 전지된 버드나무가 달을 뒤로 하고 서 있어 가시 머리를 한 괴물처럼 보였다. 그녀는 집 안으로 들어가 불도 없이 2층으로 올라갔다.

지금은 수요일이었고 목요일이 왔다. 에인절은 먼 거리에서 깊은 생각에 잠긴 눈으로 그녀를 바라볼 뿐, 가까이 다가가지는 않았다. 마리안과 다른 젖 짜는 처녀들도 분명 무언가 이상하다고 생각하는 것 같았다. 침실에서도 그녀에게 말을 걸려고 하지 않았다. 금요일이 지나고 토요일이 왔다. 이제 내일이 바로 그날이었다.

"내가 포기해야지. 좋다고 말할 거야. 그와 결혼해야지. 어쩔 수가 없어!" 그날 밤 다른 처녀 하나가 자면서 한숨을 지으며 그의 이름을 부르는 것을 들은 테스는 달아오른 얼굴을 베개에 묻으면서 질투에 찬 목소리로 중얼거렸다. "나 이외 누구도 그 사람을 소유하도록 내버려 둘 수 없어. 하지만 내가 그 사람의 아내가 되는 것은 그 사람에 대한 죄를 짓는 것이며, 그 사람은 모든 사실을 알면 죽을지도 몰라! 아 답답한 이 가슴! 오, 오, 오!"

29장

　"오늘 아침 누구 소식을 들었게요?" 다음 날 아침 식탁에 앉은 농장 주인 크릭이 음식을 씹고 있는 남자 일꾼들과 젖 짜는 여자들을 수수께끼라도 내는 듯한 눈으로 쳐다보면서 말했다. "누구라고 생각해요?"

　한 사람이 자신이 짐작한 것을 말하고 또 한 사람이 그의 추측을 말했다. 크릭 부인은 그 사람이 누구인지를 알았기 때문에 아무 말도 하지 않았다.

　"그건" 하고 농장 주인이 말했다. "그건, 그 게으름뱅이 매춘부 샛서방, 잭 돌롭 녀석이에요. 얼마전 어느 과수댁에게 장가를 갔어요."

　"그 잭 돌롭이요? 생각해 보면 저질이지요." 젖 짜는 인부 하나가 말했다.

　그 이름이 금세 테스 더비필드의 기억에 떠올랐다. 사랑하던 여자의 신세를 망쳤다가 나중에 젊은 여자의 어머니에게 잡혀 교유기 속에서 치도곤을 맞았던 남자의 이름이었다.

"그 사람은 그 용감한 아주머니 딸하고 약속대로 결혼을 했나요?" 에인절 클레어가 건성으로 물었다. 그는 크릭 부인이 그의 신분을 고려해 따로 차려 준 작은 테이블에서 신문을 넘기고 있었다.

"그 녀석, 그러지 않았어요. 그럴 생각이 전혀 없는 녀석이었어요." 농장 주인이 대답했다. "지금 말한 대로 과수댁한테 장가를 들었대요. 그 여자에게 돈이 있었던 모양이에요. 일 년에 대충 50파운드 정도 수입이 있다고 했어요. 그 녀석이 노린 게 바로 그 수입이었지요. 두 사람이 서둘러 결혼을 했는데, 과수댁은 결혼을 하는 바람에 일 년에 50파운드씩 받을 권리를 날려 버리게 되었어요. 그 이야기를 그 여자가 남자한테 해 주었지요. 그 소식을 들은 이 신사 양반의 기분이 어땠을지 한번 생각해 보세요! 그 이후로 둘은 고양이와 강아지마냥 원수 사이가 되었어요. 그 녀석, 그래도 싸죠. 그러나 불행히도 손해 보는 사람은 그 가엾은 여자이지요."

"그런 경우 첫 번째 남자의 귀신이 그 친구를 그냥 두지 않을지 모른다고 그 멍청한 여자가 미리 말해 줬어야지요." 크릭 부인이 말했다.

"그래요, 그래요." 농장 주인이 어정쩡하게 대답했다. "그렇지만 상황이 어땠는지는 뻔하지요. 그 여자가 가정을 바랐기 때문에 그 친구를 놓치는 위험 부담을 안으려 하지 않은 거였어요. 아가씨들 그런 것 같지 않아요?" 그는 처녀들이 나란히 앉아 있는 쪽을 바라보았다.

"그가 빠져나가지 못하게 교회 가기 직전에 말해 줬어야 해요." 마리안이 큰 소리로 외쳤다.

"그래요, 그랬어야 해요." 이즈가 그녀의 말에 동의했다.

"그 남자가 뭘 원하는지 미리 눈치채고 거절했어야지요!" 레티가 발작적으로 말했다.

"테스는 어떻게 생각해요?" 농장 주인이 테스에게 물었다.

"그 여자가 상황을 바른 대로 이야기했거나 아니면 거절했어야 한다고 생각해요. 잘 모르겠어요." 버터 바른 빵이 목구멍에 막힌 채 테스가 대답했다.

"난 죽어도 어느 쪽도 안 해요." 마을 농가에 살면서 일을 돕는 결혼한 여자 중의 한 사람인 벡 닙스가 한 말이었다. "사랑에서나 전쟁에서는 무슨 짓을 해도 좋아요. 나도 그 과수댁처럼 그냥 결혼했을 거야. 내가 첫 남자에 대해서 아무 말도 안 했는데, 그걸 가지고 미리 말하지 않았다고 두 마디만 하면 밀가루 방망이로 한 대 쳐 버리지 뭐, 말라깽이 같은 녀석. 어떤 여자도 똑같이 그랬을 거야."

익살스러운 말에 폭소가 뒤따랐다. 테스는 모양새를 갖추느라 유감스러운 미소를 떠올렸다. 그들에게는 그 이야기가 희극이었지만 그녀에게는 비극으로 다가와 사람들이 재미있어하는 광경을 견딜 수가 없었다. 그녀는 곧 식탁에서 일어났다. 클레어가 뒤따라올 것 같다는 생각을 하며 그녀는 꼬불거리는 오솔길을 따라 걸었다. 도랑 한쪽으로 가다가 다시 물을 건너 도랑 다른 쪽으로 걸으며 바 계곡의 주류가 있는 곳까지 갔다. 강 상류에서 사람들이 수초를 자르고 있어 그 수초들이 무더기로 흘러내려왔다. 초록색 미나리아재비 풀들이 이동하는 섬처럼 떠내려 오는 것이었다. 그녀는 그 위에 올라타서 함께 흘러가고 싶은 충동을 느꼈다. 젖소들이 물을 건너가지 못하게 박아 둔 말뚝을 따라 수초 타래가 쌓여 있었다.

그랬다. 고통은 바로 거기 있었다. 한 여성이 자신의 과거를 이야기하는 문제 ── 자기 자신에게는 가장 무거운 십자가 ── 가 다른 사람들에게는 재미있는 여흥으로 보인다는 것이다. 그것은 마치 순교하는 사람을 두고 비웃는 거나 다름없었다.

"테시!" 그녀 등 뒤에서 목소리가 들렸다. 클레어가 도랑을 건너뛰어 그녀 곁에 섰다. "가까운 장래의 내 아내."

"안 돼요. 아니에요. 나는 그럴 수가 없어요. 오, 클레어 선생님, 선생님을 위해서예요. 선생님을 위해서 나는 아니에요."

"테스!"

"그래도 아니에요." 그녀가 같은 말을 반복했다.

이런 대답을 기대하지 않은 그는 그녀를 부르면서 흐트러진 머리채 바로 아래 허리를 팔로 가볍게 감았다.(테스를 포함해서 젊은 처녀들은 일요일 아침에 머리칼을 늘어트린 채 아침 식사를 하였다. 식사가 끝난 다음에는 교회에 가기 위해 머리채를 높게 빗어 올렸다. 머리를 젖소 배에 붙이고 젖을 짤 때는 그렇게 할 수 없었던 것이다.) 만약 그녀가 "아니에요." 대신 "네."라고 했다면 그는 그녀에게 키스를 퍼부었을 것이다. 그는 그러려고 했다. 그러나 그녀의 부정적 대답은 그의 조심스러운 마음을 꺾고 말았다. 한집에 같이 살면서 어쩔 수 없이 얼굴을 대하지 않으면 안 되는 상황이 여자 입장에서 불리하기 때문에 그녀를 설득하는 것은 공평하지 못한 일이라고 그는 생각했다. 만약 그녀가 자유롭게 그를 피할 수 있다면 솔직히 그는 그런 방법을 선택했을지도 모른다. 그는 잠시 껴안았던 허리를 풀어 주고 키스도 하지 않았다.

포옹을 풀어 주는 순간 상황이 바뀌었다. 그녀가 그를 거절할 수 있었던 것은 농장 주인이 들려준 과부의 이야기 때문이었으나 다음 순간 그 거절을 거둬들일 수도 있었다. 그러나 에인절은 그 이상 아무 말도 하지 않았고, 당혹스러운 표정으로 그 자리를 떠났다.

전보다 자주는 아니었지만 그들은 매일 만났다. 이렇게 이삼 주일이 지나고 9월 말이 다가왔다. 그녀는 그의 눈에서 그가 다시 청혼을 하리라는 것을 읽었다.

그의 방법이 이번에는 전과 달랐다. 그녀의 부정적인 대답이 결국 단지 수줍음과 젊음에서 나온 것이며, 청혼이라는 색다른 경험에 놀랐기 때문이라고 생각하는 모양이었다. 청혼이 화제에 오르기만 하면 변덕스럽게 상황을 회피하는 그녀의 태도가 그런 생각을 뒷받침해 주었다. 그래서 그는 좀 더 어르고 달래기로 했다. 말의 한계를 넘어서거나 새삼 애무를 시도하는 대신 그냥 조용한 말로 최선을 다하였다.

이렇게 클레어는 졸졸 우유가 흘러나오는 것과 같은 나즈막한 소리로 젖소 곁에서, 크림을 걷어 내면서, 버터를 만들면서, 치즈를 만들면서, 병아리를 까는 닭들 사이에서, 그리고 새끼를 까는 돼지 사이에서, 꾸준히 구애를 했다. 일찍이 어느 젖짜는 여자도 남자에게 이런 구애를 받아 본 적이 없는 방법이었다.

테스는 자신이 오래 버티지 못한다는 것을 알았다. 지난번 남자와의 관계에서 생긴 도덕적 효율성의 종교적 의미나, 솔직해지고 싶은 양심적 희망이 오래 견디지 못하리라는 것을 그녀는 알고 있었다. 그녀는 그를 너무 정열적으로 사랑하였다. 그녀의 눈에는 그가 너무나 하느님처럼 비쳤다. 비록 교육을 많이 받지 못했지만 본능적으로 세련된 그녀의 본성은 그가 보호자처럼 이끌어 주기를 갈망했다. 그녀는 계속 혼자 중얼거렸다. "나는 그의 아내가 될 수 없어." 그러나 그런 말은 공허하기만 했다. 조용한 내면의 힘을 지닌 사람이라면 결코 입 밖에 내지 않을 말을 하는 것을 보면 그녀는 분명 약한 여자였다. 귀에 친숙해진 구애의 말을 할 때마다 그의 목소리는 마디마디 무서운 행복감으로 그녀의 마음을 설레게 했으며, 그런 말을 취소할까 두려워하면서 내심 그 말을 기다렸다.

그의 태도는 — 어느 남자가 그러지 않을까마는 — 어떤 조건, 변화, 비난, 폭로 속에서도 그녀를 사랑하고 아끼고 지켜 줄 사람의 자세여서 그녀의 우울한 마음은 그의 따뜻한 배려 속에서 온기를 찾았다. 그사이 계절은 추분으로 옮겨 가고 있었다. 날씨는 여전히 맑고 좋았으나 낮이 점점 짧아졌다. 농장에서는 아침에 오랜 시간 동안 촛불을 켜고 일을 해야 했다. 어느 날 새벽 3시와 4시 사이에 클레어의 구혼이 다시 시작되었다.

그녀는 늘 하던 대로 실내용 가운을 입은 채 클레어의 방으로 뛰어가 그를 깨웠다. 그러고는 다른 사람들을 깨우러 가기 전에 옷을 갈아려고 자기 방으로 돌아갔다. 십 분 뒤에는 손에 촛불을 들고 계단 꼭대기로 올라가고 있었다. 같은 시간에 클레어가 와이셔츠 바람으로 계단을 내려오다가 팔을 벌려 계단을 막았다.

"저기, 변덕쟁이 아가씨, 내려가기 전에" 하고 그가 단호한 소리로 말했다. "지난번에 이야기를 꺼내고 보름이 지났어요. 더 이상 그냥 내버려 둘 수 없어요. 의도가 무엇인지 말해 주어요. 아니면 내가 이 집을 나가겠어요. 내 방 문이 조금 열려 있어 자기를 볼 수 있었어요. 자기의 안전을 위해서라도 내가 떠나야 할 것 같네요. 자기는 지금 잘 모르고 있어요. 어때요? 드디어 승낙인가요?"

"클레어 선생님, 난 지금 막 일어났어요. 야단치기에는 너무 일러요." 그녀가 시무룩한 표정을 지었다. "저를 변덕쟁이라고 부를 필요도 없어요. 그건 잔인하고, 당치도 않은 말이에요. 조금만 더 기다려 주세요! 그 문제에 대해 정말 진지하게 생각해 볼게요. 이제 아래층으로 내려가게 해 주세요!"

촛불을 옆으로 들고 진지한 그의 말을 미소로 흘려 버리려는 그녀를 보고 그가 변덕쟁이라고 부른 것은 어느 정도 맞는 말인 것 같기도 했다.

"그럼 에인절이라고 불러 주어요. 클레어 선생이라고 부르지 말고."

"에인절."

"사랑하는 에인절이 어때요?"

"그건 내가 청혼에 동의한다는 뜻이겠지요, 안 그래요?"

"그건 자기가 날 사랑한다는 뜻이지요. 비록 나와 결혼할 수가 없더라도. 자기는 벌써 오래전에 사랑한다고 인정을 했어요."

"그럼 좋아요, 꼭 그래야만 한다면, '사랑하는 에인절.'" 그녀가 촛불을 쳐다보면서 중얼거렸다. 긴장하고 있었지만 그녀의 입술에 장난기 어린 미소가 서렸다.

클레어는 결혼 약속을 받을 때까지 그녀에게 키스를 하지 않기로 마음 먹었다. 그러나 젖 짜는 작업복을 예쁘게 걷어올리고 크림 걷기와 젖 짜는 일이 끝난 다음에 시간이 날 때 매만지려고 그 전까지는 아무렇게나 머리칼을 틀어 올린 채 서 있는 모습을 보고 그는 결심을 바꿔서 입술을 그녀의 뺨에 잠깐 대었다. 그녀는 뒤를 돌아보지 않고 한마디 말도 없이 재빨리 아래층으로 내려갔다. 다른 처녀들은 벌써 내려와 있었다. 두 사람의 문제는 더 이상 진전되지 않았다. 새벽을 처음 알리는 바깥의 차가운 공기와는 대조적으로 촛불이 뿜어 내는 슬프고도 누르스름한 빛 속에서 마리안을 제외하고 다른 처녀들이 부럽고 의심스러운 눈으로 두 사람을 바라보았다.

가을이 다가오면서 젖이 적어지자 크림 걷는 일도 하루하루 줄어들었다. 레티와 다른 처녀들이 밖으로 나갔다. 두 연인들도 그들을 따라 나갔다.

"우리의 가슴 설레는 삶은 저 사람들의 삶과는 아주 달라요, 안 그래요?" 그의 앞에 서서 하루가 시작되는 시간의 차갑고 창백한 공기 속으로 걸어나가는 세 처녀들을 바라보면서 생각에 잠긴 듯이 그가 말했다.

"별로 다르지 않아요." 그녀가 말했다.

"왜 다르지 않다고 생각해요?"

"가슴이 설레지 않는 여자의 삶이란 거의 없어요." 가슴이 설렌다는 말이 그녀에게 큰 인상을 남긴 듯 잠시 말을 멈췄다가 대답했다. "저 처녀들에게 자기가 생각하는 것보다 훨씬 더 큰 게 있어요."

"저 처녀들에게 뭐가요?"

"거의 모두가 다" 하고 그녀가 말문을 열었다. "나보다는 더 잘 맞는 아내가 될 수 있을 거예요. 아마 그럴 수 있을 거예요. 그리고 쟤들도 나만큼 자기를 사랑하고 있어요. 거의요."

"오, 테시!"

관대한 마음으로 자신에게 불리한 말을 하기로 용감하게 결심하였으나 그가 초조하게 외치는 소리를 듣자 그녀의 얼굴에 안도의 표정이 떠올랐다. 한 번은 사양하였으나 다시 한 번 자신을 희생시킬 힘이 그녀에게는 남아 있지 않았다. 그때 마을 농가에서 일을 나온 인부가 그들에게 다가오는 바람에 두 사람의 깊은 이야기는 그 이상 계속되지 않았다. 그러나 오늘은 모든 문제가 결정되리라는 것을 그녀는 알고 있었다.

오후에는 주인의 가족과 농장에 사는 일꾼들과 보조원 여럿이 보통 하는 대로 농장과 상당히 떨어진 초원으로 나갔다. 많은 수의 젖소들을 집으로 데려오지 않고 거기서 젖을 짰던 것이다. 송아지를 낳는 달이 점점 가까워지면서 초원이 푸르고 싱싱하던 계절에 고용되었던 과외의 일꾼들은 해고되었기 때문이었다.

일은 천천히 한가롭게 진행되었다. 들통에 가득 담긴 우유는 착유 현장으로 끌고 온 짐마차 위의 쇠통에 부었고, 젖을 다 짠 젖소들은 제자리로 돌아갔다.

농장 주인 크릭도 거기 있었다. 그의 작업복 가운은 납빛 저녁 하늘을 뒤로 기적처럼 하얗게 반짝였다. 그가 갑자기 무거운 회중시계를 꺼내 보았다.

"아니, 생각보다 늦었네." 그가 외쳤다. "이걸 어쩌지? 서두르지 않으면 제시간에 정거장에 이 우유를 갖다 두지 못하겠는걸! 내보내기 전에 집으로 싣고 가 다른 우유와 섞을 시간도 없겠는데. 여기서 그냥 곧장 정거장으로 바로 가야겠네. 누가 싣고 가나?"

클레어가 자신이 할 일이 아니었지만 테스에게 함께 가자고 부탁하면서 운송하는 일을 자청하고 나섰다. 해는 지고 없었으나 계절에 비해 저녁은 후덥지근하고 습기로 가득했다. 테스는 젖 짤 때 쓰는 수건만 머리에 두르고 있었을 뿐, 재킷을 입지 않아 맨팔이 다 드러나 있었다. 마차로 외출을 할 복장은 아니었다. 그녀는 대답하지 않고 자신의 느슨한 차림새를 살펴보았다. 그러나 클레어가 부드럽게 가자고 청했다. 그녀는 농장 주인에게 우유 통과 걸상을 집으로 가져가라고 주고는 클레어의 청을 받아들였다. 그녀는 짐마차에 올라 클레어 곁에 앉았다.

30장

저녁이 저물어 가는 시간에 그들은 목장을 지나 평지를 달렸다. 잿빛 길은 멀리 뻗어 있었고, 목장의 먼 끝자락에는 에그던히스의 거무스레한 비탈길이 불쑥 솟아 있었다. 그 꼭대기에는 전나무 숲이 길게 뻗어 있었으며 전나무의 뾰족뾰족한 톱니 꼭지는 앞면이 시꺼먼 마법의 성 위에 씌워 놓은 총안(銃眼) 뚫린 성가퀴 탑처럼 보였다.

두 사람은 서로 가까이 있다는 느낌에 빠져 한동안 아무 말도 하지 않았다. 그들 사이의 침묵은 등 뒤에 있는 길다란 통에서 출렁거리는 우유 소리에 의해서만 깨어질 뿐이었다. 그들이 가고 있는 오솔길은 한적하기 그지없어 개암의 견과가 가지에 매달려 있다가 껍질에서 제물에 떨어져 나왔고 검은 딸기가 송이송이 무겁게 줄기에 매달려 있었다. 에인절은 이따금 채찍을 날려 딸기 송이를 감아 열매를 따서는 함께 가는 동행에게 주었다.

구름 덮인 하늘은 금세 빗방울을 조금씩 떨어트려 그 의도를 알리기 시작했고 가라앉은 대낮의 공기는 변덕스러운 산들바람으로 변해 두 사람의 얼굴 언저리에서 장난을 쳤다. 강물과 웅덩이의 수면에서 수은 같은 표면이 사라지고 햇빛을 반사하던 넓은 거울이 강판 같은 표면의 광택 없는 납덩이로 변했다. 그러나 주변 풍경이 한곳에 몰두해 있는 그녀의 생각을 흔들지는 못했다. 타고난 연분홍색이 계절 탓에 약간 갈색으로 변한 그녀의 얼굴은 빗방울이 굵게 떨어지면서 더 진해졌고, 젖소들의 옆구리에 눌려 언제나처럼 매듭에서 풀려난 머리칼은 옥양목 모자 가리개 너머로 너풀거렸으며 비에 젖어 끈끈한 해초 같았다.

"난 오지 말았어야 했나 봐요." 하늘을 쳐다보며 그녀가 말했다.

"비가 와서 안됐네요." 그가 말했다. "그러나 난 자기가 함께 있어서 얼마나 기분이 좋은데!"

멀리 있는 에그던이 비의 장막 뒤에서 서서히 사라지고 있었다. 저녁이 더욱 어두워졌다. 산길이 여기저기 큰길을 가로지르고 있어 걸어가는 속도보다 빨리 달리는 것은 안전하지 않았다. 공기는 매우 쌀쌀했다.

"팔과 어깨가 드러나 감기 들까 걱정이네요." 그가 말했다. "내 곁으로 바싹 가까이 와요. 비가 날 도와주리라고 생각하지 않았더라면 오히려 섭섭할 뻔했어요."

그녀가 조용히 그의 곁으로 가까이 다가갔다. 그가 햇볕을 막기 위해 우유 통에 덮어 두는 커다란 범포(帆布)로 두 사람의 몸을 덮었다. 클레어의 손이 고삐를 잡고 있어, 그와 자신에게서 미끄러져 나가지 못하게 테스가 그 천을 잡았다.

"이젠 됐어요. 아, 아니네! 빗방울이 내 목으로 조금씩 떨어지고 있어요. 자기 목에는 더 많이 떨어지겠네. 그래, 이젠 좀 나아요. 테스, 자기 팔은 비 젖은 대리석 같아. 천으로 팔의 물기를 닦아요. 이제 움직이지 않으면 비를 한 방울도 맞지 않을 거요. 그런데, 자기 내 질문에 대해서, 꽤 시간이 지나간 질문 말인데."

대답 대신 젖은 길 위를 밟는 말발굽 소리와 등 뒤의 우유 통에서 우유가 출렁거리는 소리만 들려왔다.

"전에 한 말 기억나요?"

"기억해요." 그녀가 대답했다.

"집에 들어가기 전에는 꼭."

"그럴게요."

그는 그 이상 그 문제에 대해 언급하지 않았다. 그들은 마차를 몰고 가는 길에 캐롤라인 시대*로 거슬러 가는 오래된 장원의 건물 일부가 하늘 높이 솟아 있는 것을 보았다. 마차는 금세 그 건물을 지나쳤다.

"저 장원은" 하고 그녀가 심심하지 않도록 그가 입을 열었다. "흥미 있는 유적이지요. 옛날 노르만 시대의 명문 집안에 속했던 저택의 하나예요. 한때는 이 지방에서 세력이 대단하던 더버빌 가지요. 그들의 장원을 지날 때마다 그 집안을 생각하게 돼요. 명문 집안의 멸망에는 어딘가 처절한 게 있어요. 비록 사납게 다른 사람을 억압하던 봉건 영주의 명문 집안이라

---

* 찰스 1세와 2세 시대로 17세기.

도 말이지요."

"그래요." 테스가 대답했다.

그들은 넓게 깔린 어둠 속에서 희미한 불빛 하나가 그 존재를 알리며 비치고 있는 지점을 향해 나아갔다. 그 지점은 낮이면 간헐적으로 한 줄기 하얀 증기가 어두운 초록색을 배경으로 갑자기 솟아올라 외딴 세계와 현대 생활이 간간이 접촉하고 있음을 알리는 곳이었다. 현대 생활은 하루에 서너 번쯤 수증기 촉수(觸手)를 이 지점으로 뻗혀 주민들의 삶을 만져 보고는 마치 그것이 적합하지 않은 듯 급하게 그 촉수를 다시 빼어 가곤 했다.

그들은 희미한 불빛이 새어나오는 곳에 이르렀다. 그 빛은 조그마한 기차역의 그을음 낀 램프에서 나오고 있었다. 지구를 비추는 별이라고 하기에는 너무나 초라해도 어떤 의미에서 톨보트헤이즈 농장이나 인류에게는 비록 굴욕적인 대조를 이루었지만 천상의 별들보다 훨씬 더 중요했다. 새로 싣고 온 우유통을 빗속에서 내렸다. 테스는 그동안 호랑가시나무 아래에서 비를 피했다.

비에 젖은 철길 위로 칙칙하고 기차가 거의 소리없이 미끄러지듯 들어오는 소리가 들렸다. 우유는 한 통씩 화차칸에 실렸다. 기관차에서 새어 나온 불빛이 커다란 호랑가시나무 아래 꼼짝도 하지 않고 서 있는 테스 더비필드의 모습을 잠시 비쳤다. 토실토실한 팔이 맨살로 드러나고, 얼굴과 머리칼이 비에 젖은 이 순박한 처녀의 모습은 기차의 번쩍거리는 크랭크나 바퀴와는 너무나 이질적이었다. 그녀는 무늬를 염색한, 그러나 낡고 유행 지난 저고리를 입고, 눈썹 위까지 무명 천으로 만든 모자를 눌러 쓰고 있어, 유순한 표범이 잠시 멈춰 서 있는 듯한 인상을 주었다.

그녀는 때때로 정열적인 사람이 그러하듯 말없이 시키는 대로 다시 사랑하는 사람 곁에 올라 앉았다. 범포로 머리와 어깨를 감싸고는 이제는 아주 어두워진 밤 속으로 마차를 몰았다. 감수성이 강한 테스는 몇 분 동안 물질적 진보의 소용돌이와의 접촉을 뇌리에서 지울 수가 없었다.

"런던 사람들이 내일 아침 식사 시간에 저 우유를 마시겠죠, 그렇죠?" 그녀가 물었다. "우리가 한 번도 본 적 없는 낯선 사람들이지요."

"그래요, 그럴 거예요. 그러나 우리가 보낸 그대로 마시지는 않을 거예요. 좀 묽게 하겠지요. 그렇지 않으면 머리가 핑 돌 테니까요."

"귀족과 귀부인과 대사와 군대 지휘관과 숙녀와 장사를 하는 여자와 젖소를 한 번도 본 적 없는 아기가 마시겠네요."

"음, 그래요, 그럴 거예요. 특히 군대 지휘관들이요."

"그들은 우리가 누군지 모르겠지요. 어디서 오는지도 모르고요. 기차 시간에 맞추기 위해 오늘 밤에 비를 맞으며 우리 두 사람이 산을 넘어 먼 길을 달려온 줄도 모를 거예요."

"우린 꼭 그들 귀하신 런던 사람들을 위해서만 마차를 몰고 온 건 아니지요. 조금은 우리 자신 때문이기도 하지요. 사랑하는 테스, 자기가 해결할 수 있는 긴박한 문제 때문이기도 하죠. 이렇게 물어봐도 되겠죠? 자기는 이미 내 사람이라는 것 말이에요. 자기 마음이 말이지요. 그렇지 않아요?"

"잘 알면서 그러세요. 오, 그래요, 그래요!"

"자기 마음이 내 거라면, 자기 손도 그렇겠죠?"

"이유는 단지 자기 때문인데 꼭 이야기를 해야 할 문제 하나가 걸려 있어요."

"전적으로 내 행복을 위해, 그리고 내 세속적인 편의를 위해서인가요?"

"오, 그래요. 그게 자기의 행복을 위하는 것이고, 세속적인 편의를 위해서라면 그렇죠. 그러나 내가 여기 오기 전에 있었던 내 이야기인데 내가 원하는 것은⋯⋯."

"음, 그것이 내 편의와 내 행복을 위해서라. 내게 영국이나 식민지에 아주 큰 농장이 있다면, 자기는 내 아내로서 대단히 값진 사람이 될 거예요. 이 지역에서 가장 큰 장원에서 온 사람보다도. 그러니 제발, 제발, 사랑하는 테스, 자기가 내가 가는 길을 가로막는다는 생각을 머릿속에서 뽑아 버려요. 부탁이에요."

"그러나 내 과거, 그 이야기를 들어 주세요. 그 이야기를 하게 해 주세요. 그럼 날 그렇게 좋아하지 않을 거예요!"

"원하면 이야기해요, 내 사랑. 그 소중한 이야기를. 그래요, 내가 이런 곳에서 기원 몇 년에 태어났다고요."

"난 말로트 마을에서 태어났어요." 큰 의미 없이 이야기하는 그의 말꼬리를 잡아 이렇게 말했다. "그 마을에서 자랐지요. 학교를 그만둔 것은 초등학교 6학년이었어요. 재주가 있다고 했어요, 그래서 훌륭한 교사가 될 거라고들 했지요. 난 교사가 되기로 마음 먹었어요. 그러나 집안에 문제가 생겼어요. 아버지가 부지런한 편이 아니었거든요. 그리고 술도 좀 하고요."

"그래요, 그래요. 가엾은 아기! 새로운 이야기가 아니네요."

그가 그녀를 자기 쪽으로 더 가까이 당겼다.

"그러고는 좀 특별한 일이 있었어요. 나에 관해서요. 난, 난……." 테스의 숨결이 가빠졌다.

"그래요, 내 사랑. 걱정 말아요."

"내 성은…… 더비필드가 아니에요. 더버빌이에요. 우리가 지나쳐 온 그 저택을 소유했던 가문과 같은 집안이에요. 그리고 우린 아무것도 없이 몰락해 버린 거예요!"

"더버빌 집안? 그렇군! 그게 전부요, 테스?"

"그래요." 그녀가 가느다란 목소리로 대답했다.

"그래서, 그걸 알았다고 해서 왜 내가 자기를 덜 사랑해야 하지?"

"농장 주인 아저씨 말로는 자기가 오래된 집안을 증오한다고 그러던데요."

그가 너털웃음을 터트렸다. "음, 어떤 의미에서는 그 말이 맞아요. 난 무엇보다도 혈연에 의한 귀족주의적 원칙을 싫어해요. 합리적 사고를 하는 사람으로 말인데 우리가 존중해야 할 족보는 부계(父系) 중심의 계보가 아니고 현명하고 덕망 높은 사람들에 의해 계승되는 정신적인 계보라고 생각해요. 그러나 난 이 소식에 대단히 큰 흥미를 느껴요. 내가 얼마나 큰 관심을 가지는지는 이해하기 어려울지 몰라요. 자기는 자신이 그 유명한 가문의 한 사람이라는 것에 관심이 없어요?"

"아니요. 난 그런 건 슬픈 일이라고 생각해요. 특히 이곳으로 와서 내 눈으로 보는 산과 들이 대부분 한때는 아버지의 선조들 것이었다는 것을 알게 되면서 그렇게 느껴요. 그 밖의 산과 들은 레티의 조상 것이었고 또 그중의 일부는 마리안의 선조의 것이었는지도 몰라요. 그래서 난 그런 걸 특별히 값진 것이라고 생각하지 않아요."

"그래요, 지금 이 땅을 경작하는 소작농들이 한때는 그 땅의 주인이었다는 사실은 놀라운 일이지요. 나는 때때로 왜 정치가들이 이런 여건을 활용하지 않는지 궁금해요. 그들은 이런 문제를 모르는 것 같아요. 내가 자기 성이 더버빌과 유사하다는 것을 알아채지 못하고, 분명히 원래의 성이 지금의 형태로 변형된 것인데 그것을 왜 찾아내지 못했지? 그래 이것이 마음을 괴롭히는 비밀이었어요?"

그녀는 끝내 할 말을 하지 못하였다. 마지막 순간에 용기가 사라진 것이다. 좀 더 일찍 자신의 과거를 말하지 않았다고 꾸짖을 것이 두려웠다. 자신에 대한 보호 본능이 정직함보다 더 강했던 것이다.

"물론" 하고 아무것도 모르는 클레어가 말을 계속했다. "다른 사람들을 희생하면서 자신을 부강하게 만든 이기적인 소수의 집단에서 태어난 사람이 아니라, 영국 국민 중에서 오랫동안 고통을 겪은, 말없고 이름 없는 소시민 계층에서 내려온 사람이라면 더 기뻤을지도 몰라요. 그러나 나는 자기에 대한 애정 때문에 그런 사실에서 판단이 비껴갔어요. 테스, 그리고 그들처럼 이기적으로 변했나 봐요.(그는 이렇게 말하면서 크게 웃었다.) 자기를 위해 나는 자기의 가문을 자랑스럽게 생각해요. 사회란 구제 불능일 정도로 속물적이지. 내가 의도하는 대로 자기를 교양 있는 여자로 만들고 나면 자기의 혈통에 관한 사실은 자기를 내 아내로 받아들이는 데 큰 차이점을 만들 거요. 가엾은 우리 어머니도 그런 이유 때문에 자기를 더욱 좋아할

거고. 테스, 자기는 성을 더버빌로 써야 해요. 당장 오늘부터라
도."

"나는 그보다 지금 성이 더 좋아요, 훨씬 더 좋아요."

"하지만 꼭 자기는 원래 성으로 돌아가야만 해요, 사랑하는
테스! 당연히 그렇지. 그런 성이 있다면 많은 백만장자 졸부들
이 서로 갖겠다고 덤빌 거요! 그런데, 그 성을 이미 쓰고 있는
졸부가 있지요? 그 사람에 대해 어디서 들었더라? 체이스 숲
인근이었던 것 같아. 그래요, 아버지와 한판 크게 언쟁을 했던
바로 그 사람이지요. 정말 이상한 우연의 일치군."

"에인절, 그 성을 난 갖고 싶지 않아요. 그 성은 불길해요.
그래요, 그런 것 같아요."

그녀는 흥분하고 있었다.

"자 그럼, 테레사 더버빌 아가씨, 자기는 내 사람이요. 내 성
을 가져요. 그럼 자기 성을 피할 수 있어요! 이제 비밀이 드러
났으니 날 거절할 이유가 없겠죠?"

"날 아내로 삼아 자기가 행복할 수 있다면, 그리고 나와 결
혼하기를 정말로 정말로 원한다면……."

"그래요, 사랑하는 테스, 물론이요!"

"내 말은 정말로 나를 절실히 원한다면, 나의 허물이 무엇이
든 간에 나 없이 살 수 없다면 그때는 결혼하겠다고 말해야 한
다고 느낄 거예요."

"자기는 나와 결혼할 거요. 자기가 그렇게 말하고 있어요.
나는 알아요. 자기는 영원히, 영원히 내 사람이 될 거요."

그가 그녀를 가까이 끌어당기고 그녀에게 키스했다.

"그래요."

그 말을 하자마자 그녀는 심하게 흐느꼈다. 눈물은 나지 않았으나 그 흐느낌은 너무 격렬하여 그녀의 가슴을 찢는 것 같았다. 테스가 갑자기 흥분하는 사람이 아니어서 그는 놀랐다.

"왜 울어요, 사랑하는 사람?"

"잘 모르겠어요. 자기 사람이 되고 자기를 기쁘게 하는 것이 너무 기뻐요."

"그러나 이건 기쁨이 아닌 것 같은데, 나의 테시."

"내가 운 것은 내 맹세를 스스로 깨 버렸기 때문이에요! 난 죽을 때까지 결혼하지 않겠다고 맹세했어요."

"자기가 날 사랑한다면, 자기는 내가 남편이 되기를 바라는 거죠?"

"그래요, 그래요, 그래요! 그러나 오, 난 때때로 세상에 태어나지 않았더라면 싶을 때가 있어요!"

"내 사랑하는 테스, 자기가 대단히 흥분된 사실을 모르고, 경험도 아주 없다는 사실을 내가 모른다면 지금 한 그 말은 찬사가 아니라고 말할 것 같네요. 자기가 날 사랑한다면 어째서 그런 생각을 해요? 날 사랑하는 거예요? 어떻게든지 그 사랑을 증명해 주었으면 좋겠어요."

"지금 한 것 이상으로 내가 어떻게 그 사랑을 증명하죠?" 그녀가 애정에 찬 목소리로 외쳤다. "이렇게 하면 그 사랑을 더 보여 줄 수 있을까요?" 그녀가 그의 목을 끌어안았다. 클레어는 테스가 마음과 영혼을 다 쏟아 사랑하는 사람의 입술에 퍼붓는 정열적인 여자의 키스가 어떤 것인지 일생 처음으로 경험했다.

"자, 지금은 믿으세요?" 상기된 채 눈물을 닦으면서 그녀가 물었다.

"그래요. 난 정말로 그 사랑을 의심한 적이 없어요, 절대로, 절대로!"

그들은 범포 속에서 한 몸이 되어 어둠을 뚫고 달렸다. 비가 그들의 얼굴을 향해 쏟아지고 말은 아는 길을 제 마음대로 달리고 있었다. 이제 테스는 결혼을 승낙했다. 아예 처음부터 그 결혼에 승낙을 했어야 했는지도 몰랐다. '기쁨에 대한 욕구'는 모든 피조물에 널리 퍼진다. 조수가 가냘픈 해초를 흔들듯 그 목적을 향해 인간을 흔드는 거대한 힘은 막연한 사회적 규약으로는 통제할 수 없다.

"어머니한테 편지를 써야겠어요." 그녀가 말했다. "그래도 되겠죠?"

"물론 괜찮죠, 사랑하는 아기. 테스는 나에게 아기야. 이런 때 자기 어머니에게 편지를 쓰는 것이 얼마나 당연한 일인지, 내가 거기에 반대하는 것이 얼마나 잘못된 것인지를 모르는 아기지. 어머니가 어디 사세요?"

"같은 곳이요. 말로트 마을. 블랙무어 계곡 넘어요."

"아, 전에 자기를 본 적이 있어요."

"그래요. 공유지 잔디밭 무도회에서였어요. 그러나 자기는 나하고 춤을 추지 않았어요. 오, 그것이 이제 우리에게 나쁜 징조가 아니었으면 좋겠어요."

31장

테스는 그다음 날 어머니에게 매우 감동적이고 다급한 편지를 썼다. 주말에 조온 더비필드의 한 세기 전에 유행한 비틀거리는 글씨로 쓰인 회신이 왔다.

사랑하는 테스,

네가 편안히 지내기를 바라며 몇 자 쓴다. 나는 지금 하느님 덕분에 잘 지내고 있다. 사랑하는 테스, 네가 진정으로 곧 결혼하리라는 소식에 우리 모두 기뻐하고 있다. 그러나 테스, 네가 묻는 질문에 관해서는 우리끼리니까 하는 이야기인데 신신당부하니 무슨 일이 있어도 지난날의 불상사를 그 사람에게 한마디라도 해서는 안 된다. 나도 네 아버지에게 내 이야기를 다 하지는 않았다. 네 아버지는 유명한 가문의 명망을 아주 자랑스럽게 생각하고 있는데 네 남편될 사람도 그렇겠지. 수많은 여자들이, 그중에는 나라 안에서 가장 명망 높은 가문의 여자도 있다만, 옛날에는 모두 문제를 안고 있었단다. 다른 사람들은 자신의 과거를 나팔 불지 않는데 왜 너만 네 문제를 들고 나서서 나팔을 불어야 하니? 그런 바보 같은 여자는 세상에 없단다. 아주 오래전에 일어난 일이고 네 잘못도 아닌데 말이다. 네가 같은 것을 쉰 번을 물어도 나는 같은 대답을 할 수밖에 없다. 너같이 단순한 사람은 가슴속에 있는 말을 전부 해 버리는 어린아이 같은 성격을 지녔다는 것을 알기 때문에, 네 행복을 생각해서 절대 그런 말을 입 밖에 한마디도 내뱉지 말고 행동으로도 드러내지 않도록 약속받았고, 이 집 문 밖을 나가면서 엄숙하게 그러겠다고 약속했던 일을 너도 기억할 거다. 닥쳐오는 너의 결혼 문제를 아직 네 아버지에게는 말하지 않았다. 그 단순한 양반은 그 이야기를 사방에 불고 다닐 거니까 말이다.

사랑하는 테스, 기운을 내거라. 너의 결혼 선물로 사과주를 한 통 보낼까 한다. 네가 사는 그쪽에는 그런 술이 없고, 있어 봐야 묽고 시큼한 것뿐일 테니. 오늘은 여기서 그친다. 너의 애인에게 안부 전해 다오.

너의 사랑하는 어머니

J. 더비필드

"오 어머니, 어머니!" 테스가 낮은 소리로 중얼거렸다.

융통성 많은 더비필드 부인에게는 그렇게 괴로운 사건이 얼마나 가볍게 비쳤는지를 그녀는 깨닫게 되었다. 그녀의 어머니는 테스가 보는 식으로 인생을 보지 않는 것이 확실했다. 지난날의 그 가슴 아픈 사건은 그녀의 어머니에게는 한낱 스쳐 가는 우발적인 일일 뿐이었다. 그러나 그녀의 이유야 어쨌든 앞으로는 어머니가 말한 대로 가는 것이 옳을지도 몰랐다. 겉으로는 침묵만이 그녀가 사랑하는 사람의 행복을 위해 최선의 방법인 것 같았다. 그렇다면 침묵밖에 달리 길이 없었다.

이렇게 해서 테스는 세상에서 자신의 행동을 통제할 권한을 조금이라도 가진 유일한 사람의 명령에 따라 마음이 조금 안정되었다. 책임의 소재가 바뀐 것이었다. 그녀의 마음이 지난 몇 주보다 훨씬 가벼워졌다. 청혼에 동의한 이후 10월과 함께 시작된 쇠잔해지는 가을날들은 그녀의 일생 중 어느 시기보다도 환희에 가까운 정신적 고도에서 하루하루를 보내는 계절이 되었다.

클레어를 향한 그녀의 사랑에는 현실적인 것이 거의 없었다. 그녀의 지고한 진실 앞에서 그는 선(善) 자체였으며, 안내인, 철학자, 친구가 알아야 할 모든 것을 다 아는 사람이었다. 그의 윤곽 하나하나가 완전한 남성미를 대표했다. 그의 영혼은 성자의 영혼이었으며 그의 지성은 선각자의 지성이었다. 그를 연인으로 사랑하는 지혜는 그녀의 존엄성을 지켜 주어, 그녀는 마치 왕관을 쓰고 있는 것처럼 보였다. 그녀에 대한 그의 사랑 속에 깃든 연민의 정은 그를 향한 자신의 마음을 헌신적으로 고양시켜 주는 것이라고 그녀는 생각했다. 그는 이따금 그녀의 크고, 존경심으로 가득 찬 눈을 들여다보곤 했는데, 그 눈은 불멸의 무엇을 바라보는 듯 끝없는 심연으로부터 자신을 보는 것 같았다.

그녀는 과거를 깨끗이 버렸다. 아직도 모락모락 타고 있는 위험한 석탄재를 밟아 버리듯이 과거의 불씨를 밟아 꺼 버렸다.

남자가 여자를 사랑함에 있어 에인절처럼 사심이 없고 정중하고 보호할 수 있다는 것을 그녀는 알지 못했다. 에인절 클레어는 이 점에서 그녀가 생각했던 남자와는 전혀 달랐다. 진정으로 놀라울 만큼 달랐다. 사실 그는 동물적이기보다 정신적인 사람이었다. 자신을 잘 억제했으며 드물게 조잡한 것과는 거리가 먼 사람이었다. 냉정한 성격은 아니었지만 열정적이기보다 명석한 편이었다. 바이런적이라기보다는 셸리적이라고 할 수 있었다. 그는 절망스러울 만큼 누구를 사랑할 수도 있었지만 그 사랑은 특히 상상적이고 정신적인 면으로 치우쳤다. 그의 깔끔한 성격은 사랑하는 사람을 바로 자신으로부터도 방심하지 않고 지켜 줄 수 있었다. 비록 세상 경험은 일천했지만 그 얼마 안 되는 경험이 지금까지 불행한 기억으로 남아 있는 테스는 이런 점 때문에 놀라고 황홀했다. 남성에 대한 분노의 반작용으로 그녀는 클레어를 지극히 존경하게 되었다.

그들은 진정으로 함께 있기를 갈구했다. 그녀는 그에 대한 정직한 신념을 바탕으로 그와 같이 있고 싶은 욕구를 감추지 않았다. 이 점에 대한 그녀의 본능적 태도를 분명히 표현한다면, 대체로 남자를 매료시키는 여성의 도피적인 요소가 사랑을 맹세한 다음에는 그 본질상 인위적이라는 의심을 불러일으킬 수 있으며, 그런 점이 오히려 완벽한 남자에게는 혐오스러울 수도 있었다.

약혼 기간 동안 들판에서 두 연인이 아무 거리낌 없이 함께할 수 있는 시골의 관행이 그녀가 알고 있는 유일한 관습이었으며, 그것은 테스에게 조금도 이상하지 않았다. 그러나 테스가 그런 관행을 농장의 다른 일꾼들과 마찬가지로 정상적으로 생각한다는 것을 알게 될 때까지 클레어는 그런 것을 이상하게도 시대를 앞서가는 짓이라고 생각했다. 두 사람은 10월의 온화한 오후 물이 졸졸 흐르는 작은 개울을 따라 뻗어 가는 오솔길을 끼고 목장을 산책하였으며, 나무 다리를 건너갔다가 돌아오기도 하였다. 그들이 가는 곳 어디에서나 둑에서 들려오는 물소리가 그치지 않았고, 그 물소리는 두 사람의 속삭임에 반주를 맞추었다. 햇살은 목장에서처럼 수평으로 펼쳐져 빛의 꽃가루를 전체 풍경 위에 쏟아부었다. 다른 곳에는 아직 햇볕이 눈부신데 나무와 울타리 그림자 위에는 푸른 안개가 엷게 솟아오른 것이 보였다. 해가 지상에 아주 가까이 내려오고 풀밭이 끝없이 평평하여 클레어와 테스의 그림자가 400미터 가량이나 길게 그들 앞으로 뻗어 있었다. 마치 두 개의 길다란 손가락이 길게 뻗어 가는 푸른 충적층이 계곡의 비탈에 기대어 있는 지점을 향해 멀리 가리키는 것 같았다.

사람들이 여기저기서 일을 하고 있었다. 계절에 맞게 목장을 손질하고, 겨울 동안 관개를 위해 작은 수로에 끼인 찌꺼기를 걷어 내고, 젖소들이 밟아 무너진 둑을 고치는 시기였다. 삽에 담아 퍼내는 칠흑처럼 까만 옥토는 강이 계곡 전체만큼 넓게 흘러갈 때 그쪽으로 씻겨 나온 것으로, 지난날의 평야가 부서지고 물에 잠기고 정제되고 순화되어 엄청나게 비옥해진 흙 중의 흙이었다. 이 옥토에서 비옥한 목장이 만들어졌고 이곳에서 풀을 뜯는 가축이 살을 찌웠다.

클레어는 공개적인 애정 표시에 익숙한 사람처럼 수로 공사에 바쁜 사람들이 보는 앞에서 테스의 허리에 대담하게 팔을 얹었다. 그러나 입술을 벌리고 곁눈질로 주변의 일꾼들을 살피며 경계하는 동물의 표정을 띤 그녀만큼 그도 내심 수줍어하고 있었다.

"저 사람들 앞에서 날 자기 사람이라고 내세워도 부끄럽지 않아요?" 그녀가 기쁜 빛을 감추지 못하며 물었다.

"오, 천만에요!"

"그러나 자기가 일개 젖 짜는 여자에 불과한 나하고 이렇게 돌아다닌다는 소문이 에민스터에 있는 친지들 귀에 들어갈 텐데요."

"세상에서 가장 매력적인 젖 짜는 여자라고 말하겠지."

"그 사람들의 체신을 깎는 일이라고 생각할지 몰라요."

"자기, 더버빌 가가 클레어 집안의 체신을 깎는다! 이건 대단한 카드 패야. 우리가 결혼을 하고 트링검 신부에게서 자기 집안의 계보에 대한 증거물을 받으면 대단한 효과를 낼 수 있는 방책으로 써먹을 수 있지. 그건 그렇고 내 장래는 내 가족과 아주 멀리 떨어진 곳에 있어요. 그들 생활의 표면에조차 아무런 영향을 주지 않을 거야. 우리는 이 지방을 떠날 거요. 아마 영국이라는 나라를 떠날지도 몰라요. 그리고 여기서 사람들이 우리를 두고 뭐라고 한다고 해서 그게 무슨 상관이겠어요? 자기도 떠나는 것이 좋겠지, 그렇지 않아요?"

그녀는 겨우 그렇다고 나지막하게 대답했다. 그와 함께 그의 다정한 친구로 세상을 돌아다닌다는 생각이 그녀의 마음속에서 커다란 감격으로 뭉클 솟아올랐기 때문이다. 그녀의 감정은 파도 소리처럼 그녀의 귀를 메웠다가 눈으로 차올랐다. 그녀는 자신의 손을 그의 손에 넣었다. 그들은 해가 다리 뒤에 숨었지만 다리 아래 강물 수면에 떠서 활활 타는 지점까지 걸어갔다. 무쇠를 녹인 빛이 눈부셨다. 그들은 멈춰 섰다. 털과 깃이 달린 작은 물새의 머리가 조용한 수면 위로 올라왔다가 소요를 일으킨 사람들이 멈춰 서서 아직 지나가지 않은 것을 확인하고는 다시 물속으로 사라졌다. 그들은 안개가 주변을 둘러싸기 시작할 때까지 강가 둑에서 서성거렸다. 저녁 안개가 이렇게 내리기에는 아직 계절적으로 일렀다. 안개는 그녀의 속눈썹에 내려앉아 수정알을 만들었으며, 그의 눈썹과 머리에도 내렸다.

일요일에는 사방이 아주 어두워진 다음에 산책을 나갔다. 두 사람이 약혼한 직후 첫 일요일 저녁에 낙농장의 고용인들이 밖으로 나왔다가, 거리가 멀어 자세히 들을 수는 없었으나, 황홀감에 젖어 단편적으로 터져 나오는 그녀의 흥분된 목소리를 들었다. 클레어의 팔에 기댄 채 걸어가면서 하는 말 속에서 떨리는 음조와 가슴이 고동쳐서 말이 이어지지 못하고 짧은 음절로 그치는 것을 들은 것이다. 만족감에 젖은 침묵과 간헐적으로 들리는 웃음소리 위에서 그녀의 영혼이 날고 있는 것 같았다. 그것은 사랑하는 사람과 함께 있고 모든 다른 여자로부터 그를 얻게 된 여자의 웃음으로, 자연 속의 어떤 것과도 다른 것이었다. 아직 지상에 내리지 않은 새가 내려오는 것 같이 그녀의 발걸음이 부력을 받아 땅에서 떠 있는 것을 보았다.

그를 향한 테스의 사랑은 이제 그녀 자신에게는 호흡이며 생명이었다. 그 사랑은 그녀를 광구처럼 둘러싸 환히 빛을 냈으며 과거의 슬픔을 잊게 했고, 그녀를 끊임없이 괴롭히는 어두운 유령들 — 회의, 공포, 우울, 걱정, 부끄러움 — 을 물리쳤다. 이것들이 자신을 둘러싼 빛 밖에서 늑대처럼 자기를 기다린다는 사실을 그녀는 알고 있었다. 그러나 그녀는 그 유령들을 굶겨서 무릎 꿇게 할 수 있는 길고 긴 마력을 지니고 있었다.

정신적 망각은 지적인 기억과 함께 공존했다. 그녀는 환한 빛 속에서 걸었으나 그 뒤에는 어둠의 망령들이 항상 넓게 퍼져 있다는 것도 알고 있었다. 그 망령들은 매일 조금씩 물러났다가 다시 가까이 다가왔다.

어느 날 저녁 집 안의 다른 식구들이 모두 외출하고 없어 테스와 클레어가 집을 지켜야 했다. 서로 이야기를 하다가 그녀는 생각에 잠겨 그를 쳐다보았다. 그녀의 눈이 그의 다정한 눈과 마주쳤다.

"난 자격이 없어요. 그래요, 자격이 없어요!" 그의 충실한 사랑과 그 사랑의 기쁨에 흠뻑 빠져 있는 자신에게 놀란 것처럼, 그녀가 낮은 의자에서 벌떡 일어나며 외쳤다.

클레어는 그녀가 흥분하는 이유가 분명히 있고 그 작은 부분이 이렇게 터지는 것이라고 생각하며 말했다.

"사랑하는 테스, 그렇게 말하면 안 돼요. 신분의 차이는 경멸스러운 인습을 손쉽게 사용하는 데 있는 것이 아니라, 자기처럼 진실되고, 정직하고, 올바르고, 순수하고, 사랑스럽고, 훌륭한 사람들*의 대열에 드는 것이에요."

그녀는 목구멍에 솟구쳐 오르는 울음을 억누르려고 애썼다. 최근 몇 년 동안 교회에서 듣던 고결함에 대한 조건들이 그녀의 어린 마음을 얼마나 아프게 했으며, 그가 그런 조건을 지금

---

* 「빌립보서」 4장 8절 참조.

이 순간에 인용하는 것은 얼마나 이상한가!

"내가 열여섯 살이고, 내 작은 동생들과 함께 살고, 그리고 자기가 마을 공유지 초원에서 춤을 췄을 때, 왜 그때 남아서 날 사랑하지 않았어요? 오, 왜 그러지 않았어요, 왜 그러지 않았냐고요!" 그녀가 충동적으로 그의 손을 꼭 잡으며 말했다.

에인절은 그녀가 진정으로 민감하고, 행복을 전적으로 자기에게 의지하고 있는 한, 그녀를 성심껏 보살펴 주어야겠다고 혼자 마음속으로 생각하며, 위로하고 안심시켰다.

"아, 왜 그때 남지 않았을까!" 그가 말했다. "나도 그런 생각을 해요. 이럴 줄 미리 알았더라면! 그러나 너무 쓰라린 마음으로 후회는 하지 말아요. 왜 그래야 해요?"

감추려는 여성 본능의 충동을 느끼며 그녀는 급히 말을 돌렸다. "자기의 마음을 지금보다 사 년은 더 차지했어야 하는데. 그랬으면 지금처럼 시간을 낭비하지 않았을 텐데. 더 오래 행복할 수 있었을 텐데."

이렇게 고통스러워하는 사람은 음모의 길고 어두운 과거의 기억을 등 뒤에 짊어진 성숙한 여자가 아니라, 아무것도 모르던 미숙한 시절에 새처럼 덫에 걸린, 아직 스물한 살도 되지 않은 순박한 처녀였다. 그녀는 자신의 흥분을 좀 더 가라앉히기 위하여 앉아 있던 낮은 걸상에서 일어나 방을 나갔다. 그녀가 밖으로 나가는데 걸상이 스커트에 걸려 넘어졌다.

그는 초록색 물푸레나무 막대기 한 다발이 난로 받침대 위에서 활활 타는 불가에 앉았다. 물푸레나무 막대기가 톡톡 튀면서 경쾌하게 타고 있었으며 가지 끝자락에서 수액이 거품처럼 식식 소리를 내면서 새어 나왔다. 그녀가 방으로 다시 돌아왔을 때는 평소의 모습으로 돌아와 있었다.

"테스, 자기는 약간 변덕스럽고 갑작스러운 데가 있다고 생각하지 않아요?" 그가 장난스러운 목소리로 말하며 방석을 걸상 위에 펴 주고 자신도 그녀 곁에 있는 긴 나무 의자에 앉았다. "뭘 물어보려고 했는데 자기가 밖으로 달아나 버렸어요."

"그래요, 난 변덕스러운지 모르겠어요." 그녀가 나지막한 소리로 중얼거리더니 갑자기 그에게로 다가와 두 팔에 그녀의 손을 얹었다. "아니에요, 에인절, 난 정말로는 그렇지 않아요. 천성적으로 말이에요!" 그녀는 자신이 변덕스럽지 않다는 것을 그가 믿을 수 있도록 나무 의자 위에서 그에게로 더 바짝 가까이 다가와 머리를 클레어의 어깨에 묻었다. "뭘 물어보고 싶었어요? 대답할게요." 그녀가 겸손한 목소리로 말했다.

"그러니까 자기가 날 사랑하고, 결혼을 허락했으니, '그날이 언제인가' 하는 세 번째 문제가 따르지."

"난 이렇게 사는 게 좋아요."

"그렇지만 난 새해나 새해가 조금 지나서 내 일을 혼자 시작할 생각이에요. 새로운 곳에서 잡다한 세부 사항에 신경 쓰기 전에 내 파트너를 찾고 싶어요."

"그렇지만" 하고 그녀가 조심스럽게 대답했다. "실질적으로 모든 일이 끝날 때까지 결혼을 미루는 것이 좋지 않을까요? 자기가 멀리 가고 나를 혼자 여기 둔다는 생각은 견딜 수가 없지만요!"

"물론 견딜 수 없는 생각이지. 그리고 이런 경우에는 자기를 여기 혼자 두는 것이 좋은 방법도 아니고. 난 자기가 여러 면에서 내 일을 시작하는 데 도움을 주었으면 해요. 그날을 언제

쯤으로 할까요? 보름 뒤가 어떨까요?"

"안 돼요." 그녀가 엄숙한 표정을 지으며 말했다. "먼저 생각해야 할 일이 너무 많아요."

"그렇지만……." 그가 그녀를 부드럽게 그의 곁으로 끌어당겼다.

결혼이라는 현실이 가까이 다가오자 그것은 놀라움으로 밀려들었다. 이야기를 더 꺼내기 전에 나무 의자 한쪽 구석에서 난롯불 앞으로 농장 주인 크릭과 크릭 부인과 젖 짜는 여자 둘이 걸어왔다.

고무공처럼 테스가 그의 곁에서 벌떡 일어섰다. 얼굴에는 홍조가 떠올랐고 눈은 난롯불 앞에서 반짝거렸다.

"그 사람 가까이에 앉아 있으면 이렇게 될 줄 알았어요!" 그녀가 화난 목소리로 말했다. "사람들이 와서 우리를 볼 거라고 혼자 생각했어요! 그렇지만 난 저 사람 무릎에 앉아 있지는 않았어요. 그러고 있었던 것처럼 보일지는 모르지만. 거의 그러고 있었던 것처럼요!"

"흠, 그러고 있었더라도 말해 주지 않았다면 우리는 몰랐겠지요. 이런 빛 속에서는 두 사람이 어디 앉아 있다고 해도 보지 못했을 거니까요." 농장 주인이 대답했다. 결혼에 관한 감정은 전혀 이해하지 못하는 무신경한 태도로 그가 아내에게 계속했다. "보라니까, 크리스티아나, 다른 사람이 무슨 생각을 하는지 그 사람이 말을 안 하면 모른다니까. 그래요, 난 테스가 말을 하지 않았더라면 어디 앉아 있었는지 상상도 못했지. 난 몰랐을 거라고."

"우리는 곧 결혼을 할 거예요." 클레어가 그 순간을 모면하는 기지를 발휘해서 침착한 목소리로 말했다.

"아, 그렇군요! 그래요, 선생님, 진심으로 반가운 소식입니다. 선생님이 그렇게 하리라고 짐작했지요. 테스는 젖 짜는 여자로만 있기에는 너무 아까웠어요. 첫날 만나 보고는 그렇게 생각했어요. 어떤 남자에게나 대박감이지요. 특히 신사 계급 출신 농부의 아내로 아주 어울리는 신부가 될 거예요. 그런 사람을 아내로 두면 농지 관리인의 밥이 되지 않을 겁니다."

테스는 그 자리에서 빠져나가고 없었다. 그녀는 농장 주인 크릭의 솔직한 칭찬 때문에 부끄럽다기보다 그의 뒤를 따라 들어온 처녀들의 표정을 보고 더 놀랐다.

저녁 식사가 끝나고 테스가 침실로 들어갔을 때 다른 처녀들이 모두 방에 있었다. 방에는 촛불이 켜져 있고 처녀들이 침대 위에서 하얀 잠옷을 입은 채 앉아 있었다. 그들의 모습이 마치 복수를 하러 온 유령이 한 줄로 앉아 있는 것 같았다.

그러나 금세 그녀는 그들이 악의에 차 있는 것이 아님을 알아차렸다. 그들은 애초에 가질 수 없다고 생각한 것을 손실이라고 생각하지는 않았다. 그들의 태도는 객관적이며 관조적이었다.

"그 사람이 쟤와 결혼한대!" 테스에게서 눈을 떼지 않으면서 레티가 중얼거렸다. "얼굴에 쓰여 있어!"

"그 사람과 결혼할 거니?" 마리안이 물었다.

"응." 테스가 대답했다.

"언제?"

"언젠가는."

그들은 그녀가 대답을 회피한다고 생각했다. "그래 그 사람과 결혼한다고, 신사 집안 출신하고!" 이즈 휴에트가 다른 처녀들의 말을 되씹었다. 세 처녀가 홀린듯이 한 사람씩 침대에서 맨발로 나와 테스를 둘러쌌다. 레티가 테스의 어깨에 손을 얹었다. 이런 기적이 일어난 다음에도 친구가 여전히 실체로 남아 있는지 확인이라도 하려는 것 같았다. 다른 두 처녀는 테스의 허리에 손을 얹고 그녀의 얼굴을 쳐다보았다.

"정말 이럴 수가 있니! 이런 일은 상상도 못하겠다!" 이즈 휴에트가 말했다.

마리안이 테스에게 키스했다. "그래." 그녀가 입술을 떼면서 중얼거렸다.

"테스를 사랑해서 한 거니? 아니면 그 얼굴에 이제 다른 입술이 닿았기 때문에 그런 거니?" 이즈가 냉정한 목소리로 마리안에게 물었다.

"난 그런 생각 안 했어." 마리안이 간단하게 대답했다. "난 너무 이상하다고 느끼고 있을 뿐이야. 테스가 다른 사람이 아닌 그 사람의 아내가 된다는 것 말이야. 난 이 결혼에 대해 안 된다고 하는 게 아니야. 우리 누구도 그런 말 하지 않아. 왜냐하면 우린 결혼 같은 건 생각도 하지 않았기 때문이지. 그냥 사랑했을 뿐이야. 세상에서 그 사람과 결혼할 사람은 달리 없어. 대단한 귀부인이 아니야, 비단과 새틴 옷을 입은 숙녀가 아니라 우리와 같이 사는 여자지."

"그래서 날 미워하는 건 아니지?" 테스가 낮은 소리로 물었다.

하얀 잠옷을 입은 세 처녀들이 테스를 둘러쌌다. 그들의 대답이 그녀의 얼굴 표정에 들어 있기나 하듯 그들은 대답하기 전에 그녀를 뚫어지게 쳐다보았다. "모르겠어 모르겠어." 레티 프리들이 중얼거렸다. "쟤 미워하고 싶어. 그러나 미워할 수 없어!"

"나도 그래." 이즈와 마리안이 레티의 말을 받았다. "미워할 수가 없어. 무언가가 미워할 수가 없도록 방해해!"

"그 사람은 너희 중 한 사람하고 결혼해야 해." 테스가 중얼거렸다.

"왜?"

"너희 모두 다 나보다 나으니까."

"우리가 너보다 낫다고?" 처녀들이 낮은 목소리로 느릿느릿 속삭였다. "아니야, 아니야, 테스!"

"너희들이 나아!" 그녀가 그들의 말을 충동적으로 막았다. 갑자기 세 처녀들의 팔을 뿌리치고 머리를 장롱 위에 묻으며 갑자기 울음을 터트렸다. 그러고는 계속해서 "그렇다니까, 그렇다니까, 그렇다니까!"라고 중얼거렸다.

한번 울음보가 터지자 그칠 수가 없었다. "그 사람은 너희 중에 한 사람을 골랐어야 해. 지금이라도 그렇게 하도록 해야 돼! 그이에게는 너희가 훨씬 나아. 내가 지금 무슨 소리를 하고 있는지 모르겠어. 오, 오!"

세 처녀가 테스에게 다가가 그녀를 껴안았다. 그러나 그녀의 흐느낌은 여전히 그녀의 가슴을 찢는 것 같았다. "가서 물 좀 가져와." 마리안이 말했다. "우리 때문에 마음이 상했어. 가엾은 친구, 가엾은 친구!"

그들은 그녀를 침대 한쪽으로 조심스럽게 데리고 갔다. 그리고 그녀에게 따뜻하게 입을 맞추었다. "네가 그 사람에게는 제

일이야." 마리안이 말했다. "좀 더 숙녀답고, 우리보다 배운 것
도 더 많고. 특히 그 사람이 너에게 얼마나 많이 가르쳤니? 넌
자랑스러워해야 해. 자랑스럽지?"

"그래 자랑스러워." 그녀가 말했다. "그만 이렇게 울어서 부
끄러워!"

모두가 자리에 들고 불을 끄자, 마리안이 침대 건너 테스에
게 속삭였다. "테스, 그 사람의 아내가 되면 우리 생각을 하겠
지? 우리가 그 사람을 사랑한다고 너에게 말했던 걸 생각하겠
지? 넌 그 사람이 선택한 사람이고 우리는 그 사람이 선택해
주기를 꿈조차 꾸지 못했던 사람이니까, 널 미워하지 않으려고
했던 걸, 그리고 널 실제로 미워하지 않고 또 미워할 수도 없었
던 걸 생각하겠지?"

이 말을 들은 테스의 베개에 소금기가 배인 눈물이 떨어져
내리는 것을 그들은 알지 못하였다. 어머니의 명령인데도, 그리
고 그 어머니가 자신을 바보라고 생각할 일인데도, 침묵을 지
키는 것보다는 자신의 과거를 전부 에인절 클레어에게 말하리
라고, 가슴이 터질 것 같은 아픈 마음으로 결심했다. 침묵은
그를 배신하는 일이며 이 처녀들에게도 무언가 잘못한 것처럼
느껴졌다.

32장

이 참회의 마음 때문에 테스는 결혼 날짜를 정하지 못했다. 에인절이 여러 차례 좋은 기회를 잡아서 독촉했으나 11월이 시작되었는데도 여전히 날짜는 미정인 상태였다. 테스는 영원히 약혼 상태에 머물러 모든 것이 그냥 그대로 남아 있기를 바라는 것 같았다.

이제 목초지가 변하고 있었다. 젖을 짜기 전 이른 오후에는 잠시 한가로운 마음으로 풀밭에서 산책하기 좋을 만큼 날씨가 따뜻했다. 일 년 중 이 무렵에는 농장 일이 바쁘지 않아 한가롭게 시간을 보낼 여유가 생겼다. 해가 떠 있는 방향을 향해 젖은 잔디를 바라보고 있노라면 바다 위의 달빛 자국처럼 햇볕 아래서 거미줄이 반짝거리며 잔물결을 치는 것이 보였다. 마치 몸 안에 불을 넣어 다니는 것처럼 환한 빛을 내며 각다귀들이 짧은 영광의 시간에 대해서는 아는 것이 없는 듯 환한 길 위를 팔락거리고 날아다니다가 길 밖으로 나가 사라져 버리는 것이었다. 이런 풍경을 바라보면서 에인절은 테스에게 결혼 날짜가 아직 해결되지 않은 문제로 남아 있음을 상기시켰다.

또 크릭 부인이 기회를 주기 위해 일부러 만든 심부름을 하느라 그녀를 따라나선 밤에도 그는 날짜를 물어보았다. 대개는 계곡 위쪽의 비탈에 있는 농가로 가서 출산이 얼마 남지 않은 젖소들이 밀짚을 두껍게 깐 헛간으로 옮겨져 어떻게 지내고 있는지를 살피는 일이었다. 한 해 중 이 무렵은 젖소에게 큰 변화가 오는 시기였다. 젖소들은 매일 이 해산하는 집으로 보내졌고, 거기서 밀짚만 먹으면서 송아지를 낳을 때까지 기다렸다. 새끼를 낳고 송아지들이 걸을 수 있으면 어미 소와 새끼들은 다시 농장으로 돌아왔다. 송아지가 팔려 가기 전까지는 젖 짜는 일이 별로 없지만 일단 새끼가 없어지면 젖 짜는 여자들은 평소대로 일을 해야 했다.

어두운 밤길을 돌아오다가 그들은 평지 바로 위에 솟아 있는 커다란 사력(砂礫) 층 벼랑에 이르렀다. 그들은 걸음을 멈추고 귀를 기울였다. 냇물이 높이 불어 둑 위로 넘쳐흘렀으며, 배수구 아래에서도 찰랑거리며 흘러내리는 소리를 냈다. 조그마한 도랑에도 물이 가득가득 차 있었다. 지름길은 어디에도 없어서 큰길로 돌아갈 수밖에 없었다. 눈에 보이지 않는 계곡 전체에서 형형색색의 물소리가 들려와 마치 그들 발 아래에 거대한 지하 도시가 있고 물소리는 도시의 주민들이 떠들어 대는 소음인 듯한 착각을 일으켰다.

"마치 수만 명이" 하고 테스가 말했다. "장터에 모여 논쟁하고, 설교하고, 싸우고, 흐느끼고, 신음하고, 기도하고, 저주하는 소리 같네요."

클레어는 특별히 그 소리에 신경쓰는 것 같지 않았다.

"크릭이 오늘 겨울 동안에는 사람이 많이 필요하지 않을 거라고 했어요?"

"아니요."

"젖소들의 젖이 빠르게 말라 가고 있어요."

"그래요. 어제는 여섯인가 일곱 마리가 밀짚 헛간으로 갔어요. 그저께는 세 마리가 갔고요. 벌써 스무 마리가 밀짚 산실로 간 셈이에요. 송아지 낳는 데는 내가 필요 없다는 말인가요? 이제 여기서 난 필요 없는 사람이 되는군요! 난 열심히 하려고……"

"크릭은 꼭 테스가 필요 없다고 말하지는 않았어요. 그러나 우리 관계를 아니까 아주 착하고 공손하기 짝이 없는 말투로 크리스마스 무렵에 내가 여기를 떠날 때 자기를 데리고 갈 거라고 생각하더군요. 자기가 없으면 어떻게 할 거냐고 물었더니 사실은 젖 짜는 여자들의 도움이 지금은 많이 필요하지 않은 시기라고 짧게 대답했어요. 이런 식으로 그가 자기를 결혼으로 밀어넣는 것을 보고 난 솔직히 기뻤으니 자기에게 마음으로 죄를 지은 셈이 되었어요."

"기뻐하지는 말았어야 해요, 에인절. 설사 그것이 편리한 일이 되더라도 필요 없는 사람이 되는 것은 항상 슬픈 일이에요."

"그래요, 편리하게 되었어요. 자기가 지금 인정한 대로요." 에인절이 손가락을 그녀의 뺨에 대었다. "아!" 그가 말했다.

"뭐가요?"

"아가씨 속내가 드러난 걸 눈치채니까 얼굴이 달아오르는 걸 느낄 수 있어요. 그런데 내가 왜 실없는 말을 하고 있지? 실

없는 소리는 말아야지. 그러기엔 인생은 너무 심각하거든."

"그래요. 그건 내가 자기보다 먼저 알고 있었어요."

그녀는 또 한 번 인생의 진지함을 느끼고 있었다. 결국 지난 밤의 감정에 충실해서 그와의 결혼을 거절하고 이 농장을 떠나는 것은 낙농장이 아닌 낯선 곳으로 가는 것을 의미했다. 송아지를 낳는 계절이 다가오고 있어 젖 짜는 여자들이 필요한 시기가 아니었다. 따라서 에인절 클레어처럼 하느님 같은 존재가 없는 경작 농장으로 갈 수밖에 없었다. 그녀는 그것이 싫었다. 더 싫은 생각은 집으로 돌아가는 것이었다.

"그래서 말인데, 사랑하는 테스, 심각하게 말해서" 하고 클레어가 말을 계속했다. "자기가 크리스마스에는 여기를 떠나야 될 것 같으니까 자기를 내 사람으로 만들어 데리고 가는 것이 모든 점에서 바람직한 일이 아닌가 싶어요. 거기다가 자기가 세상에서 가장 비타산적인 여자가 아니라면 우리가 영원히 이런 식으로 갈 수는 없다는 사실쯤은 알 테고."

"그냥 영원히 이렇게 갔으면 좋겠어요. 항상 여름이고 가을만 있었으면 좋겠어요. 항상 자기가 날 사랑해 주고, 지난 여름처럼 늘 내 생각만 해 주었으면 좋겠네요!"

"난 늘 그럴 텐데."

"자기가 그렇게 해 줄 줄 알고 있었어요!" 갑자기 그에 대한 신앙의 열정이 솟아올라 그녀가 외쳤다. "에인절, 영원히 자기 사람이 되는 날을 정할게요."

이리하여 그 어두운 밤 집으로 돌아오는 길에서 드디어 좌우로 수없이 많은 물소리가 들리는 가운데 두 사람은 결혼 날짜를 정했다.

그들은 집으로 돌아오자 즉시 크릭 씨와 부인에게 알렸다. 다른 사람들에게는 아직 비밀로 하기로 했다. 연인들 둘 다 결혼을 가능한 한 사적인 문제로 지키기를 바랐기 때문이었다. 머지않아 테스를 보낼 생각을 하고 있던 농장 주인도 결혼 날짜 소식을 듣고 이제 그녀를 보낸 다음 문제에 신경을 썼다. 크림 걷는 일은 누가 대신할 것인가? 앵글베리와 샌드본의 부인들을 위한 장식용 버터 덩어리는 누가 만들 것인가? 크릭 부인은 더 이상 망설이지 않게 된 것에 대해 테스에게 축하를 하고, 처음 그녀를 보는 순간 그녀가 그냥 평범하게 농사 짓는 남자가 아닌 특별한 사람의 배우자가 될 거라고 짐작했다고 말했다. 농장에 도착하던 날 오후 마당을 건너 걸어 들어오는 풍채가 아주 당당하고 출중해 보였기 때문에 틀림없이 훌륭한 가문에서 자란 사람이라고 확신했다고도 말했다. 그러나 사실 크릭 부인이 테스가 농장에 처음 왔을 때 우아하고 잘생긴 사람으로 기억했던 것은 사실이지만, 당당하고 출중해 보였다는 것은 나중에 들은 이야기를 가지고 상상한 것이기 쉬웠다.

이제 테스는 자신의 의지와는 관계없이 시간의 날개에 실려 날아가고 있었다. 결혼은 이미 약속된 것이고 날짜도 정해졌다. 영리한 머리를 타고난 테스는 들에서 일하는 사람들과 동료들보다 자연현상을 좀 더 폭넓게 다루는 사람들이 공통적으로 가지고 있는 운명론적 신념을 받아들이기 시작했다. 따라서 그녀는 그런 심성에 빠진 사람들이 그렇듯 사랑하는 사람이 시키는 것은 모두 수긍했다.

그녀는 어머니에게 다시 편지를 썼다. 겉으로는 결혼 날짜를 알리기 위해서였지만 사실 어머니의 조언을 또 한 번 구하기 위해서였다. 그녀를 신부로 선택한 사람이 신사 계층이라는 사실을 어머니가 충분히 고려해 보지 않았으며, 결혼 후에 과거를 말하는 것이 거칠고 무딘 남자에게는 가볍게 받아들여질 수 있겠지만 그 사람에게는 그렇지 않을 거라고 썼다. 그러나 더비필드 부인은 이 편지에 대해 답장을 보내오지 않았다.

에인절은 금세 닥쳐오는 결혼에 대한 실질적인 필요성을 자신과 테스에게 그럴싸하게 설명했지만, 나중에 분명하게 드러난 대로 충동적인 면이 숨어 있는 것도 사실이었다. 테스가 그를 정열적이면서 철저하게 사랑하는 데 비해 그녀를 향한 그의 사랑은 끔찍하게 컸지만 이상적이고 환상적인 면을 띠고 있었다. 그가 지성적인 면과는 거리가 먼 시골 생활을 해야 할 운명에 빠지게 되었다고 생각했을 때 이 시골 사람에게 이런 매력이 숨어 있으리라고는 생각하지 못했다. 순박함이란 말로만 듣던 것으로 그가 이곳에 올 때까지는 그것이 정말로 실생활에서 이렇게 압도해 오리라고는 기대하지 않았다. 그는 아직 자신의 미래를 분명히 보지 못하고 있었다. 자신의 인생에서 제대로 길을 가고 있다고 생각하기까지는 앞으로도 한 해나 두 해는 더 걸릴 수도 있었다. 그것은 가족의 편견 때문에 참된 운명의 길을 놓쳤다는 생각이 그의 장래와 성격에 끼친 무모함과 무관하지 않았다.

"자기가 중부 지방 농장에 완전히 정착할 때까지 기다리는 것이 좋지 않겠어요?" 한번은 그녀가 조심스럽게 물었다.(그때는 중부 지방에서 농장을 시작할 계획이었다.)

"사실대로 말하면, 테스, 난 내 보호나 사랑이 미치지 못하는 곳에 자기 혼자 남는 것을 원하지 않아요."

이유로서는 옳은 말이었다. 그는 그녀에게 너무나 큰 영향을 미쳤다. 그녀는 그의 태도와 습관, 그의 언어와 말투, 그가 좋아하는 것과 싫어하는 것을 그대로 받아들였다. 그녀를 혼자 농장에 내버려 두는 것은 그녀가 그의 영향력에서 벗어나 그와의 생활의 조화를 잃는 것을 의미했다. 그가 그녀를 곁에 두고 싶어 하는 데는 또 다른 이유가 있었다. 그가 영국이건 식민지이건 먼 곳으로 그녀를 데려가기 전에 그의 부모가 자연히 그녀를 한 번은 만나 보고 싶어 하는데, 부모의 뜻대로 그의 계획을 바꾸지 않도록 그가 자신에게 유리한 자리를 찾는 몇 개월 동안 집을 얻어서 그녀와 함께 있는 것이, 그녀에게 힘든 시련일 수도 있는 상황 ― 사제관에서 그녀를 어머니에게 소개하는 일 ― 에 직면했을 때, 사회생활의 측면에서 도움이 되리라고 판단했기 때문이었다.

또 다른 이유로는 방앗간이 어떻게 돌아가는지를 좀 배워 두고 싶어서였다. 그는 방앗간 일과 밀 농사를 병행하고 싶었다. 마침 옛날에는 대 수도원의 제분소였던 웰브리지에 있는 크고 오래된 물방앗간 주인이 그에게 언제든지 오고 싶을 때 와서 옛날과 똑같은 방식으로 사용되고 있는 물방아 작동 방법을 직접 검사해 보고 며칠 동안 머물면서 실제로 작업에도 참여해 보라고 초청한 일이 있었다. 그래서 얼마 전 클레어가 5, 6킬로미터 가량 떨어져 있는 그곳으로 찾아가서 상세한 것을 알아보고 그날 저녁 톨보트헤이즈 농장으로 돌아왔다. 테스는 그가 웰브리지 밀 방앗간에서 잠시 머물기로 결심을 굳혔다는 것을 알게 되었다. 무엇이 그런 결심을 하게 한 것일까? 그것은 밀을 빻고 체질하는 일을 배운다기보다는, 폐허가 되기 전에 더버빌 가문의 한 방계의 장원이었던 그 농가에서 방을 얻을 수 있다는 것을 우연히 알게 되었기 때문이다. 클레어는 항상 이런 식으로 실질적인 문제와는 아무 관계가 없는 감정으로 모든 일을 해결하는 편이었다. 그들은 결혼식이 끝나고 도시와 여관을 전전하기보다는 곧바로 그곳에 가서 보름 동안 머물기로 하였다. "그런 다음에 소문으로 들어 둔 런던 반대편에 있는 농장을 보러 떠나요." 그가 말했다. "3월이나 4월쯤 아버지와 어머니를 찾아 뵙고요."

이런 절차 상의 문제가 제기되고 지나갔다. 그리고 그날, 그녀가 그의 사람이 되는 믿을 수 없는 그날이 멀지 않았다. 12월 31일, 섣달 그믐날이 바로 그날이었다. 그의 아내. 그녀가 혼자 중얼거렸다. 정말 그렇게 되는 것인가? 그들 두 사람이 하나가 되고, 아무것도 그 결합을 떼어 놓을 수 없고, 모든 것을 서로 나누고, 그러지 못할 이유라도 있는 것인가? 그러나 왜 그래야만 하는가?

어느 일요일 아침 이즈 휴에트가 교회에서 돌아와 테스에게 조용히 말했다.

"오늘 아침 결혼 예고 통보에서 자기가 빠져 있었어."

"뭐라고?"

"오늘이 그 예고 첫번째 날인데." 그녀가 조용히 테스를 바라보았다. "섣달 그믐날이 결혼 예정일이지?"

테스가 그렇다고 급하게 대답했다.

"세 번 예고해야하는데, 이제 결혼 전까지는 일요일이 두 번밖에 남지 않았어."

테스의 얼굴이 창백해졌다. 이즈가 옳았다. 물론 예고는 세

번 해야만 했다. 혹시 그 사람이 잊어버린 걸까? 만약 그랬다면 그것은 결혼식은 한 주 연기하는 것을 뜻했다. 그것은 불길한 징조였다. 사랑하는 사람에게 어떻게 이 사실을 귀띔해 주나? 뒤에서 그를 따르기만 하던 그녀가 갑자기 값진 보물을 잃을지 모른다는 조급함과 놀라움으로 몸이 달아오르기 시작했다.

그러나 그녀의 걱정은 자연스럽게 해결되었다. 이즈가 결혼 예고에서 두 사람의 이름이 빠져 있다는 사실을 크릭 부인에게 말했고 크릭 부인이 후견인의 입장에서 문제를 에인절에게 알려 주었다. "클레어 선생님, 깜빡했군요. 결혼 예고 말이에요."

"아니요. 잊지 않았어요." 클레어가 말했다.

테스와 단 둘이 있을 때 그가 그녀를 이렇게 안심시켰다. "결혼 예고 때문에 사람들이 뭐라고 해도 신경 쓰지 마세요. 예고 대신 주교의 허가장을 받는 것이 우리 경우에는 훨씬 조용히 진행하는 방법이라 생각해서 자기하고는 상의하지 않고 허가장을 받기로 했어요. 일요일 아침에 교회에 가서 기다려도 자기 이름을 듣지 못할 거예요."

"내 이름을 듣고 싶지 않았어요." 그녀가 자랑스럽게 말했다.

일이 예정대로 진행되어 간다는 것을 알고 테스는 크게 안심하였다. 그녀는 누군가가 나타나서 그녀의 과거를 문제 삼고 결혼 예고를 못하게 할지 모른다는 걱정을 하는 터였다. 그런데 모든 게 그녀에게 유리하게 돌아가고 있는 것이 아닌가!

"난 마음이 편안하지 않아." 그녀가 혼자 중얼거렸다. "나중에 나쁜 일이 많이 생겨 이 좋은 행운이 다 없어질지도 몰라.

대개 하늘이 하는 일이 그렇거든. 그냥 남들 하는 대로 결혼 예고를 띄울걸 그랬어!"

그러나 모든 것이 순조롭게 진행되었다. 그녀는 에인절이 지금 가진 옷 중에서 가장 좋은 하얀 원피스를 입기를 원하는지 아니면 새 옷을 사기를 원하는지 알고 싶었다. 그 문제는 그의 배려로 그녀에게 커다란 소포가 몇 개 도착하면서 해결되었다. 소포에는 그들이 계획한 간단한 결혼식에 꼭 맞는 예복을 포함해 모자에서 구두까지 필요한 의상이 다 들어 있었다. 에인절은 그 소포가 도착한 직후에 집으로 돌아왔다가 2층에서 그녀가 물건을 푸는 소리를 들었다.

잠시 뒤 그녀가 얼굴이 상기되고 눈에는 눈물이 고인 채 아래층으로 내려왔다.

"어쩌면 그렇게 생각이 깊으세요!" 그녀가 뺨을 그의 어깨에 얹으며 말했다. "장갑과 손수건까지 다 들어 있네요. 사랑하는 자기는 너무 착하고, 너무 친절해요!"

"아니요, 아니요, 테스. 런던에 있는 전문업자에게 주문을 한 것뿐인데. 그 외에는 아무것도 한 게 없어요."

자신을 너무 고맙게 생각하는 그녀의 관심을 돌리려고 그는 테스에게 2층으로 돌아가 천천히 옷이 잘 맞는지 입어 보라고 했다. 혹시 맞지 않으면 마을에 있는 재봉사에게 수선을 맡기자고 했다.

그녀는 2층으로 올라가 옷을 입어 보았다. 그녀는 잠시 혼자 거울 앞에 서서 비단 의상을 입은 자신의 모습을 바라보았다. 갑자기 그녀의 머리에 신비스러운 예복에 관한 어머니의 발라드가 떠올랐다.

한번 실수한 아내에게
어울리지 않는 옷

  더비필드 부인이 곡조에 맞춰 발로 요람을 흔들며 명랑하고
장난기 가득 찬 목소리로 어린 테스에게 불러 주던 노래였다.
의상의 색깔이 변하는 바람에 귀너비어 왕비*의 정체가 드러
났듯이 이 옷의 색깔이 변해 그녀의 실체가 들어난다면 어떻
게 할 것인가? 그녀가 이곳 농장으로 온 뒤로 그 노래를 까맣
게 잊고 있었다.

* 아서 왕의 왕비.

33장

에인절은 결혼식을 올리기 전에 테스와 농장에서 좀 떨어진 곳으로 가서 애인과 연인으로 남아 있는 마지막 하루를 함께 즐겁게 보내고 싶었다. 보다 큰 그날이 눈앞에 가까워 오는데, 다시는 돌아올 수 없는 낭만적인 하루를 즐기고 싶었던 것이다. 그래서 그는 한 주일 전에 가까운 도시로 가서 몇 가지 물건을 사자고 말했고, 그날 함께 여행을 떠났다.

농장에서 클레어의 생활은 자신이 속하는 사회적 계급의 입장에서는 은둔자의 그것과 다를 것이 없었다. 그는 몇 달씩 도시로 나가지 않았고 마차가 필요 없었기 때문에 마차를 소유하지도 않았다. 말을 탈 일이 있거나 마차가 필요하면 농장 주인의 말이나 이륜마차를 빌려 썼다. 그날도 주인의 이륜마차를 빌려 길을 떠났다.

두 사람은 난생처음 같은 관심사를 서로 나누는 파트너로 쇼핑을 하였다. 그날은 마침 겨우살이나무와 호랑가시나무가 가득 쌓여 있는 크리스마스 전야여서 시내는 이날을 기념하기 위해 사방에서 몰려온 사람들로 가득했다. 테스는 아름다운 얼굴에 행복한 표정을 지으며 에인절의 팔짱을 끼고 사람들 사이를 걸어다니는 대가로 뭇 사람들의 시선이 자신에게 쏠리는 벌을 견뎌야 했다.

저녁이 되어 두 사람은 말과 마차를 맡겨 둔 여관으로 돌아왔다. 에인절이 말과 마차가 문 앞으로 나오는 것을 살펴보러 간 사이 테스는 여관 입구에서 기다렸다. 여관의 대기실은 끊임없이 들어오고 나가는 손님들로 가득했고 그들이 들어오고 나가면서 문이 열리고 닫힐 때마다 대기실 안의 불빛이 테스의 얼굴을 환히 비쳤다. 사람들 사이에서 두 사람이 대기실을 나와 그녀 곁을 지나갔다. 그중 한 사람이 놀란 표정으로 그녀를 아래위로 훑어보았다. 그녀는 그 남자가 트란트리지에서 온 모양이라고 생각했다. 트란트리지는 그곳에서는 몇 십 킬로미터나 떨어져 있어서 그쪽 사람이 이곳으로 온다는 것은 흔한 일이 아니었다.

"잘생긴 처녀네, 저 여자 말야." 그가 동행에게 말했다.

"그래, 잘생겼지. 그러나 내가 착각하는 게 아니라면……." 그는 그녀에 대한 나머지 설명을 부정적인 뜻으로 맺었다.

클레어가 마침 그때 마구간에서 돌아오다가 여관 입구에서 그 사람이 하는 말을 듣고, 테스의 표정이 움츠러드는 것을 보았다. 그녀에 대해 모욕적인 말을 하자 그는 화가 머리끝까지 치밀어, 미처 전후좌우를 생각할 겨를도 없이 있는 힘을 다해 그 사나이의 턱을 한 대 세게 쳤다. 그가 복도에서 비슬거리며 뒷걸음질을 쳤다.

사내가 정신을 차리고 덤빌 자세를 취하는 것 같았다. 클레어도 문 밖으로 나가 반격할 태세를 취했다. 그러나 상대는 사태를 다시 파악하는 것 같았다. 테스를 지나가면서 그녀를 다시 한 번 쳐다보고는 클레어에게 말했다. "선생님, 죄송합니다. 큰 실수를 하였습니다. 저분을 여기서 약 60킬로미터쯤 떨어진 곳에 사는 여자로 잘못 보았습니다."

너무 성급하게 굴었다고 느끼면서, 그리고 그녀를 여관 복도에 혼자 내버려 둔 것이 잘못이라고 생각하면서, 이런 경우에 늘 하는 대로 약을 사서 상처에 바르라고 사내의 손에 5실링을 쥐어 주었다. 두 사람은 잘 가라는 평화로운 인사까지 나눴다. 클레어가 마부로부터 고삐를 받아 쥐고 마차를 몰아 그 자리를 뜨자 두 사내는 반대 방향으로 갔다.

"정말 실수였나?" 둘째 사나이가 물었다.

"아니야. 그 신사 양반 기분을 망치고 싶지 않았을 뿐이야. 그러고 싶지 않았던 거지."

그러는 사이 연인들은 마차를 몰고 집으로 향했다. "우리 결혼을 조금 뒤로 미루면 어떨까요?" 테스가 메마르고 무딘 목소리로 물었다. "그러는 편이 좋다고 생각한다면 말이에요."

"아니요, 내 사랑 테스. 진정해요. 그 친구가 폭력으로 고소를 해서 법정에서 소환장이 날라올지도 모른다고 생각해요?" 그가 명랑한 목소리로 물었다.

"아니요. 내 뜻은 그냥 연기해야 될 일이 생기면 그러자는 말이에요."

그녀가 무슨 뜻으로 이런 말을 했는지는 분명치 않았다. 그는 그녀에게 그런 잡념을 머리에서 뽑아 버리라고 말했고 그녀는 최선을 다해 그의 말에 복종하려고 애썼다. 그러나 집으로 가는 내내 그녀의 표정은 굳어 있었다. "우리는 아주 먼 곳으로 갈 거야. 이 고장으로부터 몇백 킬로미터 떨어진 곳으로 가면 다시는 이런 일이 일어나지 않을 거야. 거기까지는 과거의 망령이 따라오지 못할 거야."

그날 밤 두 사람은 층계참에서 다정하게 헤어졌다. 클레어는 그가 거처하는 지붕 꼭대기 방으로 올라갔다. 테스는 늦게까지 자지 않고 필요한 것들을 챙겼다. 그런 걸 챙기기에는 남은 시간이 충분하지 않기라도 하듯이. 그러고 앉아 있는데 위에 있는 에인절의 방에서 쿵쿵거리면서 싸우는 소리가 들려왔다. 집 안에 있는 사람들이 모두 잠이 든 시간이었다. 클레어가 혹시 아픈 건 아닌가 걱정이 일어 그녀는 2층으로 뛰어올라 가서 문을 두드렸다. 그녀가 무슨 일이 있느냐고 물었다.

"아, 아무것도 아니오, 테스." 그가 방 안에서 말했다. "자는 데 소란을 피워 미안해요. 그런데 재미있는 이유예요. 잠이 들었다가 자기를 모욕했던 그 녀석하고 싸우는 꿈을 꾼 거요. 시끄러운 소리는 짐을 챙기려고 꺼내 두었던 여행용 가방을 주먹으로 마구 때려서 난 거고. 난 가끔 이런 이상한 짓을 해요. 걱정 말고 가서 자요."

이 일은 그녀의 망설임의 저울에서 평형을 기울게 하는 마지막 추가 되었다. 그에게 과거를 입으로 고백할 수는 없었다. 그러나 한 가지 방법이 남아 있었다. 그녀는 자리에 앉아 편지지 네 장 정도에 삼사 년 전의 이야기를 간결하게 적어 봉투에 넣고 클레어의 이름을 겉봉에 적었다. 그리고 마음이 약해지기 전에 일을 결행하기 위해 구두를 벗고 2층으로 살금살금 올라가, 그 편지를 그의 방문 아래에 밀어 넣었다.

그녀는 그날 밤 제대로 잠을 이루지 못했다. 그녀는 위층에서 희미하게 들리는 소리에 귀를 기울였다. 그의 방에서 보통대로 부스럭거리는 소리가 들렸고 그가 전과 다름없이 계단을 내려왔다. 그녀도 계단을 내려갔다. 그는 층계 아래에서 그녀를 보고 키스를 하였다. 키스가 보통 때처럼 따뜻한 것이었던가?

그가 약간 심란하고 지쳐 보인다고 그녀는 생각했다. 그러나그는 두 사람만이 따로 있게 되었을 때에도 테스의 고백에 대해 한마디도 하지 않았다. 편지를 받은 것일까? 그가 그 문제를 먼저 꺼내기 전에는 그녀가 뭐라고 말할 수 없었다. 그렇게 하루가 지나갔다. 그가 그 문제를 어떻게 생각했건 이제는 분명히 자기 혼자 마음속에서 간직하기로 한 것 같았다. 그는 언제나처럼 솔직하고 정답게 굴었다. 그녀의 의심이 어린애 같은 것이었을까? 그녀를 용서해 준 것일까? 그는 그녀를 있는 그대로 사랑하는 것인가? 그냥 그대로 사랑하는 것인가? 그녀의 불안한 마음을 바보 같은 악몽이라고 미소 짓는 것인가? 그가 정말로 그녀의 편지를 받은 것일까? 그녀는 그의 방을 들여다보았다. 편지가 보이지 않았다. 그가 자기를 용서해 주었을지도 모르는 일이었다. 그러나 그가 설령 편지를 보지 못했더라도 틀림없이 자기를 용서해 주리라는 열정적인 신념이 갑자기 떠올랐다.

아침이 지나고 낮이 와도 그는 변함이 없었다. 그러는 사이 섣달 그믐, 결혼날이 다가왔다.

두 연인은 젖 짜는 시간에 맞춰 일어나지 않았다. 농장에 머무는 마지막 주에는 손님 같은 대접을 받았기 때문에 테스도 특별히 독방을 쓰는 예우를 받았다. 두 사람은 아침 식사 시간에 내려왔다가 자신들의 영광을 축하해 주기 위해 커다란 부엌을 지난 밤과는 완전히 다르게 꾸며 놓은 것을 알고 깜짝 놀랐다. 이른 새벽에 농장 주인이 입을 활짝 벌린 굴뚝 한쪽 구석을 하얗게, 벽돌 벽난로를 빨갛게 칠하고, 제 할 일을 다한, 낡고 때묻고 까만 나뭇가지 그림이 그려진 푸른 무명 통풍 커튼 대신 눈부시게 노란 리넨 커튼을 난로 아치 위에 달아 놓은 것이었다. 흐린 겨울 아침 부엌의 중심이었던 벽난로의 모습을 바꾸자, 방 전체에 미소가 퍼져 있는 것 같았다.

"결혼을 축하해 주고 싶었어요." 농장 주인이 말했다. "옛날에 했던 대로 바이올린과 콘트라베이스를 동원해서 요란한 파티를 벌이겠다면 그러지 말라고 말릴 게 뻔해서 소리없이 축하할 방법으로 생각해 낸 거예요."

테스 쪽 친구들은 너무 멀리 살아서 설사 초청을 받았더라도 결혼식에는 참석할 수 없었다. 그러나 사실은 말로트 사람들은 아무도 초청하지 않았다. 에인절은 그의 가족에게 편지를 쓰고 결혼 날짜를 알리면서 식구 중에 적어도 한 사람이라도 결혼식에 와 주면 반갑겠다고 알렸다. 그러나 형들은 에인절에게 화가 난 듯 아예 답장조차 하지 않았다. 아버지와 어머니는 슬픔 어린 내용의 회신을 보내고 결혼을 서두르는 아들의 경솔함을 개탄했다. 그들은 젖 짜는 처녀를 며느리로 맞아들이는 일은 생각조차 해 본 일이 없지만 이제 아들이 모든 일을 잘 알아서 판단할 나이가 되었다는 말로 상황에 대처하였다.

클레어는 가족 관계에서 그들의 싸늘한 태도에 크게 마음이 상하지는 않았다. 머지않아 그들을 놀라게 할 비법이 하나 있었기 때문이다. 테스를 목장에서 데리고 나와 더버빌 가문의 후손이고 귀부인이라고 소개하는 것은 성급하고 모험스러운 일이었다. 그래서 그는 그녀의 혈통을 말하지 않았다. 그녀가 그와 몇 달 동안 함께 여행을 하고 공부도 하면서 세상일에 익숙해지면 그때 그녀를 아버지와 어머니에게 데리고 가서 유서 깊은 가문의 후손임을 알리고, 그러한 혈통으로서 조금도 손색 없는 자질을 갖추고 있다고 자랑스럽게 소개할 생각이었다. 이러한 계획은 사랑에 빠진 연인의 아름다운 꿈 그 이상은 아닐 수도 있었다. 테스의 혈통은 세상 누구보다도 그 자신에게 더 가치 있었기 때문이었다.

편지 때문에 자신을 대하는 에인절의 태도가 조금도 변하지 않았음을 깨달으면서 테스는 그가 그 편지를 받지 못했을지도 모른다는 생각을 하게 되었다. 그녀는 그가 아침 식사를 끝내기 전에 자리에서 일어나 2층으로 달려갔다. 오랫동안 클레어의 사실(私室), 아니 그의 둥지였던, 이상하고 황량한 방을 한 번 더 살펴보고 싶은 생각이 갑자기 떠올랐기 때문이었다. 사다리를 타고 올라가 열린 방문 앞에 서서 방 안을 들여다보며 잠시 생각에 잠겼다. 그녀는 이삼 일 전에 흥분 속에서 편지를 쑤셔 넣었던 문지방 앞에서 허리를 숙여 그 안을 들여다보았다. 카펫이 문턱까지 깔려 있었다. 카펫 가장자리 아래에서 그에게 쓴 편지가 들어 있는 봉투의 흐릿하게 하얀 끝자락이 보였다. 그녀가 그날 급한 마음에 카펫과 문 밑으로 밀어 넣는 바람에 에인절이 그 편지를 보지 못한 것이 분명했다.

테스는 현기증 같은 것을 느끼며 그 편지를 꺼냈다. 그것은 봉해진 채로 그녀의 손을 떠났던 그 상태 그대로였다. 마호메트가 원한 대로 산이 움직여 오는 기적이 일어나지 않은 것이었다. 온 집이 결혼식 준비로 시끄러운데 지금 와서 그가 그 편지를 읽게 할 수는 없었다. 그녀는 자신의 방으로 돌아와 편지를 찢어 버렸다.

그가 테스를 다시 보았을 때 그녀의 얼굴이 너무 창백해 걱정스러운 마음이 일었다. 편지가 잘못 들어간 것은 그녀가 고백을 하지 못하도록 막은 것이라고 그녀는 생각했다. 그러나 그녀는 양심상 그럴 필요가 없다는 것을 알고 있었다. 아직 고백할 수 있는 시간은 있었다. 모든 것이 소란에 휩싸여 있었다. 사람들이 계속 들락거렸다. 모두가 옷을 차려입어야 했다. 농장 주인과 크릭 부인은 증인으로 교회에 동행하기로 되어 있었다. 깊은 생각과 신중한 대화는 거의 불가능한 상황이었다. 테스가 클레어와 따로 있게 된 그 짧은 시간은 두 사람이 층계참에서 만났을 때였다.

"꼭 이야기를 하고 싶은 게 있어요. 내 모든 결점과 실수를 모두 고백하고 싶어요!" 그녀가 의도적으로 사태를 가볍게 대하는 태도로 말했다.

"아니, 아니요. 지금 결점을 이야기할 수는 없어요. 적어도 오늘은 완전한 사람이어야 해요, 내 사랑." 그가 큰 소리로 말했다. "나중에 우리의 잘못을 이야기할 시간은 충분히 있어요. 내 잘못도 그때 함께 고백할게요."

"내 생각에는 지금 하는 게 나을 것 같은데요. 자기가 나중에 말하지 않게."

"흠, 내 이상주의자 아가씨, 다 이야기해요. 우리 숙소에 짐을 푸는 즉시요. 그러나 지금은 아니에요. 그때는 나도 내 잘못을 이야기하리다. 그러나 그런 이야기로 오늘을 망치지는 맙시다. 그런 건 지루할 때 시간을 보내기 좋은 걸 거요."

"그럼, 이야기하지 말아요?"

"테시, 정말 말하지 않았으면 좋겠어요."

결혼 의상을 갈아입고 서둘러 출발해야 했기 때문에 더 이상 이야기할 시간이 없었다. 그가 한 말을 생각해 볼수록 그녀는 안심이 되었다. 그다음의 결정적인 두 시간 동안은 그에 대한 그녀의 헌신적 사랑에 압도된 채 떠밀려 가면서 그 이상 생각할 여유를 찾지 못했다. 오랫동안 마음속으로 억눌러 오던 하나의 욕망 — 자신을 그의 사람으로 만들고, 그를 자신의 주인이며 남편이라 부르고, 그리고 필요하다면 죽어도 좋은 그 욕망 — 이 그녀가 생각에 젖어 터벅거리며 걸어가는 길에서 마침내 그녀를 해방시켰다. 결혼 의상을 입는 동안 그녀는 오색 영롱한 이상(理想)의 구름 속에서 날아다녔고, 온갖 불길한 징조는 눈부시게 밝은 이상의 색깔에 의해 가려졌다.

교회가 멀리 떨어진 곳에 있고 더욱이 계절이 겨울이었기 때문에 그들은 마차로 가야만 했다. 큰길가에 있는 여관에서 덮개 달린 마차를 빌렸는데, 그 사륜마차는 여행을 다니던 옛날부터 그 여관이 소유하던 것이었다. 마차에는 단단하게 생긴 바퀴살과 무거운 테가 달려 있었고, 커다랗게 휘어진 바닥이 깔려 있었으며, 큼직한 손잡이와 용수철과 성벽을 깨는 망치처럼 생긴 막대기가 붙어 있었다. 마부는 예순 살이나 된 점잖은

'보이'였다. 그는 젊은 시절 바깥 바람을 너무 많이 쐬어 거기에 대한 반사적 대응법으로 독한 술을 많이 마셨기 때문에 류머티즘성 통풍을 앓았다. 그는 마부라는 직업이 필요없게 된 이후로 이십오 년 동안이나 여관 문 앞에서 옛날이 다시 돌아오기를 기다리듯 서성거렸다. 그의 오른쪽 다리 바깥 부분에 커다란 상처 자국이 있었는데 그것은 캐스터브리지 시의 '킹즈 암스' 여관에서 여러 해 일하면서 귀족들의 마차의 채에 부딪쳐 생긴 것이었다.

노쇠한 마부가 끄는 불편하고 삐걱거리는 마차 속에 네 사람, 신부와 신랑, 크릭 부부가 자리를 잡았다. 에인절은 형들 중에 적어도 한 사람은 신랑 들러리로 결혼식에 참석하기를 바랐다. 그러나 그의 간곡한 부탁에도 회답이 없는 것은 그들 중 누구도 오지 않는 것을 의미했다. 결혼을 반대하는 그들에게서 호의는 기대할 수 없었다. 그들이 결혼식에 참석하지 않은 것이 오히려 다행인지도 몰랐다. 그들은 현실적인 젊은이들이 아니었기 때문에 혼인을 반대하지 않더라도 농장 사람들과 어울리는 것이 그들의 편견 섞인 정중함에는 불쾌한 인상을 줄 수도 있었다.

시간의 관성에 떠밀려 가는 테스는 이러한 일을 까맣게 모르고 있었다. 그녀의 눈에는 아무것도 보이지 않았다. 교회로 가는 길도 시야에 들어오지 않았다. 그녀가 알고 있는 것은 에인절이 자기 곁에 있다는 것뿐이었다. 나머지는 모두가 환하게 비치는 안개였다. 그녀 자신은 시(詩)에서 태어난 천상의 존재였으며 그들이 함께 산책할 때 클레어가 말해 주던 고전문학 속의 여신이었다.

결혼식은 허가장에 의하여 거행되는 것이어서 교회 안에는 사람들이 십여 명 정도밖에 없었다. 그러나 테스에게는 참석한 사람이 1000명이 넘어도 아무 관계없었다. 사람들은 그녀가 있는 곳에서 별만큼 먼 곳에 떨어져 있었다. 그에 대한 정절을 서약하는 황홀한 엄숙함 속에서는 남자와 여자의 차이에 대한 평범한 인식이란 경박한 생각에 불과했다. 무릎을 꿇고 있다가 잠시 예배가 멈춘 사이 그녀는 어깨가 그의 팔에 닿도록 무의식 중에 그에게 몸을 기대었다. 머릿속을 스치는 생각에 소스라치게 놀란 테스가 정말로 그가 거기에 있음을 확인하고, 그의 사랑이 모든 역경으로부터 자신을 막아 줄 거라는 그녀의 신념을 다지는 자연스러운 몸짓이었다.

그녀가 그를 사랑한다는 것은 클레어도 잘 알고 있었다. 그녀의 몸짓 하나하나가 그 사실을 말해 주었다. 그러나 그녀의 헌신적 사랑의 깊이와 확고부동함, 또 그 사랑의 따스함을 그는 미처 알지 못했고, 그 사랑이 얼마나 긴 시간의 고통을 의미하는지, 그 사랑이 얼마나 진실된 것인지, 그 사랑이 얼마나 힘든 인내를 필요로 하는지, 그리고 그 사랑이 얼마나 성실한 것인지를, 그는 이해하지 못했다.

두 사람이 교회를 나오는 순간 종치기들이 멈춰 있던 종을 치기 시작했다. 세 가지 음색의 종소리가 은은하게 퍼져 나왔다. 처음 교회를 지은 사람들이 작은 교구의 주민들의 기쁨을 표현하기에는 충분하리라고 배려한 음량이었다. 남편과 함께 정문으로 나가는 길에서 종탑을 지나다가 지붕창이 난 종루에서 나온 종소리가 원을 그리며 그들 주변을 진동하며 맴도는 것을 그녀는 느꼈다. 그 소리는 그녀가 지금 느끼는 매우 흥분된 마음과 잘 맞았다.

사도 요한이 태양 속에서 본 천사처럼* 자신에게서 나온 빛이 아닌 다른 빛을 받아 축복된 기분을 만끽하는 그녀 마음 속의 흥분은 교회 종소리가 사라지고 결혼식의 설렘이 가라앉을 때까지 계속되었다. 그제서야 그녀의 눈에 모든 것이 좀 더 분명하게 보였다. 크릭 부부가 자기들은 이륜마차를 불러 타고 가겠다면서 식장까지 함께 타고 왔던 사륜마차는 신랑 신부에게 주었다. 그녀는 처음으로 그 마차의 외형과 특징을 살펴보았다. 그녀는 말없이 자리에 앉아 한참 동안이나 마차를 쳐다보았다.

"마음이 우울한 것 같은데, 테시." 클레어가 물었다.

"네." 그녀가 손으로 이마를 짚으며 대답했다. "여러 가지 일에 가슴이 떨려요. 모든 게 심각해 보여요, 에인절. 이 마차도 전에 보았던 것 같아요. 아주 눈에 익어요. 이상해요. 꿈에서라도 보았을 거예요."

"오, 더버빌 가문의 마차에 관한 전설을 들었겠지. 이 지방에는 자기 집안의 세력이 아주 막강할 때 생겨난 아주 유명한 미신이 있다는 이야기를 들었겠지. 이 덜커덩거리는 고물 마차가 자기에게 그 전설을 생각나게 한 모양이구먼."

"난 아직 그 미신 이야기를 들어보지 못했어요." 그녀가 말했다. "그 전설이 어떤 거지요? 내가 알아도 돼요?"

"자세한 이야기는 지금 할 수 없어요. 16세기인지 17세기인지 더버빌 가문의 어떤 사람이 가족 마차를 타고 가다가 끔직

---

* 「요한 계시록」 19장 17절 참조.

한 범죄를 저질렀어요. 그 사건 이후 가문의 후손들은 무슨 일이 있을 때마다 그 마차를 보거나 소리를 듣는다는 거예요. 뒷이야기는 다른 날 하리다. 아주 을씨년스러운 이야기요. 유서 깊은 이 마차를 보고는 그 전설에 대해 희미한 기억이 마음속에 떠오른 모양이구먼."

"전에 그 마차에 대해 아무것도 들은 기억이 없어요." 그녀가 속삭였다. "우리 후손들이 그 마차를 보는 것은 죽을 때예요? 아니면 범죄를 저질렀을 때예요?"

"그만해요, 테스."

그는 키스를 해서 그녀의 입을 막았다.

그들이 집으로 돌아왔을 때 그녀는 참회하는 모습으로 의기소침해 있었다. 그녀는 이제 분명히 에인절 클레어 부인이었다. 하지만 자신은 그러한 호칭에 대해 도덕적인 권리가 있는가? 좀 더 사실대로 말하면 자신은 알렉산더 더버빌 부인이 아닌가? 강직한 사람들은 범죄적 침묵이라고 부를 수도 있는 것을 강렬한 사랑으로 정당화할 수 있을까? 테스는 이런 경우 여자가 어떤 길을 취해야 할지 몰랐고, 상의할 사람이 있는 것도 아니었다.

그녀는 자기 방에 몇 분 동안 혼자 있게 되었을 때 ── 그 방에 들어가는 것도 그것이 마지막 날이었지만 ── 무릎을 꿇고 기도를 올렸다. 기도를 드려야 할 대상은 하느님이었으나 그녀가 실제로 호소하고 있는 사람은 그녀의 남편이었다. 이 사나이에 대한 그녀의 신앙은 거의 우상숭배적이어서 그녀는 그것이 오히려 불길한 징후일지 모른다는 두려움을 느꼈다. 그녀는 로렌스 수사(修士)가 한 말을 알고 있었다. "이렇게 격렬한 기쁨은 무서운 종말을 가지고 올 것이니."* 그것은 인간적인 조건으로는 너무나 절망적이며, 너무나 강렬하고, 너무나 무모하고, 또 너무나 치명적인 것이었다.

"오 내 사랑, 내 사랑, 난 왜 이렇게 당신을 사랑하나요!" 그녀는 혼자 이렇게 중얼거렸다. "자기가 사랑하는 여자는 진짜 나 자신이 아니고 내 모습을 한 여자예요. 내가 그렇게 될 수도 있었던 사람이에요."

오후가 되어 떠날 시간이 왔다. 그들은 웰브리지 물방앗간 근처에 있는 옛날 농가에서 며칠 동안 방을 얻어 지내기로 했다. 거기 머물면서 제분 과정을 살펴보기로 했던 것이다. 오후 2시가 되자 모든 것을 정리하고 떠날 준비가 되었다. 농장 일꾼들이 작별 인사를 하기 위해 붉은 벽돌 현관 입구에 서 있었다. 농장의 주인 부부는 문 앞까지 배웅을 나왔다. 테스는 같은 방에 동거하던 세 처녀가 모두 생각에 잠겨 머리를 숙인 채 벽에 몸을 기대고 나란히 서 있는 것을 보았다. 그녀는 마음속으로 작별하는 순간 그들이 나타날지 궁금해하던 중이었다. 그러나 그들은 마지막 순간까지 냉철하고 흔들림 없는 자세를 지키고 있었다. 그녀는 왜 몸이 허약한 레티가 그렇게 가냘프게 보이는지, 왜 이즈가 그렇게 처절하게 슬퍼 보이는지, 왜 마리안이 그렇게 무표정한지 알고 있었다. 그녀는 그들의 문제를 생각하느라 자신을 집요하게 따라다니는 마음속의 어두운 그림자를 잠시 잊었다.

그녀가 에인절에게 충동적으로 속삭였다.

---

* 셰익스피어 「로미오와 줄리엣」 2막 6장, 9행 참조.

"쟤들, 저 가엾은 아이들, 모두에게 꼭 한 번 처음이자 마지막으로 키스해 줄래요?"

클레어는 그에게는 더 이상 의미가 없는 그러한 형식적인 작별 인사를 거부할 생각이 조금도 없었다. 그는 처녀들 곁을 지나가면서 그들이 서 있는 순서대로 "잘 있어요."라고 인사말을 하면서 한 사람씩 작별 키스를 하였다. 두 사람이 문까지 왔을 때 테스는 여자다운 호기심으로 고개를 돌려 자선 키스의 효과가 어떤지를 살펴보았다. 그녀의 눈에는 응당 있어야 할 승리의 광채가 번뜩이지 않았다. 설사 그런 빛이 떠올랐다 하더라도 세 처녀들의 얼굴에 감동한 표정이 떠오른 것을 보고는 금세 그 승리의 빛이 사라졌을 것이다. 클레어의 키스는 처녀들이 억누르려고 애쓰고 있던 감정을 일깨워 주는 역효과를 낸 것이 분명했기 때문이다.

클레어는 이런 것을 전혀 모르고 있었다. 쪽문으로 나가면서 그는 농장 주인 부부와 악수를 하고 그동안 보살펴 준 데 대해 고마움을 표시했다. 실제로 떠나기 전에 잠시 침묵이 흘렀다. 침묵은 장닭 한 마리가 우는 소리로 깨어졌다. 장밋빛 볏을 단 하얀 장닭이 홰를 치며 날아와 두 사람과 불과 몇 미터 떨어지지 않은 집 앞 울타리 위에 내려앉았다. 닭 울음 소리가 그들의 고막을 뚫고 지나갔다. 그 소리는 바위 계곡의 메아리처럼 울렸다가 점점 작아졌다.

"오?" 크릭 부인이 외쳤다. "오후에 닭이 우네."

두 사람이 손으로 열린 마당 문을 잡은 채로 서 있었다. "저것 좋지 않은데." 쪽문에 서 있는 사람들이 들을 수 있다는 사실을 깨닫지 못한 채 그중 한 사람이 곁에 있는 사람에게 속삭였다.

장닭이 클레어 쪽을 향해 또다시 울었다.

"흠!" 농장 주인이 말했다.

"저 소리 듣고 싶지 않아요." 테스가 남편에게 말했다. "말을 몰아 떠나자고 하세요. 안녕히 계세요. 안녕히 계세요!"

닭이 또 울었다.

"워이! 꺼져. 아니면 모가지를 꺾어 버릴 거야!" 농장 주인이 화가 치밀어 닭이 홰를 치고 앉은 쪽을 향해 손짓을 했다. 그는 집 안으로 들어오면서 아내에게 말했다. "생각해 보면 이상해요. 왜 오늘 그러지? 일 년 내내 닭이 오후에 우는 걸 본 적이 없어요."

"기후가 바뀌어서 그래요." 그녀가 대답했다. "당신이 생각하는 그런 건 아니에요. 그럴 수가 없어요!"

34장

두 사람은 계곡을 끼고 5, 6킬로미터 떨어진 웰브리지를 향해 평평한 길을 달려갔다. 마을에 도착해서는 왼쪽으로 방향을 돌려 커다란 엘리자베스 시대의 다리를 건너갔다. 웰브리지라는 이름의 역사는 절반이 이 다리에서 연유했다. 다리를 건너자마자 바로 뒤에 그들이 방을 얻은 집이 서 있었다. 이 집의 바깥 모습은 프롬 계곡을 지나가는 여행객들에게는 아주 잘 알려져 있었다. 한때는 굉장한 장원에 속한 집으로, 더버빌가가 소유한 저택이었으나 지금은 부분적으로 건물이 허물어져 농가로 쓰고 있었다.

"자기 조상의 저택 중 하나예요. 환영합니다!" 그녀가 마차에서 내리는 것을 도우면서 클레어가 말했다. 그러나 이런 농담이 풍자처럼 들리자 그런 인사말을 한 것을 후회했다.

방을 두 개만 빌렸는데도 집주인 농부가 그들이 체류하는 동안 신년의 친지 방문을 위해 집 전체를 다 비워 주고, 거기다 몇 가지 그들이 필요한 것을 보살피도록 이웃 농가에서 부인네 한 사람까지 고용해 둔 것을 집 안에 들어가서 알게 되었다. 그들은 집 전체를 다 쓰게 되어 무척 기뻤다. 두 사람은 처음으로 한 지붕 아래에 자기들만 있게 되었다는 사실을 깨달았다.

그러나 클레어는 곰팡내가 물씬 나는 옛날 집이 신부를 우울하게 만든다는 걸 깨달았다. 마차는 돌아가고 파출부 아주머니의 안내로 두 사람은 손을 씻으러 2층으로 올라갔다. 층계참에서 테스가 걸음을 멈추면서 놀란 표정을 지었다.

"무슨 일이오?" 에인절이 물었다.

"저 무시무시한 여자들 좀 보세요!" 그녀가 미소 띤 얼굴로 말했다. "놀랐어요."

그가 고개를 처들어 벽돌 속에 고정해 놓은 두 개의 화판에 그려진 실물 크기의 초상화를 발견했다. 이 집을 찾아온 사람들은 모두 알고 있듯이 이들은 약 200년 전으로 거슬러 올라가는 중년 여인들로 그 모습을 한번 본 사람은 절대 잊을 수가 없었다. 길고 뾰족한 얼굴, 가느다란 눈, 무자비한 배반을 암시하는 요괴스러운 미소, 매부리코, 커다란 이빨, 사나울 정도로 교만해 보이는 대담한 눈은 한번 보고 나면 꿈에 다시 나타나 잠을 설치게 했다.

"저건 누구의 초상화지요?" 클레어가 파출부에게 물었다.

"노인들 이야기로는 이 장원의 옛날 주인이었던 더버빌 가문의 귀부인들이래요." 그녀가 대답했다. "벽 속에 박아 두었기 때문에 떼어 낼 수가 없어요."

그 그림들 때문에 테스가 놀란 것 말고도 테스의 아름다운 얼굴 모습이 그림 속의 과장된 형체에 분명하게 나타난다는 것이 불쾌했다. 그러나 클레어는 그 점에 대해 아무 말도 하지 않았다. 그저 마음속으로 신혼 기간을 위해 이 집을 일부러 택한 것을 후회하면서 옆방으로 갔다. 그들이 머물 수 있도록 집 정리를 급히 하느라 대야를 하나밖에 준비하지 못해 두 사람은 같은 대야에 물을 붓고 손을 씻었다. 클레어가 물 속에서 그녀의 손을 만졌다.

"어느 게 내 손가락이고 어느 게 자기 손가락이죠?" 그가 고개를 쳐들면서 말했다. "아주 섞여 있네."

"전부 자기 손가락이에요." 그녀가 짐짓 명랑한 표정을 지으면서 예쁜 목소리로 말했다. 지각 있는 여자라면 모두 그러리라는 것을 알고 있는 그는 그녀가 이런 순간 생각에 잠겨있는 것이 싫지 않았다. 그러나 테스는 자신이 생각에 잠긴 모습을 너무 많이 보인다는 사실을 깨닫고 그러지 않으려고 애를 썼다.

한해의 마지막 날, 짧은 오후 해가 아주 낮게 내려와 조그마한 틈새를 통해 방 안으로 들어왔다. 그러고는 황금빛 막대기를 테스의 스커트 위에 길게 뻗쳤다. 마치 테스 위에 페인트 자국이 떨어진 것처럼 보였다. 두 사람은 아주 오래된 방으로 들어가 처음으로 두 사람만 서로 마주하고 차와 간식을 먹었다. 그들은 어린애 같은 천진난만한 기분에 빠져 들었다. 오히려 에인절이 혼자 어린애 같은 기분에 빠져, 테스와 빵 접시를 같이 쓰고 그녀의 입술에 묻은 빵 부서러기를 자신의 입술로 문질러 털어 주며 재미있어했다. 그러면서도 그녀가 이런 장난스러운 유희에 왜 자신만큼 열성적으로 동참하지 않는지 조금은 의아스럽기도 했다.

　그는 오랫동안 그녀를 바라보았다. "이 사람이 소중한, 사랑
스러운 테스야." 그러고는 어려운 글귀를 바로 찾아낸 사람처
럼 혼자 중얼거렸다. "이 작은 여인이 절대적이고 돌이킬 수 없
는 내 신앙과 운명의 객체임을 나는 엄숙히 이해하고 있는 것
인가? 설사 그것이 좋은 것이든 나쁜 것이든 상관없이. 그런
것 같지 않아. 내가 여자가 되지 않는 한 그것을 이해 못할지
도 몰라. 나의 세속적 위상이 그녀야. 나의 장래 모습이 그녀
의 모습이고 나의 모습이 아닌 것은 그녀의 모습이 아니야. 나
는 그녀를 버리거나, 그녀를 마음 아프게 하거나, 그녀에 대한
배려를 잊을 것인가? 그건 천벌을 받을 일이지!"

　그들은 간식을 먹으면서 농장 주인이 어둡기 전에 보내 주기
로 약속한 짐을 기다렸다. 그러나 날이 저물고 저녁이 밀려들
어도 짐은 오지 않았다. 그들은 지금 입은 옷 말고는 아무것도
가져오지 않았다. 해가 진 다음부터 겨울의 평온한 분위기가
서서히 바뀌어 갔다. 문밖에서는 비단을 날카롭게 비벼 대는
소리가 나기 시작하고, 평온하게 깔려 있던 지난가을의 낙엽이
화난 소리를 내면서 다시 일어나 마지못한 소용돌이로 원을
그렸다가 덧창을 두드렸다. 곧 비가 내리기 시작했다.

　"날씨가 바뀔 것을 그 장닭이 알고 있었어."

　시중을 들던 가정부는 집으로 돌아가고 없었다. 테스는 그
녀가 식탁 위에 두고 간 촛대의 초에 불을 켰다. 촛불의 불꽃
이 난로 쪽으로 쏠렸다.

　"이런 고가는 외풍이 심해." 에인절이 불꽃과 촛대 양쪽으로
흘러내리는 촛농을 바라보며 말했다. "짐이 어디로 갔지? 솔과

빗조차 없는데."

"모르겠어요." 테스가 멍한 목소리로 말했다.

"테스, 오늘 저녁에는 조금도 즐거워하지 않는데 전과는 아주 달라요. 2층 패널에 들어 있는 노파들 그림이 자기를 불안하게 한 것 같군. 자기를 이 집으로 데려온 걸 미안하게 생각해요. 자기가 날 진심으로 사랑하는지 궁금하네요."

그녀가 그를 사랑한다는 것을 그는 잘 알았다. 따라서 별 의미 없이 자기를 사랑하느냐고 물어본 것이었다. 그러나 그녀는 감정이 북받쳐 상처받은 동물처럼 몸을 움찔했다. 그녀는 눈물을 보이지 않으려고 애를 썼으나 이미 눈에는 눈물이 한두 방울 글썽거렸다.

"아무 뜻 없이 한 말이에요." 자신이 한 말을 미안하게 생각하며 에인절이 말했다. "물건이 도착하지 않아 걱정하는 줄 잘 알아요. 조너선 노인이 왜 물건을 안 가져왔는지 나도 모르겠어요. 아니, 7시가 되었네……. 아, 여기 왔군!"

문 두드리는 소리가 들렸다. 문을 열어 줄 사람이 따로 없어 클레어가 직접 문으로 갔다. 그는 작은 소포를 들고 방으로 돌아왔다.

"조너선이 아니에요." 그가 말했다.

"아, 어쩌지?" 테스가 말했다.

특별히 고용한 배달꾼이 소포를 가져온 것이었다. 신혼부부가 막 출발한 다음에야 에민스터 사제관에서 톨보트헤이즈 농장에 도착했다가 물건을 다른 사람 아닌 그들 신혼부부에게 직접 전해야 한다는 분부가 있어 이곳까지 따라온 것이었다. 클레어가 소포를 불빛이 비치는 곳으로 가져왔다.

30센티미터도 채 안 되는 소포는 범포 천에 싸서 실로 기웠는데 빨간 왁스에 아버지의 봉인이 찍혀 있었으며, 아버지가 친필로 '에인절 클레어 부인 앞'이라고 적어 수취인을 밝히고 있었다.

"테스, 자기에게 보낸 작은 결혼 선물이오." 소포를 그녀에게 건네면서 그가 말했다. "생각이 깊은 분들이군!"

테스는 소포를 받으면서 약간 상기되었다.

"자기가 열어 주세요." 그녀가 그것을 뒤집어 보면서 말했다. "난 저 커다란 봉인을 뜯고 싶지 않아요. 아주 심각해 보이네요. 자기가 뜯어 주세요."

그가 소포를 풀었다. 그 안에는 모로코 가죽 상자가 들어 있고, 그 상자 위에는 편지와 열쇠가 놓여 있었다.

편지는 클레어에게 보낸 것으로 다음과 같은 내용이 적혀 있었다.

사랑하는 아들아

네가 아직 어렸을 때지만, 자부심이 강했으나 친절한 아주머니였던 너의 대모 피트니 부인이 사망하면서 네가 결혼을 하면 누가 됐든 네가 선택하는 여자와 너에 대한 사랑의 징표로 너의 아내에게 주라고 자신의 보석함에 든 물건 몇 개를 나에게 위탁한 사실을 혹시 잊었는지 모르겠다. 나는 그 위탁을 받아들여 다이아몬드를 은행에 맡겨 두었다. 지금 이런 상황에서는 잘 맞지 않는 짓 같지만, 보다시피 이제 평생 동안 보석을 정당하게 사용할 여자에게 그 물건들을 인도하려 한다. 그래서 이 상자를 급하게 보낸다. 엄밀히 말해서 너의 대모의 유언에 남긴 조건에 따르면 보석들은 대를 이어 전수될 너의 집 가보로 남게 된다. 조건의 정확한 문구는 이 편지에 동봉되어 있다.

"이제 기억이 나네." 클레어가 말했다. "깜빡 잊고 있었나 봐."

상자를 열자 장식 줄이 달린 목걸이와 팔찌와 귀고리가 나왔다. 그 밖에 작은 장식품들이 들어 있었다.

테스는 처음 보는 물건을 만지기가 두려운 것 같았다. 그러나 클레어가 보석 세트를 펴서 늘어놓자 그녀의 눈이 다이아몬드만큼 빛났다. "그거 내 거예요?" 그녀가 믿을 수 없다는 듯이 물었다.

"그래요. 분명히." 그가 대답했다.

그는 난로 속의 불꽃을 들여다보았다. 그가 열여섯 살 되던 해에 대모이던 고향 지주의 부인이 그가 성공하리라는 확실한 신념으로 그의 눈부신 장래를 예언했던 사실이 기억났다. 그녀는 그가 만난 사람 중에서 유일한 부자였다. 이러한 장래를 생각하고 그의 아내와 그녀 아이들의 아내를 위해 이런 화려한 장식품을 간직해 두는 것은 조금도 이상한 일이 아니었다. 보석들이 비웃는 듯이 번쩍거리는 것 같았다. "왜 그렇지?" 그는 자신에게 이렇게 물었다. 그것은 순전히 허영심 문제였다. 만약 이것이 등식의 한쪽에서 성립된다면 다른 한쪽에서도 똑같이 허용되어야 할 것이다. 그의 아내는 더버빌 가문 사람인데, 그녀보다 그 보석이 더 잘 어울릴 사람이 누구인가?

그가 갑자기 열을 올려 말했다.

"테스, 한번 걸어 봐요!" 보석을 치장하는 걸 도와주려고 그가 불 앞에서 몸을 돌렸다.

그러나 그녀는 마술에 걸린 사람처럼 목걸이, 귀고리, 팔찌 등을 벌써 몸에 걸고 있었다.

"그런데 옷과 어울리지 않아요, 테스." 그가 말했다. "그런 브리릴언트컷 다이아몬드에는 앞이 파인 의상이어야 해요."

"그런가요?" 테스가 말했다.

"그래요." 그가 대답했다.

그는 그녀의 옷이 야회복과 대충 비슷해 보이도록 윗옷의 위쪽 끝을 어떻게 접어야 하는지 일러 주었다. 그녀가 시키는 대로 하고 목걸이의 장식 줄이 처음 세공업자가 의도했던 디자인대로 그녀의 하얀 목에 길게 매달리자 그녀 모습을 보기 위해 그가 뒤로 몇 걸음 물러났다.

"정말." 클레어가 말했다. "자기가 너무 아름다워!"

옷이 날개인 것은 모든 사람들이 다 아는 사실이다. 소박한 상태에서 수수한 옷을 입어 그냥 스쳐 지나가는 사람의 눈에는 적당히 호감이 가는 사람으로 보이는 농가의 처녀가 예술의 도움을 받아 유행에 따라 차려입으면 놀라운 미인으로 꽃처럼 환하게 보일 수도 있었다. 반대로 한밤의 사교 모임에서 눈부시게 빛나는 미인이 찌푸린 날 단조로운 무 밭에서 농사꾼 옷을 입고 있다면 초라한 여자로 보일 것이 뻔하다. 그는 지금 이 순간까지 테스의 수족과 용모가 예술적으로 빼어난다는 사실을 미처 깨닫지 못했다.

"자기가 무도회에 나타난다면!" 그가 외쳤다. "그러나 아니야, 아니야, 자기야. 난 자기가 차양 달린 모자를 쓰고 무명 작업복을 입었을 때 모습을 가장 사랑해요. 그래요, 이런 옷을 입었을 때보다 훨씬 더요. 이런 품위 있는 옷이 잘 어울리기도

하지만 말이요."

테스는 자신이 눈부시게 아름답게 보인다는 것을 깨닫고 마음이 늘떠 얼굴을 붉혔다. 그러나 그렇다고 그녀가 행복한 것은 아니었다.

"풀어 버릴게요." 그녀가 말했다. "조너선이 보면 어떻게 해요? 보석들이 나한테는 잘 어울리지 않아요. 이런 건 팔아 버려야겠죠?"

"조금만 더 차고 있어요. 판다고요? 절대 안 돼요. 그건 신의를 배반하는 짓이에요."

그녀는 다시 생각해 보고는 그의 말을 따랐다. 그녀는 그에게 아직 못 다한 말이 남아 있었다. 그 말을 하기에는 이런 차림이 더 도움이 될 수도 있으리라. 그녀는 보석을 몸에 두른 채 앉아 있었다. 그들은 다시 조너선이 짐을 가지고 어디쯤 왔을까 생각했다. 그가 오면 주려고 부어 둔 맥주는 김이 빠져 버렸다.

잠시 뒤에 그들은 작은 탁자에 차려져 있는 저녁 식사를 시작했다. 식사가 끝나기 직전에 마치 어느 거인이 굴뚝 꼭대기에 잠시 손이라도 얹은 듯이 벽난로가 갑자기 흔들리면서 불꽃과 연기가 실타래처럼 솟아올라 방 안으로 새어나왔다. 바깥 문이 열리면서 일어난 일이었다. 복도에서 무거운 발걸음 소리가 들렸다. 에인절이 문으로 나갔다.

"문을 두드렸는데 아무도 듣지 못했나 봐요." 조너선 케일이 미안해하면서 말했다. 드디어 그가 도착한 것이었다. "밖에는 비가 와서 문을 열고 들어왔어요. 짐을 가져왔습니다."

"짐이 와서 반갑소. 그런데 너무 늦었구먼."

"네, 그렇게 되었어요."

낮에는 그렇지 않았는데 조너선 케일의 목소리는 어딘가 기죽어 있었다. 그의 이마에는 세월이 만든 주름살 외에 근심으로 가득 찬 주름살이 깊이 파여 있었다. 그가 계속했다.

"오늘 낮에 선생님하고 부인이, 이제 이렇게 불러야겠지요, 떠나고 나서 농장에 아주 무서운 일이 일어나 모두 혼비백산을 했어요. 오후에 장닭이 울던 것 기억나세요?"

"원, 저런, 뭐라고?"

"어떤 사람 말로는 그건 이런 징조라고 그러고, 또 어떤 사람은 저런 징조라고 그랬는데, 정작 불쌍한 꼬마 레티 프리들이 물에 빠져 죽으려고 그런 거예요."

"아니, 정말이요? 다른 처녀들하고 함께 서 있다가 작별 인사까지 했는데."

"그랬어요. 그런데, 선생님, 선생님하고 부인이, 이제 법으로 그렇게 되었으니 이렇게 불러야 하겠지요, 마차를 타고 떠나자 레티와 마리안이 모자를 쓰고 밖으로 나갔어요. 섣달 그믐이라 별로 할 일이 없으니까 사람들은 인사불성으로 술을 마셨지만 누구도 특별히 신경 쓰지 않았어요. 둘은 류에버라드 펍으로 가서 몇 잔 마시고는 다시 드리 암드 크로스 펍으로 간 모양이에요. 거기서 헤어졌다고 그래요. 레티는 집으로 가는 것처럼 물이 고인 목초지를 지나갔고, 마리안은 다른 펍을 찾아 다음 마을로 갔나 봐요. 그다음에는 집으로 돌아가던 수로 관리인이 큰 저수지 근처에서 무엇을 발견할 때까지 레티를 보거나 소식을 들은 사람이 없었어요. 관리인이 본 건 레티의 모자와 숄이었어요. 그리고 물 속에 떠 있는 레티를 보았지요.

관리인하고 또 한 사람이 그 아가씨를 집으로 데리고 왔어요. 죽은 줄로만 알았는데 조금씩 정신을 차리고 살아났어요.”

테스가 이 참담한 이야기를 들을지도 모른다는 생각이 떠올라서 에인절은 그녀가 있는 바깥 방에서 안방으로 이어지는 복도의 문을 닫으러 갔다. 그러나 그의 아내는 몸에 숄을 두르고 바깥 방으로 나와 가져온 가방과 그 위에 빗방울이 떨어져 번쩍거리는 것을 멍하게 바라보며 짐꾼의 이야기를 듣고 있었다.

“거기다 또 마리안은 말이지요, 버드나무 숲 근처에서 고주망태가 되어 있는 걸 찾아냈지요. 그 아가씨가 전에는 1실링짜리 맥주가 고작이었지요. 하기야 늘 식성은 좋았지만요. 얼굴에 쓰여 있었지요. 처녀들이 모두 정신이 나간 것 같아요.”

“그럼, 이즈는 어떻게 되었죠?” 테스가 물었다.

“이즈는 늘 하던 대로 집에 있어요. 그런데 걔가 하는 말이 왜 이런 일이 일어났는지 자기는 짐작할 수 있대요. 아주 기분이 울적한 것 같아요. 불쌍한 아가씨. 이 모든 일이 우리가 선생님 짐과 부인 잠옷을 챙겨서 마차에 실을 때 일어났지 뭡니까. 그래서 이렇게 늦은 거지요.”

“그렇구먼. 자, 조너선, 짐을 2층으로 올려놓고 맥주나 한잔해요. 그리고 빨리 돌아가 봐요. 찾을지도 모르니까.”

테스는 안방으로 들어가 생각에 잠긴 채 불꽃을 들여다보며 난롯가에 앉았다. 그녀는 층계를 오르내리는 조너선의 무거운 발소리를 들었고, 그녀의 남편이 준 맥주와 팁을 받고는 고맙다는 인사를 하는 소리도 들었다. 조너선의 발소리가 문에서 멀어져 가고 삐걱거리는 마차 소리가 사라져 갔다.

에인절이 커다란 오크 나무 빗장을 앞으로 밀어 문을 잠갔다. 그리고 난롯가에 앉아 있는 테스 뒤로 가서 두 손으로 그녀의 뺨을 눌렀다. 그는 그녀가 명랑하게 자리에서 일어나 마음 졸이며 기다리던 화장품 가방을 열어 볼 거라고 기대했다. 그러나 그녀는 일어나지 않았다. 에인절이 그녀 곁에 앉았다. 뜨거운 난롯불에 비해 식사 테이블 위에 놓인 촛불은 너무 약하고 희미하게 깜박거리고 있었다.

"아가씨들에 대한 슬픈 소식을 자기에게 알리게 되어 미안하오." 그가 말했다. "그러나 그런 소식 때문에 너무 우울해하지 말아요. 레티는 천성적으로 병적인 처녀지, 자기도 잘 알지만."

"조금도 그럴 이유가 없었는데 그랬어요." 테스가 말했다. "그럴 이유가 있는 사람은 그걸 감추고 그렇지 않은 것처럼 행동해요."

이 사건은 테스의 마음을 바꾸는 계기가 되었다. 그들은 짝사랑의 불행을 맛본 단순하고 순진한 처녀들이었으나 운명의 여신으로부터 보다 나은 대접을 받았어야 할 사람들이었다. 정작 푸대접을 받아야 할 사람은 자신인데 오히려 자신이 선택된 것이다. 대가를 치르지 않고 모든 걸 차지하는 것은 심술궂은 짓이었다. 자신은 마지막 한 푼까지 값을 치러야 한다. 바로 그 순간 거기서 그녀는 모든 것을 다 말하리라. 그가 그녀의 뺨을 잡고 있는 사이 그녀는 난롯불을 들여다보며 마지막 결심을 하였다.

이제 불꽃이 사그라진 등걸불에서 꾸준히 뿜어 나오는 화염이 난로의 측면과 뒷면을 붉게 물들였다. 잘 손질한 난로 안의 받침쇠와 이가 맞지 않는 고물 놋쇠 부젓가락도 같은 색으로 물들었다. 벽난로 선반 아래쪽과 난롯불 가까이 있는 테이블의 다리도 선명한 불빛을 환하게 반사했다. 테스의 얼굴과 목에도 불의 온기가 스며 있고 그녀 목에 매달린 보석 하나하나가 황소자리 별이나 시리우스 별이 되어 있었다. 희고 빨갛고 초록색으로 반짝이는 이 별자리는 그녀의 맥박이 뛸 때마다 색이 바뀌면서 빛을 쏟아 냈다.

"오늘 아침에 우리의 결점을 서로 말하자고 했던 것 기억나죠?" 그녀가 여전히 꼼짝도 않고 앉아 있는 모습을 보면서 그가 갑자기 물었다. "우리는 그냥 가벼운 마음으로 그런 말을 했을지 몰라요. 아마 자기는 그런 뜻으로 말했겠지. 그러나 나에게는 결코 가벼운 약속이 아니었어요. 자기에게 고백할 게 있어요."

뜻밖에도 이렇게 시의적절한 말이 그의 입에서 갑작스럽게 나온 것은 그녀에게 신의 섭리처럼 느껴졌다.

"고백해야 할 게 있어요?" 그녀는 기쁨과 안도감을 느끼면서 급히 물었다.

"뜻밖이오? 아, 자기는 나를 너무 과대평가하고 있었어요. 자, 들어 봐요. 머리를 거기 기대고. 날 용서하고, 미리 말하지 않았다고 화내지 말아요. 미리 말했어야 하지만."

이상한 일이었다. 그가 그녀의 분신처럼 보였다. 그녀는 아무 말도 하지 않았다. 클레어가 계속했다.

"내가 미리 말하지 않은 것은 사랑하는 자기를 내 사람으로 만들 기회를 놓칠지도 모른다는 두려움 때문이었소. 자기는 내 일생 동안 받은 상 중에서 가장 큰 상이오. 나는 그걸 내 펠로십*이라고 부르고 싶소. 내 형은 대학에서 펠로십을 받았는데 나는 내 펠로십을 톨보트헤이즈 농장에서 받았어요. 나는 그 상을 잃을지도 모르는 모험을 하지 않기로 했어요. 사실은 한 달 전 자기가 내 사람이 되겠다고 동의했을 때 자기에게 말하려고 했어요. 그러나 그러지 못했어요. 내 고백을 듣고 자기가 놀라 내 곁을 떠날지 모른다고 생각했기 때문이었어요. 고백을 연기했지요. 어제 자기에게 이야기하려고 또 생각했어요. 나에게서 떠날 기회를 주기 위해서요. 그러나 난 그러지 않았어요. 오늘 아침에도 층계참에서 만났을 때 자기가 서로 고백하자고 했는데 나는 하지 않았어요. 내가 죄인이기 때문이었어요! 이제 자기가 거기 그렇게 엄숙하게 앉아 있는 것을 보고는 꼭 고백해야겠다고 마음 먹었어요. 날 용서할 수 있을지 모르겠어요."

"오, 그래요! 분명한 건……."

"좋아요. 그러기를 바라요. 그러나 잠깐 기다려요. 자기는 아직 잘 몰라요. 처음부터 시작해 보겠어요. 가엾은 우리 아버지는 신앙에 대한 내 신념 때문에 내가 영원히 길을 잃었다고 걱정하고 있어요. 그러나 테스, 물론 나는 자기만큼 옳은 도덕을 믿고 받아들여요. 나는 인류의 교사가 되기를 희망했어요. 그래서 교회로 가는 길이 나에게 막혔다는 것을 알게 되었을 때

---

* 영국 대학교 특히 옥스포드와 케임브리지 대학교에서는 정규 교수직이나 연구직에 임용된 사람을 펠로라고 부르며, 펠로십은 펠로의 직책을 지칭한다. 한편 펠로십은 대학원의 장학금을 뜻하기도 하며 동반자 내지 반려자라는 의미도 있다. 하디는 이 세 가지 의미를 다 포함해서 펠로십이라는 용어를 사용한 듯하다.

그 실망은 이만저만이 아니었어요. 나 자신이 그렇다고 주장할 수는 없지만, 난 티 없는 순결을 존중하고 불순을 증오해요. 지금도 내가 그렇기를 바라고 있어요. 완전영감설*을 어떻게 해석하건 상관없이 다음과 같은 바울의 말에는 전적으로 동의해야 한다고 생각해요. '말과 행실과 사랑과 믿음과 정절에 대하여 믿는 자에게 본이 되어.'** 그것만이 우리 가없은 인간에게는 안전장치이지요. 성자 바울과는 잘 맞지 않지만 어느 로마의 시인***은 '삶의 순수성'이라고 말하고 있어요.

곧은 삶의 사나이, 나약함에서 자유롭고,
무어인의 창과 활을 필요하지 않고 서노니.

그런데 어떤 부분은 좋은 의도로 포장되어 있는데, 그걸 너무 강하게 믿은 나머지 다른 사람을 위해 훌륭한 목적을 수행하고 나아가던 중 나 자신이 넘어졌다면, 아, 마음속에 일어난 무서운 회한의 감정이 어땠는지 당신은 짐작할 수 있을 거예요."

그리고 나서 그는 한번 넌지시 말했던 대로 회의와 어려움 때문에 파도에 뜬 코르크처럼 런던에서 이리저리 밀리다가 사십팔 시간 동안 낯모르는 사람과 일탈에 빠졌던 이야기를 하였다.

"다행히 곧바로 나의 잘못을 깨달았지요." 그가 말을 이었

---

* 성서의 저자들이 모두 하느님의 말씀에 의해 영감을 받았으며 따라서 성서는 절대로 진리라는 학설.
** 「디모데 전서」 4장 12절.
*** 호라티우스, BC 65년~BC 8년.

다. "나는 그녀에게 아무 말도 하지 않고 집으로 돌아왔어요. 그 이후 다시는 같은 잘못을 되풀이하지 않았어요. 나는 완전히 솔직하고 존경하는 마음으로 테스를 대해야겠다고 생각했어요. 이런 이야기를 털어놓지 않고는 그런 결심을 실천할 수가 없었어요. 날 용서하는 거죠?"

그녀는 대답 대신 그의 손을 꼭 잡았다.

"그럼 그 이야기는 이제 영원히 잊어버리기로 해요. 이런 순간에 그런 이야기를 하는 것은 너무 고통스러워요. 좀 가벼운 이야기를 합시다."

"오, 에인절, 난 기뻐요. 왜냐하면 자기가 날 용서할 수 있을 테니까요! 내 고백을 아직 하지 않았어요. 나도 고백할 게 있어요. 그런 말을 했던 것, 기억하세요?"

"아, 그렇군. 자, 그럼 이야기해 봐요. 심술쟁이 아가씨."

"자기 지금 미소 짓고 있지만 내 이야기도 자기 것만큼 심각해요. 아니 더 심할 수도 있어요."

"내 이야기보다 더 심각할 수야 없지, 사랑하는 테스."

"그럴 수 없지요. 오, 없어요. 그럴 수가 없어요." 그녀는 희망에 젖어 펄쩍 뛰어 일어났다. "그럴 수 없지요. 더 심각할 수 없어요. 확실히." 그녀가 외쳤다. "왜냐하면 똑같은 이야기니까요. 지금 이야기할게요."

그녀가 다시 자리에 앉았다.

두 사람은 여전히 손을 잡고 있었다. 난로의 화상(火床) 아래로 떨어진 재는 화상 위에서 수직으로 내려온 불빛에 의해 열기로 가득 찬 불모지처럼 보였다. 상상력이 풍부한 사람은 에인절의 얼굴과 손, 테스의 얼굴과 손에 비친 이 빨간 석탄불에서 최후의 심판의 날에 활활 타오르는 붉은 불빛을 보았을 것이다. 이 붉은 불빛은 테스의 눈썹 언저리에 느슨하게 내려온 머리칼 속까지 비추었고 하체의 섬세한 피부에 뜨겁게 와 닿았다. 그녀의 몸에서 반사된 커다란 그림자가 벽과 천장에 떠올랐다. 테스는 앞으로 몸을 구부렸다. 그녀의 목에 걸려 있던 다이아몬드 하나하나가 두꺼비가 눈을 깜박이듯이 불길한 윙크를 했다. 테스는 이마를 에인절의 관자놀이에 붙이고 눈을 아래로 내리깐 채 조금도 겁먹은 기색 없이 조용한 목소리로 알렉 더버빌과의 만남과 그 만남이 어떻게 끝났는지 이야기하기 시작했다.

(2권에서 계속)

세계문학전집 **205**

테스 1

1판 1쇄 펴냄 2009년 4월 17일
1판 21쇄 펴냄 2024년 2월 13일

지은이   토머스 하디
옮긴이   정종화
발행인   박근섭, 박상준
펴낸곳   (주)민음사

출판등록 1966. 5. 19. (제 16-490호)
서울특별시 강남구 도산대로1길 62(신사동) 강남출판문화센터 5층 (우편번호 06027)
대표전화 02-515-2000 팩시밀리 02-515-2007
www.minumsa.com

ISBN 978-89-374-6205-4 04800
ISBN 978-89-374-6000-5 (세트)

* 잘못 만들어진 책은 구입처에서 교환해 드립니다.

세계문학전집 목록

세계문학전집은 계속 간행됩니다.